Historienne et psychanalyste, **Sylvie Lausberg** *est présidente du Conseil des femmes francophones (Belgique), elle mène depuis près de vingt ans des recherches sur Marguerite Japy-Steinheil.* Madame S *est son premier roman.*

Madame S

MON POCHE
14 avenue des Droits de l'Homme – 45000 Orléans

Sylvie Lausberg

Madame S

MonPoche

À Lily

À Sara

Avant-propos

L'AFFAIRE JUDICIAIRE dont il est question dans ce livre est restée une énigme que n'ont pas élucidée la dizaine d'ouvrages qui lui ont été consacrés. Et je dois d'emblée avouer que le présent travail d'enquête tient beaucoup à une maison que j'ai louée à Pierrefonds, à cent kilomètres de Paris. C'était la maison de Séverine.

Journaliste entre deux affectations, il ne m'avait pas déplu de mettre mes pas dans ceux de cette femme magnifique, première journaliste française à avoir, au siècle précédent, vécu de sa plume. Pasionaria des causes perdues, des pauvres et des opprimés, Séverine l'héroïque s'était engagée aux côtés de Zola et de Dreyfus. Cette maison, elle l'avait baptisée *Les Trois Marches* du nom de l'auberge où elle retrouvait les autres défenseurs de Dreyfus, à l'occasion de son second procès, à Rennes en 1899.

J'escomptais trouver dans ce lieu de villégiature de Pierrefonds-les-Bains une sérénité perdue, et me bercer des eaux d'un lac où les Parisiens affluent aux beaux jours, à l'ombre gigantesque du château reconstruit par Viollet-le-Duc pour Eugénie et Napoléon III.

La maison, à front de rue, ouvre à l'arrière sur un jardinet flanqué d'une colline abrupte. À la jointure des deux, Séverine avait fait établir son ânerie. Je pensais la transformer en remise et y ranger les outils d'un potager, loué avec la maison, sur les hauteurs. J'aimais l'idée de cultiver mon jardin, comme le Candide de Voltaire, éviter de trop parler, garder un esprit vierge et m'ébrouer au grand air, en respirant un peu de sagesse, même si sage, je ne l'ai jamais été.

Dans un recoin de ce petit bâtiment de briques sombres, au toit bas de tuiles de terre cuite d'un rouge orange et vernissé, j'ai délogé parmi les gravats un coffret de fer-blanc, dont le cadenas rouillé m'est resté entre les doigts. J'imaginais l'ouvrir sur une collection de cartes postales ou de reliques d'inutile économie domestique. Mais j'ai tremblé, en tournant les feuillets, serrés dans la boîte, qui revoyaient le jour après plus d'un siècle d'oubli, billets, correspondance, petits papiers griffonnés et quelques photos aussi, des années 1900.

J'ai emporté la boîte dans ma chambre avec le plaisir trouble d'entrer, seule, à ma guise, dans l'univers que m'ouvraient ces souvenirs délaissés. Tout au charme de me balader dans un temps désordonné, j'ai suivi, avec avidité, les mots qui défilaient sous mes yeux, le fil d'une vie. Un fil de la vie de Séverine.

Après des heures à me promener, rêveuse, dans ce passé oublié, une étincelle, un éclair fulgurant, a rétréci mes pupilles. J'ai approché lentement le papier jauni pour relire l'entrefilet :

« Un souvenir de l'affaire Steinheil.

Le procureur général Herbaux recevait ces jours-ci une lettre de Lady Abinger – autrefois Mme Steinheil – dans laquelle celle-ci demandait la restitution de ses bijoux saisis lors de l'affaire de l'impasse Ronsin. Ces bijoux, trois médaillons, une perle et deux bagues n'ont que la valeur de souvenirs de famille, et Mme Steinheil s'était abstenue jusqu'à aujourd'hui d'en demander la restitution. Le procureur général a fait informer Lady Abinger que ces bijoux étaient à sa disposition. »

Ni date ni source. Pourquoi Séverine avait-elle conservé, au milieu de notes privées, une dépêche dont la banalité tranche avec ce que les historiens et les journalistes ont alors pudiquement appelé l'« affaire de l'impasse Ronsin » ?

Je ne suis pas spécialiste de l'histoire criminelle de la IIIe République. Pourtant, le nom de cette femme a ravivé dans ma mémoire une photo, nette et précise, comme si je l'avais vue le matin même. Sur trois quarts de page en noir et blanc, dans un vieux numéro de *Paris-Match*, une femme en deuil, encadrée par deux policiers à moustache et casquette à pompon, Marguerite Steinheil. L'accusée, poursuivie pour le meurtre de son mari, lève, la tête penchée, des yeux doux et profonds vers l'objectif d'un photographe assez introduit pour berner les gardes du Palais de Justice. Moins surprise que le gendarme qui la suit, elle porte un large ruban opaque qui masque seulement le bas de son petit visage, comme un tchador vaporeux soulignant le regard.

Cette coupure de presse, ma grand-mère me l'avait donnée, dans un inhabituel accès de sollicitude. La mère de ma mère était vaguement acariâtre, égocentrique, tourmentée par d'invisibles souffrances physiques, endurcie par les regrets, et, pour finir, impitoyable. J'avais donc été étonnée du cadeau de ces quatre pages qu'elle avait découpées spécialement pour moi, qui commençais des études d'histoire à l'université.

Ainsi ai-je fait, jeune fille, la connaissance de Mme Steinheil. Ce legs du hasard dans une liasse de papiers m'a paru prédestiné.

Plus tard, j'ai appris, destin en ricochet, que l'unique femme présente au procès de Mme Steinheil était la journaliste Séverine dont j'habitais la maison et qui avait conservé précieusement cet entrefilet apparemment anodin.

Son laconisme devenait inversement proportionnel aux hectolitres d'encre qu'on a consacrés à l'époque à « Lady Abinger, autrefois Mme Steinheil ». À la lisière du bout de papier journal découpé par Séverine, un gros trait au crayon bleu traçait une exclamation. C'était comme un appel à entrer dans une énigme judiciaire centenaire.

Quelques informations redondantes trouvées sur internet, le souvenir d'un vieil article de *Paris-Match* et un trait de crayon bleu sur un vieux journal, sans nom ni date… qu'est-ce que le hasard, sinon une collision de la pensée ? De deux événements qui se percutent, nous donnons sens à une coïncidence qui en devient nécessaire. Ce hasard m'a propulsée au carrefour de deux parcours de femmes aux destins tumultueux, en marge d'une vie tracée à la règle de la morale.

D'un côté, Séverine, l'une des premières femmes de presse à renverser les rôles, grande journaliste, pamphlétaire, publiciste appréciée et respectée de tous ses confrères, une femme divorcée, qui prend la défense des pauvres, des opprimés, ce qui lui valait le sobriquet de « Notre-Dame de la larme à l'œil », et qui dérange fortement en signant des éditoriaux sur la violence sexuelle, l'avortement et la domination qui s'exerce sur les femmes.

De l'autre, Marguerite Japy, épouse Steinheil, maîtresse de Félix Faure, sa « pompe funèbre », sa « connaissance partie par l'escalier », la « putain de la République » dont la réputation sulfureuse a nourri les imaginaires et les allusions lubriques de plusieurs générations.

Au croisement de ces deux destinées, derrière les murs de l'une, face à l'irruption de l'autre, je me suis levée pour faire ce que je sentais devoir faire, sans me soucier du sablier qui menace, écrire.

Mes doigts caressent avec délice le secrétaire aux secrets, je fais jouer la clé de tous les tournants de ma vie. Sous la dorure du bronze, déclic parfait, le tiroir glisse. Il y a cette encre mauve que j'aime tant, intacte sous le couvercle en bakélite d'un épais pot de verre, douce comme un poison délicieux, elle s'épand sur le papier qui boit.

D'un trait de plume, je marque en exergue de ce premier cahier un chiffre romain droit comme un « I ». Premier chapitre.

I

Délicieusement gâtée

MARGUERITE EST NÉE à Beaucourt, sous Napoléon III, au dernier printemps qui précède l'orage de la guerre de 1870. Marguerite Japy, petite princesse de village, au pied du ballon d'Alsace, à deux pas de la Suisse. 5 500 ouvriers travaillent dans les fabriques familiales, horlogerie de pointe, moteurs, aciérie, mais aussi, plus tard, machines à coudre, machines à écrire, quincaillerie.

Petit-fils du fondateur de la dynastie, Édouard, le père de Marguerite, fait de l'ombre à la réputation familiale. Dans la région, lorsqu'on est Japy, on tient son rang, on travaille. Pas lui. Rentier et orphelin depuis trop longtemps, il rêve dans ses bois, jouit de ses jardins et de la vie de château.

Personne n'a mentionné de son vivant ni par la suite qu'il avait fait un enfant à une jeune femme habitant Beaucourt. Elle s'appelait Eugénie Thierry, se réfugia chez sa mère à Besançon et accoucha le 24 avril 1861 d'une petite fille, prénommée Émilie, née de père inconnu. Un mois plus tard, le 30 mai, Édouard épouse une autre jeune fille. Elle a seize ans, il a près du double. Émilie Rau est fille d'aubergiste. Leur mariage est aux antipodes des alliances traditionnelles de la famille Japy avec de grands industriels protestants, les Peugeot, par exemple, établis dans le pays de Montbéliard depuis le XVe siècle. La rivalité dans le secteur de la métallurgie n'empêche pas de fréquentes et pacificatrices alliances matrimoniales.

Le 1er février 1862, neuf mois après le mariage, Émilie Japy accouche de Juliette. Un an plus tard naît Julien. Quand Marguerite vient au monde, le 16 avril 1869, sa mère a vingt-cinq ans. Elle en aura trente lorsque naîtra la petite dernière, Émilie, Mimi, la préférée de sa mère. Marguerite est celle de son père. Il l'appelle Meg.

Meg fait ses premiers pas dans le parc du château Édouard au moment précis où l'Empire s'effondre à Sedan. La guerre de Napoléon III contre la Prusse est un désastre : la France perd l'Alsace et la Lorraine. Mais Belfort, défendue par Denfert-Rochereau, résiste et reste « du bon côté ». Beaucourt aussi. Et, à près de quarante ans, Édouard n'était pas mobilisable.

Héritière d'une bienséance provinciale, revisitée par la « fête impériale », la famille Japy n'en est pas moins républicaine et franc-maçonne. Édouard, comme d'autres Japy avant lui, a été initié à la loge « Les Amis éprouvés » de Montbéliard. En bons protestants, les Japy valorisent la conscience individuelle tournée vers les autres, *humilité et altruisme.* Leur paternalisme patronal va de pair avec la promotion d'une émancipation par le travail. La justice sociale est leur credo. Elle a marqué les origines de leur fortune et les esprits de leurs descendants

– dans les limites de la sauvegarde du patrimoine, s'entend.

L'empire Japy est alors l'une des entreprises françaises les plus prospères, les plus en vue. Lorsqu'Adolphe Thiers, le premier président de la IIIe République visite Belfort l'héroïque, c'est naturellement la petite Marguerite Japy qui est chargée de lui débiter un compliment dont elle mélange les phrases pour finir par lâcher un lapidaire « Bienvenue, monsieur le sauveur ».

Reçu au château Édouard, le Rastignac républicain, qui vient d'écraser dans le sang la Commune de Paris, avale des canapés et joue du lorgnon. Sous les dorures du grand salon, il veut faire asseoir la petite Meg sur ses genoux. Elle refuse. Le président Thiers regagne rapidement Paris. Que dire d'autre ? Rien ! La petite fille n'a que faire de cet érudit matois qu'on a surnommé Foutriquet, en raison, notamment, de sa petite taille.

On jase déjà à Beaucourt.

À Noël, Édouard fait la tournée de ses terres. La petite fille de dix ans l'accompagne pour recueillir les bons vœux des fermiers. Dans les maisonnettes étriquées, Meg sent les mains crevassées et les yeux fendus des paysans qui captent le brillant de ses cheveux et la douceur de sa capeline de velours parfumée. Meg les approche et les salue sans crainte. Ils succombent, silencieux, à cet étrange mélange de candeur et de gravité qui émane déjà d'elle, malgré elle.

Comment sa mère, Émilie Japy, vit-elle cette curieuse concurrence ? Est-elle résignée face à ce mari un peu fantasque qui lui offre une vie de châtelaine ? Édouard est doux. Meg est sa chose. Soit. Chacun son lot. Il faut savoir partager.

Il y a aussi, en plus de ses parents, un troisième personnage, coupable de l'engager dans une espièglerie dangereuse, c'est un sexagénaire, professeur au lycée impérial de jeunes filles de Moscou. M. Doriand, « grand-papa de Russie », passe chaque année trois mois en villégiature au château. Il préfère la compagnie joyeuse de la famille Japy à celle de sa vieille sœur dont la visite annuelle est toujours l'occasion d'un exil. Difficile d'en savoir plus sur ce distingué personnage, si ce n'est ce que Meg en rapporte elle-même, dans ses *Mémoires*.

L'été, elle révise toutes les leçons de l'année avec ce précepteur bienveillant, d'une érudition prolixe. Sur les bancs du parc ou au salon, elle boit ses paroles d'un autre âge, calque les tournures d'une langue française obsolète, qui s'en trouvent comme rafraîchies quand elle les recycle dans sa conversation. Fascinée par cet homme aux cheveux blancs, elle passe des heures entières avec lui. Il lui apprend aussi le dessin et l'aquarelle.

Je l'imagine, la gamine au regard fauve, gravir ensuite les monumentaux escaliers de marbre, dans une danse au chiffre connu d'elle seule, conjurant le sort et posant le pied droit sur la dernière marche. Meg ne connaît encore de la séduction que ces plaisirs innocents, ou celui plus malicieux d'enfiler rapidement une de ses nouvelles robes pour redescendre, un livre à la main, les yeux baissés, se faire admirer par les deux vieux, sous le charme. Sa robe a été dessinée, comme les autres, par Édouard !

Dans ses *Mémoires,* qu'elle publie plus tard, et d'abord en anglais, Meg a ces mots étonnants : *How delightfully they spoiled me, those two dear soûls, and how coquettish they made me !* (« Comme elles m'ont délicieusement gâtée, ces chères deux âmes. Comme elles m'ont rendue coquette ! »).

J'ai reposé sur le guéridon ce livre aux pages jaunes et craquelées, première édition en français. À Paris, une bibliothèque conserve tout un dossier sur Mme Steinheil, dont la version originale en anglais, *My Memoirs.* Cette bibliothèque porte le nom de Marguerite Durand, grande amie de Séverine, qui l'a recrutée dans l'incroyable quotidien qu'elle a fondé, *La Fronde,* exclusivement rédigé et fabriqué par des femmes, en 1897.

Sur la couverture de mon édition originale, ornée d'un médaillon doré rehaussé d'un ruban, une inscription en cyrillique indéchiffrable, une énigme en guise de talisman, frappée sur le tissu bleu tendre de cette confession. *Memoirs,* les premières pages semblent tellement limpides, trop simples.

À Beaucourt, la vie de Marguerite semble un conte de fées. Dans cette autobiographie, qu'elle écrit à plus de quarante ans, bien après la tragédie scabreuse de l'Élysée, bien après le scandale de la mort de son mari, l'ambivalence ou l'hypocrisie percent les pages de ce livre oublié. Ainsi, ces mots de son père, qui ferment le premier chapitre de sa vie : *Essaie de m'aimer, aussi longtemps que cela te sera possible ! Aucun mari de par le monde n'égalera jamais un père comme celui que tu possèdes.*

Meg se souvient et commente : *Ah ! Les heureux jours ! La belle vie ! Comme tout me souriait, me semblait simple et bon… Hélas ! quelques années après, devaient commencer la désillusion, les tentations et les faiblesses, les luttes et les douleurs, et ma joie de vivre s'écrouler lamentablement, plus tard dans un drame atroce et retentissant. Pauvre cher père ! Et pauvre de moi !*

Tout est écrit là. Meg associe l'amour de son père et l'assassinat de son mari. L'amour transgressif de l'un et le tragique destin du second.

Hors du château, la petite Meg fait la fière. Perchée sur sa jument Cléopâtre, elle ignore, superbe, les commères du coin qui ricanent. Trop riche, trop jolie et le bonheur en plus, les ragots enflent. La rumeur évoque sournoisement un voyage à Montbéliard avec un pasteur veuf qui n'en est pas moins homme. Pour les Japy, les apparences sont sauves : le pasteur Cuvier fait partie de la famille. Comme si, aux yeux des autres, cela changeait quoi que ce soit.

Dans le petit temple de Beaucourt, qui jouxte l'église des catholiques, le pasteur aux sourcils sombres referme de ses mains déformées le livret de la chorale. Ses genoux le portent mal, mais sa tête est légère et son cœur plus encore. Une fois de plus, après la répétition, il a lu dans les yeux avides de la petite Japy cette lueur qui le réchauffe. Aux commissures de sa bouche tendre et curieuse, le pasteur a retrouvé l'accent d'admiration qu'il suscitait naguère chez ses élèves et il goûte à ce suave péché d'orgueil. Pourquoi refuser cette auréole dont Meg éclaire ses dernières années ? Il sera son nouveau précepteur, formateur, conseiller, un mentor.

Elle le presse de raconter et il raconte. Ses liens de parenté avec Georges Cuvier, l'illustre naturaliste, ses études de théologie à Strasbourg, puis à Paris, la chaire d'histoire au Collège royal, à vingt-trois ans, et son mariage avec la belle Amélie Peugeot, la tante de papa Édouard. Ils étaient très amoureux, dit-il, mais ici aussi on marie d'abord les familles. Patriarches inventeurs, fils bourgeois industriels et toujours des belles-filles, pour assurer la descendance.

Ces lignées tiennent davantage du buisson que des rameaux généalogiques et je me suis piquée d'essayer d'en défricher les branches. C'est un imbroglio. Dès le milieu du XVIIIe siècle, les enfants du fondateur de la dynastie Japy s'allient aux familles Peugeot et Cuvier : Catherine convole avec Christophe Peugeot ; leur fille Amélie épouse, on vient de le voir, le pasteur Cuvier ; Pierre, le frère de Catherine, se marie à Caroline, la cousine du naturaliste dont il aura un fils, Octave Japy. Quant à l'aîné du père fondateur, Fritz, l'aïeul direct de Meg, il aura six enfants, dont Julien marié à sa cousine Émilie Japy, qui sont les parents d'Édouard et donc les grands-parents paternels de Meg.

Les liens familiaux s'entremêlent d'intérêts et de rivalités industrielles. Le fondateur de la dynastie, Frédéric Japy, a révolutionné la production horlogère, inventé d'ingénieuses machines-outils, ses fils élargissent la gamme des produits : boulons, vis à bois, épingles qui annoncent le développement de la quincaillerie. À quelques kilomètres de là, les Peugeot produisent également de l'acier, des filatures, des machines à coudre, des ressorts de montres, des lames de scies ou des fers à repasser. Les firmes fusionnent parfois, comme lorsque Benjamin Peugeot, époux de Cécile Dollfus, devient le directeur d'une implantation qui prend le nom de « Maison Peugeot, Japy et Cie ». On y fabrique des pièces détachées pour filatures et machines à coudre. Une autre branche des Peugeot se lance dans la production de cycles marqués du sigle du Lion. Pourquoi le lion ? Parce que c'est le symbole de la résistance française à Belfort en 1870. Au même moment, non loin de Beaucourt, les familles Scheurer et Sahler s'associent dans l'usine textile d'Audincourt, qui sera rachetée plus tard par les Japy.

Meg enfant n'est pas consciente des implications de ces montages familiaux, mais elle sait qu'elle est héritière. Bénéficiant du privilège de la richesse et de la notoriété, elle a le devoir, en bonne luthérienne, de cultiver l'humilité, ce qui n'est pas forcément simple quand, au sein du temple édifié grâce aux dons de la famille Japy, les tombes de ses ancêtres s'imposent de part et d'autre de la table sainte.

Entre angoisse et espérance, elle attend patiemment que le bon pasteur Cuvier lui raconte la suite de son histoire. Elle pressent déjà que, après le récit du bonheur, des honneurs, la vie de Léopold Cuvier va s'écrouler sous les coups répétés du destin. Et de fait, Amélie Peugeot meurt en couches, le nourrisson ne survit pas, le veuf se retrouve avec quatre orphelins. Dépression, crises de désespoir. Mais profond revirement, rédemption, Cuvier s'accroche au réformateur François-Henri Haerter, le populaire propagateur du Réveil protestant. Il se jette dans les œuvres, s'étourdit d'actions pastorales, écoles du dimanche, cours pour jeunes femmes, catéchisme et chorales, bibliothèques. À ce stade du récit, la petite Japy respire, l'orage n'a fait que balayer les morts pour rendre place aux vivants. Et le pasteur continue.

Cinq ans après la mort dramatique d'Amélie Peugeot, il a épousé Pauline, sa jeune sœur. Quatre naissances et deux mort-nés plus tard, le vieil homme évoque les voies du Seigneur, toujours impénétrables, et conclut sur l'art de transformer son lot. Il se fait tard. Meg doit rentrer. Elle emporte au château un recueil de textes, prose confite du pasteur : « L'âme affligée et consolée ».

Consolé, peut-être, affligé certainement, le vieux Cuvier a dû céder sa chaire de doyen de la faculté des lettres de Strasbourg au brillantissime Fustel de Coulanges, auteur du best-seller historique *La Cité antique* (1864). Admis à la retraite, Cuvier est oublié. Sauf de trois paires d'amis, parmi lesquels les Japy, mais aussi d'une respectable famille alsacienne qui l'accueille à sa table les soirs de vide, les Steinheil.

Vertus de l'obsession ! J'ai passé des heures et des jours à faire et refaire les lignées, les alliances, à vérifier les dates, les prénoms, les cousinages. Dix fois, j'ai repris les notes, les branches des arbres dressés par des héritiers fiers de leur lignage. Et voilà que sur ma lancée je tombe sur le nom de

Steinheil, qui entre dans la danse bien plus tôt que prévu.

Marguerite vient d'avoir douze ans quand le pasteur Cuvier rend son âme à Dieu. Aux obsèques, c'est elle qui officie à l'orgue et enfonce lourdement doigts et pieds pour que gémissent les jeux de fond, quand les fidèles sortent déjà pour prendre l'air frais après les funérailles. Avec Cuvier, la petite musicienne a fait ses classes au temple. Elle va passer au récital de salon, chez papa.

*

Trois fois par semaine, Édouard Japy invite au château un orchestre de quarante musiciens, au grand dam de sa femme, qui n'y entend que du bruit. D'autres fois, c'est une petite formation de chambre qui accompagne Marguerite, elle chante bientôt un répertoire complet. Le père de Meg a l'œil sur tout et surveille l'éclosion des sentiments retenus qu'elle exprime dans ces morceaux choisis où s'égrènent la joie, la tendresse, le chagrin et parfois la colère.

Meg ne connaît pourtant pas grand-chose à ces sentiments d'adultes. Quelques caprices contrés, la muette résignation maternelle devant l'admiration d'Édouard pour sa fille, rien que de très banal. Quand, pour fêter le quatorzième anniversaire de Marguerite, Édouard Japy l'emmène visiter la Suisse, l'Allemagne et l'Italie, les mauvaises langues sortent de leur gangue : pourquoi la fille et sans la mère ? Décidément, les hommes aiment l'emmener en voyage. Au village, idées fausses et vraies intuitions se répandent.

Le premier tableau du drame s'annonce. Meg ne voit rien alors que son père se ronge. Il sait que, bientôt, le rossignol chantera pour d'autres, et cette idée seule lui noue la gorge à l'étouffer. Alors, loin de s'avouer vaincu, Édouard Japy s'ingénie à proposer de nouvelles évasions, de nouveaux voyages, de nouvelles soirées avec des convives trop âgés. Sa fille y brille à son bras, devant ces hommes illustres et édifiants, mais toujours trop vieux pour se poser en éventuel parti. Quelle fierté pour le père de la présenter aux relations de famille, aux nouvelles connaissances ou aux vieux amis ! Gounod fait partie des meilleurs. Il donne son *Faust* à Belfort, et Édouard Japy en profite pour l'emmener à l'opéra. Marguerite, ennuyée par les chanteurs tonitruants, se détourne instinctivement de ce destin de femme délaissée, à qui Goethe a donné le même prénom qu'elle. Elle sera une femme comblée et parée de bijoux. Puis emprisonnée pour meurtre.

Le bonheur, la jolie Marguerite le croit encore à portée de regard.

II

Il ne me plaisait pas du tout

À DIX-SEPT ANS, elle fait son entrée dans le monde, au bal des officiers, à Belfort. Dans une simple robe de tulle bleu, elle avance au bras de son père, ses longs cheveux sombres parsemés de fleurs de pommier. Durant la soirée, rivé à sa table, Édouard Japy embrasse toute la salle d'un coup d'œil et ordonne à Meg de ne danser qu'avec son frère Julien, exclusivement ! Les prétendants se pressent pourtant, le père fait barrage. Meg n'y voit pas malice, car elle aime déjà. L'élu est l'ami d'enfance de son frère Julien et son compagnon d'armes : le joli lieutenant Scheffer. Prénommé Édouard, comme papa.

Après le bal, la jeune première rentre au château, comblée. Les semaines qui suivent, sans qu'elle s'en aperçoive, son père écarte de la maison tous les hommes libres de moins de quarante ans. Mais Meg ne s'en offusque pas, son cœur est pris. Sa mère s'en inquiète, en revanche. Marguerite continue à jouer l'enfant, pour le plus grand plaisir de son père.

Édouard Japy prononce parfois le mot « mariage », mais jamais sans un codicille : « oui, mais pas avant... » ; d'abord c'est vingt ans, puis vingt et un. Chaque fois, Édouard repousse l'âge fatidique. La cage dorée reste fermée et l'oiseau continue de chanter. Croisant l'inquiétude au fond des yeux de sa princesse, M. Japy, d'un mouvement de la tête, chasse fantômes et tourments, pianote des chopinades pour que s'élève la voix de sa fille adorée. Elle est trop grande désormais pour s'asseoir sur ses genoux, ou pour qu'il puisse encore l'admirer à la dérobée, dans le parc qu'il a dessiné et fleuri lui-même avec le secret espoir qu'elle ne le quitte jamais.

Marguerite lutte contre ces impressions furtives. Comment regarder autrement ce père aimant, dévoué, et soupçonner chez lui la moindre manœuvre qui puisse priver sa fille d'une infime parcelle de bonheur ?

Câlinée, rassurée, elle vit parmi ses livres, ses partitions, les allées du parc et les amis de la famille qui viennent au château et l'accompagnent en excursion, de l'autre côté, en Alsace. Meg, sur les chemins, guillerette, rayonne au milieu de la petite troupe. Surtout quand son frère invite son ami Édouard. Les deux jeunes gens sont aspirants dans la même garnison, à Belfort. Chaque semaine, le lieutenant Scheffer attend impatient le mercredi, jour où Meg prend le train pour assister à sa leçon de piano, à Montbéliard. Sur le quai, en cachette, la complicité frôle l'amour en petits baisers rapprochés. De lettres poétiques en visites familiales, le jeune homme se déclare. Sa mère, modeste veuve, arrive de Genève un dimanche. Réception avec les enfants et discussion en aparté.

Le soir, Mme Scheffer partie, Meg, dans ses draps brodés, rêve, paupières mi-closes à sa vie de femme qui s'annonce. Édouard Japy pourtant n'a rien promis, il a seulement permis aux tourtereaux de s'écrire. L'amoureux, en verve, envoie stances et quatrains que la jeune fille apprend par cœur. Une année passe, l'idée du mariage se précise.

Un jour de septembre 1888, Édouard Japy ouvre nerveusement les enveloppes bleues de cette correspondance amoureuse. Les mots défilent, son cœur se vide. Suffoqué de sentiments contraires et violents, il exècre ce contact direct avec les mots et déteste cet amour qui le relègue et l'exclut. Ainsi les amoureux se voient en cachette ? Le prétexte est parfait ! Le teint rougi par une sourde honte, Édouard Japy sait qu'il va user de son pouvoir pour briser celle qu'il aime plus que tout.

Meg, de retour de promenade, pose le pied sur le perron. Son père, le regard trouble, les tempes et les mains moites d'avoir plié et replié les feuillets parfumés, la convoque d'une voix qui cherche le calme. L'homme blessé assène une explication aussi soudaine que prosaïque : « Il ne faut plus penser au mariage. Ce garçon n'a pas de ressources. Pas question pour l'héritière Japy de subir une vie de garnison ! »

Silencieuse, assommée par la violence contenue de cette scène irréelle, Marguerite est happée par un vertige inconnu. Elle entend cogner les battements de la révolte et, dans sa poitrine comme fendue à la hache, un flot de poison se déverse. Écartelée entre l'amour et la haine, anéantie par l'imminence de sa ruine, seule dans sa chambre, elle plonge dans un mutisme sec, scellé comme ses lèvres qui ne tremblent pas.

Jamais, elle le sait, l'amour total et innocent qu'elle portait à son père ne fera plus briller ses yeux mutins. Fouettée par les mots voraces de cette possessivité cruelle, Marguerite, assise droite sur son lit, se décompose lentement de l'intérieur. Les jours qui suivent l'implosion, le venin libéré par cette passion paternelle s'insinue dans toutes les cellules de son corps. Chaque part d'elle, baignée jusqu'ici de l'amour inconditionnel de son père, est désormais isolée des autres par un océan de chagrin. La peine est emmurée derrière son visage lisse. Un réflexe de survie qui ne la quittera plus.

Meg est perdue, elle ne peut plus se réfugier dans les bras de son père, qui l'écarte et décide pour elle un changement d'air, un voyage à Bayonne, chez sa sœur aînée. Émilie Japy pense l'éloignement de sa fille salutaire à son mari. Elle se trompe. Il en mourra.

Je passai deux mois à Bayonne et à Biarritz, écrivant chaque semaine à mes parents, et recevant presque chaque jour de longues et tendres lettres de mon père. Puis, brusquement, j'appris que mon père était mort. Alors qu'il buvait un verre d'eau glacée, il tomba mort sur le sol… d'une crise cardiaque. C'était le 14 novembre 1888. J'avais dix-neuf ans. J'ai cru que j'allais perdre la raison. On m'a mise dans un train et je gagnai Beaucourt, trop tard, hélas, pour voir une dernière fois le visage de mon père. Le cercueil était déjà scellé[1].

À l'enterrement, les bouches aussi sont scellées. Selon le désir exprimé par la famille du défunt, aucun discours n'a été prononcé sur la tombe[2]. Dans le cimetière privé des Japy, la tombe d'Édouard est isolée dans la partie haute, bien loin du carré des illustres ancêtres. Il restait pourtant cinq emplacements libres à côté de l'oncle Octave.

*

Après une année de tristesse dans le château désolé, la veuve Japy se ressaisit. Elle répète : *Si Édouard aimait souffrir, moi j'aime construire.* La folie des grandeurs inquiète sa fille. Une verrière, un nouveau chalet près de Belfort… Marguerite essaie de raisonner sa mère. Cela ne plaît pas. Tensions, désirs d'exil. Tante Jenny a la solution. Un ami de la famille serait tout désigné. Jenny joue les marieuses et propose un peintre d'origine alsacienne qui vit à Paris. Il est connu, aisé, assez âgé pour supporter avec placidité les lubies de la demoiselle : Adolphe Steinheil, c'est celui qu'il leur faut.

Juliette, la sœur aînée de Meg, est chargée d'organiser la rencontre. Mariée à vingt ans, avec Édouard Herr, un ingénieur d'Héricourt, juste à côté de Beaucourt, Juliette a de l'ascendant sur sa cadette et lui propose un voyage. Ensemble, elles vont traverser la France de part en part, de la frontière allemande à la frontière espagnole, où le peintre mène un chantier. En cours de route, elles s'arrêtent six semaines à Paris. Elles arrivent en pleine Exposition universelle, la tour de fer de Gustave Eiffel fait lever le nez à trente-deux millions de visiteurs.

Meg se remet de ses peines entre les musées et la Seine, l'opéra et les boutiques. Juliette lui parle d'Adolphe qui veut la rencontrer. Meg hausse les épaules. Ce peintre dit « pompier », féru d'art militaire ne l'impressionne pas. Quand bien même serait-il le neveu du grand Meissonier.

Ernest Meissonier est l'un des plus grands peintres de l'époque. Il est l'auteur d'un tableau intitulé *Le Siège de Paris,* conservé au musée d'Orsay. Au centre de la toile, une femme drapée d'un voile noir représente Paris en 1871. Elle porte un énorme drapeau tricolore déchiré et à moitié brûlé qui flotte sur des corps d'hommes mutilés et de chevaux morts. En arrière-plan, le peuple de Paris, menacé par la famine, ploie sous le ciel, noir des cendres de l'incendie qui fait rage. Cette allégorie du sang versé raconte l'horreur d'une débâcle, puis celle d'une guerre civile où, avec l'assentiment des Prussiens, les versaillais, menés par Thiers, matent le soulèvement de la Commune de Paris, révolte des Parisiens contre la défaite.

Lorsque Meg visite la capitale, personne n'a oublié la Commune, la famine, les vingt mille morts. La basilique de Montmartre vient d'être terminée. Construite pour expier les crimes des communards « à l'origine des malheurs de la France », elle laisse imaginer aux monarchistes qu'ils ont fait rendre gorge à la Gueuse. Mais la République est bien là. Jules Grévy est déjà le troisième président, il a décrété le 14 juillet fête nationale et fait adopter la *Marseillaise* comme hymne de tous les Français. Il a surtout amnistié les communards, dont Jules Vallès.

Condamné à mort, l'auteur de *L'Enfant* et de *L'Insurgé* a quitté son exil londonien, pour reprendre, à Paris, la parution du *Cri du peuple,* l'organe révolutionnaire de la Commune. Il lui faut de l'aide et de l'argent. Il trouvera en cette chère Séverine une secrétaire de rédaction d'exception, et en son compagnon, Adrien Guébhard, un médecin dévoué, qui met aussi la main à la poche pour financer le journal. Avec Vallès, Séverine apprend le métier, publie ses premiers articles. Elle tient à bout de bras *Le Cri du peuple,* et en prend la direction quand Vallès meurt, chez elle, en 1885.

L'histoire de Marguerite Steinheil n'a pas encore commencé. Elle n'est encore que Mlle Japy, qui quitte Paris à la fin de l'été 1889 et reprend le train vers Bayonne.

*

À mesure que la féerie parisienne s'éloigne, l'étau se resserre, Meg ressasse. Le souvenir de son père, l'avenir incertain, et ce voyage à Bayonne, dont le nom résonne comme un bâillon. Elle sait qu'elle doit se taire, voudrait se mentir, le regard fixé sur les kilomètres qui filent vers ce destin, imprimé là, sur une photographie d'Adolphe Steinheil que Juliette sort régulièrement de son sac. Aiguë, trop sonore, la voix de Meg retentit dans le compartiment : « Encore lui ? Non, merci bien ! » Quelques voyageurs se retournent. Juliette lui fait signe de baisser le ton. Sur la photo, la mine grise du bonhomme marque au moins vingt ans de plus qu'elle. Il est maigre, portant besicles, et affublé d'une barbiche en pointe, il est plus ridicule que laid. On imagine le dialogue. Juliette insiste :

« Rencontre-le tout de même. La photo ne rend pas !

— Enfin, Juliette ! Je n'ai jamais rêvé d'épouser un homme comme cela. Je pourrais être sa fille ! »

Juliette a beau présenter le prétendant sous son meilleur jour, reconnaître qu'il est un peu vieux jeu tout en vantant sa sensibilité, sa culture, son entregent, Marguerite rit pour éviter de pleurer. L'épreuve ne fait que commencer.

À Bayonne, Juliette prévoit une visite de la cathédrale, où officie Steinheil qui restaure une fresque. Au premier regard que Meg porte vers le peintre en longue chemise perché sur l'échafaudage, le verdict est sans appel : inconsistant, timide, bigleux, vieux.

Ah ! que je hais ces commerces du corps, la vente des ventres, casés pour castrer la jouissance qu'ils respirent !

Dans ses *Mémoires*, Meg résume cette première rencontre d'une phrase aussi simple que définitive : *Il ne me plaisait pas du tout !* Femme de son époque, Meg évoque des sentiments contradictoires. Elle est déchirée, entre le souci de remplir ses devoirs de fille, la volonté de ne pas contrarier sa famille, sa mère surtout, et la mémoire de son père.

Je me demandai ce que mon père aurait pensé d'un tel mariage, et il me sembla qu'il l'aurait approuvé. M. Steinheil semblait sérieux et bon, deux qualités que mon père trouvait essentielles, et il avait beaucoup de talent, ce qui n'aurait certes pas déplu à mon père.

Elle raconte aussi avoir eu de longues conversations avec sa mère et sa tante qui lui assurent que le bonheur est plus sûr avec un homme mûr.

L'incroyable assemblage aura lieu. Soif de renom, attrait de Paris, quelles que soient les hypothèses, elles ne répondent pas à la seule question qui vaille : pourquoi cette jeune fille ravissante, cultivée et bien née épouserait-elle ce falot grisonnant ? Les commentateurs compileront les ragots. À les en croire, Meg était dévergondée, il fallait la ranger comme on remise un objet usé : il y avait cette aventure, à quinze ans, avec le fils de l'épicier, on l'aurait trouvée jupes relevées dans le salon. Le florilège scabreux commence ; il ne s'arrêtera plus.

Arrangé, contraint, forcé, le mariage reste une affaire d'hommes, dictée par son étymologie latine, *maritus*, de *mas, maris,* « le mâle ». Qu'il est amer, le goût de cette lutte que mènent les femmes pour dénoncer un sort commun que le seul sexe détermine. Filles passées de main en main, objets de marchandage, soumises à la loi du marché conclu. Cette rage me tient lieu de mobile, m'évite sans doute de penser à mes échecs, mes impasses, et à mon exil volontaire à Pierrefonds.

La quête instinctive me sort la tête de l'eau, quand je dépouille, des heures durant, des liasses d'articles et de vieux bouquins, consultables en ligne ou rapidement envoyés après trois ou quatre clics et une ponction sur ma carte bleue.

Mes réflexes me requinquent : classer, clarifier, expurger les faits, les faire parler sans précaution.

Et précisément, ils en prennent trop de précautions, les biographes qui s'attellent à brosser le portrait du peintre Adolphe Steinheil.

Né à Paris, en 1850, Adolphe est le fils unique du peintre Louis Auguste Steinheil qui, sous la monarchie de Juillet, vivait en communauté avec Daubigny, le sculpteur Geoffroy-Dechaume et Ernest Meissonier. Ce dernier épouse la sœur du père Steinheil, ce qui fait d'Adolphe son neveu, avant d'en devenir le digne continuateur. Imitateur serait plus juste ; bon nombre d'œuvres de Meissonier, vendues cher et laides, outre-Atlantique, sont en réalité de la main de Steinheil. Au-delà des miniatures hyperréalistes et des scènes militaires, Adolphe s'est spécialisé dans les vitraux, comme feu son père, dont les œuvres ornent plus de soixante-dix églises de France, Sainte-Chapelle et cathédrale de Strasbourg comprises.

C'est la raison pour laquelle Adolphe Steinheil est à Bayonne. On l'a chargé de restaurer les précieux vitraux du XVIe siècle et de raviver une fresque dans l'une des chapelles.

Meg n'a peut-être aucune attirance pour lui, mais le voir perché sur son échafaudage dans le cadre sacré et magnifique de la cathédrale a pu l'impressionner un peu aussi. Douée d'un joli coup de crayon, elle a peut-être apprécié l'idée qu'il lui donne des leçons de dessin, en écho à celles de M. Doriand. Mais cela suffit-il ?

Meg hésite et évite, mais les rencontres avec Adolphe, devenues régulières, lui semblent à tout prendre moins pénibles que celles qu'on a organisées pour elle avec d'autres prétendants, deux officiers rigides, un avocat guindé, un fat aristocrate sans oublier le gros homme d'affaires essoufflé. Quelle misère ! Elle hurlerait, si elle pouvait.

Lorsqu'elle rencontre Steinheil, elle le voit briller par instants, sous la couche poussiéreuse du quadragénaire, au seul contact de sa petite personne, comme une pierre qu'on caresse et qu'on polit. Et Adolphe semble gentil, aussi. Aux antipodes des mâles autoritaires, l'aîné des Steinheil est dévoué, travaille sans relâche pour conserver un patrimoine suffisant à ses quatre sœurs. Le bon garçon ! Pour lui, l'opportunité Meg est inespérée. Son aura d'artiste officiel lui permet de s'offrir une compagne au-delà de ses espérances, pourquoi aurait-il résisté au plaisir puisqu'il peut profiter du système et que la mère et les sœurs de Meg la poussent dans ses bras ?

La tante Jenny, surtout. Depuis la mort d'Édouard, elle s'est encore rapprochée de la famille et s'emploie tout entière à la conclusion de cette union. Quand la jeune Meg partage avec elle ses hésitations, c'est elle qui fait pression.

De retour à Beaucourt, Meg résiste encore. Loin des yeux, loin du cœur. Adolphe écrit, fiévreux, sans relâche. Meg ne répond pas à ses lettres.

Alors, il utilise les grands moyens : si elle ne répond pas, il ne répond plus de rien non plus. Il songe au suicide. Il l'écrit, en ce mois de janvier 1890, à un ami d'Octave et de Jenny. Le chantage va fonctionner.

Si Marguerite n'a jamais eu l'intention d'épouser Adolphe Steinheil, elle comprend aux allusions insistantes autour d'elle qu'elle est engagée à son insu. Elle a vingt ans, elle n'a pas le choix. En acceptant l'arrangement, Meg répond peut-être d'abord aux attentes non de sa famille qui la presse, mais de son père. Au-delà des connivences, ce moment précis de la rencontre avec Adolphe Steinheil, très vite après la disparition brutale d'Édouard, fait pencher la balance. Cette place vide, le peintre quadragénaire l'investit subtilement. Un bouche-trou adéquat à l'oracle paternel : *Aucun mari, de par le monde, ne pourra jamais égaler un père comme le tien.*

Le premier tournant de sa vie de femme, Marguerite Japy le négocie donc assez brusquement. Mais Adolphe Steinheil est plus fin qu'il n'y paraît. Douceur des manières, conversation discrète, il rouvre l'espace de la confiance, balise l'inconnu de repères, recouvre la morosité ambiante par l'attrait de la vie parisienne que Meg a goûtée, six semaines durant. Culpabilité, résignation, apaisement après les tourments, c'est peut-être simplement l'espoir de retrouver la plénitude encore si proche qui convainc Meg d'écouter la voix morne de la raison.

Ite missa est, quatre mois après le voyage à Bayonne, Marguerite Japy promet fidélité et obéissance au quadragénaire contrit. Promesses qu'elle s'arrangera pour ne pas tenir, avec la bénédiction de son époux, ce qui prouve au moins qu'elle sait limiter les dégâts.

Le 9 juillet 1890, Adolphe Steinheil, catholique, épouse Marguerite Japy selon le rite protestant.

[illegible] sur les graviers parsemés de pétales, elle s'avance vers le temple de Beaucourt qu'elle connaît si bien, le long des haies d'enfants endimanchés. Accueillie comme leur petite reine par les paysans et les ouvriers qui l'ont vue naître, Marguerite gravit d'un pas qu'elle veut léger les marches pour s'agenouiller aux côtés du peintre. Il paraît vieux comme un père, et plus malingre encore en habit qu'en chemise de travail. Nul doute que, fidèles à Édouard, les paysans aux mains noueuses qui triturent nerveusement leur casquette lâchent une larme à la pensée de cet énigmatique gâchis.

Tout le village baisse la tête quand, dix jours plus tard, Meg rentre précipitamment d'un voyage de noces qui devait durer un mois.

Les paysages d'Italie n'ont pas suffi à la distraire des pesantes dispositions de son époux. Dans son désarroi, la jeune mariée supplie sa mère de la reprendre auprès d'elle.

Quelque chose ne tient pas. Ce mariage est une réponse, mais à quoi ? L'histoire est trouée. Je retisse en vitesse : naissance de Meg en 1869, la vie de château, l'adoration du père puis sa jalousie féroce, l'éloignement à Bayonne en 1888 et la mort subite d'Édouard, un an de pleurs, le voyage Paris-Bayonne et l'arrangement d'un mariage rapide.

En repensant à ce tableau de Meissonier sur le siège de Paris, j'ai relu quelques pages d'archives sur la guerre de 1870. Pour nous, c'est loin. Pour Meg, c'est le début ! Elle n'a que quelques mois quand Beaucourt est envahi. Malgré cela, elle n'en dit pas un mot dans le récit de son enfance. Sauf le sous-entendu de ces phrases qui m'avait échappé :

Le soir, on faisait de la musique dans le grand salon, celui que pendant la guerre les Allemands avaient saccagé. Ah, il fallait entendre mon père parler de leur séjour chez nous, de ce merveilleux salon transformé en cuisine, du piano à queue devenu garde-manger et des précieux rideaux en damas rouge ancien qui avaient servi aux Prussiens de couvertures de cheval et de torchons !

Or donc ? En novembre 1870, elle marche à peine, il fait un froid glacial, quinze degrés en dessous de zéro, quand un peloton de uhlans déboule à cheval sur la place de Beaucourt. Les historiens locaux composent d'inépuisables réservoirs de détails, ils décrivent la fanfare ennemie qui tonitrue en avant-garde des troupes allemandes, les soldats qui investissent en armes toutes les maisons, les familles contraintes de loger ces soldats, en fonction des pièces disponibles.

Chez Édouard Japy, les chambres sont nombreuses. Combien sont-ils à camper au château ? La nuit, on entend les tirs de canons à Belfort. Le jour, les patrons Japy font tourner leurs usines, dans le calme, pour éviter les représailles. Tout à la gloire des industriels locaux, les chroniqueurs saluent leur sang-froid dans la ville assiégée.

Pas d'incidents. Sauf un. Une section s'empare du maire, Adolphe Japy, et de son frère, l'oncle Octave, accouru à son secours. Arrêtés, interrogés par le chef d'état-major prussien à Montbéliard, ils reviennent sains et saufs. Et l'occupation continue.

Le 27 janvier 1871, l'armée de l'Est est défaite, à quelques kilomètres de là. L'ennemi quitte définitivement Beaucourt. Le lendemain, l'armistice est signé à Versailles et Guillaume Ier sacré empereur, dans la galerie des Glaces. Pendant ce temps, les canons de Belfort résistent toujours, jusqu'à mi-février. La France a déjà perdu la guerre et deux provinces. Des centaines de milliers de jeunes hommes sont mutilés, blessés, 139000 Français sont morts. C'est dire le prix payé. Sans compter le tribut, plus de 5 milliards de francs. Le conflit entre les deux puissances ne fait que commencer. Une France humiliée par l'arrogante Allemagne qui s'unit sur son dos : les deux pays, jusque-là liés par des intérêts communs, se figent dans la posture d'ennemis héréditaires.

Comment cette guerre n'aurait-elle aucune conséquence sur la vie, sur leur vie, sur la suite ? En 1871, l'Alsace est devenue allemande, la ligne de démarcation a laissé Belfort côté français, déchirant les familles. Ils sont des milliers, Steinheil, Cuvier, Herr, Scheurer ou Dreyfus, à devoir choisir, la mort dans l'âme : devenir allemands en restant chez eux, ou, pour rester français, s'exiler par-delà la nouvelle frontière. Ce drame a raffermi les liens, cimenté la solidarité entre protestants, Juifs, Alsaciens, tous unis dans l'espoir d'une république enfin pérenne, laïque et impartiale.

Pourquoi, dans ses *Mémoires*, Meg croit-elle devoir jouer les insouciantes et n'évoquer ce terrifiant démarrage dans l'existence qu'à partir d'une anecdote paternelle sur ces butors d'occupants allemands ? Dès les premières pages, elle ment par omission. Ensuite, comme si elle continuait son roman, elle raconte son mariage. Le titre qu'elle choisit pour son deuxième chapitre est lapidaire : « Arrivée à Paris. Une séparation. Marthe. Vie parisienne ».

III

Je résolus de divorcer

ELLE EST ENFIN À PARIS, elle y vit. C'est déjà ça ! La villa d'Adolphe, assortie d'un joli jardin sur lequel donne une spacieuse véranda, est confortable, mais loin du cœur battant de la capitale. L'impasse Ronsin est située en plein quartier de Vaugirard qui, à l'époque, forme une portion hybride de la ville. On le surnomme le « quartier des bouviers », d'où l'expression « On n'est pas des bœufs » signifiant « On a d'autres manières que les paysans de Vaugirard ». Outre les bouviers, vit là une colonie de sculpteurs, qui profite de ces grandes étendues propices au déploiement de leur art.

Dans ses *Souvenirs de police, au temps de Ravachol* (1923), le commissaire-poète Ernest Raynaud raconte le quartier et précise que « la clientèle des peintres mondains n'aurait jamais osé s'y aventurer. Il y avait bien, par-ci, par-là, des peintres, plus ou moins officiellement consacrés, qui logeaient à Vaugirard, parce qu'ils y étaient, comme Adolphe Steinheil, propriétaires de leur villa, mais le compte en était vite fait ». Ce qui n'empêchera pas Marguerite de transformer sa villa en un lieu très couru.

À peine a-t-elle mis le pied au 6 *bis* de l'impasse Ronsin que la jeune mariée remplace le massif mobilier de bois noir par des bergères et des chiffonniers délicats qu'elle a fait venir de Beaucourt. Mal lui en prend ! Elle n'est pas la seule femme de la maison. Une des sœurs d'Adolphe, célibataire, vit toujours dans la demeure paternelle et conserve pieusement tous les éléments de ce décor sombre et défraîchi. Depuis six ans, les bibelots de feu leur père, Louis Steinheil, n'ont pas bougé d'un pouce. Compréhensive, Meg prend patience et s'emploie à trouver pour son encombrante belle-sœur l'époux idéal qui s'est tant fait attendre. Lorsqu'elle assiste aux noces tardives de sa belle-sœur, Marguerite est enceinte de quatre mois. La place est nette, la villa de l'impasse Ronsin se réveille. En mai 1891, Meg accouche d'une fille. En donnant la vie à Marthe, elle a bien failli perdre la sienne.

Hier, j'ai relu une nouvelle fois les *Mémoires* de Marguerite Steinheil. Dans son récit d'elle-même, les ombres restent plus grandes que les jours. Elle dit aimer son mari qui a du cœur et de l'esprit, mais pas d'ambition ni de courage. La faiblesse est son trait de caractère dominant. Il n'est pas mondain et refuse de sortir. Meg s'agite à l'intérieur comme à l'extérieur, compense l'apathie d'Adolphe par les rencontres qu'elle fait sans lui, comme celle de ce sculpteur, Auguste Bartholdi, encore un Alsacien.

Pourquoi ne mentionne-t-elle pas d'ailleurs que Bartholdi est aussi un ami de la famille, proche de tante Jenny et des Scheurer ? Pas un mot non plus sur le traumatisme de 1870 qui a transformé, après l'annexion, l'Alsacien Bartholdi en artiste militant. Dès 1880, il s'investit dans une de ses œuvres les plus fameuses, le colossal *Lion* de Belfort, hommage à la résistance héroïque de la ville. Pourquoi Meg, dans ses *Mémoires,* n'évoque-t-elle qu'une fois seulement Auguste Bartholdi, et encore, pour se moquer de ce qu'il dit de sa célèbre statue, érigée à New York, en 1886 ? *« Les Américains croient que c'est la Liberté qui illumine le monde, mais en réalité, c'est mon génie » !*

Meg joue avec sa mémoire, apparemment sans raison.

Les mondanités font diversion, les déceptions amères cèdent le pas, dit-elle, à la joie de la naissance de Marthe.

Et puis ceci :

Ce bonheur allait être de courte durée. Pour une raison que je ne veux pas divulguer, et à laquelle je ne veux même pas faire allusion, je résolus de divorcer. Je consultai en la circonstance le meilleur ami de mon mari, un juriste et procureur général réputé. Il me conseilla de partir à Beaucourt avec le bébé et de ne prendre aucune décision irrévocable. Il m'écrivit deux fois par semaine pendant les longs mois que je passai à Beaucourt avec ma mère, et le contenu de ses lettres était toujours le même : « Revenez à Paris et renouez avec lui. Pardonnez… Nous ferons tout notre possible pour rendre votre vie heureuse. »

Pas de divorce, à condition qu'Adolphe ne pose jamais de question et n'ait aucun droit de regard sur ses *occupations.* Dès le début, ce mariage n'est qu'une façade. Meg et Adolphe n'évoqueront les sujets qui fâchent que par écrit. Lui s'enferme, elle sort. Sans Marthe, écrit-elle, cette vie lui aurait été insupportable.

*

Sans Marthe, mais aussi sans ce procureur général qui l'invite en permanence, l'emmène dans le monde et dont elle ne livre que les initiales, MB. Tout le gratin se presse aux soirées du magistrat, écrit-elle, jusqu'à ce procureur Trouard-Riolle, un ennuyeux poseur qui se pense irrésistible, et qu'elle retrouvera plus tard.

Une page entière déborde de compliments envers le mystérieux MB : *intelligent, éloquent, aux manières exquises, causeur spirituel, au charme naturel, teinté de romanesque qui a tant d'attrait pour le sexe faible.* On a compris : ils seront amants. Mais qui est MB ?

Il me faut la liste des procureurs généraux de l'époque pour démasquer cet homme *exquis* qui fait chanter la bouche en cœur de Marguerite. Aucun autre homme, dans ses *Mémoires,* n'a droit à un si grand nombre de mots doux et compliments. Ce n'est pas à Pierrefonds que je trouverai la réponse. Quoique. Les archives nationales ont mis en ligne les inventaires relatifs au ministère de la Justice : « Dossiers de carrière de magistrats ayant cessé leurs fonctions entre 1900 et 1940 environ[3] ». Il m'étonnerait qu'il ait passé le cap de la Seconde Guerre. Bingo ! Merci aux archivistes ! Chaque nom est localisé en fonction de la juridiction. Plus de trente sont mentionnés à Paris, mais moins de dix ont le grade requis. Pour accéder aux dossiers personnels, il faut une autorisation. Un mail, une réponse : tout roule. Je n'en reviens pas. L'accès aux sources aujourd'hui est quasi immédiat... un rêve !

J'ai de la chance, en suivant l'ordre alphabétique, l'un des premiers noms à apparaître me semble le bon : Manuel Baudouin né en 1846, mort le 23 janvier 1917[4]. Distingué par ses supérieurs pour sa facilité d'élocution. Avocat général à la Cour de cassation en 1890, puis président du tribunal de première instance de la Seine. Procureur général à la Cour de cassation de 1901 à 1911 dont il devient le premier président.

Dans son dossier du ministère, le rapport sur sa personnalité ne laisse aucun doute : « Liant de son esprit, caractère ouvert, sympathique, sa nature franche, cordiale, ses manières distinguées, tout en lui se réunit pour attirer et séduire. D'une intelligence à la fois vive et pénétrante. M. Baudouin est entièrement et absolument dévoué au gouvernement républicain qu'il servirait avec un zèle et un dévouement à toute épreuve[5]. »

Les compliments des supérieurs de ce juriste de haut vol s'ajustent aux éloges de Meg comme des calques administratifs. Et tout colle dans les *Mémoires*, l'esprit, l'entregent, la date de son arrivée à Paris comme avocat général. MB est Manuel Baudouin.

En mal de légèreté, Meg trouve en ce magistrat de premier plan une grande figure des mondanités parisiennes qui va la propulser en avant de la scène. Le front haut, les sourcils droits et le nez fin, à quarante-sept ans, l'avenant Manuel Baudouin tient promesse et crée autour de sa protégée un cercle de fidèles pour lui faire oublier ses peines.

Tous les jeudis, Marguerite Steinheil tient désormais salon, impasse Ronsin. Baudouin y entraîne le peintre Léon Bonnat et Toulouse-Lautrec, qui succombe à son tour. L'entreprise de Baudouin prend forme : beaux-arts et magistrature, l'équipage est presque au complet. Pour lancer la perle rare de ces messieurs dans la ronde parisienne, il ne manque que des militaires. L'oncle de Marguerite fera l'affaire.

Le général Frédéric Japy*, frère de l'oncle Octave, vit à Paris à proximité de chez elle. Loin d'être un gradé de pacotille, il a été élu sénateur de Belfort après avoir combattu en 1870. Après la défaite de Sedan, il sera fait prisonnier avec toute l'armée du Rhin. Décidément, cette guerre est derrière toutes les pages, en filigrane. En moins de six mois, tout Paris se donne le mot. Meg est tellement charmante, pétillante, cultivée et ses après-midi si peu guindés, d'un raffinement tellement délicieux. Gounod s'assied au piano pour jouer sa *Rédemption*, composée pour la reine Victoria. Autour des Steinheil, ou plus précisément de Mme Steinheil, des officiels, des prétendants ambitieux, les torses chargés de décorations. Bonnat est le plus admiratif, il signe ses lettres à Meg « Ton vieux et dévoué grand-père » et trône en aïeul. Il est aussi la caution artistique du Salon : peintre officiel de la République, membre de

* *Frédéric-Benoît Japy (1826-1904), général, est l'oncle de Meg, et vit à Paris.*

l'Institut, inamovible directeur de l'École des beaux-arts et de la Société des artistes français, et aussi président du Conseil des musées. De quoi aider Adolphe Steinheil, le pousser dans la carrière et calmer ses éventuelles doléances. Il lui fera même obtenir la Légion d'honneur en 1898. Amant de cœur, Bonnat est le plus intime confident de Marguerite et restera son ami durant vingt ans.

Chez Léon Bonnat, dans son studio d'artiste où Meg vient poser, elle a tout décoré, trouvé un petit meuble, garni une fenêtre ou un sofa, avec autant d'ardeur et de goût que pour la maison de l'impasse.

Chez elle, lorsque c'est *son jour,* le jeudi, on entre dans la salle de réception par la lumineuse véranda. Dix-huit mètres plus loin, une énorme cheminée ancienne attire le visiteur, happé gracieusement de groupe en groupe par le ballet de tout ce petit monde, qui compte parfois deux cents personnes un seul après-midi.

Dans le fauteuil qui lui est attribué, le sexagénaire Bonnat est comme chez lui, la petite Marthe sur les genoux. Énergique, solide, imposant, glorieux, le colosse est ravi et manque rarement ces concerts hebdomadaires, il savoure le plaisir d'un moment de grâce, nourri du contentement de soi.

Les mains sur les touches du Pleyel, le plaisant Massenet remplace désormais feu Gounod, décédé en 1893. Sa dévotion à Marguerite s'entend à cette façon qu'il a de lui faire tinter la voix jusqu'au rire. Avec lui, elle retrouve l'insouciance de l'enfance, quand elle charmait son père au piano.

Elle seule a la faveur de jouer avec Jules Massenet les passages les plus touchants des opéras qui font son succès, et quand ils se rendent ensemble à l'Opéra-Comique, le compositeur de *Manon, Thaïs, Sapho* et *Werther*, réserve à sa « respectée, respectueuse et fidèle accompagnatrice » la primeur de ses impressions sur des billets qu'il lui envoie parsemés de portées inachevées. Il composera même, en 1898, une pièce pour chant et piano, dédiée à « Madame M. Japy-Steinheil » – remarquez la prééminence de son patronyme d'origine – sur un poème de Paul Demouth, *Le Nid*, dont le texte ne laisse aucun doute sur les sentiments que la dédicataire lui inspire :

« Si j'étais le bon Dieu qui donne
Aux oiseaux leurs nids et leurs chants,
Le soleil aux fruits de l'automne,
Le sourire aux petits enfants,
Pour cacher les terrestres fanges,
Sous tes pieds menus, pour tapis
Je ferais semer par mes anges
Toutes les fleurs du Paradis.
Mais je ne suis qu'une hirondelle
Que le vent jette sur tes pas ;
La tempête a brisé mon aile,
Voici l'hiver et ses frimas !
Mignonne, à l'oiseau de passage
Ne refuse pas le bonheur ;
Entrouve pour lui ton corsage,
Il fera ton nid dans ton cœur !
Mignonne !
Mignonne ! »

Les jeudis, Marthe, assise sur le piano du salon, met souvent la touche finale au parfait tableau. C'est un univers sans questions, comme la peinture de Bonnat, le produit d'une société bourgeoise qui fait tout pour ne pas s'en poser.

Dans cet espace contenu et convenu de l'art conservateur, bien loin de l'explosion impressionniste, l'époux de Meg va enfin trouver sa niche. Non qu'il l'ait cherchée, il profite plutôt des circonstances, ainsi va sa vie.

Alors que l'Allemagne fait sa révolution wagnérienne et que les Américains inventent la nouvelle architecture, la France préfère la peinture officielle, académique. Depuis les débuts de la IIIe République, l'art plastique ne se fait qu'à Paris et c'est celui des Salons. L'art est conçu par les notables pour les notables. Scènes historiques, portraits, voilà l'œuvre de Steinheil. Au centre du système, Bonnat avec ses multiples casquettes, grand artisan d'une entreprise censée assurer la pérennité de la peinture française, mais en freine volontairement l'évolution.

Côté littérature, François Coppée, poète le plus lu de l'époque, est un assidu des jeudis de « Madame S », c'est ainsi qu'on l'appelle désormais. Ami d'Adolphe Steinheil, il habite à côté, et passe régulièrement à la villa. Front altier, nez long et droit, il est considéré comme l'un des plus prestigieux ambassadeurs de la langue française. Académicien, depuis 1884, Coppée siège à la fameuse commission du dictionnaire. De quoi alimenter les conversations. Les dames raffolent de sa poésie, les messieurs la récitent. Coppée chante le vieux Paris et ses poulbots qui fredonnent dans les ruelles. Pas de quoi se torturer les méninges. Et pourtant, Coppée, adepte de l'art pour l'art, a offert à Sarah Bernhardt son premier rôle au théâtre. Il ne se nourrit pas uniquement de mièvreries intimistes et de clichés sentimentaux. Employé au ministère de la Guerre durant le conflit de 1870, il a gardé une face noire, gorgée de rancune et d'aversion contre les « étrangers ». Il se targue bientôt d'être la tête pensante du renouveau patriotique. Avec le temps, ses dispositions ne vont pas s'arranger.

Séverine, d'ailleurs, ne s'y est pas trompée, elle s'est fait les crocs sur lui, dix ans plus tôt, dans son premier article du *Cri du peuple,* en flétrissant Coppée, « poète du peuple devenu poète de cour[6] ».

Meg pour l'instant ne s'en rend pas compte. Elle est simplement flattée que Coppée apprécie ses jeudis, trop heureuse qu'Adolphe ait *un ami.* Elle réprouve du bout des lèvres cet esprit belliqueux qui glorifie la sainte revanche contre l'Allemagne, et le poète l'agace un peu. Que connaît-il de cette guerre, ce Parisien qui l'a passée derrière son bureau et ses paperasses au ministère ? Mais Meg passe outre. Coppée fait partie des intimes les plus célèbres, dont la pléiade attire les nombreux étrangers qui goûtent, impasse Ronsin, à quelques délices du Tout-Paris. Ceux qu'elle préfère, ce sont les Russes, princes du sang, officiers ou hussards de la garde impériale… Quelque chose de M. Doriand ?

IV

Cocotte capiteuse

Manifestement, les relations mondaines de Marguerite Steinheil tiennent nettement plus à la personnalité des artistes qu'à la portée de leurs œuvres. Grands noms ou réputations surfaites, ce sont avant tout des amis avec lesquels elle entretient une forme de lien empathique. Elle cherche à partager des moments d'harmonie, que seul l'art peut susciter chez tant de monde à la fois, à conduire sa petite cour comme bon lui semble, et s'endort le jeudi soir, comblée de compliments.

Sans doute garde-t-elle aussi l'espoir de pousser Adolphe sur le devant de la scène, ce qui semble peine perdue. Steinheil ne produit rien. Rongé, déprimé, le peintre fuit dès que possible le brouhaha mondain et se réfugie dans son atelier où l'attendent ses toiles en chantier. Comme le seul portrait qu'il fit de Meg, resté inachevé.

Au propre comme au figuré, Steinheil est dans l'impasse. Morose, pris d'accès nerveux, il est fatigué de voir Marguerite s'agiter pour trouver des acheteurs à ses toiles. La situation est à ce point intenable qu'elle songe à nouveau au divorce. Chacun l'en dissuade, mais pas tous pour les mêmes raisons. Légalement, grâce à la loi Naquet, le divorce est redevenu possible depuis 1884. Pour beaucoup, cela reste une honte, pour Meg, ce serait aussi la fin de son salon. La comparaison entre Meg et Séverine s'impose encore. Séverine fut l'une des premières Françaises à divorcer. Il faut dire qu'elle avait été mariée de force à un employé du gaz, à seize ans. Dix ans plus tard, elle divorce pour épouser le docteur Guébhard, dont elle aura un second fils. Elle lui confiera ensuite les deux enfants pour se consacrer à sa carrière. Marguerite, elle, n'aura jamais le courage de partir. Elle pense aussi surtout à Marthe, à son avenir. Et elle a pris goût à cette prison.

J'ai expérimenté une singulière sensation, sans laquelle, après l'avoir connue, vous ne pouvez plus vivre ; être toujours entourée de vingtaines d'amis (et de quelques ennemis aussi), jour après jour, au point que la solitude devient impensable – une pensée aussi éloignée de vous que la vie d'une île déserte ; entendre chaque jour quelque chose de nouveau, d'inattendu, renouveler constamment son petit stock de connaissances ; et surtout le sentiment que tout ce mouvement ne s'arrêterait jamais.

Que vous le vouliez ou non, vous y mettez votre esprit, vos nerfs, votre cœur et votre vitalité ; et vous recevez en retour des pensées, des suggestions, des idées et quelques fois une compassion sincère. Vous appartenez de moins en moins à vous-même et de plus en plus aux autres, à ce qu'on appelle le monde. Quelquefois, vous recevez moins que vous ne donnez, et vous rentrez épuisée d'une soirée au cours de laquelle vous avez parlé, polémiqué, conquis, conseillé, persuadé et consolé – et aussi chanté et joué, et écouté ; et si vous n'êtes pas trop fatiguée pour penser, vous vous dites intérieurement : c'est moi la dupe, et pas seulement de la vie, mais de mon propre cœur.

Je trouvais alors refuge dans de longues conversations avec mon mari, dans son studio, où je l'aidais pour son travail, et dans le tendre amour de ma mère. Ou je prenais ma petite Marthe contre mon cœur, et un désir violent me prenait de voler avec elle vers Beaucourt, dans ce magnifique Beaucourt, dans la maison de ma jeunesse heureuse, et d'y mener une vie simple, normale avec mon enfant ! Mais Paris ne laisse pas échapper ses victimes…

Mère, femme d'artiste et d'intérieur, Meg met son talent au service de la carrière de son mari, qu'elle ne se résout pas à voir sacrifié sur l'autel de la neurasthénie. Bien sûr, le deuil de ses illusions romantiques lui fait mal, mais, malgré les déceptions, elle prétend que sa tendresse pour Adolphe demeure intacte, un peu comme celle d'une mère pour le plus faible de ses enfants. Elle n'accepte pas qu'il la touche. Son corps et ses élans, elle les partage avec d'autres. Et elle excelle dans l'art du plaisir, qui dépasse les brefs ébats charnels.

Meg veut être tout à la fois, mère, épouse, amante. Elle se veut parfaite, petite femme, inépuisable d'énergie et d'allant, qui trouve, entre les tâches domestiques, le temps de rencontrer l'un ou l'autre de ses admirateurs. Avec malice, et sans doute un peu de jalousie aussi, les commentateurs de sa vie en ont établi la liste impressionnante.

Vieux réflexe féministe, je voudrais m'arrêter sur la thèse facile de la putain de luxe qui se jette dans les bras et sous les draps du premier venu pour assouvir ambition et soif de pouvoir. Ce serait hypocritement ignorer les usages commodes mis en place par et pour les hommes avec lesquels les femmes, un tant soit peu indépendantes, doivent jouer. À qui s'en sortira le mieux..., car les usages ont ceci de particulier qu'ils permettent aux premiers de reprocher aux secondes de satisfaire à leurs demandes. Singularité et permanence de cette calomnie, dès qu'il s'agit de femmes, on s'en prend à leur sexe, à leur sexualité, pour les salir, comme si elles étaient seules à en jouir. Ce combat contre le fléau misogyne est celui de ma vie, comme il fut celui de Séverine.

Séverine, encore, fil conducteur vers Meg, qu'elle va croiser, à plusieurs reprises. À ce stade de l'histoire, sans que l'une et l'autre se soient encore rencontrées, Séverine publie un article où elle relate un fait divers qui la fait frémir. Pas une anecdote, un fait historique, emblématique. C'est en 1891. Meg est proche d'accoucher.

Lors des défilés du 1er mai, l'armée a reçu pour instruction de tester ses nouveaux fusils Lebel. À Fourmies, dans le Nord, la troupe tire sur les manifestants, blessant ou tuant des ouvriers, sans épargner leurs enfants ni les jeunes femmes qui marchaient en tête de cortège. Au-delà du cynisme assassin de cet « exercice », la journaliste condamne aussi son confrère du respectable quotidien *Le Temps,* qui signe le commentaire suivant : « Au premier rang et parmi les morts, on peut le dire maintenant, des femmes de mœurs fort légères » !

Femmes amoureuses, femmes dangereuses ? Les archives de la police l'attestent : sur les neuf morts du cortège, il y a quatre filles de seize à vingt ans, tuées chacune de plusieurs coups de fusil. Séverine s'est insurgée, elle est la seule ! Elle subira en personne les effets de ces mêmes calomnies, traitée de putain par d'anciens camarades du *Cri du peuple* qui, ajoutant l'ignominie à la calomnie, écrivent dans leur nouveau journal, *La Voix du peuple*, que leur ancienne patronne a été vue avec son amant dans des latrines publiques. Ils prennent même la peine d'en envoyer un exemplaire au domicile de son fils, Roland Guébhard.

Cette insulte ravive en moi le goût mauvais d'une tactique trop connue, qui n'a malheureusement pas cessé depuis le XIXe siècle, et qui consiste à traiter de putain toute femme qui tente de se réapproprier sa vie, ou, du moins, son corps et sa parole.

Dans le cas de Marguerite Steinheil, l'équation est simple : tous les hommes d'État, tous les hommes en vue, et, finalement, tous les bourgeois de l'époque ont des maîtresses. Où pourraient-ils les trouver, sinon dans ces salons où se mélangent les sexes au nom de la conversation ? Passée maître dans cet art si français, Meg étonne d'ailleurs souvent par une forme de franchise, de crudité qu'elle met dans la traduction de sa pensée, et qu'elle atténue par son maintien gracieux d'aristocrate campagnarde. Lorsqu'elle se laisse aller au plaisir tellement codé de la conversation, son enthousiasme est sincère, et elle le partage. On est loin d'une forme d'étiquette, ou d'idéalisme, Marguerite Steinheil a simplement la conviction toute personnelle que le bonheur qu'elle s'octroie ne peut que rejaillir sur ses proches. Elle redistribue le bonheur.

Courtisée par la majorité des hommes qui fréquentent son salon, elle est, à vingt-cinq ans, absolument séduisante. Son seul souci est de trouver celui qui lui apportera ce qu'elle cherche. Mais que veut-elle ? Moins la quête éperdue d'une partie de draps froissés que cet éden autrement inspiré qu'elle a mis toute sa science à édifier. Retrouver le goût du paradis perdu par des rencontres secrètes, des moments émouvants, des mots doux envolés.

D'exquis duos en visites et promenades, les prétextes esthétiques ne sont pas que des faux-semblants. De plus en plus distante avec son mari, Marguerite Steinheil apprend ailleurs tout ce qu'elle désire partager. Déçue par celui qu'elle croyait pouvoir aimer, elle cherche. Les hommes qui vont compter dans sa vie répètent peut-être ses premières conquêtes : le reflet de son père, châtelain, héritier d'industrie, comme nombre de ses amants ; l'âme russe des grands-ducs en écho à papy Doriand et les raffinements impériaux. De Briand à Félix Faure, en passant par Manuel Baudouin, son élévation sociale pourrait en remontrer à son milieu d'origine. Son ambition personnelle suffit-elle à expliquer sa fulgurante trajectoire, jusqu'au cœur du pouvoir politique comme le suggèrent ceux qui publient la liste de ses nombreux amants ?

La presse et la littérature scandaleuse ne prendront pas de gants pour désigner les heureux élus. Restons prudents, notamment pour d'évidentes raisons de chronologie. Après le magistrat Baudouin, qui lui présente des collègues comme le juge Lemercier, des hommes d'affaires se retrouvent eux aussi impasse Ronsin et dans les petits papiers de Meg. Il y a Alfred Chauchard, le fondateur des Grands Magasins du Louvre, devenu célèbre pour avoir remporté l'enchère à 800 000 francs-or de *L'Angélus* de Millet, contre le Metropolitan Museum de New York (il fera don de sa collection au Louvre, en 1909). Il y a aussi Camille Groult, magnat des pâtes alimentaires du même nom. Ils auront à leur heure, nul ne sait quand exactement, d'autres cadres pour leurs rendez-vous privés. De tous ces messieurs en jaquette qui peuplent sa vie à l'abri du besoin, Marguerite Steinheil va tirer le meilleur parti. Le premier d'entre tous s'appelle Félix Faure.

Ce sixième président de la IIIe République n'est pas resté pour les historiens une grande figure de la politique française. Mais prononcer son nom, c'est immédiatement convoquer les circonstances de sa mort rocambolesque. Félix Faure est mort d'épectase, des suites d'une fellation, dans les bras de celle qu'on surnommera la « Pompe funèbre ».

Mme Steinheil a tiré sa célébrité de l'épisode. Dans toutes les mémoires, elle restera comme la prétendue cocotte du fameux : *Le Président a-t-il toujours sa connaissance ? Non, elle est sortie par l'escalier de service.* Une fois encore le mécanisme a fonctionné à merveille. Plus d'un siècle a passé et il opère toujours. Les surnoms, adjectifs et insultes la poursuivent : Messaline du lit, Pompadour, Circé de la République, Du Barry de Vaugirard, Veuve rouge. Même Clemenceau y va de son mot, sur Félix Faure : « Il voulait être César, il ne fut que Pompée ».

En 1975, le magazine télévisé français « Contre-enquête » s'intéresse au cas de la prétendue cocotte, dans une reconstitution, entre fiction et investigations. Commentant l'émission, une femme, alors journaliste à *L'Aurore,* Michèle Stouvenot, présente cette « courtisane délirante » comme une « hystérique, névropathe, menteuse, passible du crime d'amour, car elle eut une centaine d'amants ».

Séverine elle-même a inauguré le florilège anti-Meg par une métaphore antique, la comparant à « une Méduse moderne qui roule ses serpents en bigoudis ». Florilège que complète, avec un acharnement impressionnant, Thierry Billard, l'auteur d'une thèse de doctorat sur Félix Faure, parue en 1995, pour qui Meg est successivement « froufrouteuse effrontée, catin du pouvoir, cocotte capiteuse, catin émérite, courtisane moderne, femme de tête et de charme, acharnée charnue, Lucrèce Borgia de l'Élysée, amante macabre » sans oublier l'élégante description physique de « sa silhouette grassouillette de bagasse de luxe ». Et soucieux qu'on l'ait bien compris, ledit Billard ajoute que Marguerite Steinheil est aussi un « beau brin de gourgandine arriviste », une « amante religieuse monnayant ses charmes », une « ardente hétaïre », « la baroudeuse des boudoirs », une « cabotine redoutable », qui se révélera au cours de son procès « lionne aux abois », « accusée aux aguets », et « dompteuse du non-dit »[7].

Je ne sais si ce biographe déteste les femmes ou s'il essaye de cacher une vérité, mais la multiplication d'anathèmes ressemble à un très fort *Circulez, il n'y a rien à voir !* Et si Marguerite Steinheil n'était qu'une passade dans la vie de Félix Faure, pourquoi lui consacrer le premier et le dernier chapitre d'une thèse de doctorat ?

Cet acharnement m'a donné envie de creuser. Je repars du début, la rencontre des deux amants que les historiens situent en 1897. Dans les faits, c'est ici que tout commence, ou dérape. Omissions des uns, petits mensonges que Meg cultive elle-même dans ses *Mémoires*, autant de révélateurs d'un océan de lacunes. J'ai relu une douzaine de fois les pages qui relatent sa rencontre avec le Président. Et cela ne tient pas, on va voir pourquoi.

Mais qui est-il, d'abord, ce nouveau président fils d'un chaisier du Havre ? Et comment obtient-il la magistrature suprême ? Le 13 janvier 1895, lors de son élection surprise, en remplacement de Casimir-Perier, démissionnaire, beaucoup des électeurs voient en Faure, alors ministre de la Marine, le fils prodigue d'une République qui romprait enfin avec des lignées de dirigeants bien nés. Ancien tanneur, il ouvre la voie à la République des méritants. De courtes études, sans grec ni latin, une instruction d'un pragmatisme résolument moderne et républicain, deux ans en Angleterre pour se familiariser avec la langue, Félix Faure s'est enrichi en vendant du cuir. Son commerce au Havre a prospéré, il s'est impliqué dans la politique économique locale, il est habile et, son parcours le prouve, sait se servir des rouages pour gravir l'échelle du pouvoir. Sous-secrétaire d'État aux Colonies dans l'éphémère gouvernement de Gambetta (1881), il symbolise ce que les historiens ont appelé, sans connotation péjorative aucune, la « République des opportunistes », entendez : d'un pragmatisme modéré.

Arrive le scandale de Panama, la gigantesque escroquerie du financement du percement d'un canal en Amérique centrale, qui ruine des milliers de petits épargnants. Toute la classe politique est balayée, Clemenceau commence un purgatoire de dix ans, Félix Faure passe entre les mailles. Il devient Président en 1895.

Juste avant son élection, à l'automne 1894, le scandale d'une trahison militaire au profit de l'Allemagne éclate. C'est le début de l'affaire Dreyfus qui va ouvrir et fermer le septennat de Félix Faure. Meg entre en jeu. Une simple danseuse du Président ? Mais depuis quand se connaissent-ils ?

Début août 1897, le couple Steinheil se rend dans les Alpes où Adolphe doit peindre un vaste panorama, commande du Club alpin français pour l'Exposition de 1900. Au même moment, très attaché à l'armée, le Président, qui a fait vœu d'assister à tous les mouvements de troupes, s'est joint aux manœuvres de l'armée française, près de la frontière que gardent les forces alpines.

Il faut lire les comptes rendus qui font la part belle à ses changements de costumes, une parade, ni plus ni moins : étiquette et protocole, béret crème et guêtres assorties, à cheval ou en voiture, le Président visite ses troupes, la tête haute et l'œil bleu cerclé d'un lorgnon. Et voici qu'à la descente d'un col il rencontre Mme Steinheil. Elle prend quelques clichés en compagnie du petit juge Lemercier, le magistrat ennuyeux qu'on a croisé plus tôt, un amoureux transi. Rappelé comme officier de réserve, Lemercier prend part à ces manœuvres. Échange de civilités présidentielles, puis chacun continue sa route.

Sauf qu'on annonce pour le lendemain un changement de programme. Au lieu de déjeuner tranquillement sous sa tente en observant à la jumelle les mouvements de ses troupes sur le col de la Vanoise, Félix Faure décide de participer à l'exercice que mène le général Zurlinden. Le Président fait envoyer des voitures chargées de victuailles pour improviser une collation au sommet, à 2600 mètres. À 5 heures du matin, Félix Faure, les généraux, les officiers et tous les journalistes se préparent à partir à l'assaut du col de la Traversette à dos de mulet.

Le témoignage du général Zurlinden ne saurait être mis en doute, qui fait mention d'une visite inattendue :

« La veille du jour où devaient avoir lieu la manœuvre et mon expédition arrivèrent des officiers de haut grade italiens. Ils furent retenus à dîner par le Président. En traversant Termignon pour me rendre à cette réunion, je rencontrai M. Boucher, le ministre du Commerce ; il m'apprit que nous aurions avec nous, pour traverser la Vanoise, la jeune femme d'un peintre qui nous avait photographiés l'avant-veille [...] Pendant qu'à table on dépliait les serviettes, j'annonçai au Président cette jolie recrue que venait de faire ma caravane.

M. Boucher compléta mes détails ; mais le Président ne répondit rien et resta à penser pendant une ou deux minutes. De mon côté, il me sembla que ce silence venait cacher un petit mystère, que j'avais peut-être commis une gaffe[8]. »

Félix Faure invite le couple Steinheil à dîner. Arrangée ou pas, antérieure ou non, la rencontre avec Meg sera immédiatement suivie d'effets. Le Président passe commande au peintre Steinheil d'un tableau immortalisant la cérémonie du lendemain, en l'espèce, la remise d'une décoration au régiment des trois chasseurs alpins qui ont trouvé la mort six mois plus tôt au col de la Traversette. Mais le lendemain, le fait est attesté par de nombreux témoins, Marguerite Steinheil décline une nouvelle invitation, à déjeuner cette fois, du président de la République. Qui oserait ?

Dans ses *Mémoires,* Meg tente une explication : c'est Adolphe qui a proposé au Président d'immortaliser la cérémonie. Quand on connaît la timidité maladive du peintre, on est en droit d'en douter. Et elle ajoute : *Nul besoin de dire que j'avais déjà vu le Président auparavant. Depuis plusieurs années j'avais assisté de façon régulière à des cérémonies à l'Élysée et avais fait la connaissance de Félix Faure, comme j'avais fait celle de Carnot ou de Casimir-Perier. Je m'étais même longuement entretenue avec lui en l'une ou l'autre occasion alors qu'il était ministre de la Marine.*

Nous y voilà. Si l'on revoit l'histoire à la lumière de cette précision, leur aventure prend une tout autre allure. Dans sa volonté d'introduire Meg dans les cercles prisés, MB, Manuel Baudouin, les a présentés l'un à l'autre, tout comme il l'a mise en contact avec le juge Lemercier qui, le moment venu, jouera les intermédiaires. Félix Faure, c'est attesté, aimait les femmes. On lui prête nombre de liaisons, dont l'une, déterminante pour notre histoire, avec l'épouse de son ami, le comte de Martel de Janville, Marie-Antoinette Gabrielle Riquetti de Mirabeau, plus connue sous son nom de plume de Gyp.

Roger de Martel a fait la guerre de 1870 sous les ordres de Félix Faure, au Havre. Durant les hostilités, dans le château familial de Janville, occupé lui aussi par les Prussiens, sa jeune épouse croque la vie quotidienne dans un petit journal humoristique. Elle a de qui tenir : sa mère, Marie de Mirabeau, est une femme de lettres connue qui accompagne sa fille lors des courtes visites qu'elle rend à son époux au Havre. C'est là qu'ils font la connaissance du futur président dont Marie de Mirabeau signe le portrait.

Durant le conflit, une amitié profonde naît entre Félix Faure et le couple Martel. Intelligente et fantasque, Gyp incarne le paradoxe gracieux d'une femme de l'Ancien Régime qui s'habille en garçonne. Prolixe en écrits politiques, soutien financier de sa famille, mais farouche opposante à la *féminisation* de la France, Gyp a du talent. Elle va devenir la plume antijuive. L'affaire Dreyfus n'a pas encore éclaté.

Un quart de siècle plus tard, le 30 mai 1894, quand Félix Faure entre au ministère de la Marine, Roger de Martel intègre son cabinet. C'est dire si leurs liens sont étroits. Le 17 janvier suivant, il accède à la magistrature suprême. Félix Faure, le modéré, est élu grâce aux voix de la droite. Dans le tourbillon du succès, a-t-il pris la mesure de la démission de Casimir-Perier, son prédécesseur, après six mois de présidence ?

Personne n'évoque alors la trahison d'un militaire français au profit de la Prusse. Une lettre, le fameux « bordereau », a été trouvée par les services secrets français dans la corbeille d'un attaché militaire à l'ambassade d'Allemagne. Elle émane d'un officier français félon qui livre des informations sensibles à l'ennemi. Quand, le 10 octobre 1894, Casimir-Perier a été informé des soupçons qui pèsent sur le capitaine Dreyfus, l'état-major cherchait depuis quelques semaines déjà le coupable. Le 15 octobre, le méritant capitaine Alfred Dreyfus est convoqué au ministère de la Guerre, « en tenue bourgeoise », pour une simple inspection dont il ressort avec les arrêts de rigueur, accusé de trahison. L'écriture du bordereau a été comparée à celle de Dreyfus, Juif alsacien parlant allemand. Le très réputé criminologue Alphonse Bertillon, chef du service anthropométrique à la préfecture de Police, confirme les accusations des militaires et authentifie l'écriture du fameux bordereau comme étant celle de Dreyfus.

Le 21 décembre, sans qu'il ait pu revoir sa famille, Dreyfus est reconnu coupable du crime de haute trahison à l'unanimité des sept juges du tribunal militaire et condamné à la déportation à vie. Le 5 janvier 1895, il est publiquement dégradé dans la cour de l'École militaire, décorations et insignes arrachés, la lame de son sabre brisée devant les journalistes, artistes et célébrités du Tout-Paris qui ont pris place dans la cour alors que, massée derrière les grilles, la foule hurle « À mort ! À bas les juifs ! ». Le capitaine garde la tête haute.

Dès le lendemain, Maurice Barrès se lâche dans un article intitulé « La parade de Judas » paru dans *La Cocarde :* « Quand il passa près de nous, il s'écria : "Vous direz à la France entière que je suis innocent !" Sa figure, de race étrangère, sa roideur, toute son atmosphère révoltent l'homme le moins prévenu. Quand j'ai vu Émile Henry* entraîné à la guillotine, je n'avais pour lui qu'un sentiment fraternel. Mais avec celui-là nous n'avons rien à faire[9]. »

Casimir-Perier, empêché de gouverner depuis qu'il a été élu six mois plus tôt, démissionne le 14 janvier. La France n'a plus de président. La bombe Dreyfus est lancée. Elle n'a pas encore explosé.

Lorsque Félix Faure prend les rênes de l'État, il a pour ambition de réaliser une grande œuvre de libéralisme, de laïcité, de rayonnement diplomatique et de colonialisme. Il va chuter sur cette affaire franco-française qui va miner sa présidence et sa vie.

---

* *Anarchiste auteur d'attentats meurtriers à Paris en 1892 et 1894.*

V

Meg contre Gyp

Avec l'affaire Dreyfus, la France se fracture. La presse antisémite se déchaîne, menée par l'écrivain Édouard Drumont, auteur de *La France juive* en 1886 et toujours record des ventes dix ans plus tard. Ce journaliste, ami et voisin de palier de Séverine, sonne la curée contre Dreyfus.

Une poignée d'hommes qui commencent à douter de la culpabilité du capitaine se réunissent. Ils comptent sur un contact direct avec le Président. Deux sont des amis de Félix Faure : Joseph Gibert, le médecin qui l'a accompagné en 1870, et Auguste Scheurer-Kestner, son collègue en politique, qui fut, comme lui, l'un des proches de Gambetta.

J'ai cru au début que les liens familiaux entre les Scheurer et les Japy étaient le sésame de Meg pour entrer dans le cercle restreint du nouveau président. Il semble plutôt que c'est Gibert qui, le premier, est passé à la manœuvre. Le 21 février 1895, le médecin tourne d'un pas décidé l'angle de la rue du Faubourg-Saint-Honoré en route pour son rendez-vous à l'Élysée ; dans sa poche, une lettre que lui a remise le frère aîné du capitaine, Mathieu Dreyfus.

Gibert, compagnon d'armes du Président, est confiant : leur amitié forgée dans l'expérience de la guerre ne s'est jamais démentie. Le docteur Gibert, installé au Havre, rencontre fréquemment Faure qui y prend ses quartiers d'été. Ils n'ont jamais eu de différend et sont toujours francs l'un avec l'autre. Le docteur, qui a connu le père du capitaine Dreyfus, ne peut croire en sa culpabilité. Il fait de son mieux pour convaincre le tout nouveau président, mais déchante rapidement, comme il le confie dans une lettre à l'historien Gabriel Monod. La rencontre de l'Élysée tourne au fiasco :

« Avant tout autre chose, je remis à Faure une lettre du capitaine Dreyfus, datée de l'île de Ré, la première qu'il écrivait depuis sa dégradation et dans laquelle il racontait à sa femme l'odieux, mais juste traitement de la foule, qui le croyait coupable, à La Rochelle. Cette lettre aurait fait pleurer des pierres. Elle toucha le Président sans l'ébranler. Alors eut lieu entre lui et moi la conversation suivante :

“Cette lettre ne vous convainc pas. Mais alors, dites-moi comment un homme a pu commettre un pareil crime sans mobile ?

— Comment sans mobile ?

— Aucun de connu : famille honorable (et alors je raconte tout ce que j'en sais). Quant au condamné, enfance et jeunesse irréprochables. Son passage à l'École polytechnique et à l'École de guerre est signalé par des notes exceptionnelles. Il se marie jeune, il a deux enfants ; il ne joue jamais, il n'a jamais mis les pieds dans un tripot ou un mauvais lieu. Enfin, toute son ambition est du côté de la France. Qu'aurait-il à attendre des Allemands ? Rien que le mépris. Ainsi aucun mobile, car il est le plus riche des jeunes capitaines d'état-major. Quoi ? Quoi ? Puisqu'il n'est pas fou ?

— Il y a un mobile.

— Lequel ?

— Je ne puis pas le dire : le cœur de l'homme est plein de mystère."

C'est alors que le président Faure avoue l'inavouable :

"Il n'a pas été condamné sur les faits d'audience, mais sur le vu d'une pièce que nous n'avons pas pu soumettre à l'accusé ni au défenseur, dans la crainte d'incidents diplomatiques.

— Et cette pièce ?

— Je ne puis rien vous dire, sinon qu'elle ne laisse aucun doute sur la trahison." »

Et le docteur de conclure : « Ainsi, peu de jours après la dégradation, le président Faure avouait cette chose horrible qu'un malheureux était condamné à une peine infamante sans pouvoir se défendre[10]. »

La révélation du président Faure prend, pour le médecin, des allures de confirmation.

Attention ! Rationalistes, s'abstenir ! Depuis de nombreuses années, Gibert expérimente l'hypnose, et effectue des recherches sur ces états modifiés de conscience avec une somnambule normande particulièrement réceptive, Léonie Leboulanger. Le grand professeur Pierre Janet a d'ailleurs passé, en 1885, une quinzaine de jours en leur compagnie au Havre ; il en a tiré une communication qui atteste le phénomène[11].

Peu avant de rencontrer le chef de l'État, Gibert a convaincu le frère de Dreyfus de tenter l'expérience de l'hypnose pour obtenir des informations sur cette incompréhensible affaire. Le récit que livre Mathieu Dreyfus de ces séances est édifiant[12]. Quelques indices troublants ont eu raison de son scepticisme. Dans sa vision, Léonie Leboulanger a remarqué qu'à l'île de Ré le capitaine Dreyfus porte des lunettes et non son lorgnon habituel. Elle évoque aussi spontanément une pièce d'instruction secrète à charge du capitaine, non versée au dossier.

Aujourd'hui, il ne fait plus aucun doute que le procès a été truqué et que cette pièce secrète a bien existé ; le faux a précipité Alfred Dreyfus dans l'horreur du bagne, et le président de la République dans un aveuglement dont il ne sortira que tardivement.

Offusqué de devoir s'expliquer sur une affaire qu'il juge classée, Félix Faure oppose une fin de non-recevoir à Gibert, qui prend congé, non sans avoir au préalable proféré à l'encontre du chef de l'État une sentence en forme de menace qui n'a pas plu, c'est le moins qu'on puisse en dire, à son illustre destinataire : « Ne vous associez pas à ce crime ! Prenez garde, mon cher président, qu'il ne retombe sur vous ! »

Tout cela, pense le nouveau président, sera vite oublié. Sauf pour la famille du condamné et une poignée d'illuminés, l'affaire Dreyfus n'en est pas une. Félix Faure s'en persuade. Il n'a pas lu ces mots de Mathieu Dreyfus, qui donnent la mesure de l'impasse dans laquelle se trouvent le condamné et ses proches :

« Mon frère n'avait pas été jugé. Il avait été assassiné. Que pouvais-je faire ? Rendre publique cette violation de la loi, protester : je n'avais pas la preuve de cette communication. Je ne pouvais appeler en témoignage le président de la République, qui, sans doute, eût démenti le docteur Gibert.

Je n'avais aucun appui dans la presse, ni dans le monde politique. L'opinion publique nous était profondément hostile. Ma voix serait restée sans écho, j'aurais crié dans le vide[13]. »

Gibert est un Havrais, comme Faure, mais il a épousé Fanny Dollfus, riche héritière, historiquement liée aux Koechlin. Cofondatrices de l'industrie textile mulhousienne, comme les Scheurer, ces deux familles donnent à Mulhouse de nombreux maires. Les Dollfus, Koechlin, Japy, Scheurer et Kestner sont aussi des piliers de la Société industrielle de Mulhouse, l'association savante qu'ils ont créée au début du siècle afin de faire rayonner leur savoir-faire, étudier les nouvelles techniques et favoriser l'émulation économique et intellectuelle. Le grand-père paternel de Meg, Julien Japy, comme son frère Ingénu, y côtoient Auguste Scheurer, un industriel érudit père du futur sénateur. Le mariage de la sœur d'Auguste, Louise Scheurer, avec Ingénu Japy, trace une ligne directe entre Meg et le sénateur dreyfusard. Celui qui prendra le nom d'Auguste Scheurer-Kestner est son grand-oncle. Mais la surprise vient aussi d'ailleurs.

Trois semaines après sa rencontre avec Faure, Joseph et Fanny Gibert marient leur fille Emma au docteur Fernand Monod, frère de Gabriel, le célèbre historien. Issu d'une grande famille havraise, également industrielle, protestante et originaire de Suisse, Fernand Monod est lui aussi convaincu de l'innocence de Dreyfus. Il est d'ailleurs en contact avec la famille du condamné qu'il tente de conseiller afin de faire advenir la vérité.

Ce 12 mars 1895, au cours du banquet de mariage qui a lieu au Havre, bastion électoral de Félix Faure, le sujet « Dreyfus » est naturellement au cœur de certaines conversations. Dans ces discussions, chacun sait le Président réticent, incomplètement renseigné sans doute. Comment lui ouvrir les yeux, rester informé de son état d'esprit et surtout faire échec à Gyp, l'influente maîtresse antisémite en qui Faure a toute confiance ? Faure est sous emprise. Il suffit de lire la missive qu'il lui envoie, à peine installé à l'Élysée, pour saisir le poids de son influence : « Je veux faire mon devoir et j'ai besoin du concours de mes amis. Vous êtes, Madame, des meilleurs – ainsi, je veux de vous la constance de cette sympathie que vous me témoignez depuis longtemps. »

Soucieux d'assurer à Gyp sa confiance partagée, Félix Faure fait d'ailleurs nommer son mari, Roger de Martel, à un poste à la mesure de ses compétences : il supervisera les écuries de l'Élysée.

De là à imaginer que Joseph Gibert ait eu l'idée d'utiliser Meg Japy pour contrebalancer l'influence de Gyp dans le Saint des Saints, il n'y a qu'un pas. L'hypothèse semble un peu tirée par les cheveux, mais la généalogie des familles m'est venue en aide, jusqu'à la rendre parfaitement plausible.

L'étroitesse des liens entre les Koechlin, Peugeot, Japy et Scheurer se réaffirme au cours de nouvelles noces dans les mois qui suivent le mariage d'Emma Gibert. Le 6 août 1895, Robert Peugeot, futur grand patron de la firme automobile, épouse Jeanne, dite Jeanjean*, cousine germaine de Meg, à la mairie de Valentigney, à quelques kilomètres de Beaucourt. Le lendemain, après la cérémonie devant le pasteur luthérien d'Audincourt, une grande fête rassemble toute la famille autour des jeunes mariés. Sur la photo, une série de personnes non identifiées. Celle qui attire le regard, la plus jolie de toutes, n'est autre que Meg. Quand on compare ce cliché à la photo frontispice des *Mémoires,* le doute n'est pas permis. C'est elle qui fixe de ce regard si singulier l'œil du photographe. Meg est là. Tous sont au courant qu'elle tient salon à Paris, qu'on y croise le beau monde, et certains savent déjà qu'elle pourrait réussir là où le docteur Gibert a échoué.

L'affaire Dreyfus déchire désormais la France, elle va unifier les familles protestantes alsaciennes. Alfred Dreyfus est né à Mulhouse. Après la défaite de 1871, son père, industriel dans le textile, a lui aussi choisi la nationalité française[14]. Son fils se serait même engagé dans l'armée dans l'espoir de contribuer à la réannexion de l'Alsace. Les premiers

* *Jeanne, fille de Suzanne Peugeot et Philippe Julien, le frère d'Édouard Japy, épouse Robert Peugeot, fils d'Hélène Koechlin. Suzanne Peugeot était la fille de Constant Peugeot et de Caroline Japy. Caroline est la sœur d'Octave.*

à prendre la défense de Dreyfus, au début de janvier 1895, avant même l'arrivée de Faure à la présidence, sont protestants. Le vieux Jean Mieg-Koechlin, ancien maire de Mulhouse, et son neveu par alliance, Théodor Schlumberger, député de Mulhouse et président de la Société industrielle, sont des amis des Dreyfus. Ils ont des liens familiaux et industriels avec les Japy, les Scheurer et les Dollfus.

À la demande de la famille Dreyfus, ces deux dreyfusards de la première heure ont sollicité l'intervention de l'empereur d'Allemagne. Nous sommes alors le 5 janvier, jour de la dégradation de Dreyfus, il est toujours incarcéré à Paris. La réponse du chancelier est décevante, car il confirme qu'il ne peut rien faire, mais satisfaisante sur le fond, car elle rappelle que, « dès les premiers moments de cette affaire, le gouvernement allemand avait déclaré officiellement et spontanément au gouvernement français qu'il n'avait jamais été en relation avec Dreyfus[15] ».

Cela ne suffira pas. La machination est en marche ; la Grande Muette impose son tempo et bâillonne les doutes.

Honnis d'une France catholique et monarchiste, les Alsaciens protestants, amis des Juifs, sont, de fait, considérés comme des « étrangers de l'intérieur » et subissent les foudres de *l'establishment* pour avoir contesté un jugement militaire. Selon les mots de Gabriel Monod, « ce sera l'éternel honneur des protestants de France d'avoir, presque unanimement, embrassé la cause de la justice, lorsqu'ils ont connu la vérité[16] ». Dans le camp d'en face, *L'Univers,* organe de presse antisémite, le confirme, à sa façon : « Le rôle des protestants dans l'affaire Dreyfus devient de plus en plus remarquable : ils soutiennent la cause du traître juif avec un zèle qu'ils n'auraient pas pour Calvin en personne[17]. »

Les juifs, les protestants… Manquent les francs-maçons. Leur nombre est alors estimé à quelque vingt mille en France dont trois cents parlementaires, parmi lesquels Félix Faure. Parmi les premières personnalités alertées par Mathieu Dreyfus et son ami Bernard Lazare figurent plusieurs maçons ou anciens maçons dont le neveu de Scheurer-Kestner, le protestant Charles Risler, membre de la loge « L'Alsace-Lorraine »[18]. À une époque où l'antisémitisme est, de l'avis général, une opinion comme une autre, la plupart des maçons le rejettent. Cette prise de position sera officialisée au congrès des loges, à Paris, le 23 juillet 1898, au cours duquel l'antisémitisme est condamné, au même titre que le militarisme et le cléricalisme.

Ce tableau brossé, comment croire à la fable d'une rencontre fortuite au col de la Vanoise entre le président Faure et Marguerite Japy-Steinheil, alors qu'elle est partie prenante, de cœur et de famille, de ce réseau d'Alsaciens protestants, francs-maçons et tous dreyfusards ?

On peut faire confiance à Léon Daudet, fer de lance des antidreyfusards. Il a bien noté que Meg est, *via* sa mère, le pion dreyfusard auprès de Félix Faure : « Avant ce drame [la mort de Félix Faure], de nombreux conciliabules avaient eu lieu à Bellevue entre la mère de Mme Steinheil, Mme Japy, et des personnages politiques influents, notamment ce vieux tartufe de Scheurer-Kestner. Mme Steinheil connaissait ces entrevues. Elle se trouvait ainsi au centre, conscient ou inconscient ou à demi conscient, d'une effroyable machination politique[19]. »

Léon Daudet se fourvoie cependant sur le lieu et la date : Meg ne louera la villa de Bellevue qu'après la mort de Félix Faure. Quant à l'effroyable machination politique, un peu de calme ! Si machination il y a, elle est éminemment moins effroyable que celle qui retient Dreyfus à l'île du Diable. Curieux procédé : si les défenseurs et les victimes n'ont plus le droit de parler, de s'associer, de faire pression, que leur reste-t-il face à des adversaires qui ont toutes les cartes en main ?

Il est probable que le message d'une nécessaire défense du capitaine Dreyfus soit passé par sa cousine Jenny, petite-fille de Louise Scheurer-Japy. La différence d'âge entre ses deux parents étant ce qu'elle est, Jenny a quasiment le même âge que la mère de Meg. Issue du sérail, elle a sur Mme Japy une grande influence. Ce qu'elle a prouvé cinq ans plus tôt, avec son idée de marier Meg à Adolphe Steinheil.

Il est possible aussi que l'intermédiaire soit Lucien Herr. Il est dreyfusard normalien et philosophe, a beaucoup d'influence sur ses élèves et même sur Jaurès qu'il mènera au socialisme. Et une piste généalogique sur les liens entre les familles Japy et Herr existe. La sœur aînée de Meg, Juliette, a épousé Édouard Herr, et, au début du XIXe siècle, une cousine du père de Meg a épousé Georges Herr, négociant à Colmar. Ils ont fondé ensemble une filature près d'Héricourt et Beaucourt. Et c'est à Héricourt que la famille du jeune Lucien Herr a été accueillie lors des exodes de 1871[20].

Je n'ai pas réussi à trouver le lien direct entre Lucien Herr et Juliette ou Meg.

Mais avec ou sans Herr, l'intervention élyséenne est surtout le fait d'Auguste Scheurer-Kestner. Il est né à Mulhouse et deviendra sénateur du Haut-Rhin. Proche de Gambetta, de Clemenceau, il est l'un des premiers convaincus de l'innocence de Dreyfus. Le frère de l'accusé veut faire une enquête, il s'en charge et recompose scientifiquement le puzzle. Scheurer-Kestner n'a de cesse d'obtenir la réhabilitation du capitaine innocent, il y consacrera sa vie et mourra le 19 septembre 1899, le jour où le président Loubet signera la réhabilitation de Dreyfus. Mais nous n'en sommes pas là.

À ce stade, contentons-nous de noter le fait que Meg est une parente de Scheurer-Kestner. Vice-président du Sénat, mais surtout ami personnel de Félix Faure, Scheurer-Kestner intercède auprès du Président, deux ans, presque jour pour jour après que le docteur Gibert a tenté son intervention malheureuse. Dans l'intervalle, Meg s'est quasiment installée à l'Élysée. Scheurer-Kestner, d'abord sceptique, a cherché activement les preuves du forfait. Il les obtient de la bouche même d'un ami du colonel Picquart, l'avocat Louis Leblois, adjoint au maire du VIIe arrondissement. Leblois a découvert le pot aux roses, au cœur même de l'état-major où travaillait Dreyfus et dont il dirige la section statistique.

Tenu à n'en rien dire pour ne pas compromettre la carrière de Picquart, Scheurer-Kestner s'impatiente.

Il reçoit tout de même l'autorisation de son informateur de faire savoir autour de lui qu'il est convaincu de l'innocence de Dreyfus. Ce qu'il fait dès le 14 juillet 1897, au Sénat, et deux jours plus tard, auprès de quelques amis dont Arthur Ranc, un des fondateurs de la Société des droits de l'homme et du citoyen, Joseph Reinach (l'un des merveilleux frères Reinach, qui firent tellement pour l'intégration et l'adhésion de la communauté juive à une République solidement laïque) et le député Eugène Étienne. Un nom à retenir.

La tactique du vieux sénateur est simple : faire savoir le plus bruyamment possible la vérité, pour amener le gouvernement à demander des comptes, saisir le ministre de la Justice pour violation flagrante des droits de la défense, et inciter le Président à agir. Rien de tout cela n'arrivera. Scheurer-Kestner se l'était pourtant promis. Il l'avait écrit : « Justice sera faite ou j'y périrai. » Et c'est ce qui advint, mais gardons le cap et la mécanique du temps.

Ami de longue date de Félix Faure, le vice-président du Sénat n'aborde pas le Président directement. Pendant l'été 1897, le sénateur s'en ouvre d'abord à sa fille, Lucie : il faut que le chef de l'État sache qu'il y a des doutes sur la culpabilité du capitaine Dreyfus. Quand enfin, ils en parlent ensemble, Faure s'énerve et ne comprend pas les mystères qui entourent les révélations que lui fait le sénateur. Gibert avait échoué, l'intervention de Scheurer-Kestner, moins frontale, se heurte à un mur. Il reste une dernière carte, Meg. Sa présence aux côtés de Félix Faure prend un autre relief que le rôle que lui a dévolu l'histoire, celui d'une cocotte.

VI

Au Bazar de la Charité

SELON L'HISTOIRE OFFICIELLE, c'est le 4 août 1897 que Meg entre dans la vie du Président. J'en doute. Meg raconte dans ses *Mémoires* comment, en octobre 1896, Félix Faure reçoit à Paris le tsar et la tsarine. Elle-même assiste au gala de l'Opéra et à la pose de la première pierre du pont Alexandre-III, qui porte le nom du père du tsar, artisan de l'alliance franco-russe ratifiée le 4 janvier 1894. L'alliance est dirigée contre l'Allemagne, elle doit permettre à la France de faire échec à une éventuelle agression du Kaiser Guillaume II et, en cas de conflit et de victoire, de laver la honte de la défaite de 1870 en récupérant l'Alsace-Moselle.

Une fois encore, c'est de cette guerre qu'il s'agit. Ce traumatisme, la perte des provinces de l'Est, la césure entre la France, fille aînée de l'Église, et ces Français des marges orientales, suspects par leur religion, juive ou protestante, étrangers par leur naissance dans ce qui est devenu l'Allemagne, et dangereux enfin par leur indéfectible soutien au régime républicain parlementaire et laïque qui réserve la religion à une sphère privée, retirant *de facto* aux catholiques leur hégémonie publique.

Séduite par le Président bien avant l'été 1897, Meg se retrouve au cœur d'une histoire de France, qu'il veut rayonnante. Félix Faure entend tisser des liens plus forts avec les grandes puissances, les ébahir avec le goût français, le style français, l'étiquette et le protocole français. Pragmatique, le Président sait que le décorum séduit : son goût du faste et de la pompe rassure les cours étrangères sur l'efficacité de la mécanique républicaine. Sa fonction, selon les règles de la IIIe République, lui interdisant les affaires intérieures et le limitant à *inaugurer les chrysanthèmes,* Faure choisit, pour rétablir le prestige de la France aux yeux des puissances européennes, d'être lui-même le pivot de sa diplomatie. Après l'armée, la politique extérieure est sa priorité.

Son ministre de la Guerre, le général Zurlinden raconte :

« En octobre (1896), je fus appelé à Paris, pour les fêtes données au tsar et à l'impératrice de Russie, lors de leur premier voyage. Deux souvenirs sont restés bien vivants dans mon esprit : à Versailles, une très jolie représentation intime, donnée aux souverains devant cinquante personnes au plus. Puis au camp de Châlons, la revue ; et le soir, avant la nuit, les troupes massées sur le passage des souverains allant s'embarquer pour retourner en Russie. Je n'ai jamais rien vu de plus impressionnant, de plus imposant[21]. »

Meg est là, couvée de loin par un président qui veut donner le meilleur de lui-même. Le destin de Marguerite Steinheil a déjà rejoint celui de Félix Faure. Depuis, elle vit son rêve. Mère attentive et femme du monde, elle a trouvé celui qui comble son vide et qui peut tout, celui devant qui les portes s'ouvrent, l'élégant homme de pouvoir qui fascine et qui cède devant son charme et sa sincérité.

Élue, choyée, couverte de cadeaux, de bijoux et de baisers, Meg est heureuse et son amant l'est aussi. Ce que son épouse ne peut lui donner, l'art acrobatique de la conversation, la tessiture de la voix, la séduction permanente, la patine d'une culture classique, Meg les lui offre. Elle scintille, elle a été élevée pour cela. Parler de tout, de rien, briller. Dans les discussions politiques, elle s'annonce républicaine, et héritière d'une éducation protestante qui a forgé son sens de la justice et son goût de l'action. Son rôle auprès du Président se limite, concède-t-elle, à élire des personnes dignes de confiance, à exercer son sens critique en dehors des courants. Quoi qu'elle en dise, elle est celle qui approche et qui choisit.

Ces deux-là sont-ils fous, perdus d'illusions ou tellement confiants dans leur destinée ? L'agencement parfait des pièces de leur puzzle les conforte. L'harmonie de leurs différences semble avoir devancé leur désir. Meg est déjà son double. Et quand il n'est pas là, c'est pour lui qu'elle écoute. Dans les salons où l'on s'accoste sans méfiance, elle sera ses oreilles et son œil.

Pour se voir, l'affaire est moins aisée. Conscients de la fragilité de l'édifice, les amants fixent tous deux les codes de leurs vies parallèles. Le Président a de nombreuses obligations et un emploi du temps surveillé :

« Félix Faure se lève à six heures. Il prend son tub d'eau froide et, sa toilette achevée, descend dans son cabinet de travail qui donne sur le jardin. Il se fait ensuite conduire en coupé au Bois où, accompagné d'un ou de plusieurs officiers, il monte à cheval jusqu'à Bagatelle ou Suresnes. De retour à l'Élysée vers neuf heures, il examine et signe sa correspondance et les pièces officielles. Le mardi et le samedi, le chef de l'État préside le Conseil des ministres avant le déjeuner. Le président du Conseil s'assied en face de lui, les autres ministres au hasard. Deux autres matinées, Félix Faure reçoit sans audience. Ministres, ambassadeurs, évêques, c'est ce qu'on appelle la réception ouverte. Le mercredi matin est réservé à diverses visites : hôpitaux, établissements de bienfaisance, casernes, etc.

» Félix Faure déjeune en famille avec sa femme, sa fille Lucie et parfois quelques invités. À deux heures, après le fumoir où est admise la pipe, qui n'avait pas accès à l'Élysée sous Carnot, le Président donne audience aux ambassadeurs et aux visiteurs de marque, à moins qu'il inaugure un salon ou une exposition. Après un tour à pied, aux Champs-Élysées, il reçoit en audience plus particulière à la fin de l'après-midi, sauf celle du mercredi, consacrée à ses amis du Parlement.

» Le Président se met en habit pour le dîner et se rend souvent le soir à de grands bals officiels ou aux premières des principaux théâtres. Chaque saison, sept ou huit dîners de cent dix couverts sont offerts à des personnalités (membres des bureaux des Chambres, parlementaires, sommités de l'Administration, de l'armée, artistes, gens de lettres, etc.)[22].»

Malgré cet emploi du temps chargé, Meg et son amant président se voient tous les jours. Le matin, elle le rejoint au bois de Boulogne. Les bien nommées « audiences plus particulières » de la fin de l'après-midi sont souvent réservées à leurs apartés. Et il y a aussi toutes les autres occasions, les salons, le théâtre, les cérémonies officielles, et même les déjeuners familiaux, avec Mme Faure et leur fille Lucie, dans les appartements présidentiels.

Le Président quitte souvent Paris pour Le Havre. Il y a acheté une grande maison, la *Villa de la Côte,* où il reçoit famille et, occasionnellement, chefs d'État. Lorsqu'il est au Havre, Marguerite s'y rend aussi. Elle loue sa propre villa, où, l'après-midi, le Président vient la retrouver.

Je me surprends à l'admirer un peu, cet homme convenu qui, au sommet du pouvoir, ose faire une telle place à la femme qu'il aime. Le Président se veut irréprochable à tous points de vue, mais son empressement auprès de Meg finit par déranger son secrétaire particulier, qui le lui fait d'ailleurs respectueusement comprendre. Le secrétaire qui connaît tant de secrets n'a pas compris celui-ci : cette frénésie amoureuse est à la mesure des craintes du Président. Félix Faure se sent menacé. Et cela ne date pas d'hier.

Depuis les premiers mois de son mandat, le Président a été victime, comme son prédécesseur, de diffamations abondamment relayées par la presse extrémiste ; en décembre 1896, Édouard Drumont révèle dans *La Libre Parole* que le beau-père de Félix Faure a été condamné à vingt ans de travaux forcés pour escroquerie avant de fuir en Espagne sous la monarchie de Juillet[23]. Drumont pousse à la démission, mais Faure résiste au chantage. Berthe, sa femme, n'a jamais connu son père. Pas de quoi inquiéter le couple présidentiel. Quant à l'opinion publique, elle n'est pas dupe du faux procès. Les plus indignés sont paradoxalement les socialistes, mués pour la circonstance en défenseurs du président le plus monarchique que la IIIe République ait jusqu'ici connu. Ils ne sont pas les seuls : les ouvriers de France voient en Félix Faure leur égal, élevé par la force du travail à la magistrature suprême ; les démocrates lui reconnaissent une indéniable probité ; et les grands de ce monde, comme l'empereur allemand Guillaume II, l'assurent de leur estime et de leur soutien.

Félix Faure tient bon. Les machinations et les complots qu'il essuie raidissent en lui l'homme de bien, pétri de sa mission : « On m'aurait alors coupé la main plutôt que de me faire donner ma démission. Plus on m'attaquait, plus on fortifiait ma résolution de résister jusqu'au bout de mes sept ans[24]. »

La tentative de déstabilisation a capoté. Il y en aura d'autres. Combien de menaces de mort, de tentatives de complot sont-elles décryptées et analysées par les services de police ? Déjà, à l'été 1896, un *déséquilibré* a tiré à blanc sur la calèche présidentielle qui roule vers Longchamp. Onze mois plus tard, le 13 juin 1897, une bombe artisanale explose au bois de Boulogne, immédiatement après le départ du chef de l'État. L'Élysée se mue en forteresse gardée par des agents sur le pied de guerre. Félix Faure avait cru le pays apaisé. Le vent a tourné. Le Président pense encore mener la barque nationale sur des eaux plus tranquilles en nommant en avril 1897 le modéré Jules Méline à la tête d'un nouveau ministère. Pourtant, déjà la tempête se lève. Et en bon marin, le Havrais l'a senti. Il met en place toutes les protections possibles pour sa famille, bien sûr, mais aussi pour Meg. L'inspecteur Pouce – un nom de comédie – est chargé de la protéger, où qu'elle aille.

Mais le 4 mai, ce n'est pas à Pouce qu'elle devra son salut. Avec une chance providentielle, Marguerite Steinheil échappe par miracle à la catastrophe du Bazar de la Charité.

Ce jour-là, les dames de l'aristocratie et de la grande bourgeoisie parisienne mettent en vente, comme chaque année, les lots récoltés auprès de leurs amies au profit d'œuvres de charité. Le cru s'annonce fastueux, dans des décors recréant une rue du Paris médiéval. Le Bazar de la Charité est installé pour la première fois rue Jean-Goujon dans un énorme hangar ; quatre-vingts mètres de long et vingt de large. Tout en bois. Vingt-deux boutiques, cinq cents mètres de faux plafond en voile et une salle de projection de cinématographe.

Les dames patronnesses en chapeau et longue robe trônent derrière des comptoirs qui rivalisent d'élégance et d'originalité : bibelots, bijoux, statuettes, tableaux et opuscules sont proposés au bon cœur des mille deux cents visiteurs. Le *Tout-Paris de la bienfaisance* est là. Vers 4 heures, Marguerite

Steinheil, responsable du buffet, sert le thé. Prise d'un malaise, elle quitte le Bazar. Quelques minutes plus tard, dans la cabine de projection, pour éclairer le chef opérateur qui remplit le réservoir de la lampe, l'assistant craque une allumette. Le hangar se transforme en brasier. Bilan : cent vingt morts, dont cinq hommes.

Ce n'est pas qu'il n'y en avait pas, des hommes, dans cette noble assemblée. Ils étaient environ deux cents. « Qu'ont fait les hommes ? » C'est le titre de l'article, signé par Séverine – qui d'autre ? – à la Une de *L'Écho de Paris*.

« Qu'ont-ils fait, ces hommes-là ? Ils ont frappé pour se faire une place. On en cite deux qui furent admirables et jusqu'à dix en tout qui firent leur devoir. Le reste détala, non seulement en ne sauvant personne, mais encore en se frayant un passage dans la chair féminine, à coups de pied, à coups de poing, à coups de talon, à coups de canne. On les retrouve dans les décombres, ces cannes, auxquelles adhèrent, par du sang coagulé, de longs cheveux de femmes. »

Une religieuse témoigne : « Des messieurs m'ont jetée à terre, foulée aux pieds. Ils abattaient les dames à coups de poing pour fuir plus vite. C'est une jeune fille qui m'a sauvée[25]. »

Elle est belle, la France galante sous Félix Faure !

À peine rassuré de savoir Meg hors de danger, le Président est assailli. L'incendie est un drame national et il faut réagir. Outre la polémique sur les dangers du cinématographe, à l'origine d'une mise au point des frères Lumière, il faut penser aux victimes.

Difficile de garder la mesure dans cette atmosphère étouffante où chacun cherche des responsabilités pour éviter de regarder la vérité en face : les aristocrates français se sont comportés en goujats assassins. Le préfet de police Lépine et Billot, ministre de la Guerre, se rendent sur place, pendant que Félix Faure gagne la morgue où sont entreposés les corps pour identification. La presse se repaît des images de cadavres calcinés, du dénombrement de bijoux et des détails morbides. Plus dignement, *L'Illustration* rend hommage aux victimes et publie une photo de chaque femme et jeune fille brûlée vive ; au premier plan S.A.R. la duchesse d'Alençon, sœur de Sissi, impératrice d'Autriche et reine de Hongrie.

L'Élysée est en émoi. Le secrétariat travaille d'arrache-pied pour faire déposer chez chacune des victimes une carte manuscrite du Président. Dans cette tragédie où se sont consumées à la fois tant de vies et d'illusions sur le courage et la moralité de ses plus fameux représentants, le Président sait être sobre, mais efficace. L'Allemand Guillaume se répand en condoléances bruyantes. Le tsar se manifeste aussi, mais un peu tard. L'ordre de préséance diplomatique rêvé par le Président russophile est fâcheusement rompu.

À la cérémonie funèbre en l'honneur des victimes, le 8 mai à Notre-Dame, le père Olivier s'emporte dans son sermon. Profitant de la présence des ministres et des ambassadeurs, il montre le désastre comme un nécessaire holocauste offert au ciel en réparation des crimes de la république laïque.

Félix Faure est tétanisé. Que faire ? Sortir en plein office reviendrait à injurier les victimes. Rester, c'est laisser dire. Médusé, le Président ne bouge pas.

L'été approche. Il s'annonce chaud.

VII

La poupée du tsar

Cet été 1897, l'Élysée et les Affaires étrangères préparent sous la surveillance étroite de la Sûreté générale l'incroyable projet de voyage présidentiel en Russie qui repose sur le simple pacte entre deux hommes, Félix Faure et Nicolas II, avec l'ambition de l'étendre à toutes les nations bienveillantes. Notre président, bonhomme, et le tsar, ombrageux, se rêvent, en quelque sorte les bâtisseurs d'une Société des Nations avant l'heure.

Dans les coulisses, Meg et son amant mènent grande vie. À l'ambassade de Grande-Bretagne, lors de la garden-party en l'honneur du second jubilé de la reine Victoria où Mme Faure et Lucie accompagnent le Président, Marguerite est là. Elle est venue avec quelques amis anglais et rencontre tout ce que compte l'élite des arts et de la politique française. Elle capte quelques instants le regard du Président, son sourire complice le remercie de ces promesses qu'il tient. En public, ils gardent la distance, et cela ajoute au jeu.

Cette fois, le Président est préoccupé. Il a fort à faire et tient sa position. Malgré les tensions à l'intérieur, il force sa chance sur la politique extérieure et jette les dés en misant tout sur la Russie. L'enjeu pour lui est de conforter l'alliance sur laquelle il gage toute la crédibilité de sa diplomatie et de son mandat. Même dans son entourage immédiat[26], les esprits doutent. On dit que le tsar se joue de lui.

Pour son déplacement en Russie, le sixième président de la IIIe République ne peut pas se permettre, comme Guillaume II, dont le voyage a précédé le sien de quelques semaines, une escorte de généraux et un déploiement imposant de forces navales. Sa suite ne rivalise pas non plus, tant s'en faut, avec celle du tsar lors de sa venue à Paris l'année précédente.

Le Président choisit finalement de se déplacer sur le navire *Pothuau,* encadré du *Surcouf* et du *Bruix.* La France bruisse et s'interroge sur le coût du faste et de la pompe. On fait notamment des gorges chaudes de l'installation d'une baignoire à bord, pour la convenance personnelle du Président. Hauts cris, scandale, deniers publics. Je ne reprocherai pour ma part jamais à un homme de se laver.

L'escadrille présidentielle quitte Dunkerque le 18 août 1897 sous les rares vivats d'une foule clairsemée. Elle arrive triomphalement à Kronstadt le 23 août vers 10 heures du matin où mouille le yacht impérial. Toute la Russie est pavoisée des trois couleurs de la République, la population déborde d'amour pour la France et des femmes arrachent fiévreusement les boutons d'uniformes des militaires de l'escorte[27].

Reste à transformer l'offensive de charme en victoire diplomatique. Félix Faure décide de ne pas s'appuyer sur ses collaborateurs. Il fait de ce défi une affaire personnelle et analyse assez justement qu'avec l'empereur il s'agit de traiter d'homme à homme. Nicolas II est seul maître des affaires de la grande Russie et plus encore de la diplomatie. L'ancien tanneur du Havre est un homme de contact et ceux qu'il a déjà noués avec le tsar sont forts et étroits.

Pour honorer ses hôtes, le Président a apporté des bijoux commandés spécialement chez Lalique. À la grande-duchesse Olga, fille du couple impérial, il offre une magnifique poupée mécanique qui marche et parle. Pour en remonter les ressorts, le tsar émerveillé s'accroupit sur le tapis. Séjour et visite se passent magnifiquement. La foule acclame le président français, au point que l'escorte doit charger deux fois pour laisser passer la voiture. Le soir, banquet somptueux et ballet à l'Opéra, depuis la loge impériale. Je ne résiste pas au plaisir de vous citer le témoignage de Léon Bailby, un des nombreux journalistes invités pour la première fois par la présidence :

« Je ne pouvais détacher mes regards de la loge impériale dans laquelle Félix Faure tenait le milieu avec, à sa droite, l'Impératrice, et l'Empereur à sa gauche. Cette Cour était encore figée dans un formalisme rigoureux. L'assistance et, aux premiers rangs, les grands-ducs, toute la famille princière, ainsi que les diplomates, n'avait d'yeux que pour l'auguste trio, qui, se sachant épié, devait et voulait évidemment donner un sens à chacun de ses gestes. Bourgeois du Havre, chef d'une entreprise de tannerie de second rang, Félix Faure entendait se prouver à lui-même qu'il n'était point déplacé dans ces honneurs. Désinvolte, avec un peu d'affectation peut-être, il jouait d'un monocle au large cordon de moire noire qu'il avait, sans doute, copié du prince de Sagan. L'Empereur était la politesse et, l'on peut dire, la gentillesse mêmes. Plus petit que le Président, assez mince dans son sobre uniforme, la barbe courte en pointe, les yeux de ce bleu qui marque la dynastie royale anglaise, prêt à s'excuser de détenir, en ses mains timides, une puissance qui le dépassait. Sans cesse, il se penchait vers son hôte pour commenter d'un mot le spectacle ou pour nommer une personnalité que le Président semblait avoir remarquée[28]. »

Tout se passe pour le mieux, mais sur le plan diplomatique rien ne bouge. Le 26 août, jour du départ, Félix Faure coupe l'herbe sous le pied incertain de ses ministres et d'une armée de secrétaires d'État, il invite le tsar à déjeuner sur le croiseur cuirassé *Pothuau* et porte un toast très fraternel qui va permettre de réaliser ce que tous les pourparlers n'ont pu obtenir.

« Je remercie Votre Majesté impériale et Sa Majesté l'impératrice d'avoir si gracieusement accepté de venir passer quelques instants sur un des bateaux de notre flotte. Les marines de nos deux pays peuvent être fieres de la part qu'elles ont prise dès le premier jour dans les grands événements qui ont fondé l'intime amitié de la France et de la Russie. Elles ont rapproché des mains qui se tendaient et permis à deux nations amies et alliées, guidées par un idéal commun de civilisation, de droit et de justice, de s'unir fraternellement dans la plus sincère et la plus loyale des étreintes[29]. »

Imaginez l'affront si Nicolas II s'était contenté de dire merci ! L'improbable Félix aurait remisé son aura aux oubliettes et son sens du contact au placard. Mais le tsar ne dit pas seulement merci : « Je suis heureux de voir que votre séjour parmi nous crée un nouveau lien entre nos deux nations amies et alliées, également résolues à contribuer par toute leur puissance au maintien de la paix dans le monde dans un esprit de droit et d'équité[30]. »

Message reçu cinq sur cinq. « Amies et alliées ». La France a conforté l'alliance, elle n'est définitivement plus isolée. Félicité ! Félix Faure porte bien son prénom, mais il « a eu chaud »[31]. Admiré de tous, le beau Félisque – comme on l'appelle familièrement – regagne la France, les yeux de toute l'Europe braqués sur lui. Acclamé, il triomphe jusqu'à Paris.

À peine de retour, il se rend chez Meg, impasse Ronsin.

Officiellement, le Président accorde une séance de pose au peintre Adolphe Steinheil pour le tableau qu'il lui a commandé, *La Remise des décorations dans les Alpes à la Traversette*. Avec le chef de sa maison militaire et un jeune officier d'ordonnance, il pénètre l'intimité familiale de celle qui l'attend avec l'impatience que l'on devine.

Meg lui présente sa fille. Du haut de ses six ans, Marthe Steinheil lui offre un énorme bouquet de fleurs, mais repousse obstinément ce vieux monsieur qui veut l'embrasser. Amusé, le Président lui demande :

— *Quel jouet aimerais-tu recevoir ?*

— *Une poupée.*

— *Comment t'appelles-tu ?*

— *Marthe.*

— *Écoute bien, jolie Marthe, je vais demander spécialement pour toi qu'on confectionne une magnifique poupée et tout son trousseau. Identique à celle que j'ai offerte à la fille du tsar.*

— *Merci,* répond la petite Marthe, en refusant toujours son baiser[32].

Dans cet intérieur bourgeois et chaleureux de l'impasse Ronsin, Félix Faure se laisse aller. En passant devant le piano, il annonce qu'il rêverait de venir écouter la maîtresse de maison, lors de ces soirées mondaines où tout peut être léger. À l'étage, dans l'atelier d'Adolphe, il tombe en arrêt devant une petite toile qu'il veut absolument acquérir. Marguerite insiste pour la lui offrir. Elle ne peut faire moins, la *Traversette* est une commande d'État et d'envergure qui a alimenté abondamment les réseaux de connaissances. Les hauts personnages de la maison militaire et civile du Président viennent désormais poser chez le peintre, pour figurer eux aussi sur ce qui s'annonce comme l'œuvre officielle du septennat.

Adolphe travaille des heures entières et se fait aider par trois amis peintres, Ernest Brun[33], Brien et Boeswillwald, dont le père est un architecte réputé et familier des Steinheil. Félix Faure pose tandis que Meg le regarde. Le tableau est le témoin de leur histoire : désir et distance.

Le Président, qui souhaite mettre fin à cette distance, vaincre la résistance de Meg, lui offre une parure de Lalique[34]. Insistance, correspondance. Quinze ans plus tard, dans ses *Mémoires*, elle résume : *Depuis ce jour, fleurs et invitations de l'Élysée ont plu sur moi.*

Marguerite Steinheil se retrouve officiellement embarquée sur le bateau France. Ce qui n'est pas pour lui déplaire ; tout d'ailleurs la séduit dans son dandy président. Et réciproquement. Aux yeux du monarque républicain, la combinaison semble parfaite. Bourgeoise de haute éducation, Meg n'est pas non plus d'une extraction qui puisse l'intimider. Héritière d'une grande famille d'entrepreneurs et d'horlogers, elle vient de cette frange d'artisans hommes d'affaires dont Félix Faure est un fervent défenseur, et pour cause. Là où il est arrivé, avec le poids de ses responsabilités et son attirance pour le beau sexe, la voix de Meg résonne comme celle du bon sens, d'une personne amie, imperméable aux pressions, dont la conversation clarifie les pensées et les agrémente de sensibilité.

En totale confiance, Félix Faure lui demande de repérer, depuis son poste d'observation décoratif, les faux-semblants, les conciliabules, les alliances et les imposteurs. L'exercice n'est pas nouveau pour Marguerite et elle s'y emploie. Réceptions, salons, invitations, déjeuners, bals, dîners, altesses, ambassadeurs, hommes d'affaires, militaires, artistes, écrivains… On dirait qu'elle s'active à préserver l'acquis, bien décidée à ne pas se laisser piéger par des enjeux politiques qui la dépassent.

Comment éviter les remous ? Avec Adolphe, son mari, c'est simple, le *modus vivendi* est connu. Avec le Président, la donne est différente. Dans un pacte intime qu'elle a conclu avec elle-même, Meg s'est fixé pour ligne de conduite d'être l'oiseau gai dont la présence frivole offre un peu de hauteur légère. Écouter, toujours écouter. Ne donner son avis sur la politique que si le Président la sollicite. Ce qu'il fait régulièrement, pour le plaisir de l'entendre babiller avec finesse. Elle jauge à merveille les courtisans, son domaine réservé, avec bientôt droit d'initiative. Humour et lucidité cruelle, elle croque solliciteurs et flagorneurs, au point que le Président en redemande et réclame de passer en revue toute sa petite cour.

En retour, elle l'admire, c'est évident, et elle adore ça.

L'affaire Dreyfus a-t-elle les honneurs de leurs conversations privées ? Le Président est bien trop susceptible sur le sujet pour que Meg l'aborde autrement que par la bande, avec circonspection et patience.

Les deux amants décident, lors d'un bref échange de vues, de redoubler de vigilance. Marguerite Steinheil doit en conséquence mesurer toute intervention, toute parole. Se garder au maximum des manipulations, d'où qu'elles viennent, et, par simple loyauté envers Félix Faure, tout lui rapporter.

Paradoxalement, Meg dreyfusarde par alliance et par ascendance est, à ce moment crucial de l'histoire, l'oreille d'un président farouchement opposé à la révision du procès de Dreyfus.

Le 15 novembre 1897, le vieil oncle de Meg, Auguste Scheurer-Kestner, vice-président du Sénat, scientifique de réputation internationale, se lève enfin publiquement pour défendre les droits de Dreyfus face à l'État. Sortant de la réserve que lui ont imposé Leblois et Picquart, Scheurer-Kestner raconte, dans une lettre ouverte au directeur du journal *Le Temps*[35], la visite au ministre de la Guerre au cours de laquelle il lui a été démontré « pièces en main » que le bordereau n'avait pas été écrit par Dreyfus.

Le jour même, Mathieu Dreyfus rédige, avec Leblois et l'avocat Demange, une autre lettre destinée au même ministre de la Guerre et envoyée à toute la presse : « Monsieur le Ministre, la seule base de l'accusation dirigée en 1894 contre mon malheureux frère est une lettre missive, non signée, non datée, établissant que des documents militaires confidentiels ont été livrés à un agent d'une puissance étrangère. J'ai l'honneur de vous faire connaître que l'auteur de cette pièce est M. le comte Walsin-Esterházy, commandant d'infanterie[36]. »

La mèche est allumée. Félix Faure la regarde brûler jusqu'à lui. Le véritable traître est désormais connu et traduit en justice. Mais le 11 janvier 1898, le tribunal militaire l'acquitte alors qu'il a reconnu avoir écrit le bordereau attribué à Dreyfus. Deux jours plus tard, Zola met le président de la République au pied du mur. Il doit enfin agir pour faire cesser cette injustice. « J'accuse », le titre le plus célèbre de l'histoire de la presse française, est une trouvaille de Georges Clemenceau, propriétaire de *L'Aurore :* deux mots extraits du texte qui mettent définitivement fin à la neutralité présidentielle.

Dreyfusards contre antidreyfusards, la guerre est déclarée. Scheurer-Kestner est attaqué par lettres anonymes, la presse l'insulte : « Vieux singe, vieille crapule, sale huguenot, sale juif, fripouille[37] ». Expulsé de la vice-présidence du Sénat, renié par ses pairs, ce pilier de la IIIe République continue à lutter, en solitaire, dans les coulisses.

Les vannes de la bassesse et de la rancœur sont ouvertes. L'affaire Dreyfus agit comme un révélateur. Depuis les débuts de la IIIe République, les protestants, les juifs et les francs-maçons ont pu obtenir des postes de fonctionnaires, de magistrats. Ils sont devenus les bras solides du régime pour imprimer la marque d'un État laïque où tous les Français sont égaux. L'occasion est bénie pour les nationalistes de désigner les coupables, ceux qui vivent en France, mais qui restent, aux yeux de la majorité, des étrangers, les Juifs d'abord et, suivant les circonstances, les protestants et les Alsaciens, forcément pro-allemands.

Née en Alsace et protestante, fille d'un franc-maçon, liée aux premiers dreyfusards, Marguerite Steinheil devient une cible. Cherche-t-elle à convaincre Félix Faure de l'innocence de Dreyfus ? Ici encore, dans ses *Mémoires,* peu de mots. Trop peu. Bien sûr, ils ont aussi parlé ensemble de ce qui divise la France entière. Ont-ils senti d'instinct qu'ils avaient, pour préserver leur amour, intérêt à ne pas laisser cette bombe à retardement prendre toute la place entre eux ? Elle, en cédant vaille que vaille aux pressions de sa famille, de ses amis protestants et dreyfusards. Lui, en cherchant par tous les moyens à rester absent du débat ?

Gageure de faire le vide, même si c'est le propre de la passion que de se nourrir avidement des moments volés au carrousel des heures. L'histoire tourne autour des amoureux, et chacun en France choisit son camp.

Séverine, dreyfusarde de la première heure, a choisi le bon côté, au bon moment. Autour de la tragédie du capitaine Dreyfus, une galaxie de drames individuels se sont noués, dont chacun s'est sorti comme il pouvait, avec plus ou moins de courage. Comme dans la vie.

Meg a-t-elle eu ce courage ? Tout le monde parle – et elle aussi – de son influence, du poids qu'on accorde à ses recommandations, pour tel poste ou tel autre, auprès d'un ami ministre ou d'un magistrat. Est-il réaliste d'imaginer que dans l'affaire Dreyfus elle n'ait joué aucun rôle ? Elle mentionne des conversations, des prises de notes, mais se contente surtout dans ses *Mémoires* de dédouaner son président, quelqu'un qui n'a rien vu venir, un être scrupuleux et pur.

Avec la nouvelle année qui s'ouvre, les deux amants se rapprochent encore. Le salon de l'impasse Ronsin devient l'un des lieux les plus prisés de la capitale, l'endroit où l'on peut parfois rencontrer le chef de l'État. *Quid* du mari ? Il faut sans doute le ménager. Le 1er mai 1898, il expose sa fameuse toile de *La Remise des décorations* au Salon annuel des artistes français, dans le superbe palais de l'Industrie et des Beaux-Arts, le long des

Champs-Élysées (sur l'emplacement actuel du Petit Palais et du Grand Palais). Le Président est annoncé, et qui pensez-vous qu'il désigne pour commenter la visite et lui servir de guide ? Les gros yeux bleus du Président ne se tournent que d'un côté, aimantés par le grand chapeau réséda de la femme du peintre en robe puce, une toilette de Worth. Elle ne résiste pas au plaisir de rapporter l'épisode.

En mai 1898, au vernissage du Salon, auquel le Président assiste chaque année, Félix Faure était accompagné de Méline, président du Conseil, du général Billot, ministre de la Guerre, et d'une petite armée de fonctionnaires. Mon ami Bonnat servait de guide au Président. Tout à coup Bonnat vint à moi et me dit gaiement :

« Le Président vous demande... Je crois que vous l'avez ensorcelé. »

Je lui frappai l'épaule de mon catalogue, en guise de réponse, et Bonnat retourna à ses devoirs officiels. Cinq minutes après, l'Armée française, sous la forme d'un colonel, vint m'assiéger. Il fallut me rendre.

« Je suis bien aise, madame, me dit le Président, de pouvoir enfin vous féliciter.

— Vous oubliez que ce n'est pas moi qui ai peint le tableau de mon mari, monsieur le Président.

— L'État désire l'acheter.

— Vous oubliez que le tableau est la propriété de mon mari...

— Vous qui connaissez, madame, la plupart des peintres, me dit le Président, voulez-vous me servir de guide ?

— *Volontiers, avec l'aide indispensable de M. Bonnat*[38]. »

Marguerite virevolte à ses côtés dans l'allée des peintures – 2 105 œuvres, tout de même – côté avenue de La Motte-Picquet. Ils s'arrêtent évidemment devant le numéro 1888, *La Remise des décorations par M. le Président de la République aux survivants de la catastrophe de la redoute ruinée,* 8 août 1897. L'œuvre est acquise non par l'État[39], mais par le Président lui-même. Le grand tableau de Steinheil ne figure pas dans le catalogue de l'exposition[40], à la différence, par exemple, du *Nec mergitur* de Debat-Ponsan. Meg fait-elle au Président les honneurs de cette grande toile sur laquelle deux personnages figurant la violence aristocratique et cléricale ne parviennent pas à empêcher la figure de la « Vérité » de s'élancer hors du puits ? L'histoire ne le dit pas. *Nec mergitur* a déplu à Félix Faure, la toile est offerte à Émile Zola qui la commente par ces mots : « Ce qui fait si émouvante cette Vérité sortant du puits, c'est qu'on semble entendre devant cette toile le cri de conscience d'un honnête homme. »

L'affront fait à Dreyfus poursuit le Président jusque dans les allées du palais de l'Industrie. Et c'est dans ces couloirs du Salon que, selon ses biographes, Félix Faure tombe littéralement amoureux de Meg. Ce ne serait jamais, à notre compteur, que la troisième fois. Troublante propension des chroniqueurs à toujours présenter chaque nouvelle occasion comme la première ! Les témoignages concordent chez tous les observateurs : dès ce moment, Félix Faure ne se passera plus d'elle. Il émet l'idée folle de lui louer un pied-à-terre près de l'Élysée. L'entourage se cabre. Félix Faure renonce à l'appartement, mais pas à Meg. Elle prendra ses quartiers à l'Élysée. Au même moment, Adolphe Steinheil est fait chevalier de la Légion d'honneur en juillet[41].

VIII

L'affaire du collier

Les précautions prises par les amants sont efficaces et leur petit système fonctionne à merveille. Madame S a ses entrées à l'Élysée. Elle tient auprès de Mme Faure et de Mlle Lucie la place irremplaçable d'une maîtresse idéale, intelligente et raffinée qui respecte l'ordre établi. Que demander de plus ? Tant d'autres l'ont précédée dans le petit salon.

Louis Le Gall, le directeur de cabinet du Président, soupirait encore récemment : « Ça n'arrête pas ! » Jolis minois, actrices en vogue, femmes fatales et épouses friponnes, le beau Félix, comme beaucoup d'hommes de pouvoir, avait grand appétit. Mais Meg règne désormais sur la place. Elle fait l'aller-retour quasiment tous les jours. Entre l'Élysée et l'impasse Ronsin, il y a un monde. Un monde arrimé au faste de son enfance, à l'aisance du pouvoir et de l'argent, à ce tout petit nombre de familles, très riches, qui se marient entre elles et qu'on désigne par l'abréviation HSP – « haute société protestante ».

Le souvenir du déclassement de Marguerite, obligée d'épouser un vieux peintre neurasthénique, catholique de surcroît, aiguillonne forcément les choix qu'elle opère, les stratégies qu'elle met en place pour retrouver son rang, et le faire savoir. La maison de l'impasse Ronsin n'a rien à voir avec le château de son enfance, ni la domesticité non plus, mais elle en a pris son parti. Son Salon du jeudi n'a pas l'aura de ceux que tient la noblesse du Faubourg, mais tout le monde connaît ses relations, et le monde appelle le monde.

Mais de quel monde s'agit-il ? Et comment les invités réagissent-ils à l'affaire Dreyfus ? Meg explique dans ses *Mémoires* qu'elle a mis les querelleurs dans un salon à part, pour conserver la convivialité de ses jeudis. Mais elle ment par omission en prétendant qu'ils étaient, de toute façon, tous neutres. Je ne crois pas un instant qu'on y aurait accueilli un antidreyfusard aux propos antisémites et xénophobes, crachant sur les juifs, les protestants et les *faux français d'Alsace,* fût-il François Coppée. D'ailleurs, Coppée a déserté le lieu. De l'autre côté de l'échiquier, Zola semble y avoir passé un peu de temps. Comment imaginer que Meg soit complètement hors débat ? Veut-elle simplement continuer à vivre cette double vie de rêve et cultiver sa relation avec le chef de l'État en évitant les vagues ou, au contraire, convaincue par sa famille et ses proches que Dreyfus est innocent, veut-elle amener en douceur le Président, jusqu'ici intraitable, à reconsidérer sa position ?

Gyp a toujours de l'influence sur le Président et Meg doit faire contrepoids, dans tous les registres du jeu. Devenue au fil du temps une pasionaria antisémite, la comtesse garde son amitié à Félix Faure en attisant le feu de ses adversaires les plus virulents. Comment Meg et le Président concilient-ils tout cela ? Peut-être un peu comme Séverine et Gyp l'ont fait quelques mois plus tôt lorsque, au début de l'année 1898, les deux journalistes se sont trouvées face à face. Séverine n'a pas ménagé sa peine pour faire une place à Gyp, jusque dans les colonnes de *La Fronde*, le nouveau quotidien créé par Marguerite Durand, l'indéfectible amie de Séverine. C'est elle qui propose d'engager Gyp. Mais Gyp ne se contente pas d'écrire, elle dessine aussi, et exige une totale liberté de publier ses croquis antisémites. Marguerite Durand, qui reste la patronne, refuse catégoriquement, Gyp va pleurer chez Drumont, dénonçant ces « féministes sectaires ».

Gyp exerce la violence de sa plume lors du procès contre Émile Zola accusé de diffamation par le ministre de la Guerre à la suite de la parution de « J'accuse ». Condamné à un an de prison, l'écrivain a dû fuir en Angleterre, malgré le soutien de centaines d'hommes et de femmes illustres, dont beaucoup se retrouveront, quelques semaines plus tard, dans un nouveau mouvement, la Ligue des droits de l'homme.

De l'autre côté du champ de bataille, Gyp publie ses comptes rendus du procès de Zola, dans *La Libre Parole* d'Édouard Drumont. Séverine connaît bien ce quotidien dont la devise est sans appel : « La France aux Français ». À ma grande surprise, j'ai découvert qu'elle avait collaboré aux côtés de Gyp à *La Libre Parole* et dénoncé dans ces mêmes colonnes « l'esprit juif » et les « grands Juifs »[42]. Pour essayer de prendre l'impossible défense de Séverine, on pourrait arguer qu'il s'agissait alors d'un antisémitisme institutionnel, considéré comme *une opinion* et attisé peut-être par la révélation du rôle joué par deux financiers juifs dans le scandale de Panama. Mais, entre-temps, l'affaire Dreyfus est passée par là. Et si, en 1898, Gyp se définit comme une « antisémite féroce », Séverine est devenue une active dreyfusarde.

Là-dessus, je découvre que, voisine de palier d'Édouard Drumont, Séverine a aussi été la maîtresse du « pape de l'antisémitisme français »[43]. Trop c'est trop. Libertaire et inconsciente, tempèrent ses biographes. Sans doute, et Séverine s'en explique dans *Vers la lumière,* un livre sur son engagement en faveur de Dreyfus. Il n'empêche, je suis sidérée de découvrir l'envers de l'icône. Ce qui me choque le plus, c'est la légende officielle. Séverine est la madone des opprimés, et Meg la putain de l'Élysée.

Je suis terriblement déçue par celle dont j'ai suivi les pas et les mots, jusqu'à vivre dans sa maison où je tourne maintenant en rond. Je connaissais la passion de Séverine pour Georges Poidebard de Labruyère, reporter peu scrupuleux, aux accointances douteuses, qui sera pour Meg le plus néfaste des journalistes. Mais de là à être la maîtresse de Drumont, cela dépasse mes limites. Je teste mon propre aveuglement ; il me faudra désormais être plus prudente, essayer de décrypter sans œillères pour voir clair dans cet embrouillamini et tenter de regarder par le grand bout de la lorgnette, à plus d'un siècle de distance.

*

L'été 1898 est le moment de tous les dangers. Félix Faure n'a plus de président du Conseil, les ministres de la Guerre se succèdent. L'affaire Dreyfus grippe tout le système politique et la tournure que prennent les événements sent le soufre. Le Président ne sait plus à qui faire confiance. Hormis à Meg, apparemment.

Que peut-elle faire ? Le rassurer, l'accompagner dans ses doutes ? Elle sait qu'elle ne doit jamais prendre les devants. Rester calme, écouter, tempérer. Surtout ne rien brusquer. Pour le détendre, elle ne se prive pas en revanche de puiser dans son sac à malices les petites observations qui font le sel de sa conversation. Mais rien n'y fait. L'angoisse du chef de l'État s'accroît, d'autant que certaines lettres qu'il lui a destinées ne lui sont jamais parvenues. Plus grave, il a l'impression que des documents disparaissent de son cabinet de travail. Le Président se croit cerné, épié, trompé. Ce qui n'est peut-être pas qu'une vue de l'esprit. Il imagine alors un subterfuge pour communiquer sans risque avec sa confidente. Meg le raconte dans ses *Mémoires*.

Il fut alors décidé qu'à l'avenir, lorsque nous ne pourrions discuter sans témoins et quand l'un de nous aurait une communication importante à faire à l'autre, nos lettres porteraient un cachet blanc en cas d'urgence et un cachet bleu dans tous les autres cas, et que toutes ces communications seraient transmises par mon valet de chambre, qui pourrait toujours être prévenu par téléphone d'avoir à se rendre à l'Élysée. J'entrais à l'Élysée – jusqu'où j'étais toujours accompagnée par un agent spécial, choisi par le Président lui-même – par une petite porte au coin de la rue du Colisée et de l'avenue des Champs-Élysées, et, après avoir traversé les jardins, j'arrivais au petit salon bleu, où Félix Faure m'attendait et où généralement nous nous attelions à notre tâche. Cette tâche, c'étaient, comme le lecteur l'a peut-être déjà deviné, les Mémoires du Président.

Félix Taure, en dépit de tout ce qui satisfaisait sa propre estime – le côté brillant de ses hautes fonctions, la relative importance de celles-ci, et, par-dessus tout, le fait qu'il se plaçait sur un pied d'égalité avec les rois et empereurs –, appréhendait la fin de son septennat avec l'angoisse d'expliquer un jour sa conduite des événements diplomatiques et politiques auxquels il avait été si intimement mêlé. Ces Mémoires devaient prendre la forme d'une histoire secrète de la France, depuis la guerre franco-prussienne de 1870. J'ai contribué à ce travail en rassemblant des masses de notes et de commentaires afin d'éclairer certains faits ou certaines personnalités. Parfois nous travaillions séparément, parfois ensemble, et plus d'une fois j'ai passé tout l'après-midi à examiner et classer des documents, pendant que le Président recevait en audience dans la pièce à côté. Nous avons écrit ces Mémoires sur papier ministre, que j'apportais moi-même, car celui du Président était compté. Tout était consigné dans ces Mémoires, qui prirent bientôt de volumineuses proportions : l'évolution de la politique intérieure et étrangère de la France, l'Alliance franco-russe, l'histoire secrète de l'affaire Dreyfus ; les combines des différents prétendants au trône de France. Il y avait des chapitres sur les problèmes financiers, l'expansion coloniale, l'armement, le système électoral, les rouages de l'Administration, l'Armée et la

Marine... Et, certes, si une étude critique, consciencieuse, impartiale, sobre – fondée sur des faits et des documents irréfutables – des événements qui forment l'histoire non dévoilée de la Troisième République valait la peine d'être écrite – et qui pourrait le nier ? – alors Félix Faure avait raison d'utiliser chaque jour quelques heures de son temps et du mien – à écrire ces Mémoires... Il est certain, toutefois, que s'ils avaient été publiés moins de dix ou quinze années après, un grand nombre d'hommes « éminents » auraient été obligés de disparaître pour échapper au mépris du monde entier et à l'exécration de leurs compatriotes.

Le Président avait naguère travaillé à ces cahiers avec Mlle Lucie Faure, sa fille, et également, paraît-il, je crois avec une certaine comtesse de ses amies. Mais c'était seulement pendant la troisième année de sa présidence qu'il s'était mis, avec moi, sérieusement à l'œuvre.

Les Mémoires étaient enfermés dans une boîte en fer qui n'était ouverte que pour ajouter des pages nouvelles à celles déjà accumulées. Puis, un jour, le Président me pria d'emporter les Mémoires et les documents chez moi, pour plus de sûreté. Je les emportai, par petits paquets, et une fois la boîte vide, nous la remplîmes de feuilles blanches, car un indiscret pouvait songer à la secouer !

Plusieurs fois, je crus être suivie, mais mon fidèle agent veillait et je pus mettre en sûreté tous les précieux papiers. Félix Faure m'avait chargée de les conserver, et m'avait remis une lettre à cet effet m'autorisant même à les publier, si je le désirais, *après sa mort. Il me dit plus d'une fois « Parfois, j'ai le pressentiment que je finirai comme Carnot* ![44] »*

Félix a-t-il rédigé un Journal secret ? Meg dit succéder à une « comtesse », avec laquelle Félix Faure aurait commencé la rédaction de ses Mémoires. De qui pourrait-il s'agir, sinon de Gyp ? On peut comprendre que le Président souhaite se séparer d'elle : « Affichant dorénavant son antisémitisme comme une décoration, Gyp incarne désormais la *furia francese*[45]. »

Gyp a fait le tri de ses amis. Plus aucun dreyfusard ou supposé tel ne trouve grâce à ses yeux. Elle se sépare même d'Anatole France dont elle est proche depuis quinze ans. Quant à ses relations avec Félix Faure, elles restent courtoises, mais distendues, Gyp le juge trop respectueux des institutions républicaines pour prendre parti, même si, elle l'écrit, la culpabilité de Dreyfus ne fait pour lui aucun doute[46]. Ce qui reste à voir.

Meg a manifestement évincé Gyp. Il lui faut encore déciller le Président sur l'Affaire. A-t-elle réussi à lui ouvrir les yeux au moins sur l'innocence du capitaine, sinon sur la compromission de l'état-major ? C'est toute la question. L'autre est de savoir si, oui ou non, Faure s'est attelé avec elle à ces Mémoires, cette tâche secrète, catharsis des mois passés à se taire ?

Je n'ai pas pu le vérifier moi-même, l'accès à cette partie des archives personnelles du Président

---

** Sadi Carnot, président de la République, assassiné en 1894, auquel succède Casimir-Perier.*

m'ayant été refusé par les ayants droit de Félix Faure. J'avais pourtant, à ce stade précoce de mon enquête, travesti le sujet de mes recherches, pour ne pas attirer l'attention. La frustration a duré plusieurs années. Jusqu'en 2009, quand le fameux Journal a été finalement publié *in extenso*.

On y apprend beaucoup sur l'attitude du Président dans l'affaire Dreyfus. Contrairement à ce que l'histoire en a retenu, Félix Faure a bel et bien changé d'opinion à l'été 1898. Il nomme un dreyfusard convaincu, Henri Brisson, à la présidence du Conseil. Et dans le Journal, il détaille. Il préfère Brisson à son bouillant ministre de la Guerre, car Cavaignac « a mis beaucoup trop de préoccupations personnelles dans sa conviction de la culpabilité de Dreyfus » et use de flagornerie pour s'attirer « les sympathies plus ou moins loyales » de l'état-major[47].

Brisson, note Félix Faure, est l'exact contraire : loyal, droit, républicain. On ne peut être plus clair. Le président de la République ne peut pas en même temps considérer Dreyfus comme un traître et rendre un tel hommage à son président du Conseil dreyfusard ! D'autant que Brisson relaie une décision prise au congrès des loges de la région parisienne « d'agir contre les conspirateurs antirépublicains et de réclamer la révision du procès ». Le procès-verbal du conseil de l'ordre du Grand Orient de France l'atteste[48], et Félix Faure, maçon de cette même obédience, ne peut naturellement pas l'ignorer.

Ce passage du Journal de Faure ne laisse aucun doute sur la nécessité de rouvrir l'Affaire et de réviser le procès. On tourne la page. Et, là, plus rien ! Le Journal s'arrête. Pas une ligne du 30 juin au 25 octobre. L'éditeur souligne qu'il est infiniment regrettable que Félix Faure n'ait pas pris de notes sur ces mois cruciaux, ou que celles-ci se soient perdues.

Perdues, ou mises à l'abri, comme le suggère mon égérie élyséenne ?

Car si l'on revient à ce passage des *Mémoires* de Meg, il sonne surtout comme une menace. Non seulement ces feuillets auraient été compromettants pour « un grand nombre d'hommes éminents », ce qui justifie la crainte d'une publication, mais Meg va plus loin encore : *C'est durant cette période orageuse que j'ai assisté le Président en rassemblant des documents et en écrivant ses Mémoires. Comme je l'ai dit, ces papiers étaient, semaine après semaine, soigneusement emportés dans ma maison, et le lecteur sera peut-être d'accord avec moi, quand j'en viendrai au crime mystérieux de l'impasse Ronsin, pour dire que ces papiers ont quelque chose à voir avec le meurtre*[49].

Ces papiers secrets ont-ils, comme Meg l'indique sans équivoque, un lien avec les meurtres de sa mère et de son mari, dix ans plus tard ? Et que contiennent ces lettres, ces papiers si compromettants ?

A contrario, pourquoi Marguerite aurait-elle inventé toute cette histoire de journal ? Pour expliquer ces crimes et couvrir le ou les vrais coupables ? C'est une hypothèse. On peut aussi imaginer que, vu les circonstances et l'atmosphère de guerre civile, le Président ait voulu lui confier ces notes au moment même où il identifie ceux qui l'ont trahi. Félix Faure a été berné par les piliers de l'État qu'il représente. Ce que va confirmer l'incroyable succession de rebondissements, tragiques pour les uns et finalement salvateurs pour Dreyfus, qui croupit à l'île du Diable depuis plus de trois ans.

*

Le 7 juillet 1898, à peine le cabinet Brisson formé, Cavaignac jure à la tribune de la Chambre détenir les aveux du condamné ainsi que la preuve que Dreyfus est coupable[50]. Acclamé par les députés, il fait afficher son discours dans tout Paris. Assise dans le boudoir de l'Élysée, Meg ne peut que constater l'état d'effarement du Président. « Effrayé », écrit-il[51].

Deux jours plus tard, le colonel Picquart porte plainte contre le lieutenant-colonel du Paty de Clam pour complicité avec Esterházy. Mais le 10 juillet, c'est Picquart qui est emprisonné pour trahison ! Le même jour Zola écrit à Brisson, chef du gouvernement : « La France est dans une impasse et aucun ministère ne durera tant que l'affaire Dreyfus ne sera pas légalement traitée. » En clair, il faut réviser le procès. Comment savoir ce qu'en pense Félix Faure puisque ces terribles pages de l'histoire de France sont absentes de son journal officiel ? C'est Meg qui donne la réponse en publiant dans ses *Mémoires* « quelques notes d'un Journal [qu'elle] tenai[t] alors ». Elle jette cela négligemment. C'est un résumé des événements de juin 1898 à février 1899 et, comme un hasard, ces « notes » débutent précisément au moment où le Journal de Faure s'interrompt.

Curieusement, elle retranscrit les *Verbatim* du Président qui hésite encore et toujours et refuse la révision : *Si l'affaire est rouverte, nous n'en verrons jamais la fin. La révision amènerait le chaos et peut-être la guerre civile dans son sillage. Dreyfus a été jugé coupable. Si nous sommes fermes, toute cette agitation autour de lui se dissipera. L'ordre sera rétabli et la France recommencera à respirer*[52].

Je voudrais la croire, mais cela ne colle pas. Pourquoi Meg tient-elle tellement à consigner par écrit l'aveuglement et la surdité du Président, alors qu'elle l'a précisément décillé ? Et ce vœu pieux de son amant qui croit que tout va s'arranger et que l'été sera doux !

Il est vrai que l'Affaire n'empêche pas Félix Faure de prévoir ses vacances. Son programme est fixé : le 15 août, il emmène Meg au Havre pour passer la revue, en son honneur.

Avant de quitter Paris, le Président demande au bijoutier Lalique une création pour sa favorite : bleuet, coquelicot et marguerite, trois fleurs pour une broche aux couleurs de la France, qui signent la confusion des genres. Homme public, homme privé, homme pressé. Son fidèle ami Louis Nordheim raconte :

« Il était dans sa façon tellement amoureux de Madame S que je ne peux que la qualifier de nature sénile. “Quel bijou, quelle ravissante créature !”, etc. Ce sont les expressions dont Félix Faure usa pour parler de cette dame, de sorte que sans aucune réserve je lui fis remarquer combien ridicule était son comportement à son âge et combien peu cela me semblait cadrer avec ses fonctions. Malheureusement tout ce que je lui disais à ce propos fut sans succès ; de même mon avertissement qu'il devait penser à sa maladie de cœur et ses conséquences possibles ne le touchèrent guère[53]. »

Le Président a pris l'habitude de couvrir Meg de présents. Le premier était un peigne de Lalique, magnifique, mais trop lourd. En attendant que la broche tricolore soit prête, l'amoureux imagine un autre cadeau, qui se révélera encore plus lourd à porter : *Puisque ce peigne ne vous sert à rien, vous devez me permettre de vous offrir quelques perles. J'ai eu vent d'un certain collier de perles, une pièce unique, et sais qu'en l'acquérant je rendrais un très grand service à un ami. Vous devez me promettre d'accepter, au moins pour cette dernière raison*[54].

Nous sommes à la mi-août et le Président organise une petite fête en l'honneur de son officier d'ordonnance, le commandant Lamy. Le ministère vient de voter les crédits pour sa mission au Tchad aux côtés de Fernand Foureau. Le lieu de cette réception est sujet à caution, car, dans une lettre du 21 août 1898, Lamy écrit qu'il quitte Paris le 23 août à 21 h 30 après avoir pris congé du Président le soir du 20 août au Havre[55], alors que Marguerite situe la scène à Paris :

Je dînais à l'Élysée. Bonnat était parmi les invités du Président, ainsi que M. Le Gall, secrétaire général de l'Élysée, et le commandant Lamy, un officier distingué prêt à partir pour une dangereuse mission en Afrique. Après le repas, j'ai chanté quelques airs, en m'accompagnant au piano. Pendant qu'il tournait les pages de la partition, Félix Faure mentionna une fois encore la « surprise » qu'il avait pour moi. Le lendemain, le commandant Lamy, que je connaissais bien, et qui passait souvent chez moi, vint pour me dire au revoir. Il quittait la France. Il portait un grand bouquet, que le Président me priait d'accepter, me dit-il. Je défis le papier blanc, et trouvai, parmi les orchidées, une boîte à bijoux verte, tendue de satin blanc, et qui contenait une large boîte en or. J'étais terriblement troublée, je n'arrivais pas à déboucler le couvercle, et quand il s'est ouvert, la « surprise » est tombée par terre ; c'était un merveilleux collier de perles à cinq rangs[56].

Sans doute le Président n'eut-il pas l'imprudence d'offrir à Meg une pièce de ce prix à l'Élysée, et de la laisser ensuite rentrer chez elle à la dérobée. Mais l'idée lumineuse d'offrir à sa maîtresse un bijou dont un de ses amis à grandement besoin de se débarrasser est pour le moins hasardeuse. Pire, elle provoque une altercation entre les amoureux.

Après que Lamy fut parti, j'ai écrit au Président que je ne pouvais décemment pas accepter un présent aussi somptueux. Pourtant dès le lendemain, quand je l'appelai à l'Élysée, il m'adjura de garder les perles ; je répondis que je lui rendrai le collier lors de ma prochaine visite à l'Élysée.

Deux jours plus tard, le Président me fit chercher. Il était pâle et perturbé, et marchait sans relâche dans son bureau. Il était clair qu'il avait une chose de la plus haute importance à me dire, mais qu'il n'arrivait pas à se décider à parler. Enfin, il commença :

« Je suis encore plus désespéré que vous l'imaginez. Quelque chose d'épouvantable est arrivé. C'est à propos du collier. Je l'ai acheté à un ami, un homme d'un très haut rang. Je souhaitais le sortir d'une difficulté, et maintenant j'apprends que, contre ma volonté, je suis impliqué dans un scandale qui, s'il était découvert, me ruinerait complètement. Je devrais démissionner sur-le-champ et même quitter le pays. C'est une affaire à la fois très compliquée et tout à fait inouïe. En conséquence, j'ai acheté ces perles pour obliger un ami, qui, bien sûr, n'était pas plus au courant que moi des complications soudaines qui sont survenues. Il a été trompé et je serai perdu si quoi que ce soit filtre de ceci. Je ne peux rien vous dire de plus. Je n'ai pas le droit de parler de cette terrible affaire. Personne ne doit rien savoir. Je vous supplie de garder le collier chez vous. Personne ne pourra soupçonner que c'est vous qui l'avez. Mais vous ne devez pas le porter pour le moment ni le montrer à personne. Y a-t-il un de vos amis ou un de vos proches qui l'a vu ?

— Non, comme vous savez, j'ai décidé de vous le rendre ; je ne pourrais de toute façon pas le porter ; il est vraiment trop précieux. Les gens se demanderaient d'où il vient. De plus, il n'y a pas tellement de colliers de ce genre dans le monde. Les perles sont si parfaites et si grosses.

— Quelqu'un vous a-t-il posé des questions à ce sujet ?

— Oui. À l'issue d'un dîner, hier, M.B., procureur général, m'a fortuitement demandé s'il était vrai

que j'avais reçu un collier qui valait 20 000 livres. Le chiffre avancé m'effraya, autant que le fait que M.B. ait pu entendre parler des perles. Mais je répliquai que je n'avais plus l'âge des contes de fées, et notre procureur général de conclure : « Je pensais bien que cette histoire était fausse. » Et maintenant, ajoutais-je, je vais jusque chez moi et je reviens avec les perles. Quelles que soient les circonstances, c'est la seule chose à faire. Et après ce que vous venez de me dire, il m'est impossible de les garder même une heure de plus. Je souhaiterais tellement les avoir emmenées avec moi. »

Félix Faure devint plus pâle encore :

« Voulez-vous ma ruine ? Dois-je être embourbé dans un scandale qui amènerait des calamités que je ne peux même pas imaginer ? Je vous supplie de les garder. Vous ne risquez absolument rien. Lorsque je ne serai plus président, les choses changeront avec le temps, et je trouverai un moyen de résoudre la question. Les perles sont à vous, gardez-les, mais si vous deviez jamais vous en séparer, vendez-les une par une.

— Vous m'effrayez ! Ne puis-je pas connaître l'histoire de ce collier ?

— C'est impossible. Ne me posez plus de questions[57]*. »*

Dire cela à la jolie dame en émoi, c'est tenter le diable. Marguerite échafaude des hypothèses ; un mari trompé, un chantage, un bijou volé ? Le Président hausse les épaules ; s'il ne s'agissait que de cela ! Quand Marguerite suggère un bijou royal, un scandale diplomatique, Faure s'énerve et reprend ses admonestations. Il la préviendra quand « tout danger sera écarté ».

Butée, Meg revient plus tard sur le sujet. Ce sera toujours la même réponse : *Oubliez ce collier. Il est à vous. Si vous avez quelque amitié pour moi, ne m'en parlez pas, je vous en prie. Vous ne courez aucun risque. Tout s'arrangera dans peu de temps*[58].

Cette fois, le Président est trop confiant. Rien ne s'arrangera, au contraire. En attendant, tout le monde se prépare à partir pour Le Havre, avant la tempête.

Meg est logée à la villa de Sainte-Adresse, à quelques kilomètres de la *Villa de la Côte* du Président, qui donne sur la mer. Le Havre porte bien son nom. L'été n'aura jamais donné à Félix Faure un aussi beau prétexte à la fuite.

Devant l'ardeur, le déferlement de messages, de rendez-vous, de fleurs, d'escapades et de cadeaux, la petite fille sauvage d'Alsace ne boude pas son plaisir. Elle a enfin accès à l'homme rêvé, celui qui n'aime qu'elle et qui la protège. À ses pieds, *primus inter pares,* le premier d'entre tous. Aurait-elle retrouvé le paradis perdu, la première place, comme avant ?

Au 15 août 1898, ils paradent tous les deux. Lui à bord du *Cassini,* elle sur un steamer avec la fille du Président. Le soir, au théâtre, quatre mille personnes se pressent pour profiter de la fête. Meg est là. Berthe Faure-Belluot aussi, assise auprès de son président de mari. Dans quelques jours, Mme Faure va partir avec sa fille à La Bourboule. Vivement la belle vie ! Marguerite est installée avec sa fille, sa sœur et sa mère. Chaque matin, la voiture présidentielle stationne durant des heures devant la porte de Meg, pendant que Félix Faure lui rend visite avant de l'emmener pour une promenade à cheval. L'après-midi, entre les prestations musicales et les conversations enjouées, le couple exulte : deux amants enfin bientôt ensemble, chaque jour et sans doute chaque nuit. Il lui reste six mois à vivre.

Tiraillé entre le bonheur de l'amour et les malheurs du temps, Félix Faure se méfie de tout le monde et se confie à sa jeune maîtresse, elle a appris à l'écouter, patiemment, sans trop en dire. À la fin du mois d'août, le Président susceptible devient carrément soupçonneux. Il éructe contre Clemenceau : *C'est l'homme le plus dangereux du pays, et le pire est qu'il le sait. J'avais pensé que nous n'aurions plus affaire à lui quand, il y a cinq ans, il a cessé d'être député*[59] *; mais depuis, il s'est proclamé le champion de l'affaire Dreyfus, il a fondé* L'Aurore, *et je vois que je me suis trompé. Sa plume reste aussi aiguisée que sa langue*[60].

Il n'a pas tort. Les archives de police témoignent des manœuvres de *L'Aurore* pour le faire chuter. Elles ne seront pas nécessaires.

Alors que tout s'écroule autour de lui, le Président s'accroche à sa sirène, plus que quelques jours et ils seront seuls. Mais, à peine Berthe et Lucie Faure parties, un messager de l'Élysée bouscule tout : un coupable s'est désigné dans l'affaire Dreyfus et s'est tranché la gorge ! Le colonel Henry avoue avoir fabriqué la fameuse pièce accusant Dreyfus, qu'avait brandie Cavaignac à la tribune de la Chambre. Mis aux arrêts au mont Valérien, il se suicide le 30 août. Le ministre Delcassé, venu précipitamment au Havre le dimanche, en informe le Président. Le lendemain, Félix Faure prend le train de 8 heures pour Paris et préside le Conseil. Il n'en peut plus. Il n'a qu'un seul souhait, retourner au plus vite au Havre où l'attend Marguerite.

Le 1er septembre, retardé, dit la presse, par le suicide de Henry, Faure est de retour par l'express de 1 h 25 du matin. « L'enjeu est d'importance », titre ironiquement *L'Aurore :* le lendemain, « Monsieur chasse », sur les terres d'un ami, avec quelques intimes.

Le même jour, Mme Dreyfus dépose, à la demande de Brisson, président du Conseil, une requête en révision du procès de son mari auprès du ministre de la Justice. La partie de chasse est annulée. Félix Faure doit repartir à Paris. Dès 7 h 30, le lendemain, en petite Victoria découverte, l'indispensable Louis Le Gall à ses côtés, il emprunte la route qui mène à la gare. Se retournant une dernière fois vers la *Villa de la Côte,* le Président est ému. Son directeur de cabinet remarque qu'il a les larmes aux yeux. Lui prenant la main, Félix Faure, dans un accès d'affliction prémonitoire, prononce ces mots : « Ah ! mon cher Le Gall, de quelles tristes pensées suis-je envahi en ce moment ! J'ai le pressentiment que je ne reverrai plus cette villa où j'avais rêvé d'être un jour si heureux, délivré de tous soucis, et qu'en cette matinée, je descends aujourd'hui vers Le Havre pour la dernière fois[61] ! »

Et soudain, devant la voiture, un petit vieillard qui chemine, le Président le reconnaît immédiatement.

« Voilà Gibert, un de ceux qui affectent de croire et répandent que je n'ai pas fait tout mon devoir en cette malheureuse affaire. Si vous saviez comme il m'est pénible de penser que certains de mes anciens et plus chers amis se laissent ainsi tromper à mon égard et doutent de mon ardent désir de connaître la vérité, de mes efforts pour ramener la paix dans les consciences. » Pour ne pas croiser le regard du Président et devoir donc le saluer, le docteur Gibert s'approche d'un perron et fait mine de sonner. Le Gall garde le silence devant l'affront. Félix Faure prend la parole : « Quelle indignité, ou quelle aberration ! Mais je connais trop bien mon vieil ami : je sais sa droiture et j'aime mieux croire qu'il cède à de mauvaises influences et qu'il se laisse, comme tant d'autres – hélas ! –, loyalement tromper[62]. »

J'ai lu et relu de nombreuses fois ce passage des *Souvenirs de Louis Le Gall*, fidèle parmi les fidèles de Faure. Une bonne partie avait été perdue, mais les années 1898-1899 ont par miracle été sauvegardées et publiées. En les comparant aux *Mémoires* de Meg, je ne peux qu'admirer l'habileté qu'elle développe à travestir, par petites touches, la chronologie des états d'âme du Président.

Car si on lit les souvenirs de Le Gall, que dit Faure à l'été 1898 ? Que ceux qui croient qu'il ne cherche pas la vérité se trompent. Il n'écrit pas qu'il connaît la vérité ni qu'il adhère à l'officielle culpabilité de Dreyfus. Au même moment, dès qu'il apprend la nouvelle du suicide du colonel Henry, Meg lui fait dire ceci :

Tout est changé ! C'est dégoûtant et indigne. Comment même entrevoir la vérité, la vérité vraie ? J'ai eu sous mes yeux, et plus d'une fois, la preuve absolue de la culpabilité de Dreyfus. Et maintenant, il apparaît que certaines de ces preuves, en tout cas, étaient fausses. Je ne peux faire confiance à personne. Partout, j'affronte contradictions, réticences, combinaisons douteuses, doubles jeux et supercherie. Il est impossible d'atteindre la vérité dans ce dédale qui s'étend et se complique sans cesse. Je suis désespéré et honteux.

Il n'y a plus pour moi qu'une chose à faire : je dois démissionner de la Présidence[63].

*

Revenu au Havre, dans un élan instinctif, Félix Faure fait lever l'ancre du *Sainte-Barbe*, un navire à sa disposition dans le port, et prend le large. Meg raconte :

Le *Président m'invita, avec ma sœur et son grand ami le prince P., à une excursion en mer. Une fois que nous fûmes loin de la côte, il me prit à part : « C'en est terminé, ma chère. Même après le suicide du colonel Henry, les rapports que je reçois sont contradictoires. Il semble impossible d'établir entièrement la vérité. Je suis embourbé. Chacun semble couvrir quelqu'un, ou lui-même. Il y a tout ce qu'il faut sur ce bateau pour tenir plusieurs jours. Nous allons partir pour une semaine ou plus. Laisser ceux qui sont responsables de l'état présent des affaires se tirer eux-mêmes, du mieux qu'ils pourront, de cette fâcheuse position où ils se sont mis, en m'y entraînant… À mon retour, je démissionnerai… Les honnêtes gens me comprendront ! » Le Président était aveuglé par l'angoisse et ne voulait rien entendre. Le prince et moi, profondément inquiets, avons passé deux heures à le rassurer, en arguant de l'injustifiable scandale que ne manquerait pas de provoquer une telle fuite. Un président ne peut pas « disparaître » une semaine…*

Fin de l'épisode, pour le moins inédit. Que le Président ait eu un petit passage à vide, on peut le comprendre, mais ce coup de folie n'est pas son genre. La sortie en mer, à bord du *Sainte-Barbe,* est toutefois bien chroniquée par *Le Figaro*[64], et détaillée dans le *Journal du Havre.*

Mais maintenant, c'est fini. Félix Faure a cessé de bouder. Il met pied à terre en fin de journée avant de rejoindre sagement Paris. Nous sommes le 4 septembre, il préside deux longues séances du Conseil des ministres, qui accueille un énième et nouveau ministre de la Guerre, le général Zurlinden. Réputé acquis à la révision, il vire lui aussi de bord en quelques jours. Pour ne pas risquer une nouvelle fois la chute du gouvernement, Faure tempère. En apparence, car en réalité, il cherche à sortir du guêpier. Et il prend fiévreusement des notes, sur la liste des ministres présents !

Par chance, Le Gall, qui a la bonne habitude de faire le ménage après les conseils, retrouve, ce 12 septembre, la feuille laissée par mégarde par Félix Faure sur son sous-main. C'est un classement des différents ministres au fur et à mesure de la discussion sur la révision. Le fidèle confident du Président est atterré : que serait-il arrivé si quelqu'un d'autre y avait eu accès[65] ?

Si je peux me permettre de prolonger les interrogations de ce brave Le Gall, ma question serait surtout : pourquoi Félix Faure a-t-il pris ces notes ? Un simple mémo personnel, ou une pièce à ajouter aux documents sur « l'histoire secrète de l'affaire Dreyfus » qu'il compile l'après-midi en bonne compagnie ? Ceci pourrait confirmer cela.

Embrouillé, pressé de calmer le jeu, Félix Faure prétexte de son départ imminent pour écourter le Conseil des ministres. Il a plus urgent et part pour les grandes manœuvres de Moulins, où l'armée française doit mesurer son efficacité. L'Affaire et le capitaine Dreyfus attendront son retour.

IX

Le remède d'amour

La rentrée de septembre 1898 à Paris est bousculée. Grève générale dans le bâtiment, trente mille ouvriers dans la rue. Grève générale des chemins de fer. L'assassinat, le 11 septembre à Genève, de Sissi l'impératrice d'Autriche, l'épouse de François-Joseph, par un anarchiste, met toutes les polices d'Europe sur le pied de guerre. À l'Élysée, Félix ne s'inquiète pas outre mesure, malgré la découverte d'un complot d'anarchistes italiens contre plusieurs têtes couronnées ; il figure pourtant sur leur liste[66]. Viennent ensuite les menaces de coup d'État et les rumeurs de sédition. Les agents de la Sûreté sont de plus en plus nerveux.

Sur le rôle de l'armée qui pourrait se retourner contre lui, Faure n'est pas dupe et s'avère fin psychologue : « Ce n'est pas leur loyauté seule qui m'est un sûr garant qu'ils [les généraux] ne tenteront rien ni contre moi, ni contre le régime. Je les connais tous et j'affirme qu'il n'y en a pas un qui aurait même le courage civil nécessaire, en eût-il le désir, pour tenter un tel coup[67] ! » Est-il si crâne face à ceux qui, plus insidieusement, auraient barre sur lui ? Après le spectre de généraux félons, l'ombre de Drumont continue de planer. Son acharnement contre le Président est révélateur. Drumont, qui a déjà tenté de le faire chanter une première fois, récidive, prétend que Félix Faure aurait autorisé sa belle-mère à tenir une maison de tolérance.

Et qui joue les mauvais offices entre Drumont et l'Élysée ? Gyp, évidemment[68] ! Raison pour laquelle il faut, comme l'indique un rapport confidentiel du ministère de la Justice, « la surveiller très étroitement ».

Félix Faure est littéralement canardé par la presse, sommé de sortir de sa réserve coupable. La liste des calamités n'est pas close : jusque dans leur intimité, les deux amoureux de l'Élysée se savent surveillés. De moins en moins souvent seuls, ils s'éclipsent grâce à la complicité de l'agent particulier qui protège Meg, le fidèle inspecteur Pouce.

C'est dans ce contexte que, à la mi-septembre, le Président écourte son Conseil des ministres pour assister aux grandes manœuvres. À Moulins, Meg, qui l'a naturellement accompagné, est dans son élément parmi les prestigieux invités. Notamment le duc de Connaught, fils de la reine Victoria, qui fait une chute de cheval lors de la parade, ce qui ne l'empêche pas de réassurer le Président de la confiance de la reine. Et pourtant les relations franco-britanniques se tendent : au même moment, au Soudan, le commandant Jean-Baptiste Marchand, chargé depuis juin de la « mission Congo-Nil » censée créer un comptoir français au cœur de la domination anglaise, s'installe à Fachoda. Félix Faure essaie comme il peut d'amadouer le duc de Connaught.

Meg est venue avec sa mère, les deux femmes se régalent des revues. Comme toujours, le Président porte beau, une jaquette couverte d'un pardessus en caoutchouc couleur noisette et sur la tête un melon de feutre gris, légèrement de guingois. Les 14 et 15 septembre, dîners de gala et festivités. Sur le terrain, Faure prend un bain de foule, entouré d'un cortège civil presque aussi bigarré que les délégations des officiers étrangers. Il finit par quitter Moulins sous 101 coups de canon et les vivats d'une foule enthousiaste. Maigre répit avant la lecture de la presse du jour. Clemenceau sort ses griffes dans *L'Aurore*. Sous le titre « Monsieur Félix », il évoque tout à trac : une pauvre cervelle bouffie de vanité bourgeoise, une inintelligence naturelle, fourbe, un ridicule mélange de snobisme et de fausse bonhomie…

L'annonce, le 17 septembre, de la décision du Conseil des ministres, avec assentiment du président Faure, de réviser le procès de Dreyfus provoque, une fois encore, la démission du nouveau ministre de la Guerre, après seulement douze jours. Le général Chanoine, un républicain laïque comme son nom ne l'indique pas, doit lui succéder et s'exprimer devant la Chambre.

Faure, qui n'a plus confiance qu'en Meg, l'envoie enquêter en sous-main. Cloîtré à l'Élysée, il l'attend, partagé entre la satisfaction de la savoir bientôt à ses côtés et le dégoût de cette Affaire qui l'empoisonne. Alors qu'elle se hâte de revenir à l'Élysée, le général Chanoine y fait déjà antichambre. Il a quitté l'hémicycle pour porter *illico* sa démission au Président : comme les autres, il recule et refuse d'être le ministre de la Guerre qui désavouera l'armée. Félix Faure annule sa rencontre avant l'arrivée de son envoyée secrète. De toute façon, c'est au Premier ministre que Chanoine doit communiquer sa décision, pas à lui. Le Président est furieux. Marguerite arrive enfin. Son parfum emplit le salon présidentiel, et accoudée sur le sofa bleu, elle prend le temps de plonger son regard dans le sien avant de raconter tout, en détail. Elle a pris quelques notes et rapporte fidèlement la chute du gouvernement : un désastre. En six semaines, trois ministres de la Guerre se sont succédé, démissionnant tous pour le même motif : impossible de concilier la révision du procès Dreyfus avec « l'honneur de l'armée ». Zola avait raison et Faure est excédé. Un mois plus tôt, il rêvait du grand large ; coincé, il ne voit plus qu'une solution, un coup d'État, avec le concours de l'armée. Rendre les pouvoirs du Président indépendants du Parlement et prendre la tête d'un gouvernement militaire. Sa maîtresse lui glisse habilement qu'il serait comme un nouveau Bonaparte, mais sans les soutiens nécessaires : « Un coup d'État n'est excusable que lorsqu'il réussit. »

La tentation est réelle, mais le chef de l'État ne franchira jamais le pas du coup de force. La République vacille. Auguste Scheurer-Kestner, inlassable avocat de Dreyfus auprès du Président s'inquiète : « L'ancrage républicain de la France est-il profond ? L'armée et l'Église ont-elles réellement accepté les mutations politiques, n'ont-elles pas, au contraire, dénaturé l'idéal républicain et perverti le pouvoir ? Comment peut-on le régénérer sans entraîner un bouleversement trop grand, sans imposer par la force une révolution dans l'opinion[69] ? »

Quand Scheurer-Kestner penche pour une révolution bourgeoise et socialisante, d'autres sont prêts à des solutions extrêmes, comme Paul Déroulède. Poète devenu chantre nationaliste, il propose ses services au Président pour... déclencher une guerre civile !

Faure sait que, désormais, pour ces conjurés qu'il désavoue, il sera l'homme à abattre. Pris entre deux feux, il bouillonne. Ce qui se joue alors dans les salons de l'Élysée est comme un théâtre miniature dont l'atmosphère feutrée, le frou-frou des mots doux absorbe la sourde violence des passes d'armes. La tension générale est devenue insoutenable.

Depuis l'acquittement triomphal du traître Esterházy, la fièvre antisémite a gagné toutes les villes de France. Des commerçants juifs sont molestés, leurs magasins rageusement saccagés et les dégâts sont considérables. Plusieurs synagogues doivent être protégées par la police, sur le pied de guerre vu l'ampleur des manifestations qui se succèdent. En janvier, elles ont rassemblé dans la seule ville de Nantes, cinquante mille personnes qui scandent : « À mort les juifs ! À mort Zola ! » Suivent Angers, Rouen, Saint-Malo, Dijon, Caen, Dieppe, Bordeaux, Nancy, Lyon et, le 25 octobre, Paris.

Une immense foule marche vers la place de la Concorde, composée de différentes factions, les ligues antisémites, mais aussi la Ligue des patriotes de Déroulède accompagnée d'un journaliste de vingt-huit ans, Jules Guérin. Charismatique, il monte sur la fontaine et galvanise la foule aux cris de « Vive l'armée ! À bas les juifs ! ». Pour protéger le Palais-Bourbon, gendarmes et policiers se massent, tentent de contenir la foule qui se presse pour entendre Drumont appeler à l'élimination des Juifs.

La préfecture a pris les devants et interdit les appels publics à la haine antisémite : les policiers font respecter la loi et procèdent à cent cinquante arrestations, dont Guérin qui, non content de haranguer la foule, s'en prend au commissaire de police et le roue de coups jusqu'au sang !

Dans cette atmosphère insurrectionnelle, la justice n'aura pas le même courage que la police[70]. En liberté provisoire, Guérin se présente en novembre à son procès ; la Cour donne foi à des témoins qui assurent qu'il n'était pas place de la Concorde, alors même que le commissaire le désigne comme son agresseur. Guérin ressort triomphalement libre sous les applaudissements de la foule, en même temps que son complice, dont les traces de coups de pied portés à la poitrine du commissaire ont été constatées par un médecin.

L'antisémitisme ravage une France majoritairement silencieuse ; les premiers à se taire sont des hommes politiques qui n'ont, en l'occurrence, de républicain que le nom. Royalistes, conservateurs et nationalistes croient leur heure venue ; les antidreyfusards se fédèrent le 31 décembre en Ligue des patriotes*. À côté de Paul Déroulède, de l'ancien

---

* *La Ligue des patriotes, fondée le 18 mai 1882 par Paul Déroulède, est d'abord composée de républicains modérés. Dissoute en mars 1889, elle renaît en 1897 avant que n'éclate l'affaire Dreyfus. Elle prépare la revanche contre l'Allemagne. Militariste et patriotique, elle évolue rapidement vers une*

ministre de la Guerre, Cavaignac, et du fumeux Guérin, adhèrent d'éminents membres de l'Institut – François Coppée, Jules Lemaître et Paul Bourget – ainsi que la nouvelle droite littéraire, dont Maurras, Barrès et Claudel, sans oublier Edgar Degas, Vincent d'Indy et Auguste Renoir. Et aussi, naturellement, Gyp.

Pour faire échec à ce marasme et ressouder le pays, Félix Faure persiste et fait le choix d'un professeur de philosophie dreyfusard, Charles Dupuy, qu'il appelle à diriger un gouvernement d'union.

*

Ils se téléphonent tous les jours et se voient tout autant. En cette fin d'automne, les températures sont douces et leurs promenades au Bois se prolongent en galop. « Les deux médecins qui le suivaient de près ne dissimulaient pas qu'à leur avis le Président se surmenait et que ces promenades à cheval, chaque matin, qui auraient pu, si elles avaient été conduites raisonnablement, constituer pour lui un exercice salutaire, lui causaient au contraire une fatigue excessive[71]. »

Épuisé, Faure est aussi très inquiet. Au Soudan, l'opération Fachoda, qui avait pour ambition d'amoindrir l'hégémonie britannique en Égypte, se révèle périlleuse et provoque des tensions violentes avec Londres. Il faut négocier, se retirer du guêpier égyptien, alors que les nationalismes, des deux côtés de la Manche, sont chauffés à blanc. La

organisation antisémite et xénophobe, hostile à la république parlementaire.

vieille reine Victoria, à cent lieues de vouloir terminer son règne par un étripage entre voisins, choisit de condescendre à la retraite française[72]. Sans condition. Ce qui sera fait le 7 novembre.

*

Cet hiver-là, Marguerite pose pour Bonnat. Elle n'aime pas le tableau[73]. Une flopée de voiles masque l'extrême finesse de sa taille, et si ses mains et la courbe de ses bras sont visibles, son regard est bordé de lourdes paupières. La beauté de Meg est ailleurs. Dans une sculpture de Jean-Baptiste Hugues, une *Muse de la source* longtemps installée au Sénat et conservée désormais à Orsay. *La Baigneuse* (l'autre nom de l'œuvre) est une allégorie de la Vérité, assise nue, jambe relevée sur la fontaine, lascive et retenue, elle est la vérité nue sortant du puits.

L'année qui se termine s'ouvre sur des promesses. Au printemps, Meg aura trente ans. Elle pense avoir sauvé la mise, acquis sa liberté, bien qu'elle touche aux sphères défendues de l'État dans une pièce où elle joue décidément trop de rôles. Mais celui qui lui donne la réplique s'essouffle. Félix fume trop, boit trop, mange trop. Au creux de l'hiver, l'ennui l'a gagné. Les obligations mondaines qu'il affectionnait lui pèsent. Même la chasse et ses habituels courtisans lui donnent le tournis : « Que je suis fatigué, et que tout cela m'ennuie. Toujours la même chose, toujours les mêmes visages, toujours les mêmes conversations. Quand donc verrai-je la fin de tout cela ? Et dire qu'il me faut encore trois ans de patience ! Vraiment c'est trop[74] ! » Il ne saurait mieux dire.

Pendant les fêtes, chacun des deux amants reste en famille. Ils continuent leurs apartés en échangeant des billets sous de petites enveloppes bleues qui circulent discrètement entre l'Élysée et l'impasse Ronsin. Le 10 janvier, vingt-quatre petites bouteilles de champagne sont expédiées chez Meg par la présidence. Quelques jours plus tard, à l'Élysée, le Président a une syncope[75]. Meg n'est pas plus vaillante. Opérée d'une péritonite, elle est clouée au lit. Impossible de se voir. Dans ses lettres, le Président lui confie qu'il se sent épié. Il ressent cette séparation forcée comme une fatalité, au moment précis où il a le plus besoin d'elle. Tourmenté, il lui fait parvenir une série de documents relatifs à Fachoda et à l'affaire Dreyfus.

Le 29 janvier 1899, ceux qui ont juré la perte du capitaine juif brûlent leur dernière cartouche : sous leur pression, le gouvernement Dupuy dépose un projet de loi pour dessaisir la chambre criminelle qui doit examiner la révision du procès. En apposant son sceau au bas de cette loi inique, Félix Faure signe son dernier acte présidentiel dans l'affaire Dreyfus. Le 10 février, toutes chambres réunies, la Cour se prononce pour la révision du procès. Dreyfus sera rejugé à Rennes par un nouveau Conseil de guerre.

Depuis la nouvelle année, le Président n'a semble-t-il revu Marguerite qu'une petite fois, pendant sa convalescence[76]. Mi-février, il n'y tient plus. Le 16, il veut absolument qu'elle vienne. Cela fait deux jours qu'il a mis de l'ordre dans ses papiers, son secrétaire en témoigne. Entrant dans le bureau officiel du Président, au rez-de-chaussée, Le Gall le trouve occupé à classer les documents de sa grande armoire de fer. Félix Faure lui montre la clé et lui confie son contenu, « en cas de malheur ». Pourquoi ces pensées sinistres et cette frénésie de rangement ? Meg avance une explication :

Le matin du 16 février 1899, M. Le Gall, secrétaire général de l'Élysée, me téléphona pour me dire que le Président tenait beaucoup à me voir. Je répondis que j'irais lui rendre visite le lendemain, parce que je ne me sentais pas bien et que, d'ailleurs, j'avais promis à Bonnat d'aller poser pour mon portrait, l'après-midi. Je déjeunai à la maison. Au moment où j'allais me mettre à table, on vint me dire que le Président me demandait au téléphone. « Il faut que je vous voie à tout prix, me dit-il ; j'ai à vous remettre quelque chose et je ne me sens pas très bien. »

Il s'arrêta, comme hors d'haleine et continua :

« Puisque vous pouvez poser chez Bonnat, vous pouvez bien me consacrer quelques minutes. »

Sa voix était changée. Il me dit encore :

« Cette Affaire me tue… J'ai plus d'ennemis que jamais, et pendant votre absence, j'ai peut-être trop bien vécu. Vous viendrez cet après-midi sans faute, n'est-ce pas ? »

Il a semblé hésiter, et finalement a répété : « Venez cet après-midi, je vous en supplie[77]. »

Malgré sa lassitude, Marguerite obéit à ce désir impérieux. Elle n'aurait pas dû.

Ce jeudi 16 février 1899, Faure a deux audiences[78], Marguerite doit venir ensuite. Au milieu des tourments, cette perspective s'ouvre comme une promesse. Le Président s'y prépare, sort son drageoir, avale sa drogue d'amour, de la cantharide, un dangereux ancêtre du Viagra, tiré d'un coléoptère pilé, qu'on a beaucoup utilisé au temps du marquis de Sade, mais qui expose à d'évidents risques cardio-vasculaires.

La première audience est celle du cardinal Richard. Félix Faure l'écoute et lui donne rapidement satisfaction. La sonnette retentit à côté, elle est là. Le prince de Monaco est arrivé dans l'intervalle. Nouvelle audience, nouvelle pilule. Au cours de l'entretien, Faure est pris d'un malaise. Il ouvre la fenêtre, demande un répit à son interlocuteur, puis la discussion tourne à l'aigre. Le Président comprend mal la démarche du prince qui prêche la révision du procès Dreyfus et l'amitié avec l'Allemagne. Le Président entend-il bien ? Il s'offusque, s'étouffe. Puis il ouvre la porte, fait sortir le prince, contre toute étiquette. Sur quoi, il se ravise, le rattrape jusqu'à la seconde porte. Du jamais vu. Cette cocasserie protocolaire en dit long sur l'état de confusion de Félix Faure, bien avant sa conversation privée avec celle qui l'attend dans le salon d'à côté.

N'en déplaise aux faiseurs de légendes, les amoureux de l'Élysée qui pousseraient le plaisir jusqu'au paroxysme de la mort sont pour l'heure un quinquagénaire à bout de souffle et un petit corps de femme barré d'une récente cicatrice à l'aine.

Dans un périlleux exercice narratif, Meg veut décrire, même si c'est impossible, la mort du bien-aimé. Qu'elle le veuille ou non, elle doit le laisser là dans son récit, sans trahir ces moments tabous qui recèlent tout ce que la raison d'État lui interdit de dire.

Le petit salon bleu où il me recevait d'habitude et où nous écrivions généralement les Mémoires était aux mains des tapissiers. Le Président me reçut dans la chambre contiguë au cabinet de M. Le Gall. La porte était ouverte, car Félix Faure se plaignait d'étouffement. Je n'étais pas inquiète outre mesure, car bien que très pâle, le Président n'avait pas l'air plus malade que toutes les fois où il avait absorbé son remède dangereux. « Il faut décidément que je m'occupe plus sérieusement de ma santé, me dit-il, et que j'essaye de renoncer à ce poison. Et puis, il faut que je me sente d'aplomb pour le grand bal qui aura lieu ici, bientôt... »

Tout à coup, Félix Faure s'écria : « J'étouffe, je n'y vois plus... » J'appelai Blondel, qui vint aussitôt. Au bout d'un moment, le Président nous dit : « Ce ne sera rien ; c'est passé... » M. Blondel et moi l'aidâmes à marcher jusqu'à son cabinet de travail. Le Président avait moins mauvaise mine, maintenant. Il se tourna vers moi et me dit : « Je vais me reposer un peu... Mais je vous jure de ne plus prendre cette misérable drogue... Faites-vous belle pour le bal. Je vous téléphonerai demain matin. »

Puis, voyant que je n'emportais pas les papiers que j'étais venue prendre, il ajouta : « Surtout, n'oubliez pas le paquet... Au revoir... Au Bois, demain matin, s'il fait beau[79] *! »*

Il n'y aura ni lendemain ni promenade au Bois. Vers minuit, dit-elle, c'est par le coup de fil d'un ami, M. Bordelongue directeur aux postes et télégraphes, qu'elle apprendra la nouvelle de sa mort. Mensonge ou vérité ? Veuve de son amour, Marguerite apprend le prix du secret.

Comment écrire la suite et le reste ? Oui, sans doute, ils ont parlé et se sont aimés ce jour-là, comme tous les autres. Et après ? La presse, depuis, en a fait ses choux gras. Comment ne pas reconnaître, sous ces plumes, la volonté de salir celle qui, désirante et désirée, ne pouvait apparaître qu'en putain ? Une connaissance qui file par l'escalier, sans demander son reste.

Imaginez-la, elle entend le souffle rauque du Président, relève la tête et comprend qu'il suffoque. Son cerveau enregistre machinalement des détails : les yeux rougis qui se troublent, la main qui se crispe, et les mots inaudibles. Comme une somnambule, elle frappe à la porte, alerte Blondel qui fait le pied de grue. Madame doit fuir, de toute urgence. C'est la règle. Lui dira-t-elle seulement adieu ? Alors que le Président agonise, elle doit partir, jouer son rôle jusqu'au bout. La fuite. Entre chien et loup, dans le froid de février. Derrière elle, Meg laisse la vie de château. Berthe et Lucie Faure sont descendues auprès du Président. Chacune retrouve sa place.

Elle est déjà dehors, protégée jusqu'à Vaugirard par l'ombre de son policier privé. Ils sont suivis, mais qu'importe. Personne ne doit remarquer à quel point elle est déchirée. À l'extérieur, c'est possible. Mais dans sa propre maison, comment le pourrait-elle ? Chez les habitants du 6 *bis*, impasse Ronsin, nul doute que les pièces sur l'échiquier ont changé de position. Avec la mort de Félix Faure, Adolphe Steinheil, tout imbibé de sa récente reconnaissance académique, voit disparaître comme par enchantement son inaccessible rival. L'occasion de devenir maître chez lui, plus qu'il ne l'a jamais été. Sa revanche serait d'autant plus belle qu'il n'a sans doute rien fait pour la provoquer, et d'autant plus forte qu'elle pourrait enfin s'exercer sur celle qui l'avait soumis à sa loi.

*

Depuis mon installation dans la maison de Séverine, dans un nouvel espace-temps, je voyage dans ces vies de femmes, en tentant d'en saisir les contraintes, les espoirs, les renoncements.

Je vis comme une recluse dans cette petite ville de Pierrefonds, les yeux ébahis par ce petit monde qui, du marché au bistrot, n'a que faire de mes si longues interrogations sur ce qui nous est arrivé, à nous les femmes, à nous tous, femmes et hommes, impuissants devant la violence, l'injustice, l'incompréhension d'un monde qui meurt sous les coups fourrés des meneurs. Pour y échapper, je me réfugie dans l'écriture d'une histoire qui reste en arrière-plan de la nôtre. Qui peut dire aujourd'hui ce que représentait réellement l'affaire Dreyfus ? Il ne reste que quelques mots : Juif, erreur judiciaire, antisémitisme, et peut-être le nom de Zola. Certainement pas celui de Félix Faure ni celui de Séverine, encore moins celui de Marguerite Steinheil. Et pour cause. Une fois Faure brutalement disparu, Meg n'existe plus. Elle est renvoyée à son foyer, pour neuf années d'un purgatoire qui la conduiront en enfer.

Rétrospectivement, on peut se demander comment elle a gagné l'intimité du Président.

Coïncidence d'une rencontre au col de la Vanoise ? Il faudrait être sot pour souscrire à cette galéjade. À l'époque, Manuel Baudouin, son généreux protecteur, lui ouvre toutes les portes et l'installe dans la haute société. Je gage que Baudouin, magistrat dreyfusard dont le rôle sera primordial dans la réhabilitation de Dreyfus, a amené Meg à accéder aux sollicitations de son entourage familial. Sans doute n'a-t-il pas mesuré l'attrait de Meg pour le premier personnage de l'État ni imaginé que la révision du procès puisse prendre autant de temps.

Sur ces deux points reste une interrogation de taille : de quelle nature était l'engagement réel de Marguerite Steinheil dans l'Affaire ? Un sens de la justice qui lui aurait commandé d'agir et de se jeter, corps et âme, dans la bataille ? Je n'y crois qu'à moitié. On sait pourtant qu'elle penche pour l'innocence et œuvre pour la révision. Elle le note furtivement en relatant une conversation datée du 7 septembre 1898, au moment où Faure demande à Zurlinden de prendre en charge le ministère de la Guerre.

J'exprime à sa grande surprise l'espoir que l'on décidera pour. *Cela me parait comme à tant d'autres la seule façon légale de terminer l'Affaire définitivement.*

Meg dit clairement à Faure qu'elle est pour la révision du procès.

Par passion de la vérité et refus de l'injustice ? Peut-être. À mon sens, sa motivation intime est plus profonde. J'imagine la satisfaction qu'elle a dû ressentir de démontrer à la haute société protestante à quel point elle avait réussi dans sa mission d'influence, au plus haut niveau de l'État. Ah ! si Faure n'était pas mort si tôt !

Assise à même le sol, sur le seuil des *Trois Marches,* la maison de Séverine, mes yeux suivent les groupes d'écolières qui passent devant, pour rejoindre le château et le lac. Je les regarde et je me revois, je me rappelle, et je mesure la distance et le temps. Sont-elles si différentes de moi à leur âge ? Avons-nous réussi, femmes et hommes de bonne volonté, à leur offrir autre chose qu'une « condition » féminine ? J'ai toujours eu horreur de ces formules qui charrient avec elles préjugés, condescendance, et les reliefs d'un dépeçage qui n'est peut-être pas terminé. Que sont les femmes devenues ? Que nous est-il arrivé ?

Le soir tombé, je reste assise derrière les volets mi-clos à classer les papiers et journaux qui s'amoncellent. Je les annote au gros crayon, rouge ou bleu selon qu'ils confortent ou non mes hypothèses. Tous ces noms, ces événements, s'articulent en un vaste réseau. Je résume, je trie, je recommence. Jusqu'à ce qu'une toile lentement se déploie sous mes yeux : les personnalités les plus marquantes de l'entourage de Meg figurent les pouvoirs à l'œuvre en ce XIXe siècle finissant. Elles se croisent dans un extraordinaire imbroglio politico-judiciaire. J'ai au moins un avantage sur les acteurs de l'époque. Je connais la fin.

*

Dans la nuit du 16 au 17 février 1899, immobile dans son lit, Marguerite Steinheil reprend ses esprits et les reperd aussitôt. La mort de son amant, la fin de l'histoire, le scandale malgré les précautions, et le fameux collier de perles à propos duquel Faure disait qu'il allait tout arranger.

Suspendue dans le vide, elle est surprise d'entendre à 6 heures du matin la sonnette de l'entrée. L'inspecteur Pouce, son agent particulier, demande à la voir. *Ah ! Madame… Je vois que vous connaissez la nouvelle. Il y a quelque mystère dans la mort du Président. Ils disent qu'il est mort d'une congestion cérébrale, mais l'agonie a duré plusieurs heures. Mme Faure et leur fille ne sont venues qu'au dernier moment… J'ai été moi-même suivi, et il serait préférable que je ne vous appelle plus. Mais vous connaissez mon adresse et à tout moment si je peux vous être de quelque utilité, je vous en conjure, appelez-moi*[80].

L'homme menu aux cheveux noirs, fidèle gardien de tous les secrets de sa vie, s'éloigne dans l'ombre. Elle est seule désormais.

Clouée au lit, elle s'accroche aux nouvelles données par la presse. Dans *L'Aurore* du jour, les mots de Clemenceau ajoutent à son supplice.

« Félix Faure vient de mourir. Cela ne fait pas un homme de moins en France… C'est Félix Faure qui avait entrepris, pour son propre compte et pour le compte des autres coupables, d'étouffer la révision du procès Dreyfus. On va mettre aux enchères, pour la succession au trône, la continuation, l'achèvement de l'œuvre abominable. […] Molière le peignit en M. Jourdain, sans prévoir la férocité d'égoïsme où la poursuite éperdue des grandeurs peut jeter une âme basse[81]. »

Pourquoi cette hargne sur un cadavre à peine froid ? Meg écrira à son tour l'oraison de son grand homme, elle est éclairante.

J'avais été gravement malade pendant six semaines et venais à peine de me remettre un peu quand Félix Faure mourut. Le choc fut tel que j'eus une rechute et je ne pus assister aux funérailles du Président (jeudi 23 février 1899).

J'avais perdu un grand ami, et la France un grand patriote. On a dit souvent qu'il n'avait été qu'un homme heureux, un optimiste insouciant et inutile, qu'il ne sut pas diriger ni même contrôler les divers partis politiques, qu'il fut un chef d'État, mais pas un homme d'État, un président décoratif plutôt qu'un homme d'action. Il est impossible de nier que Félix Faure fut insolemment heureux et que, voyant que tout lui réussissait, il acquit une confiance en lui-même que rien ne justifiait... Il est également incontestable qu'il aimait le faste, la pompe, les honneurs et que sa vanité excessive se trouvait agréablement flattée lorsqu'il lui arrivait de recevoir un roi ou un empereur... Grand, distingué, avec une dignité un peu théâtrale, il était, extérieurement, le type rêvé du Magistrat du pays. Mais il avait aussi de réelles qualités, beaucoup de bon sens – qualité rare au temps de l'affaire Dreyfus –, beaucoup de patriotisme.

[Les lignes qui suivent sont supprimées dans l'édition française.]

Il avait un rare don de sympathie, et il n'y a aucun doute qu'il a considérablement accru le prestige de la France pendant sa présidence, en dépit de son inexplicable attitude dans l'affaire Dreyfus, en dépit de l'humiliation de Fachoda, et en dépit de la lettre « J'accuse » de Zola et des attaques de Clemenceau, Reinach, Jaurès et bien d'autres[82].

[Reprise de l'édition française :]

Il eut beaucoup d'ennemis, y compris Delcassé, dreyfusard convaincu, en qui il avait cependant tant confiance, comme diplomate. Félix Faure eut des ennemis non seulement parmi les membres des cabinets qui se succédèrent si rapidement sous sa présidence, il en eut jusque dans son entourage immédiat.

Il aimait l'armée. Il s'était battu bravement pendant la guerre avec l'Allemagne ; il avait la foi la plus entière en la justice du Conseil de guerre qui condamna Dreyfus et fit tous ses efforts pour empêcher la révision. Il le fit honnêtement et sincèrement, convaincu qu'il était dans le vrai et qu'il agissait au mieux des intérêts de la France qu'il aimait ardemment[83].

Que Marguerite Steinheil écrive en toutes lettres qu'elle ne comprend pas l'attitude du Président dans l'affaire Dreyfus est déjà en soi instructif. Qu'elle termine le tableau en évoquant les ennemis et les menaces nous ramène à la croisée des chemins.

La voilà déjà accusée par des lettres anonymes et des articles d'avoir empoisonné le Président pour le compte des dreyfusards. Coupable désignée, Marguerite Steinheil collecte ses premiers surnoms : la Brinvilliers, Lucrèce Borgia ou la Circé de la République. Pourtant, les journaux ne citent jamais son nom, même si certains ne se privent pas de remuer les dessous de l'épectase présidentielle. Le mystère de la mort de Félix Faure n'a pas fini de faire recette. Les antidreyfusards accusent les Juifs d'avoir, avec un cigare cyanure, supprimé le Président, dernier rempart contre la Révision. Drumont dans *La Libre Parole* compare la mystérieuse Madame S à « une Dalila vénale ». Les spéculations sur la physionomie du défunt – qui aurait été défiguré par le poison, empêchant toute photographie – sont finalement démenties ; pas d'empoisonnement, pas d'autopsie[84], mais une thèse médicale officielle : apoplexie présidentielle. Deux heures d'agonie tout de même.

La version semi-officielle des derniers instants de Félix Faure est plus explicite. Après son entrevue calamiteuse avec le prince de Monaco, le pouls du Président s'emballe, il est nerveux, anxieux. Affaibli par les cigares forts qu'il fume dès qu'il en a l'occasion, son cœur malade bat la chamade depuis que Meg est arrivée. Et c'est l'accident cérébral, accéléré sans doute par son « remède d'amour ».

Les fureteurs continuent néanmoins leur besogne. Après le poison, cherchez la femme. Plusieurs journaux parlent de la courtisane qui aurait fui au début du drame, Madame S, épouse d'un peintre connu. Meg désignée sans l'être ne peut attaquer en diffamation. D'autres informations circulent, comme celle-ci relevée par les services de police : « Il paraît que c'est rue de Ponthieu dans un appartement privé que Félix Faure aurait eu son attaque ; il était en conversation intime avec la femme d'un peintre qui a fait son portrait dernièrement et qui a été décoré, il y a quelques jours, M. Steinheil, rue de Vaugirard, 152[85]. »

Dans la grande presse, rien, ou presque, ne filtre de l'affreuse aventure de Marguerite Steinheil à l'Élysée ce 16 février 1899. Habilement, *on* cherche d'ailleurs à détourner les soupçons : Madame S serait l'actrice Cécile Sorel[86]. Marguerite peut respirer. La raison d'État la protège.

Invitée par Berthe et Lucie Faure aux funérailles du Président, le 23 février 1899, Meg n'y va pas. Occasion manquée peut-être de la voir immortalisée en mouvement dans le long film de 40 minutes que Georges Méliès tourne pour l'occasion. L'immense Méliès dont on connaît surtout *Le Voyage dans la Lune* (1902) vient de tourner en « actualité reconstituée » une série de onze épisodes sur l'Affaire, où il joue lui-même le rôle de Me Labori, l'un des avocats de Dreyfus. Mais son film des obsèques de Félix Faure ne sera jamais intégralement projeté : à la quarantième minute, Déroulède, l'incorrigible barde nationaliste, tente un coup d'État avec plusieurs militaires. Dans la foulée des funérailles de Faure, il attrape la bride du cheval du général Roget, pour le faire marcher sur l'Élysée et renverser la République parlementaire. Le général résiste, Déroulède est arrêté, jugé et acquitté en cour d'assises.

Au-delà de son caractère burlesque, l'épisode montre que le climat reste incertain, et le vent mauvais. Meg elle-même reçoit de nombreux billets anonymes ayant trait aux papiers de Félix Faure. Comment tous ces gens sont-ils au courant ? Et que savent-ils exactement ? Les ennemis de Dreyfus suggèrent à Meg de publier les fameux « Mémoires secrets » du Président, alors que les dreyfusards la pressent de les brûler. D'autres encore proposent de les confier à tel ou tel. Aujourd'hui, la trace de ces papiers a disparu. Ne reste que le témoignage de Meg dans son autobiographie[87].

*

Meg soigne en secret son deuil inavouable. La figure du mort refait pourtant surface sous les traits de Blondel, son très discret secrétaire particulier à l'Élysée. Encore sous le coup de l'émotion, le brave et dévoué serviteur de l'État vient rendre à Meg un talisman qu'elle avait dessiné à la demande du Président, symbole de leur intime complicité. « Le Président agonisant m'a fait jurer de vous le remettre », dit-il dignement avant de prendre rapidement congé. *C'était un médaillon en or portant les initiales F. F. sur une ancre en diamant, et sertie de perles minuscules, de rubis et de saphirs rappelant le tricolore. Le mot gravé sur l'ancre, un terme convivial, était en russe, car le Président a aimé tout ce qui a rappelé sa visite à Saint-Pétersbourg et l'Alliance avec la Russie*[88].

À nouveau seule, la main serrée sur le précieux médaillon, Meg le regarde nostalgique. Elle le fera graver, en lettres d'or, sur le tissu bleu lavande de la première édition de ses *Mémoires*.

Neuf années vont s'écouler avant que survienne le second drame de sa vie, *le crime de l'impasse Ronsin*. Neuf années cruciales, déterminantes, qui éclairent la mort de sa mère et l'assassinat de son mari.

X

Un fort accent allemand

J'AI RETOURNÉ L'AFFAIRE de la rue Ronsin dans tous les sens, lu tout ce que j'ai pu trouver : journaux, monographies, blogs et bien entendu les archives de la police, celles du procès, et bien davantage. On s'y noierait ! C'est peut-être un des buts recherchés, d'ailleurs. D'épuisement, je trace sur un papier trois colonnes pour qu'en émerge, si possible, un tracé vers la sortie du labyrinthe.

Résumons : ce qui nous a été proposé jusqu'à présent s'apparente à une frise où de multiples personnages se succéderaient et dont on ne saisirait pas les véritables protagonistes. La thèse officielle est : Meg a tué ou fait tuer son mari. Une composition en pyramide répartirait les rôles entre les trois personnages du drame : Meg, sa mère et Adolphe.

Au fond de mon schéma, je place la lutte entre les ligues – antisémites, antiparlementaires – et les hommes au pouvoir – le Bloc des gauches et ses ténors, Briand et Clemenceau. En point de mire, Meg, sa maisonnée et ses amants. Dans un premier cercle, autour d'Adolphe Steinheil, ceux qui iront jusqu'à le tuer pour obtenir le collier et les papiers. Dans un second cercle, autour de Meg, ceux qui la surveillent, la menacent et veulent la faire tomber. Mon schéma devient illisible et je tourne autour de la vérité. Reprenons les faits et le contexte.

À l'époque, Paris est éventré. Les travaux gigantesques entrepris pour l'Exposition universelle de 1900 labourent la capitale. C'est l'œuvre de Faure, le pinacle de son règne, il se voyait déjà accueillir le monde entier dans sa France restaurée ! Pour Meg, tout cela est fini, si proche et déjà si loin.

L'élection d'Émile Loubet à la présidence devait calmer le pays, et la vérité se frayer enfin un chemin dans l'affaire Dreyfus. Le 3 juin, le procès Dreyfus est cassé et la révision enfin acquise… à quel prix ! Après des années d'exil, le condamné voit une lueur au bout du tunnel de l'injustice. Il va quitter le bagne, et c'est déjà inespéré.

Le lendemain, au steeple-chase d'Auteuil, Meg est installée parmi les invités de la tribune officielle quand des partisans de Déroulède s'en prennent au nouveau président de la République. Joli visage sous grand chapeau, elle voit le comte de Dion défoncer le couvre-chef du Président, puis le baron Christiani le frapper carrément à coups de poing. La France antirépublicaine et antidreyfusarde ne s'avoue pas vaincue. Comte et baron sont emmenés au poste et vite relâchés. Mais l'affaire fait scandale. S'attendant à être acclamé, le comte de Dion a la désagréable surprise de se voir critiqué par le très écouté Pierre Giffard, fondateur du premier journal consacré à la bicyclette, *Le Vélo.* Albert de Dion, propriétaire de son concurrent *L'Auto*, ne décolère pas devant l'attaque virulente de Giffard et n'aura de cesse de s'en venger. En 1903, il créera la plus grande épreuve cycliste jamais organisée. D'une certaine manière, le Tour de France est né de l'affaire Dreyfus.

L'agression d'Auteuil alarme à juste titre les républicains, les gauches se réveillent. Le président Loubet appelle à la tête du gouvernement le président du Sénat, Pierre Waldeck-Rousseau, qui constitue un cabinet « de défense républicaine », rappelle Lépine à la préfecture de Police et mute plusieurs généraux. Déroulède persiste et annonce des coups de force contre l'État. Dénonçant le nouveau procès Dreyfus qui s'est ouvert le 7 août, les nationalistes se cambrent, crient à la dictature. Ils tentent le tout pour le tout, utilisant encore et toujours l'enjeu « Dreyfus » – point de bascule de l'avenir politique du pays – pour abattre enfin cette République qu'ils honnissent.

Le gouvernement réagit immédiatement en faisant arrêter près de soixante-dix séditieux, membres de divers mouvements nationalistes et monarchistes. Paul Déroulède fait partie des inculpés, comme Jules Guérin, le président de la Ligue antisémite. Avant d'être arrêté par la police, Guérin se retranche, avec une dizaine de condisciples, au siège de son journal, *L'Antijuif,* situé 51, rue de Chabrol, à Paris, c'est en dessous de la gare de l'Est et de la gare du Nord, où les fabriques de tissu sont alors nombreuses. Le siège de *L'Antijuif* est aujourd'hui occupé par le magasin Bricolex, la dernière quincaillerie de Paris. Quand les policiers viennent interpeller Guérin, il les met en garde : « Nous avons des armes et des munitions ! »

À partir du 12 août, et pendant 37 jours, Guérin se barricade, excitant ses soutiens à l'extérieur, qui sont nombreux. Ils ont loué au 114 de la rue La Fayette un appartement sous les combles d'où ils lancent des vivres par les toits aux retranchés de la rue de Chabrol. Parmi les fidèles qui les approvisionnent, un certain comte de Balincourt, ami de Guérin et membre de sa Ligue antisémite[89]. Il va prendre une place centrale dans notre histoire.

Pendant 37 jours, les policiers se relaient en faction devant ce qu'on appelle désormais le fort Chabrol. Un long mois durant lequel les juges militaires chargés de réviser le procès du capitaine Dreyfus rendent un verdict incompréhensible : le 9 septembre 1899, Dreyfus est une nouvelle fois reconnu coupable, mais avec « circonstances atténuantes », ce qui lui vaut « seulement » dix ans de détention. Dix jours plus tard, le gouvernement décide de le gracier. Le même jour, le sénateur Scheurer-Kestner s'éteint dans une indifférence quasi générale.

Le 20 septembre 1899, après cinq années de détention, le plus célèbre condamné de France est enfin libre. Les forces de l'ordre préviennent les insurgés du fort Chabrol d'un assaut imminent. En échange de la reddition de Guérin, ils seront tous relâchés.

Il y aurait beaucoup à dire de cet épisode dont on utilise l'expression sans trop savoir de quoi il retourne exactement. Et si je m'y attarde, c'est que l'affaire du fort Chabrol rejoint naturellement l'histoire de Meg. En la personne de Balincourt, ami et complice de Guérin.

Depuis que j'ai commencé cette enquête, je passe mes journées aux archives de la police. Elles ont déménagé entre-temps du gros pâté de béton du commissariat du Ve arrondissement pour le 93, à Pantin. Je pars à l'aveugle, mais avec des pistes : le nom de Balincourt se précise comme un soutien indéfectible de Guérin. Le comte de Balincourt. Son nom reviendra dix ans plus tard sur le devant de la scène, pour s'attaquer cette fois à Meg en personne. Aux archives de la police, je trouve surtout un nouveau fil à tirer. Il concerne Aristide Briand.

Face aux ligues antirépublicaines ou antisémites, Briand est le ténor de la gauche. Son nom est rigoureusement absent de toutes les publications qui évoquent Marguerite Steinheil. Silence total, hormis un rapport de police daté de 1912 qui a dû réchapper au classement vertical.

Ce rapport[90] fait état d'une correspondance entre Briand et Madame S et n'a été intégré au dossier qu'après le départ de Briand du ministère des Affaires étrangères. Dans la biographie que Bernard Oudin consacre à celui qui deviendra Prix Nobel de la paix, la liaison sentimentale entre Meg et Briand ne fait pourtant aucun doute : « Autre liaison pittoresque, celle qui unit pour un temps Aristide Briand à Mme Steinheil. Cette fois les motivations de la dame sont sans mystères : épouse très libre d'un peintre à la mode, elle a toujours eu un goût marqué pour les hommes politiques… Heureusement pour Briand, ses relations avec Meg Steinheil demeurent discrètes. Non seulement elle le laisse en bonne santé, mais elle évite à un homme qui a lui-même souffert du scandale celui qui s'attache obstinément à ses pas[91]. »

Aucune trace de Briand, et surtout pas dans les *Mémoires* de Meg qui réussit, en 472 pages de l'édition originale, à ne jamais l'évoquer. Regard profond, un rien moqueur, séduisant, Briand, dont les frasques ont très tôt entaché le dossier judiciaire, est un grand amateur de femmes. Les archives de police conservent les rapports sur ses écarts de jeunesse avec une dame mariée, qu'il poursuivait dans les champs dans le plus simple appareil, ce qui lui valut une condamnation pour outrage aux bonnes mœurs. Peut-être était-il, jeune homme, influencé par les idées du géographe Élisée Reclus, père du naturisme.

Briand, jeune avocat, attend patiemment son heure. Son portrait en dit long sur la carrure du personnage. Ses yeux clairs, d'un gris bleuté, extrêmement vifs dans la nonchalance de la moue, fixent comme deux aiguillons au-delà d'une moustache très épaisse, aux pointes légèrement relevées. Petit par la taille, Briand prolonge l'effet saisissant de sa puissante tête, au front couronné de larges mèches noires ondulées, par des intonations chaudes et nerveuses, et par des mains expressives qui alternent poignées amicales et traitement de fer[91].

Avant de rencontrer Meg en 1905, l'avocat de la gauche radicale, anticlérical, anarchiste, partisan de la grève générale, s'est rapproché de Jaurès et a rallié le socialisme. Avec le temps, il a pris un peu d'embonpoint, sans perdre ni sa fougue ni sa ténacité, d'autant plus redoutable qu'il s'impose comme une force tranquille. Depuis 1903, il a fait ses armes sur un baril de poudre : la loi sur la séparation de l'Église et de l'État que les républicains attendent depuis 1876 et qui entend supprimer le budget des cultes. Le Bloc des gauches au pouvoir, sous la houlette d'Émile Combes, va radicaliser la lutte contre l'Église catholique, refuser aux congrégations le droit d'enseigner, et provoquer, en 1904, la rupture des relations diplomatiques avec le Vatican.

Si l'idée d'un tel rejet de l'Église catholique est restée jusque-là dans les tiroirs, c'est parce que aucun président du Conseil n'osait dénoncer le concordat signé par Bonaparte avec le Vatican*. La rupture avec le Saint-Siège fait tomber cet obstacle, et les parlementaires se penchent à nouveau sur la question, poussés par une opinion publique de plus en favorable à une séparation douce.

Mais comment imaginer un tel séisme – politique, culturel, social, historique, et financier – sans occasionner de graves dégâts ? En 1903, la Chambre nomme une commission sur la loi de séparation. Elle se met en branle lentement, avec des lourdeurs pas toujours fortuites : dans la commission, plus de dix-sept membres sur trente-trois sont contre la loi. Aristide Briand, jeune député nommé rapporteur, va la porter à bout de bras.

Briand est d'un naturel indépendant et s'affranchit facilement de ses alliances. Jaurès et Clemenceau en feront les frais. Après sa rupture avec le premier

* *Le 15 juillet 1801, Pie VII et Bonaparte signent un concordat reconnaissant que la religion catholique est celle de la « majorité des Français » (et non de l'État), et donnant au chef de l'État le droit de nommer les évêques.*

en 1905, Briand s'impose, sans attache partisane, dans la vie politique française. C'est à cette époque qu'il rencontre Marguerite Steinheil.

On ne voit pas d'autre point commun, entre l'animal politique et l'élégante du pouvoir, que leur foi commune dans la république des *hommes de bonne volonté,* ces héros dépeints par Jules Romains, qui croient au bel avenir de leur idéal dans la société future. La grande bourgeoise aux rêves d'innocence, fut-elle émue par ce jeune homme de gauche qui n'avait pas froid aux yeux ? Marguerite avait en tout cas le nez fin pour découvrir avant quiconque les étoiles montantes en politique. Et pourquoi Briand aurait-il résisté à franchir la porte que cette jolie jeune femme lui ouvrait sur son vivier parisien ? Absorbé par son énorme travail à la commission parlementaire, dégagé de toute tutelle, et donc de tout soutien, Briand avait intérêt à s'assurer de multiples appuis.

Quelques mois plus tôt, il a loué une maison au 8 de l'avenue Victor-Hugo avec son ami René Viviani, député de la Seine et cofondateur du journal *L'Humanité.* Il quitte sa maison de l'avenue Sainte-Barbe, en lointaine banlieue, à Soisy-sous-Montmorency, désormais trop modeste pour le futur grand homme. Avenue Victor-Hugo, la maison a plus d'allure… La police espionne et précise dans un rapport : « Briand n'avait qu'à traverser l'avenue devant chez lui et s'installait souvent au bord du lac au milieu des hautes herbes […] Les visites continuaient à se faire rares, cependant, à certains jours, une femme aussi assistait à la pêche, jeune, jolie, élégante[93]… »

Curieuse alliance entre cette fille de la haute bourgeoisie protestante et un socialiste aux affaires. Au même moment, après deux longues années de travail, Briand atteint l'objectif dont personne ne peut nier l'importance historique : la loi séparant l'Église et l'État est votée et promulguée au *Journal officiel* du 11 décembre 1905, c'est sa loi. Le nom d'Aristide Briand est gravé à jamais dans l'histoire de France. Nul doute qu'incognito Meg savoure également cette victoire.

Ce n'est pourtant que le début de l'ascension politique du tribun qui coïncide avec la fin de leur romance. La vivacité de l'intelligence de Briand n'a de rivale que son habileté à modifier ses théories pour obtenir en pratique ce qu'il veut. Bunau-Varilla, le directeur du *Matin,* en chasse d'un homme politique à sa main pour favoriser ses affaires à Panama, l'apprendra à ses dépens, et tombera dans le piège du plus malin des deux. Croyant manipuler Briand, il deviendra son instrument. Dans la lutte d'influence entre les deux hommes, Meg a eu la chance de compter pour le plus fort des deux. Un atout décisif.

Galvanisé par le vote de sa loi, Briand ne cache pas ses ambitions politiques : abolition de la peine de mort, mise en œuvre de la laïcisation définitive de la société française et résolution honorable de l'affaire Dreyfus. De quoi se faire des ennemis. D'où qu'on se tourne, tous les protagonistes qui évoluent autour de Meg ramènent à l'affaire Dreyfus.

Depuis que le capitaine a été gracié, il est libre, mais toujours condamné, humilié, statue vivante de la marque honteuse du pays. Jaurès relance Clemenceau qui reproche à Dreyfus d'avoir transigé en acceptant la grâce et de s'être retranché dans un mutisme solitaire. Jaurès se tourne alors vers Eugène Étienne et Gaston Thomson – encore deux proches de Meg – qu'il sent prêts à agir[94].

Le 19 novembre 1903, Dreyfus dîne avec les deux hommes qui lui promettent de l'appuyer dans ses prochaines démarches. Le 24, Dreyfus écrit au président Loubet : le plus célèbre condamné de France demande la révision du procès de Rennes qui l'a condamné une seconde fois. Trois mois plus tard, la chambre criminelle de la Cour de cassation accepte, et confie le réquisitoire à... Manuel Baudouin, devenu en 1901 procureur général[95].

Après un mois de travail, MB, le premier protecteur de Marguerite, rend son réquisitoire aux conseillers de la chambre criminelle. Il est sans appel : Dreyfus a été condamné illégalement. Mais sera-t-il entendu par la Cour ? Les débats sont prévus en juin 1906. La vérité est en marche et ne s'arrêtera plus. Reste à trouver un ministre de la Guerre qui reconnaisse enfin que depuis douze ans l'armée s'est trompée, et a trompé la France !

En mars 1906, Ferdinand Sarrien, le nouveau président du Conseil, forme son gouvernement. Briand entre enfin au ministère, des Cultes évidemment. À lui de gérer les inventaires des biens du clergé réquisitionnés par la loi qu'il a portée. Clemenceau est à l'Intérieur et le siège éjectable de la Guerre est confié à Eugène Étienne, le vieil ami de Félix Faure, et de qui vous savez.

L'été arrive et avec lui le nouveau procès d'Alfred Dreyfus. Le bouillonnant magistrat Baudouin fourbit ses dernières répliques. Pendant huit audiences, infatigable, énergique et sans indulgence, il tord le cou aux arguments de ceux qui ont mystifié les juges.

Le 12 juillet 1906, la Cour de cassation prononce l'annulation du jugement du Conseil de guerre de Rennes et confirme que le capitaine Dreyfus a été condamné « à tort ». Il aura fallu douze ans ! Au nouveau ministre de la Guerre de mettre en œuvre la réparation. Le 22 juillet, dans la petite cour dite « des jardins » de l'École militaire, choisie parce que la grande rappellerait trop à Dreyfus les affres de sa dégradation, Eugène Étienne préside à la remise de la croix de la Légion d'honneur au chef d'escadron Alfred Dreyfus, enfin réhabilité.

Partagés entre l'émotion fraternelle et la solennité du moment, les proches, la famille Dreyfus, Picquart, Anatole France et Manuel Baudouin, sont figés dans ces dernières minutes qui les séparent de la fin du cauchemar, la troupe disparaît, la foule crie : « Vive Dreyfus ! ». Et Dreyfus proteste : « Non, vive la République ! Vive la vérité ! »

L'Affaire est à peine terminée que le président du Conseil démissionne pour cause de maladie. Clemenceau, le tombeur des ministères, arrive au pouvoir le 25 octobre. Il y restera près de trois ans, un record sous la IIIe République, trois années durant lesquelles, il réchauffe en son sein l'animal politique qui provoquera sa chute, le très patient Aristide Briand[96] !

En janvier 1908, Briand passe du ministère des Cultes à celui de la Justice. Nous sommes à quelques mois de l'assassinat d'Adolphe Steinheil, l'époux de sa récente maîtresse.

Mais qui veut donc assassiner le pâle Steinheil ? Tout commence après la mort de Félix Faure. Meg raconte :

Le lendemain du jour des funérailles du Président, le soir, mon mari vint dans ma chambre et ferma la porte avec précaution. Il était défait et tremblant.

« Vous savez, commença-t-il, qu'il y a bien des années, tout au début de notre mariage, nous décidâmes de vivre chacun à notre guise bien qu'habitant sous le même toit. Nous fûmes d'accord aussi pour tout discuter par lettres. Mais cette fois, il faut que je vous parle. Une chose terrible s'est passée aujourd'hui ; il convient que nous causions et que nous essayions d'échapper au danger qui nous menace. Un homme est venu me voir ; il est resté deux heures, enfermé avec moi à l'atelier. Est-il vrai, dites, que vous possédiez des papiers importants venant de Félix Faure et un collier de perles de très grande valeur ? Je sais que le Président vous a offert un peigne et une broche. Mais ce collier ? Et ces documents ? »

Je ne dis rien. Mon mari continua :

« L'homme en question, qui parle français avec un fort accent allemand, prétend vous avoir vue souvent quitter l'Élysée avec un paquet de papiers sous le bras. Il m'a dit avoir entendu le Président vous dire, sur le seuil d'une porte des jardins de l'Élysée : « Soyez prudente avec les documents. » Quant au collier, il m'en

a donné une exacte description et m'a dit le nombre des perles, leur taille, leur poids et jusqu'au dessin du fermoir. Il dit qu'il veut avoir – et qu'il aura – les papiers et le collier, mais il veut le collier d'abord. Il en connaît l'origine et l'histoire. Si vous le gardez, Marthe, vous et moi, dit-il, seront perdus et ruinés. Toutes sortes de dangers nous menaceront. Il sait le scandale auquel Félix Faure a été mêlé malgré lui, et prétend que vous devez savoir qu'il s'agit de choses très graves. »

[Ajouté dans la version française des *Mémoires :]* *« Si vous donnez le collier – ou plutôt si vous le vendez au prix minime qu'il en offre – rien ne nous arrivera, et les insinuations des journaux cesseront. Cet homme m'en a dit assez pour que je puisse vous affirmer qu'il dit vrai. Ce n'est pas un imposteur. En fait, cette affaire est si épouvantable que si vous ne me remettez pas les perles, je vous en donne ma parole d'honneur, je n'aurai plus qu'à me brûler la cervelle*[97]. »

Pourquoi Steinheil devrait-il se suicider ? On ne se suicide pas pour les méfaits d'un autre. Ou alors qu'a-t-il fait, lui, pour envisager une telle extrémité ? Que se passe-t-il dans cette maison, sinon un retournement de situation ?

Marguerite est rendue responsable de la mort de Félix Faure et son mari joue les époux modèles. Les sœurs Steinheil et leurs maris s'éloignent de l'impasse Ronsin[98], en particulier Georges Leloir, beau-frère d'Adolphe Steinheil, qui ne souffre plus les dreyfusards familiers de Meg et de ses jeudis. Il a été chef de cabinet du garde des Sceaux et est devenu substitut du procureur général à Paris. Leloir écrit un article dans *l'Annuaire de la législation française* sur la loi dite de dessaisissement où il se laisse aller à quelques appréciations « malheureuses », note son supérieur, au sujet du rôle de la Cour de cassation dans l'affaire Dreyfus. Ce qui lui vaudra d'être mis à l'écart.

D'autres connaissances du couple Steinheil se montrent à leur tour choquées par la révélation de la liaison présidentielle : complaisants tant que c'est tu, intraitables si c'est su.

Ces désertions, ces affronts, Meg les vit dans un brouillard d'indifférence. Qu'a-t-elle à faire des considérations d'autrui quand, arrachée à cette moitié d'elle-même, à cet homme fort qui avait transformé son triste conte en féerie, elle est une nouvelle fois abandonnée, laissée seule aux prises avec ce mari pusillanime et faible ? La mort de son père l'avait jetée dans ses bras, celle de Félix Faure l'y enferme.

À ce moment précis, Meg ne voit qu'une solution : se sauver, quitter cet homme qui la dégoûte. Dans un rejet total, physique, elle demande une nouvelle fois le divorce. Désir enfantin de remonter les heures, retrouver le temps d'avant, partir à Beaucourt avec Marthe qui va sur ses neuf ans ou pour se libérer d'elle-même et des désillusions assassines ?

Lors de sa première demande de divorce, après la naissance de sa fille, Meg évoquait chez son mari cette « chose innommable », cette « tare » qui la conduisait à refuser d'avoir des rapports sexuels avec lui. On n'en sait pas beaucoup plus.

Introverti, le peintre se serait complu dans l'admiration de modèles italiens déguisés en lansquenets. Il aurait passé beaucoup de temps avec des modèles louches dans un « caveau » pour croquer la pègre parisienne[100].

Meg ne divorcera pas. Elle continue à vivre impasse Ronsin, cohabitation négociée contre une liberté de mouvement. Peu à peu, elle reprend goût à la vie, apprécie d'une moue amusée, dans le miroir, son corps moins rond, l'esquisse d'une gravité nouvelle. Elle respire à nouveau. Elle sort en petites bottines sur les grands boulevards, à la rencontre du monde, sous les regards des hommes, qui ont sur elle pouvoir de transformation.

Impasse Ronsin, la vie continue, avec Adolphe et ses modèles, pour lesquels Marguerite confectionne encore quelques costumes, des tenues militaires, le plus souvent, pour peindre des scènes de la vie des campements. Jamais de nu dans la peinture de Steinheil, quelques rares femmes sans éclat, mais une kyrielle de grenadiers et de chasseurs alpins. Parmi ses modèles, Adolphe a ses habitués, dont Salvatore Autenzio, un professionnel qui pose pour lui pendant sept ans, avant de passer le flambeau à son frère Blaise. C'est pratique, c'est l'épicier du quartier. Dix ans durant, le commerçant va se déguiser, immobile, impasse Ronsin, pour ce peintre qui sombre lentement dans la neurasthénie.

Lorsque Meg est seule à la maison, elle monte parfois à l'atelier, passe en revue les dessins posés contre les murs. Ils sont presque tous inachevés. Dans le lot, il y a son portrait, une ébauche habile, arrêtée dans son mouvement, comme si la main du peintre avait eu peur d'exposer la séduction naturelle du modèle. Depuis cette grande chambre-atelier, au-dessus des toits, Meg mélancolique contemple le panorama, le dôme doré de la chapelle des Invalides, le Champ-de-Mars, la tour Eiffel. De là-haut, tout lui rappelle Félix Faure et le passé perdu.

*

Une page se tourne. Et je tourne celles des archives qui s'empilent sur la table du salon. Sur de petites fiches, j'indique les noms qui se bousculent et tissent une toile dont je ne vois toujours pas la trame. Je classe les personnages selon leur dangerosité présumée, leurs lâchetés, leurs accointances ou ce que je ne comprends pas de leur comportement.

Il y a, par exemple, le gros Charles Dupuy, le président du Conseil en qui les républicains ont mis tous leurs espoirs. Sa retraite hâtive en Haute-Saône pose des questions. Il s'est choisi lui-même son purgatoire alors qu'il venait d'être nommé par Félix Faure à un des postes les plus enviés de la République. Que savait-il donc pour préférer l'ombre de sa province aux sphères du pouvoir parisien ?

Dans l'entourage immédiat de Meg, il reste aussi quelques amis influents dont Eugène Étienne, ami de longue date de Félix Faure, dreyfusard de conviction et député inamovible d'Oran, où il a fait fortune. Il a la discrétion opportune, le port altier et la moustache sobre. Formé, comme Faure, à l'école de Gambetta, il est l'artisan de la politique d'expansion coloniale de la France, organisant notamment l'expédition du commandant Lamy qui fait la jonction entre le Sud algérien, le Soudan et le Congo (1898-1900). Or, on se souvient que c'est ce même Lamy, officier d'ordonnance du Président, qui a apporté le mystérieux collier à Meg dans un bouquet.

Étienne est, sans aucun doute, parfaitement au courant sinon de l'origine du moins de l'existence de ce bijou maudit. Et il semble qu'il ait eu, lui aussi, son heure de gloire auprès de la maîtresse de feu son ami président.

Impasse Ronsin, Marguerite entre à nouveau dans la ronde, rythmée par le timbre de son téléphone. Le 710 28 a gardé toute sa place dans les carnets mondains. Après la mort du Président, des visiteurs d'un genre nouveau trouvent le chemin du pavillon de Vaugirard. Ils viennent d'abord par curiosité, pour en apprendre plus et raconter ensuite qu'ils ont été « chez elle ! », à un de ses jeudis aux allures de garden-partys musicales. Ils s'y pressent de plus en plus nombreux, hommes d'affaires, femmes de députés, nouveaux venus dans la Carrière, tous en quête d'une introduction, d'un poste, d'un avancement ou d'une simple faveur.

Devant la tapisserie grandiose du vestibule, où Holopherne gît sanglant aux côtés de Judith, Marguerite regarde entrer chez elle les fidèles qui l'aiment, et ceux qui croient l'utiliser. Meg sourit en contemplant la tapisserie, à ce point monumentale que beaucoup n'y prêtent pas attention[101]. Dans sa rêverie, Meg se rappelle les mots de Manuel Baudouin sur Judith, censés la faire rougir. MB, ce cher ami délaissé, désormais aux avant-postes de la Révision. Lui tient-il rigueur d'avoir été évincé, au profit du Président ? Leur complicité, manifestement, demeure.

Alors que le salon bruisse des conversations mondaines, Adolphe Steinheil reste cloîtré. Est-il pour autant inactif ? Si l'on met bout à bout les rares informations sur ses années post-Félix Faure, le tableau est pour le moins contrasté.

On apprend par exemple par un de ses amis peintres, Ernest Brun, qu'il lui a demandé de mettre en gage un bijou, un collier de perles. Le fameux collier de perles ? Est-ce une manière plausible de s'en défaire temporairement que de le mettre en gage ?

Cet ami s'en explique à la police : « Après l'Exposition de 1900, à une époque qu'il m'est impossible de préciser, M. Steinheil m'a demandé d'engager au Mont-de-Piété, en mon nom, un collier de perles. J'ai fait cet engagement au bureau de la rue des Blancs-Manteaux. Quelque temps après, il m'a demandé à nouveau d'engager une montre en or. J'ai fait cette opération, toujours à mon nom, au bureau de la rue des Volontaires. Mme Steinheil était au courant de ces engagements, car elle m'avait bien recommandé de n'en rien dire à personne. Je n'ai jamais fait d'autres opérations de ce genre pour M. Steinheil et j'ai su plus tard qu'il avait retiré lui-même ces deux objets[102]. » Était-ce une question d'argent ? *Quid* des revenus du ménage ?

Meg n'a semble-t-il que peu de contact avec sa famille fortunée. Outre les avoirs personnels, ils vivent de la vente des tableaux d'Adolphe. Dans ce but, ils préparent une exposition et agrandissent la villa pour présenter les œuvres mises en vente. Dans l'intervalle, les seuls susceptibles d'acheter les productions du peintre sont de riches provinciaux que Meg n'a aucune peine à introduire dans son salon. Pour qu'aboutissent leurs projets, les hommes d'affaires ont bien besoin de prendre langue avec des députés ou des sénateurs, qui ont un impact énorme sur les décisions de l'Administration. Chez Meg, ils sont certains de rencontrer des hommes d'influence, parmi lesquels le général Frédéric-Benoît Japy, son oncle, sénateur de Belfort. Il est resté proche de cette branche de la famille et habite avenue Carnot, à deux maisons de chez Juliette Herr, la sœur de Meg venue s'installer à Paris.

Le général est le seul de la famille, à ma connaissance, à lui faire la grâce de son soutien. Il draine des gradés aux réceptions de l'impasse Ronsin, ce qui ajoute à la confiance. De récitals en petits fours, les directeurs de fabrique et autres industriels s'intéressent finalement aussi – bon gré mal gré – aux œuvres du maître de maison. Certains ajoutent que c'est en échange de faveurs de sa femme. La chronique scandaleuse livre en vrac la liste de ces prétendus amants. Tentons d'en faire le tri.

Il y a Paul Caillard, frère du général et de l'amiral, dont la presse situe leur aventure au lendemain de l'épectase présidentielle. Et aussi Alfred Chauchard, millionnaire et grand collectionneur, fondateur des Grands Magasins du Louvre qui précéderait Camille Groult, qui a fait fortune dans les pâtes alimentaires.

Autre prétendant, le marquis de Dion qui aurait été jusqu'à projeter d'épouser Meg. La corbeille est garnie : en 1900, Albert de Dion est le plus grand constructeur de voitures au monde et, cerise sur le gâteau, l'épousée aurait eu droit à la particule. De quoi en remontrer à la HSP. L'hypothèse se tient. Mais de là à épouser le marquis de Dion, antidreyfusard, catholique de surcroît, il y a un pas impossible à franchir.

Dans le cercle des hommes de robe, Meg apprécie surtout la compagnie de messieurs calmes et posés, comme le juge Leydet, soupirant distingué. Autre prétendu prétendant, le docteur Courtois-Suffit, Maurice de son prénom, qui restera son médecin envers et contre toutes les tempêtes à venir. Un grand médecin, doublé d'un écrivain, d'une réputation telle que Proust le cite dans *À la recherche du temps perdu* comme une sommité connue de tous[103].

Sur la scène politique, Meg, on l'a vu, est restée très liée avec Eugène Étienne. Et personne ne peut ignorer l'empressement d'Étienne Dujardin-Beaumetz, dix ans de moins que le précédent, qui affiche une longévité exceptionnelle au secrétariat aux Beaux-Arts – six ministères successifs. Les commentateurs signalent aussi les rencontres occasionnelles de Meg avec le prince de Galles ou avec Vladimir, l'un des oncles du tsar Nicolas II. Faisait-elle vraiment partie de ces « tournées des grands-ducs » ?

Les annales galantes conservent aussi le nom de Sisowath, roi du Cambodge, arrivé en France le 10 juin 1906 pour visiter l'Exposition coloniale et qui s'installe à Paris, avec sa cour et les turbulentes danseuses du Ballet royal. Entre les réceptions officielles chez Armand Fallières, nouveau président de la République, les courses d'Auteuil et les promenades au Jardin d'acclimatation, le roi du Cambodge aurait, selon la légende, apprécié les bras accueillants de Marguerite Steinheil.

En ce qui concerne le prince de Galles, on ne peut que supposer la nature des relations. Meg et le prince se connaissent, ils se sont rencontrés à Paris, et à Biarritz aussi, en villégiature. Avant de régner, à la mort de la reine Victoria (1901), le futur Édouard VII passait beaucoup de temps à Paris, et plus encore au Chabanais, le plus huppé des bordels, où il avait ses habitudes et même son mobilier, comme le fameux « fauteuil des plaisirs » réalisé selon ses plans par un artisan du faubourg Saint-Antoine. Entre deux séjours chez Mme Kelly, la tenancière du Chabanais, celui que le Paris *by night* avait surnommé Dirty Bertie est réputé avoir réservé quelques visites à Meg.

Devenu roi, il est accueilli en France sous les vivats de la foule. Toutes moustaches dehors, il prône de nouvelles alliances, de nouveaux équilibres, un rapprochement entre les deux pays. De conversations en réunions de travail, Édouard VII pose ses jalons. Un soir, à l'ambassade britannique, il dîne en compagnie du président de la République et de nombreux invités prestigieux, dont le peintre Léon Bonnat. Meg est pendue au bras du roi. Elle note dans ses *Mémoires* combien Édouard VII se montre heureux d'avoir inversé la tendance et d'être devenu « l'homme le plus populaire de France »[104].

Après sa place auprès de Félix Faure pendant l'affaire Dreyfus, est-elle aussi aux premières loges lors des prémices de l'Entente cordiale ? La chronologie permet de le penser. Quelques mois plus tard, la signature des nouveaux accords entre la France et l'Angleterre règle tout le contentieux colonial, en reconnaissant la prépondérance française au Maroc.

Édouard VII ou roi du Cambodge, tous ces amants supposés ne suffisent pas à faire de Meg une cocotte. Elle n'en a ni les motivations ni les revenus. Il y a certes ce désir de plaire à la haute société, de retrouver son rang, mais la liberté qu'elle s'accorde, l'attention à ses toilettes, le nombre de ses conquêtes, attestées ou non, s'expliquent surtout par une indépendance farouche, un affranchissement des conventions sociales, une forme de féminisme non revendiqué.

Séverine la féministe aurait été révulsée qu'on prétende que Meg l'était. Mais le féminisme n'est pas un parti. Certaines femmes ne le sont pas, ce qui ne les empêche pas de se comporter en femmes libres et transgressives. Comme Colette qui se produit à demi-nue à l'Olympia, dans la pantomime « Rêve d'Égypte », le 3 janvier 1907. À la fin de la représentation, elle embrasse goulûment sa partenaire à la scène et sa maîtresse à la ville, Mathilde de Morny, dite Missy. Le scandale est énorme et la pièce interdite à Paris. Colette la jouera en province, cultivant par ailleurs de solides amitiés féminines, jusqu'à former une sorte de club dont les autres membres sont Musidora, la première vamp du cinéma, l'actrice Marguerite Moreno, de la Comédie-Française, et la journaliste Annie de Pène. Abhorrant l'étiquette de ce qu'on appelle déjà le « féminisme », ce petit groupe se moque bien d'égaler les hommes ou de voter, mais revendique l'indépendance et un pouvoir de l'ombre hérité des mères qui les ont précédées. Il ne fait aucun doute que Meg soit au diapason de ce quatuor.

Annie de Pène est moins connue que les autres et m'intéresse tout particulièrement. Elle signe des chroniques dans un hebdomadaire qu'a créé Gustave Téry, son amant : *L'Œuvre.*

Téry, qui a lancé son journal en 1904, le dirige avec un ancien collaborateur de Clemenceau à *L'Aurore,* Urbain Gohier. Ils partagent tous deux un paradoxe révélateur : partisans de Dreyfus par antimilitarisme et pacifisme, ils sont aussi de virulents antisémites. Il suffit de mentionner que c'est Gohier qui publiera en France le faux intitulé *Protocole des Sages de Sion* pour saisir combien l'influence de cette paire de nuisibles est néfaste.

Colette n'aime pas Téry, qu'elle trouve irascible et « sorbonnard », s'imposant à Annie de Pène avec des allures de « général ». Balourd et arrogant, il suinte la vanité blessée. Avant sa relation avec Annie de Pène, il était marié à une rédactrice féministe de *La Fronde,* la romancière Andrée Viollis, qui l'a quitté pour le chef de cabinet du ministre de la Justice, Joseph Chaumié. Téry a exigé le renvoi de son rival et, furieux de se voir opposer un refus, en a conçu une haine durable contre Chaumié et le Bloc des gauches, puis plus tard contre Aristide Briand.

Téry, le pamphlétaire, partage bientôt les idées de l'Action française ; antisémite, il se singularise aussi par une misogynie féroce. Il ira jusqu'à traîner dans la boue Marie Curie qui songeait à se remarier avec Paul Langevin après la mort accidentelle de Pierre Curie, son époux[105]. Quel petit monsieur qui, pour cause de déboires personnels, s'en prend à cette immense savante, quinze jours avant son second prix Nobel ! Marie Curie symbolise tout ce qu'il déteste : une femme, intelligente, libre et juive.

Misogynie et antisémitisme vont souvent de pair ; en tout cas, ils traversent les pages de *L'Œuvre,* cette feuille polémiste à laquelle Séverine prête sa plume précisément au moment où tout va basculer pour Meg.

*

Sur les débris, reconstruire. Meg a tout misé là-dessus. Ce qu'elle a mis entre parenthèses pour y parvenir n'a pas disparu pour autant. La villa de l'impasse Ronsin reste animée, sans faste, mais avec suffisamment d'aisance. En dépit de l'aiguillon du chantage qui perce par moments le ciel de sa rêverie, Meg se plaît à croire que, finalement, comme Félix Faure le lui avait promis, tout va s'arranger.

Elle ne peut s'empêcher de lire nerveusement Drumont dans *La Libre Parole* et, tempes glacées sous le souffle du danger, la prose au vitriol de Léon Daudet. Elle sait de quoi ces hommes sont capables, dans quelle lie ils trempent leurs plumes pour détourner tout événement, toute parole, vers les eaux glauques de leurs sinistres ambitions. Vont-ils utiliser les informations en leur possession, et livrer l'existence de ces mystérieux papiers sur la place publique ?

La véritable menace vient de l'intérieur : Adolphe lui confesse avoir « perdu » un des feuillets. Comment est-ce possible ? Pourquoi ou pour qui a-t-il osé fouiller dans ses affaires ? Meg a vite fait de comprendre que le mystérieux visiteur allemand s'est montré persuasif, forçant Adolphe à lui montrer les documents. Il aura détourné l'attention de son idiot de mari pour subtiliser une des lettres. C'est une catastrophe ! Elle enferme le paquet dans un tiroir secret de son bureau, pour l'instant.

Aux prises avec la neurasthénie d'Adolphe et la tournure inquiétante que prennent les événements, elle veut savoir ce qu'elle risque et de la part de qui. Tous les matins, elle décrypte les journaux à l'affût d'un élément qui sonnerait comme un avertissement. Elle connaît bien la presse, qu'a dynamisée Félix Faure, très médiatique pour l'époque. En quelques années, *Le Petit Journal* est passé de quatre à six pages et tire à un million d'exemplaires. Journal à un sou, il propose à la Une des crimes et des histoires sanglantes qui tiennent le lecteur en haleine d'un numéro à l'autre, jusqu'à ce que justice soit faite.

Devenu très antidreyfusard, *Le Petit Journal* finit par lasser ses abonnés qui se rabattent sur *Le Petit Parisien* dont le propriétaire est Jean Dupuy, frère de Charles, le président démissionnaire du Conseil. Ce cocktail de journalisme et de politique fait recette : un million d'exemplaires vendus là aussi. Plus prestigieux, et littéraire, *Le Journal* atteindra le fameux million un peu plus tard grâce aux faits divers et aux feuilletons sous grandes signatures. Reste le quatrième des grands journaux et le plus petit d'entre eux : *Le Matin,* dirigé par Maurice Bunau-Varilla. La devise du journal : « *Le Matin* voit tout, sait tout, dit tout. » Bref, il est partout.

Les pressions de Bunau-Varilla, sa volonté d'emprise sur les hommes politiques, sa manie d'utiliser son journal pour régler des comptes personnels n'épargnent personne. Un de ses journalistes ira jusqu'à avouer que le patron avait fait de lui « presque un maître chanteur »[106]. Sans vergogne, « l'homme du *Matin* » exige que chacun réponde à ses requêtes. Celui qui n'obtempère pas voit son nom banni des colonnes du journal ; s'opposer à Bunau-Varilla, c'est se condamner à l'anonymat. Urbain Gohier, le complice de Téry, fait son entrée à la rédaction du *Matin,* en même temps que l'amant de Séverine, Georges Poidebard de Labruyère.

À côté de ces « grands journaux », la presse d'opinion ne fait que croître, avec Édouard Drumont et le vieil Henri Rochefort pour fers de lance. Le premier sème davantage l'épouvante, ce qui n'enlève rien à la putridité des écrits du second : il donne libre cours à sa hargne contre la Cour de cassation qui a permis la révision de l'affaire Dreyfus. Rochefort suggère dans un article de *L'Intransigeant* de livrer ces juges au supplice : leur faire manger les yeux par des araignées prisonnières de coquilles de noix appliquées sur les orbites[107] ! Comment ne pas y lire l'aveu symbolique de son propre désir d'aveugler la justice quand c'est cela même qu'il reproche aux dreyfusards ?

La presse extrémiste, ses litanies obscènes et ses chantages à peine voilés s'abritent derrière le paravent de la liberté, alors que les républicains cachent leur peur sous le dédain. Aucun journaliste n'aurait entrepris quoi que ce soit qui pût remettre en cause la liberté de presse chèrement conquise, quels que soient les propos publiés*. Ces journaux qui utilisent la liberté républicaine pour la combattre, *L'Écho de Paris*, organe officiel de la Ligue des patriotes, *L'Éclair, La Libre Parole*, fondée par Drumont où sévit Gyp, ou encore *L'Intransigeant* de Rochefort, n'étaient heureusement pas toute la presse. Ils ne pesaient pas lourd financièrement face aux quatre grands, mais leurs méthodes louches ont contaminé le métier.

*

Le visiteur allemand a prévenu Adolphe Steinheil : *Pas d'entourloupe sinon toute la presse s'emparera de l'affaire et vous risquez de gros ennuis.* Une campagne de calomnie comme levier de chantage en phase avec l'air du temps sans qu'on sache ce que l'homme va faire de ces perles ni à qui il les remettra. Personne n'en saura jamais rien. On imagine que le ou les commanditaires veulent à tout prix masquer l'origine du collier. Et on est certain que l'irruption de cet homme dans la vie des Steinheil a dès le début un effet radical, la métamorphose d'Adolphe. C'est lui seul qui le rencontre. C'est lui

* *Loi du 29 juillet 1881 sur la liberté de la presse.*

seul qui recueille informations et feintes confidences. Il n'en dit rien, ou presque, à Marguerite. Il veut tout régler, sans témoin, avec l'inconnu. Le peintre prend des airs de conspirateur, comme s'il avait des informations secrètes sur le collier et son histoire.

Cela n'a rien de rassurant. Meg se remémore le regard effrayé de Félix Faure, sa soudaine dureté quand elle a voulu lui rendre les cinq rangs de perles. Lorsqu'elle parle du collier à Adolphe et, quels que soient les détours qu'elle prend, il lui oppose un mutisme radical. Adolphe est devenu méconnaissable, affichant une superbe et fausse sérénité. La raison en est simple : l'Allemand l'a subverti en lui procurant des clients. Ses affaires reprennent, et pour la première fois sans l'intervention de sa femme. Du studio du dernier étage sortent des miniatures à l'huile, toutes achetées par des étrangers qu'envoie l'Allemand. Les acheteurs se présentent toujours en l'absence de Madame S.

Loin de se laisser endormir, Meg se méfie. Elle sait son mari trop naïf pour pouvoir jouer la partie sans se faire piéger. Et elle doute. Elle ne reconnaît pas sa manière dans les œuvres qu'il dit vendre par l'entremise de l'Allemand et la volte-face d'Adolphe Steinheil qui donne désormais du « Monsieur » à son maître chanteur lui fait craindre le pire. S'installe alors un double jeu : la séduction de l'Allemand envers son mari, et les craintes de Marguerite qui, sa place dans le monde à peine reconquise, risque de perdre la sienne dans sa propre maison. L'ambiance est de plus en plus lourde dans la villa de l'impasse, et Mariette, la patibulaire domestique, répond plus souvent qu'à son tour : « Madame est sortie ».

Les deux femmes de l'impasse Ronsin forment un duo de choc. Mariette Wolff veille sur Meg depuis la naissance de Marthe, et son dévouement prend des allures surprenantes. Taillée au couteau, elle était porteuse de pain quand elle est entrée chez Steinheil en 1891. Engagée comme domestique, elle a pu élever son fils Alexandre au lieu de le mettre en nourrice, car Meg l'a autorisée à le garder auprès d'elle quand elle travaille. Mariette lui en sera éternellement reconnaissante, et je pèse mes mots. Une fois son fils parti en apprentissage, la bonne est restée chez les Steinheil. Sa fille Mathilde et son gendre, Stanislas Geoffroy, habitent à côté, au numéro 5 de l'impasse. Crainte par tout le quartier, Wolff joue les acariâtres. Elle dresse en réalité autour de Meg un mur de protection qui vaut aussi pour elle. À l'impasse Ronsin, pas de domesticité asservie, mais une sorte de partenariat bien compris. La servante et sa maîtresse y gagnent toutes deux une part de liberté.

*

Les époux Steinheil s'éloignent l'un de l'autre. Pendant que Marguerite virevolte dans les dîners mondains, son mari sort de son apathie et poursuit sa transformation. Quelques amis, dont le sieur Buisson, propriétaire d'un hôtel particulier avenue de La Bourdonnais et haut placé à la Manufacture des tabacs du Gros-Caillou, lui proposent d'être conseiller artistique pour une usine de céramique. Il en deviendra l'administrateur et le président.

Deux fois par semaine, en costume, cravate et col cassé, il se rend à Boulogne, au conseil d'administration de la Société anonyme des manufactures françaises de chryso-cérame[108]. Début 1908, il projette avec Buisson une augmentation de capital. Ce qui, par parenthèse, réduit à néant les supputations sur les infortunes financières du couple.

Ses modèles le confirment : Adolphe paye royalement les musiciens ambulants qu'il recrute dans un café, à l'angle de la rue de Turbigo et de la rue des Fontaines-du-Temple, 10 francs la séance de pose, alors qu'un ouvrier gagne à l'époque 3,50 francs par journée de huit heures de travail. Cette soif de modèles, tous les amis d'Adolphe en parlent, à mots plus ou moins couverts. Sa propension à aller chercher les plus troubles des hommes qui traînent par les rues et les bistrots se lit comme un remède au clinquant de l'univers créé par Meg. Les trajectoires des deux époux s'écartent sous la force d'une répulsion irrépressible. Marguerite semble encore lutter contre la désillusion dont elle ne peut supporter l'idée. Elle feint de s'accommoder de la situation, alors que, à intervalles irréguliers, l'angoisse sourde de passer à côté de son rêve l'oppresse. Pour y échapper, sur son Pleyel, le temps d'une partition, elle joue et chante l'air composé par son vieux Gounod pour une jeune Juliette, qui ne connaît pas encore son Roméo : *Je veux vivre / Dans ce rêve qui m'enivre...*

XI

Le crime de l'impasse Ronsin

Si l'on en croit la légende des gazettes, Meg a, depuis la mort de Félix Faure, entamé une dégringolade sociale. Déchue du Tout-Paris, ses amants successifs seraient obligatoirement inférieurs au précédent. Ce qui, par parenthèse, expliquerait aussi pourquoi le nom de Briand a été sciemment gommé de sa chronologie amoureuse supposée.

Avec le tournant du siècle, la vie de Marguerite Steinheil a effectivement basculé, et pas seulement à cause de la disparition du Président. Le monde a changé. C'est la fin du *modus vivendi,* de l'entente cordiale entre gens de bonne compagnie dont l'hypocrisie convenue étouffait les conflits de la bienséance. Le jeu de façade a fait place à une arrogance générale. La violence de la presse et la radicalisation des positions font exploser la bulle des années d'insouciance.

Meg a grandi avec le nouvel ordre moral républicain, dans lequel un bon tiers des bourgeois entretient une *cousette,* une demoiselle de boutique ou une repasseuse. Dans les milieux politiques, il est normal d'avoir une maîtresse, et Meg ne s'est pas privée d'en être. L'infidélité féminine, autrefois sévèrement sanctionnée par des hommes juridiquement supérieurs à leurs épouses, n'est plus alors qu'un délit mineur aux yeux des magistrats. Dans les classes dominantes, la volupté a ouvert la porte à une libération des mœurs qu'on peut qualifier de révolution sexuelle, portée par les littérateurs, les politiciens de la gauche radicale, des bourgeoises féministes et des militants de la liberté. Enfin, la bicyclette et les bains de mer ont modifié le rapport au corps, à la chair, à la nudité. Nouveaux modes de vie et banalisation des conduites de séduction entament la figure vertueuse de la femme au foyer.

Contre ces délices de l'abandon, la résistance s'organise. Les ligues morales se multiplient. L'identité masculine en crise désigne les femmes, les féministes comme responsables de la décadence des mœurs qui précéderait celle des nations. Rien de nouveau sous le soleil. L'antiféminisme est un corollaire du nationalisme trempé aux sources du patriarcat. À l'individu maître de sa destinée la Réaction oppose les vertus d'un renoncement collectif. Pour sauver la France du péril, ses thuriféraires resserrent les boulons et trouvent des coupables. Meg, pourtant loin d'être une pasionaria libertaire, est leur cible privilégiée, et l'est restée. Les uns la conspuent quand d'autres la convoquent pour alimenter leurs rires gras.

Ce ne serait que méprisable si le contre-feu puritain ne se doublait d'un raidissement idéologique et identitaire nourri aux miasmes de l'affaire Dreyfus. La France de droite, catholique et bien-pensante veut extirper les racines du mal. Et c'est toujours l'autre, le porteur du fléau. Quand elles ne visent pas le Juif, l'étranger, ces attaques féroces se retournent contre elle, « la » femme pécheresse originelle. Zola lui-même vient d'écrire *Fécondité,* le premier de ses *Quatre évangiles,* où le couple Froment, douze enfants, est le symbole d'une félicité républicaine et d'un bonheur simple, quand les couples sans enfants se dessèchent dans l'égoïsme et les maladies sexuellement transmissibles.

Coincées dans les mentalités entre deux stéréotypes – mère ou putain –, les Françaises recouvrent une part de leur citoyenneté et le gouvernement fait voter deux lois qui leur rendent justice. La première donne la possibilité à la femme mariée de disposer de ses revenus et la seconde facilite la procédure du divorce, rendu automatique à la demande d'un des deux époux après trois ans de séparation de corps[109]. Trop tard pour Meg qui, après plusieurs tentatives, a renoncé à divorcer.

*

Au printemps 1908, les hommes d'affaires, les créateurs d'automobiles ou les propriétaires de galeries marchandes dédiées au nouveau plaisir de consommer sont désormais plus nombreux que les artistes autour de Madame S. Sa vie oscille entre étourdissements mondains et apartés moroses, de vagues bouffées de bonheur face au sentiment lancinant d'une attente infinie.

Après sa rupture avec Briand début 1906, Meg connaît deux amis, aux patronymes aussi cocasses qu'exquis. Émile Chouanard d'abord, qui laisse la place, début 1908, à Maurice Borderel.

Tromper l'ennui, chercher à aimer de nouveau, au risque de se tromper une nouvelle fois ? Quand Émile Chouanard, chapeau mou et moustache courte, homme très fortuné et d'autant plus prudent, l'approche, elle se dit que peut-être celui-ci aura la délicatesse de la préserver ?

Leurs intérêts convergent. Il est directeur de la maison « Aux Forges de Vulcain », un important établissement de quincaillerie et accessoires pour machines-outils, fondé par son père rue Saint-Denis. Il a huit ans de plus que Meg, qui en a trente-sept, une belle situation, des amis haut placés, dont Octave Hamard, chef de la Sûreté[110]. Il a surtout du charisme. Chouanard est un homme qui a su gravir les échelons et se faire reconnaître ; un homme que Meg peut admirer, qui peut lui tenir tête… et lui céder.

Marié et père de famille, Émile Chouanard projette de retrouver sa maîtresse dans un ailleurs rien qu'à eux, une adorable maison de campagne à Bellevue, à six kilomètres de Paris. La maison dite *Le Vert Logis* est pittoresque, son amant ravi, et la couverture parfaite. Pas question d'alimenter le moindre soupçon. Chouanard loue la villa de Bellevue dès son premier rendez-vous avec Meg, mais pas à son nom. C'est Mme Prévost, une amie de Meg, qui signera le bail à sa place. La location pour un an coûte 2000 francs[111], payés d'avance.

L'idylle et la mystification dureront jusqu'à la fin de l'année 1907. Mais qui est cette Mme Prévost ? Pour signer le bail, elle a présenté Mme Steinheil comme sa cousine et déclaré qu'elle vivait chez elle.

Interrogée plus tard, la veuve Aubert, une amie de la mère de Meg, livre quelques informations :

« Quand Marthe a atteint une dizaine d'années (1901), j'ai revu plus souvent les époux Steinheil. Pendant trois ans environ, j'allais passer de temps en temps quelques jours chez eux, impasse Ronsin. Pendant ce temps, je soignais l'enfant et m'occupais du ménage pendant que Mme Steinheil allait, disait-elle, en visite. Jamais je n'ai constaté son absence la nuit. Je ne lui reprochais que de négligé *(sic)* son intérieur et son mari, avec lequel cependant elle faisait chambre commune et paraissait bien s'entendre. J'ai été invitée aux deux visites de M. Félix Faure chez les époux Steinheil, mais n'ayant aucun goût pour le train du grand monde, je n'y suis pas allée. M. et Mme Steinheil sont venus plusieurs fois chez moi... Je fréquentais aussi Mme veuve Laurillard, qui habitait alors rue de Bordeaux, à Charenton, avec les époux Prévost, son gendre et sa fille Marie-Mathilde.

En 1901, j'ai présenté, comme compatriote, Mme Prévost, qui chantait admirablement, à Mme Steinheil qui était aussi bonne musicienne. J'ai su plus tard qu'elles étaient devenues très amies, qu'elles se tutoyaient et que Mme Prévost avait passé plusieurs nuits au chevet de Mme Steinheil malade. Je me suis retirée définitivement à Montbéliard en octobre 1902[112]. »

Voilà comment Marguerite Steinheil a trouvé en Mme Prévost, peu après la mort de Félix Faure, une amie, une confidente de son âge dont, le moins qu'on puisse en dire, est qu'elle était dévouée. Une fois la maison de Bellevue louée à son nom, encore faut-il vendre l'histoire à Adolphe. Le résultat est un peu alambiqué, mais qu'importe ! Le mari se contentera d'une vague vraisemblance.

Voici l'histoire : Marguerite aurait rencontré une vieille dame très riche, surnommée tante Lily, en froid avec sa famille. Bonne âme, Meg l'aura persuadée de renouer les contacts et de faire le premier pas. Pour remercier sa bienfaitrice, tante Lily lui offre de magnifiques cadeaux ou l'invite à venir chez elle au *Vert Logis,* et même à y séjourner avec qui elle le souhaite, car elle est très souvent absente. Quand, certains week-ends, Adolphe et Marthe rejoignent Meg à Bellevue, ils doivent non seulement se faire appeler Prévost, mais Adolphe doit encore passer pour le frère de sa femme.

Proche de Paris, dominant un bras de la Seine, Bellevue est desservie depuis 1840 par la première ligne de chemin de fer de France. Industries et riches villas de la bourgeoisie parisienne parsèment les coteaux plongeant sur le fleuve et la forêt, aux alentours des vestiges de l'ancienne propriété du Grand Dauphin, fils aîné de Louis XIV. Les splendides jardins dessinés par Le Nôtre ne sont plus ce qu'ils étaient, mais dans les ruines du château, où l'astronome Jules Janssen[113] a fondé son observatoire, Meg se promène comme dans la vie, insouciante jusqu'aux limites du raisonnable. Dans ses *Mémoires,* elle raconte ces précieux moments de bonheur qui précèdent le second drame de sa vie. Pourquoi ce passage a-t-il été supprimé de la version française ? Mystère !

Nous *sommes maintenant près de l'époque la plus tragique de ma vie, mais juste avant d'entrer dans cette longue histoire d'horreur et d'angoisse*

[...] j'aimerais raconter un délicieux épisode qui s'est déroulé à Bellevue. Il ne comporte rien d'extraordinaire ni de particulièrement amusant, mais peut-être le lecteur accueillera-t-il ceci comme une bouffée d'air frais, avant d'être plongé dans les noirs abysses des chagrins et des terreurs que j'ai dû endurer si longtemps.

« Le Vert Logis », ma villa de Bellevue, était situé à une courte distance de l'observatoire de Meudon, dont le directeur était alors le fameux astronome Janssen. L'observatoire était entouré d'un immense et splendide parc, entièrement clôturé. À travers les barreaux de la grille, Marthe et moi avons vu, un jour de l'été, un vaste champ rempli de marguerites. Marthe avait tellement envie d'en faire des bouquets que nous avons appelé un gardien du parc qui passait par là pour lui demander de nous en rassembler quelques brassées, et peut-être même, si possible, de nous laisser entrer pour les cueillir nous-mêmes... « Oh, madame, tout cela est formellement interdit », répondit-il. En lui répondant « Quel dommage ! » je devais avoir l'air tellement désappointé qu'il dit en hésitant : « Bon, peut-être pourriez-vous venir demain matin, disons à huit heures, avant que le personnel ne soit encore arrivé. Je vous ouvrirai la porte et vous pourrez prendre quelques fleurs. » Le lendemain, Marthe et moi sommes revenues du jardin de l'observatoire avec tellement de marguerites dans les bras que nous pouvions à peine les tenir. Le vieux gardien se gratta la tête et nous dit : « Je pensais que vous en vouliez seulement quelques-unes ! Vous devez vraiment être amoureuses de ces fleurs, madame. »

Peu après, je fis la connaissance de M. Janssen. Nous avions beaucoup d'amis en commun, et le grand savant donna des ordres pour que les portes du parc me soient désormais ouvertes, et m'autorisa à prendre toutes les fleurs qu'il me plairait. Ensuite, avec une courtoisie typiquement française, le vieil astronome – il devait avoir dans les quatre-vingts ans – me dit : « Madame, puisque vous aimez tant les fleurs, voudriez-vous vous intéresser aux fleurs du ciel ? »

J'acceptai, bien évidemment, et par une nuit claire, j'ai fait une expérience unique : regarder les étoiles à travers son magnifique télescope. Ce fut pour moi un sentiment totalement nouveau, mêlé de ravissement et d'enchantement, que de voir les étoiles scintiller, changer de couleur, et envoyer dans les nuées les teintes mordorées d'un sublime arc-en-ciel. Mon cerveau était traversé par le vertige de l'infini. J'aurais voulu attraper les étoiles, les tenir dans mes mains. Je voulais connaître, comprendre, la signification de l'espace et de la matière, de l'éternité et de l'infini, et le sens de la vie. Sur le chemin du retour, alors que je levais les yeux vers ce ciel étoile, je fus prise d'une émotion comme je n'en avais jamais connu, et j'oubliai tout ce que le vieux savant m'avait dit sur l'éternité et les calculs qui étaient à la base de ses préoccupations de contemplateur des étoiles. Je compris que lui, le regard constamment tourné vers ces mondes éloignés si mystérieux, dans les profondeurs de l'espace, avait voué sa vie à la plus grande, la plus sublime et la plus haute des sciences. Alors j'ai pensé à mon père qui, si souvent, à Beaucourt, me parlait des étoiles, des planètes, des comètes et de la Voie lactée. Et je me rappelai ces mots de Kant qu'il m'avait si souvent répétés : « Deux choses remplissent mon esprit d'une admiration et d'un respect incessants : le ciel étoilé au-dessus de moi et la loi morale en moi[114]. »

Fin de l'anecdote.

Rentrée au *Vert Logis,* Meg conte d'autres fleurs à Émile Chouanard, pendant vingt mois. Circonspect de nature, l'amant déclare à la presse, à la fin de 1908 : « J'ai été mis en relation par des amis communs, il y a environ quatre ans, avec la famille Steinheil. Ces rapports amicaux ont cessé en novembre 1907. Depuis lors, je ne suis retourné dans cette famille qu'une seule fois, le 3 février 1908, sur une invitation à visiter l'exposition des œuvres de M. Steinheil[115]. »

Ce qui est faux ! Selon un rapport de police, Chouanard a fait l'acquisition pour la somme de 300 francs d'un tableau de M. Steinheil un mois environ avant l'exposition de mai 1908. Il n'a donc pas cessé toute relation avec les Steinheil cinq mois plus tôt[116].

Sur un point au moins, tout le monde est d'accord : Meg et Chouanard ont rompu juste avant 1908. Ce qui ne l'empêche pas de se porter acquéreur d'un tableau d'Adolphe Steinheil.

Les raisons de la séparation de Meg et de Chouanard répondent aux mêmes lois que celles de l'amour, et n'ont de sens que pour ceux qui les vivent. Un élément a sans doute déclenché la rupture, les fiançailles de la fille Chouanard. En bon père, Émile Chouanard cherche un beau parti pour sa fille. Meg lui présente une famille, qui ferait un beau mariage. D'après *L'Intransigeant*, c'est bien chez Mme Steinheil, à l'impasse Ronsin, que *M. Ch.* a fait la connaissance d'une famille à laquelle il devait allier la sienne. Il mariera, de fait, sa fille à un attaché d'ambassade, fils d'un général de corps d'armée, grâce aux soins obligeants et aux démarches intelligentes de Marguerite[117].

La jeune promise est ingrate ou peut-être Meg en fait-elle trop. Chouanard doit rompre avec sa maîtresse, pour l'honneur de la famille, et le déshonneur de Meg. Elle avait cru, une fois de plus, le bonheur à portée de main. Elle n'a pas voulu renoncer à ses rêves, elle va en payer le prix.

*

En février, Meg tombe malade. Le corps n'oublie pas les traumatismes. La rupture avec Chouanard est derrière elle, comme ses rêves d'une nouvelle vie. L'ambiance à la villa est morose. Meg pense toujours à ces perles et ces papiers. Steinheil ne veut plus en parler. Résignée, elle fait ce qu'elle peut pour l'aider dans sa nouvelle lubie : exposer à la galerie Georges Petit, dans le IXe arrondissement.

En mars, convalescente, elle sort enfin de chez elle. Prenant le métro pour rentrer de sa promenade, elle est prise d'un malaise. Le drame prend sa source à cet instant précis, banal, quand elle retrouve l'air libre en haut des escaliers et qu'un homme bien mis se propose de l'aider. D'après les commentateurs de sa vie, son malaise serait feint et la pratique racoleuse. La ligne 4 du métro, qui desservira son quartier, n'est pas terminée. Elle doit donc marcher un peu pour rejoindre l'impasse Ronsin. À en croire lesdits commentateurs, Meg utiliserait ce subterfuge lors des fins de mois difficiles pour tomber avec grâce dans les bras d'un passant aimable.

Meg, putain des profondeurs, serait ainsi passée des cercles du pouvoir à la ronde des trottoirs[118]. Est-ce elle qui fait tomber dans le panneau un drôle crédule, si possible fortuné ? Ou serait-ce le contraire ? N'en déplaise aux contempteurs, ce monsieur bien mis, grand, moustache brune et cheveux peignés en arrière, qui suit Meg au printemps 1908 dans les rues de Paris, attendait patiemment le bon moment pour aborder l'épouse du peintre Steinheil. Et elle s'y laissa prendre : *Un gentleman m'aida gentiment dans les escaliers menant à la rue et offrit de m'accompagner jusqu'à ma maison, qui était non loin de là. J'acceptai avec reconnaissance. L'air frais me fit du bien. Comme nous étions près de l'impasse Ronsin, l'homme me demanda : « Connaîtriez-vous par hasard le peintre Steinheil ? Il habite quelque part par ici. — Je suis* Mme *Steinheil », répondis-je. Le gentilhomme demanda la permission de téléphoner pour prendre des nouvelles de ma santé. Il me tendit sa carte et je lus « Comte de Balincourt »*[119].

Balincourt, fiché aux services de la Sûreté pour avoir mené avec Jules Guérin la révolte du fort Chabrol, est le fils de Jeanne du Pont de Compiègne et de Jules Testu de Balincourt. Il a épousé en grande pompe à vingt-huit ans Hélène Françoise Marie de Chinot de Fromessent, qui en a vingt-quatre. La presse en a fait grand écho, détaillant les innombrables couples à particules qui se pressaient à l'église de La Trinité.

Le journal local de Bar-sur-Aube, en Champagne[120], présente Balincourt comme le maire de la petite ville voisine de La Chaise. Il serait né au château du lieu en 1873. Le même organe de presse, porte-parole de la lutte contre le socialisme et la république radicale, relève qu'un « Dupin de Valène menait une délégation du Grand Occident de France représentant M. Jules Guérin venue offrir une magnifique corbeille de fleurs aux jeunes mariés ». C'est dire si les deux complices du fort Chabrol sont restés amis. Ils partagent la même passion antisémite dont le rédacteur de l'article se félicite. Après avoir mentionné que le chef de la maison Fromessent, l'oncle paternel d'Hélène, avait, « suite aux événements d'Auteuil, fait connaissance avec les geôles de la "Défense républicaine" », il dresse un portrait enflammé de celui qu'il désigne comme « un de nos plus fervents antisémites », qui, « à la rude école de Morès et de Guérin a compris que la vieille race gauloise, si noble et si chevaleresque, ne peut s'allier sans se compromettre à des cosmopolites et des sans-patrie. Nous devons l'en féliciter et souhaiter que nos vieilles familles comprennent ces exemples et les suivent, en conservant l'intégrité de la race ».

Quatre ans après son mariage, Balincourt met enceinte Germaine Thibaut, une jeune Parisienne sans le sou. Naissance d'une petite fille que François Delpit de Saint-Amey, son vieil ami désargenté, va déclarer pour lui, mais en sa présence, à la mairie du XVIIe arrondissement de Paris. Les deux hommes habitent ensemble rue de Chartres, à Neuilly, avec la jeune Germaine Thibaut, qui donne naissance en 1907 à un second enfant, un garçon. Il s'appellera Emmanuel Testu de Balincourt, comme son père, mais les enfants ne seront reconnus qu'après 1910, lorsque Balincourt finira par épouser Germaine Thibaut.

Pour faire bonne mesure, les rapports de police signalent que Balincourt, deux mandats d'amener à son actif, a dilapidé les 500000 francs de dot de sa première femme (2 millions d'euros), avant de disparaître. Il ne donne plus signe de vie à personne. En 1907, il est signalé comme membre défaillant du conseil municipal « parti sans laisser d'adresse et déclaré démissionnaire ».

En décembre 1907, Balincourt, divorcé depuis un an, est manifestement aux abois. Le propriétaire de la rue de Chartres veut mettre tout ce petit monde à la porte, pour défaut de paiement. Le comte propose alors de monter un cambriolage. Son ex-belle-mère garde de grosses sommes dans sa maison à Versailles et il connaît les lieux par cœur. Grâce à Delpit, Balincourt entre en contact avec des malfrats. Certains font partie d'une dangereuse bande de voyous marseillais, les Vingt et Un[121].

Pas de chance, le coup est éventé et le commissaire de police de Nemours fait surveiller Balincourt. La filature donne d'étonnants résultats : entre décembre 1907 et janvier 1908, Balincourt se rend, en métro, de son domicile rue de Chartres à l'impasse Ronsin pour gagner ensuite Belleville et y rencontrer des cambrioleurs professionnels[122]. Le chef de la Sûreté, Octave Hamard, apprend également qu'il cherche à tirer parti de son nom pour se procurer de l'argent[123]. C'est donc bien lui l'initiateur du traquenard, ce qui déboulonne complètement l'hypothèse de la racoleuse du métro.

Le profil du bonhomme se dessine, militant antisémite, escroc avide et sans scrupule. C'est lui qui alpague Meg à la sortie du métro. À peine dans la villa, Balincourt sympathise avec Adolphe Steinheil. Il revient tous les jours et lui propose même son aide pour la prochaine exposition !

Mariette, la bonne, compte les litres bus et les repas engloutis, et note les exigences du comte qui lui fait cirer ses chaussures. Steinheil, lui, est sous le charme. Il se repose sur ce nouvel ami, devenu en quelques semaines incontournable. Pour préparer l'exposition, on a poussé les meubles du dernier étage de la maison. Partout des tableaux. Au rez-de-chaussée, autour de la table de la cuisine, Alexandre, le fils de Mariette, discute chevaux avec Balincourt, qui plaisante avec Buisson, l'ami et l'associé de Steinheil. On parle mariage. Pierre, dix-huit ans, le fils de Buisson, doit épouser la jeune Marthe. Jusqu'ici restée dans l'ombre, la jolie fille de Meg aux traits angéliques aura dix-sept ans en mai. Choyée par ses deux parents pris chacun dans les remous de leurs heurs et malheurs, l'enfant silencieuse, effacée de l'histoire, s'apprête à quitter le nid familial.

Les parents Buisson, catholiques et nobles du côté de Madame ont commencé par refuser cette idylle. Mme Buisson a menacé d'envoyer son fils dans un collège en province s'il ne renonçait pas à ce mariage avec une protestante dont la mère a bien sûr de hautes relations, mais dont le nom reste entaché du scandale élyséen. Il faut tout le charme et toute la rhétorique de Meg pour convaincre les parents du jeune homme que les sentiments priment sur les convenances. Elle raconte avec tendresse l'histoire de son père, châtelain de Beaucourt qui, en dépit des pressions familiales, a épousé par amour une fille d'aubergiste. Pense-t-elle, en disant cela, aux raisons qui l'ont poussée dans les bras de son propre mari ? Personne ne peut croire, hier comme aujourd'hui, que Marguerite Japy ait aimé Adolphe Steinheil comme on aime à vingt ans. Si Meg ne dit pas tout, son plaidoyer auprès des Buisson a l'accent de sincérité d'une mère qui veut seulement le bonheur de sa fille. Les Buisson se rendent à ses raisons, le mariage est programmé en mai. C'est alors que, pour une fois, Marthe sort de sa réserve. Protestante, elle accepte de se convertir, car, dit-elle, cela lui permet d'« épouser » en même temps la religion de son père. Baptême et communion sont prévus le même jour.

*

Mars arrive et il fait toujours aussi froid. Meg est partie quelques jours dans la belle propriété des Buisson, où la tempête et le vent l'ont vite ramenée à Paris. L'année bat tous les records, de neige, de grêle, de tempêtes et de températures en dessous de zéro. Le printemps 1908 n'arrive pas.

Dans ce climat maussade, Meg continue à tenir salon. Un jeudi de mars, les invités commentent le débat houleux entre Jean Jaurès et Maurice Barrès à la Chambre sur le transfert des cendres de Zola au Panthéon. L'affaire Dreyfus marque toujours, ici comme ailleurs, la ligne de rupture qui oppose une France à l'autre. Meg en a l'habitude, elle change habilement le cours de la conversation et évoque, avec un certain étonnement, ces « suffragettes » qui veulent se présenter aux prochaines élections municipales, à Paris. Est-ce vraiment un bienfait ? Meg a le goût de l'indépendance, mais ne peut s'empêcher de penser que c'est un pari risqué de vouloir agir sur le même terrain que les hommes. Elle craint, dit-elle, que les femmes y perdent leur pouvoir d'influence.

Parmi les visiteurs du jour, Maurice Borderel, maire de Balaives-et-Butz, un petit village des Ardennes. Distingué homme de cœur, ce quinquagénaire aux qualités certaines ne pouvait mieux tomber. Dès la semaine suivante, et toutes les autres ensuite, il passe un ou deux jours à Bellevue, en compagnie de Marguerite qui a conservé son nid d'amour après la rupture avec Chouanard. Elle réitère le choix d'un homme rassurant, sincère, mais dont l'amour ne résistera pas, une fois de plus, aux assauts des convenances. Borderel est veuf, catholique et père de trois enfants – un fils de vingt ans, et deux filles de dix-huit et treize ans. Projette-t-elle de l'épouser ? Pour lui, c'est inconcevable. Dans sa position, on ne s'unit pas à une divorcée.

Meg pense-t-elle sérieusement à refaire sa vie ? Adolphe Steinheil apparemment le croit. Pour la première fois, il lui écrit pour la supplier de n'en rien faire et de penser à Marthe[124]. Il a d'autres soucis. Et de taille. Le mystérieux Allemand est revenu.

Son attitude autrefois conciliante a bien changé. Adolphe en tremble encore. L'individu est plus que déterminé à récupérer les 10 dernières perles. Il en aurait déjà récupéré 490 – c'est dire la valeur du collier – sans oublier les documents de Félix Faure, qu'il réclame avec la même détermination. Meg, furieuse d'être la victime d'un chantage et la grande absente des tractations, adjure son mari de répondre qu'elle a brûlé les papiers.

Meg connaît pourtant la faiblesse de son époux. Le retour de l'Allemand l'affecte, le fragilise. Lourd de ce secret, Adolphe Steinheil surmonte ses périodes d'abattement par des épanchements inconsidérés. Le peintre se confie à Balincourt omniprésent. Un soir, Meg surprend une conversation dans l'atelier où il est question de Félix Faure et des papiers. Quelques jours plus tard, à Bellevue, elle convoque Balincourt et acquiert la conviction que son mari ne lui dit pas tout.

Le 26 mars, alors que Marthe est impasse Ronsin avec son père, elle l'entend au téléphone passer un message à propos d'une commande d'un tableau prestigieux. Pas totalement dupe de ce qui se trame, elle pense qu'il est destiné au mystérieux visiteur. Elle se souvient même du jour, ce qui permet de tracer le message : il a été envoyé du poste 710 28 à l'adresse de Mlle Rettmeyer au 30 de la rue Hamelin[125]. Pourquoi son père téléphone-t-il à cette dame qui lui a donné à une époque quelques cours de piano ? La jeune fille n'y comprend rien. Interrogée plus tard, la vieille demoiselle n'y comprendra rien non plus !

Le jeudi 7 avril, Adolphe et Meg, assortis de l'inévitable Balincourt, font les honneurs de l'exposition aux cinq cents invités du vernissage. Trois petits tableaux sont vendus pour 500 francs à la rentière Mme Dumont, un grand tableau est acheté 1 000 francs par M. Huffer, banquier, et un autre 300 francs par le directeur de cabinet du sous-secrétaire des Postes et Télégraphes, un certain Dennery. Deux Américains déboursent l'un 2 500, l'autre 1 000 francs. Et il y a les amis de la famille, de Meg, surtout. Dujardin-Beaumetz a voulu acheter une toile, mais il semble que ce tableau de 600 francs « a pu ne pas être payé[126] ». Borderel en aurait acheté deux pour un total de 2 000 francs. Pas rancunier, M. Chouanard a acheté une toile un mois avant l'expo pour 500 francs. Total des ventes : 6 900 francs[127].

L'exposition est un succès. Meg a dû éconduire de curieux visiteurs qui, à plusieurs reprises, ont essayé de se faufiler. Elle le fait remarquer à Balincourt, chargé de piloter les invités jusqu'à l'étage, qui fait mine de rien. C'est la dernière fois que Meg le voit avant longtemps. Une fois le vernissage terminé, Balincourt disparaît et ne se montrera plus impasse Ronsin.

Profitant du printemps pour partir à Bellevue avec les Buisson et parler des préparatifs du mariage de leurs enfants, Meg est surprise un petit matin par l'arrivée inopinée de son mari[128]. Jamais il n'a osé venir au *Vert Logis* à l'improviste ! Devant les Buisson ébahis, le peintre raconte qu'un « riche étranger » a promis d'amener impasse Ronsin deux princes allemands susceptibles d'acheter plusieurs tableaux. L'étranger lui a d'ores et déjà commandé le portrait du président Fallières qui apposera sa propre signature sur la toile. C'est la Providence, s'enthousiasme le peintre. L'intermédiaire a promis aussi la publication d'une série d'articles élogieux à titre de remerciement pour le portrait de Fallières. Les yeux de Meg ont la couleur de l'orage quand elle demande si cet étranger est lui aussi allemand. Adolphe lui assure d'un regard qu'il ne s'agit pas du mystérieux maître chanteur. Mais ses yeux mentent et Meg le sait !

À peine levé, le peintre regagne Vaugirard. Sans le prévenir, Meg fait de même quelques heures plus tard. À 19 h 20, elle gravit sans bruit les marches qui conduisent au premier étage. Dans l'escalier, elle entend des pas, puis voit une main soulever la lourde tenture portière qui sépare les chambres du palier. Un homme s'avance, déterminé, suivi de Steinheil. Croisant son regard, l'inconnu s'excuse : « Pardon, mademoiselle ! » Et le peintre de rectifier : « Ce n'est pas ma fille, c'est ma femme ! » L'homme semble parfaitement connaître les lieux et se dirige vers le petit salon du premier. C'est là que Meg conserve les fameux documents. Son arrivée inattendue interrompt la visite.

Le soir même, elle remplace les papiers secrets qu'elle a rédigés avec Félix Faure par des coupures de presse. Le lendemain, elle emporte les originaux. Elle ne révélera jamais où elle les a cachés.

Sans doute croit-elle duper les forces qui convergent vers sa maison pour tenter de s'emparer de cet encombrant legs présidentiel. Elle décide de jouer un va-tout et se rend au commissariat de police le 7 mai 1908. Elle y déclare qu'un journaliste allemand disant avoir sollicité et obtenu la dédicace du président de la République a disparu après avoir emporté le portrait commandé à son mari. L'agent qui transmet le rapport conclut qu'il y aurait donc intérêt à se renseigner auprès de la présidence[129]. Ce qui est fait le jour même. Comme on l'imagine, l'Élysée assure ne rien savoir de ce portrait ni de ce supposé intermédiaire. Dans ses *Mémoires*, Meg décrit ainsi le « riche étranger » : *Un homme d'une cinquantaine d'années, au type sémitique très prononcé ; il avait les cheveux et la moustache outrageusement teints, et de petits yeux ronds, le regard en dessous et la peau terreuse. Il était en habit, mais en habit râpé et même graisseux. Son plastron de chemise était sale, et orné de gros boutons de strass. Les mains vulgaires de cet individu avaient besoin d'être lavées. Il tenait une paire de gants qui avaient été blancs, et un album… Il m'inspira une répulsion voisine de la crainte*[130].

De ces considérations raciales, elle n'a dit mot au moment de sa déposition. Pourquoi en rajoute-t-elle, sortant du style bon enfant et pudique de son livre ? Elle dit vrai dans ses silences et en dit trop par ses omissions. Elle use ailleurs d'une multitude de détails qui fardent les évidences, peut-être pour en éloigner le lecteur. Pour qui et pour quoi écrit-elle ? Anna Norris[131], professeur de littérature française à l'Université du Michigan, éclaire les ressorts des *Mémoires* de Meg, dont l'essentiel a été écrit en prison. Son but : sauver les apparences, de crainte d'être jugée comme une femme de mauvaise vie, s'attacher, envers et contre tous, à son rang pour protéger sa fille de l'infamie. Ce n'est pas lui faire trop de crédit que de le reconnaître.

Mais revenons aux faits. Le 18 mai, elle s'installe pour un mois à Bellevue. Marthe et deux des jeunes enfants Buisson l'accompagnent. Avant de partir, Marguerite a rangé dans une cachette quelques bijoux et des objets de prix, comme une assiette en argent. Il semble qu'elle ait conservé plusieurs cadeaux de Félix Faure, dont certains reçus lors de l'alliance franco-russe. L'ambassadeur de Sa Majesté impériale Nicolas II, sortant d'un restaurant de la rue de Vaugirard, à côté du Sénat, découvre dans la vitrine d'un antiquaire rue de Tournon un ciboire en or émaillé, d'une facture typiquement russe, offert au président de la République française lors de son voyage en Russie en 1897. L'affaire remonte jusqu'au ministère de l'Intérieur. Une enquête confidentielle révèle que c'est Mme Steinheil qui a vendu le ciboire moscovite. Elle n'a pas cherché à s'en cacher, l'antiquaire est à deux stations de métro de chez elle. L'Okhrana[132], la police secrète du tsar, se saisit de l'affaire et établit plusieurs rapports sur les bijoux et présents russes en possession de Marguerite, ainsi que sur les fameuses lettres.

Ainsi, sans le savoir, Meg est cernée. Son mari, de son côté, prend d'étranges précautions. Une semaine plus tôt, le 10 mai 1908, il a rédigé une lettre testament[133] dans laquelle il résume ses dernières volontés et a retiré de l'argent pour payer, un à un, tous ses fournisseurs. Dans leur entourage, personne n'imagine l'imminence du danger. Meg continue sa vie sociale, s'occupe de sa famille, et se prépare à accueillir sa mère et son frère chez elle. Après quelques frasques immobilières, Mme veuve Japy a vendu Beaucourt et s'est installée près d'Esquennoy dans l'Oise, chez son fils Julien, le jeune frère de Meg. À trente-cinq ans, marqué par des déboires sentimentaux[134], il pense à changer de ville, quitter son emploi de percepteur. Sa mère veut l'aider à passer le cap et, pourquoi pas, lui trouver une gentille épouse à Paris. Meg a promis de faire intervenir un de ses amis, directeur de cabinet du sous-secrétaire d'État aux Postes et Télégraphes, le même Dennery qui s'est porté acquéreur d'une toile lors du vernissage.

Le vendredi 29 mai 1908, vers 17 heures, Meg regagne Paris pour accueillir sa mère à la gare de l'Est. Elle a laissé à Bellevue les enfants Buisson, malades, sous la surveillance des deux fiancés, Marthe et Pierre. Arrivée impasse Ronsin, elle s'occupe de sa mère qui a très mal aux jambes, appelle un médecin, le docteur Acheray, puis retourne à Bellevue le lendemain à l'heure du déjeuner. Sa mère va mieux, elle passe l'après-midi chez Juliette, la sœur aînée de Meg, et revient en fin d'après-midi impasse Ronsin.

Adolphe Steinheil se rend au Crédit lyonnais (la banque est ouverte le samedi) où il retire 1 000 francs. Revenu vers 16 heures, il demande à Rémy de s'habiller et d'aller payer divers autres fournisseurs, dont l'imprimerie de l'impasse qui a fourni les cartons de l'exposition, ainsi que le charpentier Carrier qui a réalisé les travaux de menuiserie. Une fois ses tâches accomplies, Rémy reprend son service et sert du thé à son patron et sa belle-mère, en attendant le retour de Meg. Tous trois doivent repartir le soir même, après dîner, par le train de 20h30. Le trajet ne dure que vingt minutes entre Paris et Bellevue.

En fin d'après-midi, Meg, revenue à Paris, passe chez le pharmacien pour acheter les médicaments prescrits par le docteur Acheray, puis chez l'épicier Félix Potin. Arrivée impasse Ronsin, elle rassure sa mère : si elle ne se sent pas suffisamment en forme, ils ne prendront le chemin de Bellevue que le lendemain. Fatiguée par sa visite chez Juliette, et par la montée de ses interminables escaliers, Mme Japy préfère effectivement dormir à Paris. M. Buisson s'est d'ailleurs proposé pour les remplacer à Bellevue auprès des jeunes fiancés et des deux petits malades.

On improvise un dîner. Au menu du 30 mai, impasse Ronsin : soupe au chou avec os de jambon, langouste sauce mayonnaise (apportée par Mme Steinheil), fromage et confiture. À 22 heures, Rémy leur apporte un grog puis rejoint, à l'arrière, sa chambre du troisième. Pour plus de confort, Meg a laissé son lit à sa mère. Elle dormira à côté, dans la chambre de Marthe. Quant à son mari, depuis qu'ils font chambre à part, il s'est installé à côté de la salle de bains[135].

Rien d'alarmant, quoique. S'il y en a un, dans la maisonnée Steinheil, à savoir qu'il se trame quelque chose, c'est bien le valet, Rémy Couillard. Blondinet de vingt ans, mince et finaud, il porte un nom digne d'un vaudeville. Tout dévoué à Madame, il prend pitié en secret du peintre qu'il voit souvent dîner seul à la cuisine. Quelques jours après la fin de l'exposition, Adolphe lui a demandé comme service de surveiller le courrier et d'intercepter toute correspondance qui arriverait à son nom. Deux lettres effectivement arrivent, que Rémy glisse sous un tapis de meuble.

Lorsque la maison est vide, le valet couche sur un lit de camp au rez-de-chaussée, car sa chambre, au troisième étage, est à l'arrière du pavillon et trop éloignée pour permettre une surveillance efficace. Par deux fois, des malfaiteurs ont déjà tenté de s'introduire dans la maison[136] par le toit, sous la chambre de Marthe. Les ouvriers de l'imprimerie située dans l'impasse avaient remarqué le manège et ont réussi à mettre en fuite les monte-en-l'air.

Quand la famille s'absente, Adolphe Steinheil donne son revolver au valet qui le garde sur sa table de nuit. C'est ce qu'il fait le vendredi 29 mai 1908. Il prend aussi Turk avec lui, le chien de Mathilde Geoffroy, la fille de Mariette qui habite à côté. Turk est censé remplacer Dick, le chien de la maison, parti lui aussi à Bellevue. Mais le cabot des voisins a déchiré une des toiles du peintre et Adolphe, furieux, exige que dès le lendemain Rémy le renvoie chez ses propriétaires.

Le 31 mai, quand Rémy se lève vers 5 h 30, il entend, en descendant les escaliers des gémissements dans la chambre de Marthe. Derrière la porte, il découvre un spectacle hallucinant : sa patronne est à moitié dévêtue, ligotée sur le lit et bâillonnée. Le valet ouvre d'un coup la fenêtre et appelle à l'aide. C'est Jean Lecocq, un voisin, qui arrive le premier pour aider Rémy à libérer Meg. En cherchant les autres habitants de la maison, ce jeune ingénieur de vingt-six ans bute sur le corps d'Adolphe Steinheil, étranglé sur le sol de la salle de bains, près du chauffe-eau. La porte de la chambre d'en face est fermée. Lecocq prend la direction des opérations et passe par le couloir pour accéder à la chambre où dort habituellement Mme Steinheil. Rémy sur les talons, il croise un policier accouru aux cris. En travers du lit, la vieille Mme Japy gît inerte, les yeux révulsés. Un docteur arrive. Il s'appelle Puech.

Meg fait appeler son médecin personnel, Acheray, familier de la maison, qui demande à Mathilde Geoffroy et à Mme Blaise Autenzio de venir s'occuper d'elle. La survivante est en état de choc. On lui cache la mort de sa mère et de son mari. Dès 8 heures, le commissaire d'arrondissement Buchotte envoie au préfet de police et au procureur un télégramme annonçant le double meurtre : « Mme Steinheil dans un état grave. Mobile paraît être le vol. Procède à enquête[137]. »

Sur place, un troisième médecin est arrivé, le docteur Lefèvre, qui confirme : « Mme Steinheil était en proie à la plus vive émotion et elle portait des ecchymoses évidentes sur diverses parties du corps[138]. » En quelques heures, c'est le gratin de la Crim qui arrive sur les lieux. Leydet, le juge d'instruction, ami de Meg, les rejoint rapidement ainsi qu'Octave Hamard, le chef de la Sûreté, collaborateur direct du préfet Lépine. Imposant, le chef de la police est accompagné de deux inspecteurs et écoute gravement le juge Leydet procéder aux premières investigations. Le juge est nerveux ; ses mains moites et son visage défait dénotent un malaise dont beaucoup connaissent l'origine. Familier de la jolie maîtresse de maison, il est touché par ce drame et tente de faire son devoir, avec tact et discrétion…

Arrivent encore le célèbre docteur Courtois-Suffit, médecin légiste, autre ami de Marguerite, et le fumeux Bertillon, chef du service anthropométrique, qui vient relever les empreintes avec sa méthode d'avant-garde. C'est lui qui a *authentifié* le faux bordereau comme étant de la main du capitaine Dreyfus ; lui encore que le président Casimir-Perier décrivait comme un fou halluciné. Bertillon s'applique à relever les empreintes sur deux verres de grog et une bouteille de cognac mis sous scellés à la demande de Leydet. Manifestement, en haut lieu on prend l'affaire au sérieux… trop et trop vite diront certains.

Les journalistes sont déjà à la porte. *L'Intransigeant* en fait immédiatement ses choux gras, comme *Le Petit Journal* qui publie en couverture de son supplément une gravure en couleurs : « La tragédie de Vaugirard. MM. Leydet et Hamard interrogent Mme Steinheil dans son lit ! » L'encre va couler à flots, de l'été 1908… à nos jours ! Petits et grands mensonges s'infiltrent dans les esprits et empêchent, encore aujourd'hui, de connaître la vérité sur ces deux crimes.

Ce qu'il y a d'étonnant avec un crime, c'est qu'il y a l'avant et l'après, mais qu'au milieu c'est le trou.

Un passage mystérieux, entre la vie et la mort et dont les mots ne peuvent pas vraiment rendre compte. Les pièces de police tentent d'y parvenir. La déposition de Meg, dès le matin du crime, est recueillie par Hamard et Leydet :

« Au cours de la nuit, j'ai été surprise dans mon sommeil par une brusque attaque. M'étant réveillée en sursaut, j'ai aperçu trois individus et une femme s'éclairant à l'aide de lanternes portatives sourdes. La femme, une rousse, ayant l'aspect d'une fille des boulevards extérieurs, en cheveux, se tenait à ma droite armée d'un revolver. L'un des hommes, très grand, brun, portant une barbe noire légèrement grisonnante était à la droite également armé d'un revolver. Le second individu était posté près de la porte qui fait communiquer la chambre, où je me trouvais, avec une espèce de petit salon-bureau. Enfin, le troisième individu, un « rouge carotte », se tenait près de la porte de la même chambre, donnant sur le couloir qui dessert le premier étage. La femme et l'homme brun m'ont menacée de leur arme, et la femme a même dit à un moment donné : « Sois bonne fille, dis-nous où est l'argent, on ne tuera pas ton père ni ta mère. On sait que ton père a vendu des tableaux et qu'il a touché de l'argent. » Les malfaiteurs, après m'avoir bâillonnée, sont passés dans le salon-bureau contigu à la chambre où je me trouve. Ils ont dû enlever l'argent (6000 francs en billets de banque) du tiroir que je leur avais indiqué. Revenant vers moi, ils m'ont assaillie à nouveau. La femme rousse m'a saisie par les cheveux et l'homme à la barbe brune m'a menacée d'une canne qu'il tenait en l'air. Un autre m'a attaché les poignets, le corps et les pieds. Ils m'ont enserré le cou et la bouche avec la chemise de nuit de ma fille, chemise restée sous la couverture. J'ai désigné l'armoire de la chambre à coucher où ma mère se trouvait comme étant l'endroit où étaient placés les bijoux. Peu après, j'ai entendu les cris que poussait ma mère, et sonner minuit[139]. »

Elle ajoute que ces malfaiteurs portaient de longues tuniques noires, sortes d'amples soutanes. Après quoi, Meg dit s'être évanouie jusqu'à l'arrivée de Rémy.

Les premières constatations de police sont consignées à la suite de la déposition de Meg : « Des écrins vides sur le sol ; Adolphe Steinheil plié au sol, une corde avec nœud coulant passée plusieurs fois autour du cou ; la mère Japy, tombée apparemment au moment où elle voulait se lever. Des papiers partout, de l'encre mauve renversée près d'un petit bureau à l'étage et des traces par terre. À part cela, très peu de désordre, aucune trace de boue alors qu'il a plu cette nuit-là ; pas de traces de sang ni de lutte. » Le commissaire Buchotte en conclut que ce sont des professionnels qui ont fait du « beau travail »[140], en un mot, un crime propre.

Les déclarations de Meg se terminent par cette rectification : « Vérification faite, les bijoux n'ont pas été enlevés, Mme Steinheil prenant la précaution à chaque départ pour la campagne de vider les écrins et de cacher les bijoux dans une armoire dissimulée. » Sur le procès-verbal, ce passage est souligné, avec un commentaire : « Surtout pas de bijoux ». Qui l'a écrit, quand et pourquoi ?

S'il n'y a pas de bijoux volés, alors le butin ne compterait que les 6000 francs de la vente des tableaux ? Est-ce peu ou beaucoup ? Cela représente tout de même bien plus que le revenu annuel moyen de l'époque ! En 1908, un ouvrier spécialisé gagne 3,50 francs par jour, une fleuriste, 3 francs[141].

Si la question des bijoux volés puis retrouvés semble réglée, Meg omet cependant un détail d'importance dans ses déclarations. Les malfaiteurs cherchaient surtout les perles et les papiers. C'est en tout cas ce qu'elle dira plus tard à la presse, et qu'elle confirmera dans ses *Mémoires*. Pour l'heure, rien d'étonnant à ce qu'elle n'en dise mot…

Pour certains, ce serait là le nœud de l'affaire : une raison d'État qui grippe la machine policière dès le début, et une victime réchappée du drame, coupable de son passé.

Jointe au dossier de police le 1er juin, une note interne donne le ton des ragots qui circulent : « Au sujet de Mme Steinheil, on rappelle qu'elle a été l'héroïne du drame qui a emporté le président de la République Félix Faure. Elle avait connu M. Félix Faure aux grandes manœuvres des Alpes où elle s'était rendue pour suivre son amant, le juge Lemercier, alors juge d'instruction près le tribunal de la Seine, magistrat qui à ce moment faisait une période militaire. C'est une lesbienne avérée actuellement au mieux avec Mme Thors, femme de l'administrateur général de la Banque de Paris et des Pays-Bas, financier fort riche et des plus connus sur la place de Paris[142]. » Rien de moins !

L'« affaire Steinheil », comme on l'appelle déjà, gagne jusqu'à la Chambre des députés où, le lendemain du crime, les couloirs bruissent de commentaires en tous genres, où chacun croit « dur comme fer que c'est bien Mme Steinheil qui a été le témoin actif, sinon la cause de la mort de M. Félix Faure. Et cela fait que d'une façon très générale on a tendance à vouloir faire jouer à cette dame – en raison de ses mauvais antécédents – un rôle fâcheux dans le drame qui s'est déroulé la nuit dernière [...] On signale ceci, bien entendu à titre de curiosité, mais on a été frappé de ce fait que, dans des milieux très différents, on est sur le point d'accuser Mme Steinheil de la mort de son mari et de sa mère. On lui en veut peut-être d'avoir eu la chance miraculeuse de ne pas partager leur sort[143] ».

Selon certaines sources monarchistes, dès le lendemain du double crime, Georges Clemenceau, président du Conseil, convoque le vieux sénateur Charles Dupuy. Pourquoi lui et lui seul ? Peut-être parce qu'il fut président du Conseil au moment de la mort de Félix Faure, dont il assumera l'intérim jusqu'à l'accession de Loubet à la magistrature suprême.

Pendant que les rumeurs courent, les policiers travaillent. Le lendemain de la découverte des corps[144], Rémy Couillard souligne qu'une quinzaine de jours auparavant un inconnu d'environ vingt-huit ans est venu demander du travail comme modèle. M. Steinheil étant absent, Rémy lui a demandé son adresse, mais l'homme a fait mine de lui montrer, trop rapidement, un document illisible. Le valet l'a vu traîner vers 16 h 15, sur le trottoir d'en face, comme s'il attendait quelque chose, alors même que son maître était rentré. Il le décrit comme ayant un nez très busqué, des cheveux et une moustache noirs, l'apparence d'un étranger qui semblait peu « causer le français ».

Rousseau, un des mécaniciens de l'imprimerie de l'impasse Ronsin, est interrogé par l'inspecteur Laurent : « Avez-vous vu quelque chose d'anormal dans l'impasse ? — Il y a trois semaines environ, j'ai remarqué dans l'impasse Ronsin, vers midi ou une heure au moment où j'allais déjeuner, trois hommes et une femme qui se tenaient près du mur de clôture de la propriété de M. Steinheil et paraissant se concerter. À un certain moment, la femme sonna à la porte de la villa, quelqu'un vint lui ouvrir et lui parla quelques minutes ; pendant ce temps, les trois individus s'étaient légèrement éloignés de la porte de la villa, mais en restant sur le même trottoir[145]. » Rousseau, qui reconnaîtrait parfaitement ces quatre personnages, en donne le signalement suivant : l'un très grand portant une barbe très brune, figure maigre, nez long et très mince, grand chapeau d'artiste noir, corpulence ordinaire. Le second, plus petit que le premier, moustache brune, l'air brutal. Le troisième ressemblait un peu au second, mais avec une plus petite moustache également brune. Tous les trois portant le même chapeau d'artiste et vêtus d'effets sombres et très usagés. La femme, taille de 1,60 mètre environ, très brune, coiffée en bandeaux avec une raie au milieu, tête nue, figure ronde et colorée, grosses lèvres, paraissant de vingt à vingt-cinq ans.

Après cette première visite, Rousseau a revu ces quatre individus plusieurs fois, toujours à proximité de la porte de la villa, paraissant attendre quelqu'un. Il les a pris pour des modèles comme il en vient chaque jour dans l'impasse, toutefois son attention a été attirée par leur attitude hésitante. Un autre employé à l'imprimerie de Vaugirard, Godefroy auquel Rousseau avait fait part de cette remarque, se souvient également d'avoir vu séjourner dans l'impasse les personnages en question, mais il lui est impossible d'en donner le signalement. Il croit les avoir vus pour la dernière fois il y a huit jours environ. Quant au veilleur de nuit, il n'a rien pu voir la nuit de samedi à dimanche puisque ses rondes ne lui donnent pas l'occasion de sortir au-dehors.

Si les habitants du quartier sont apparemment habitués à un défilé de gens un peu bizarres qui cherchent à poser comme modèle chez Steinheil, les ouvriers de l'impasse n'en demeurent pas moins vigilants et efficaces puisqu'ils ont déjà déjoué deux cambriolages.

Autre indice, spontané celui-ci, Eugène Villemant, employé du métro, dépose le 1er juin au commissariat du XXe arrondissement une carte d'invitation à l'exposition des œuvres d'Adolphe Steinheil trouvée la veille au soir, à 22 h 30, dans une voiture à la gare de Villiers : « Sur les deux morceaux de la carte figuraient plusieurs adresses écrites au crayon. En raison du triple *(sic)* assassinat dont a été victime la famille Steinheil, ces cartes ont été mises à la disposition du commissaire de police du quartier du Père-Lachaise[146]. »

On met sur l'affaire le fidèle agent Pouce, devenu inspecteur, et son acolyte Dechet. Décidément, les noms sont choisis. Ces deux policiers de la Sûreté suivent la piste et déchiffrent les trois adresses écrites au dos de la carte. Aux deux premières, ils font chou blanc, mais quand ils se rendent à la troisième, chez Guilbert, costumier pour théâtre, ce dernier et son employée, Georgette Rallet, leur signalent une étrange coïncidence. Le samedi 30 mai, cette dernière a fait livrer à M. Goldstein, artiste du théâtre israélite L'Éden Saint-Denis dans la rue Saint-Denis, des costumes de prêtres, mais trois de ces costumes ne sont pas rentrés en magasin.

La police va alors se concentrer sur deux pistes : les bijoux volés qui ne le sont pas, et ce qu'on a appelé « les lévites », ces robes noires qui ont disparu après avoir été livrées au théâtre.

Pendant que sa maison est passée au peigne fin, Meg est toujours alitée et ne prend que lentement la mesure de l'horrible vérité. Anéantie, elle reste prostrée, sans arriver à admettre que sa mère a été assassinée dans la chambre d'à côté, sans qu'elle ait rien pu faire. Veuve la même nuit, elle comprend qu'elle va devoir élever seule sa fille. Le chagrin, l'angoisse, les craintes la submergent au point d'alarmer son médecin, le docteur Acheray.

Dès le lundi soir, au lendemain de la nuit tragique, les cadavres d'Adolphe Steinheil et d'Émilie Japy ont été emportés à la morgue. Ils ont ensuite été autopsiés par le docteur Courtois-Suffit. Les conclusions du légiste sont formelles : les deux victimes ont été étranglées. Adolphe par une main qui lui a compressé le larynx d'une poigne de fer ; la cordelette retrouvée autour de son cou n'est donc pas la cause de la mort, mais une « mise en scène ». Mme Japy, en revanche, a été étranglée par une fine corde qui a pénétré dans les chairs du cou. La pauvre vieille a aussi avalé son dentier, ce qui a achevé de l'asphyxier. La pression des coups reçus au ventre pour la maintenir sur le lit a fait éclater sa rate ; elle n'avait aucune chance de survivre.

Le 2 juin, Marguerite Steinheil apprend petit à petit ces détails. Tenant à peine sur ses jambes, elle veut à tout prix vérifier dans son petit bureau si les perles et les (faux) papiers sont toujours dans le secrétaire Louis XV. Poser la question, c'est y répondre. Les cambrioleurs savaient apparemment où chercher. Passant d'une agitation extrême à des périodes d'abattement profond, elle a manifestement besoin de calme et de soins.

Le comte et la comtesse d'Arlon, la tante de Mme Buisson, se proposent d'accueillir Meg rue Edmond-Valentin, dans leur bel hôtel particulier, jusqu'à son rétablissement. Elle quitte l'impasse le mardi soir dans une ambulance électrique, l'une des premières du genre. Les badauds sont nombreux, silencieux devant la maison du crime entourée de rosiers blancs en fleurs, et bientôt mise sous scellés. Le beau-frère, Georges Leloir, s'est chargé de déclarer le décès d'Adolphe dont les funérailles auront lieu le lendemain.

Les dernières volontés du défunt sont sinistres. L'enveloppe en papier blanc porte l'inscription

« À ouvrir en cas de décès ». Trois semaines avant sa mort, il a prévu tous les détails :

« Mon intention étant, lorsque je viendrai à mourir, de partir sans causer d'ennuis, de dérangement à ceux que j'ai connus, je désire être enterré dans le délai minimum, que personne n'assiste au convoi, par conséquent il ne devra être envoyé aucune invitation. Dernière classe de pompes funèbres, pas d'exposition, la fosse commune, ni fleurs, ni couronnes, une messe basse à l'église. Ma famille fera, si elle le désire, des lettres de faire-part, dans ce cas elle mentionnerait que par ma volonté expresse il n'y a eu aucune invitation. Que Marthe et Pierre gardent le souvenir de leur père qui les aimait de toute son âme, je leur adresse un dernier adieu ainsi qu'à ma femme, mes sœurs et parents, pour lesquels je n'ai cessé d'avoir une profonde affection[147]. »

Cela ressemble plus à la lettre d'adieu d'un condamné qu'à un testament en prévision d'un lointain décès. Le moins qu'on puisse en dire est que Steinheil veut partir *incognito*. C'est raté, toute la France est au courant. Outre l'affection qu'il réitère à Meg, il pense surtout à Marthe et à son futur époux. Là aussi, c'est raté. Le mariage est définitivement annulé[148].

Lors des obsèques d'Adolphe, le policier en civil envoyé sur place décompte une cinquantaine de personnes dans l'église Saint-François-Xavier, boulevard des Invalides. Les volontés du défunt sont (presque) respectées : la cérémonie est d'une simplicité à la limite du dénuement, et les honneurs militaires, auxquels il a droit comme chevalier de la Légion d'honneur, ne sont pas rendus.

Après l'absoute, le cercueil est placé dans un fourgon qui l'emmène vers le caveau familial au cimetière de L'Hay-les-Roses, non loin de Paris. Marthe, dont les cheveux blonds accentuent la pâleur, semble flotter dans un désert de mains tendues et de condoléances affectées. Un week-end a suffi pour ruiner sa vie. Il lui faut encore enterrer, seule, sa grand-mère le 6 juin, après un office au temple de la rue Cortambert. La presse relate en détail les funérailles auxquelles assistent, outre les parents proches, les représentants des familles Peugeot, Boigeol et Sahler. Le cercueil est transporté le lendemain après-midi à la gare de l'Est pour rejoindre Beaucourt. Meg est invisible. Alitée dans l'immense demeure du comte d'Arlon, elle est hors du monde.

Au même moment, Alfred Dreyfus s'apprête à veiller sur Zola dont on transfère les cendres au Panthéon. Il écrit à son amie, la marquise Marie Arconati Visconti : « Quel drame bizarre que celui de la famille Steinheil ! Mme Steinheil aura assisté dans sa vie à bien des tragédies[149] ! » Ces deux phrases, dans une courte lettre qui en compte une dizaine, témoignent de sa bienveillance, d'un intérêt qui étonnent et détonnent dans la tempête d'insultes qui ne va pas tarder à se lever.

XII

Laissez-la dormir et tâcher d'oublier

Marthe est orpheline, Meg, aussi, et cette fois veuve pour de bon. Cela n'a pas traîné. Dès l'annonce de la mort d'Adolphe, le lien avec Félix Faure déclenche la litanie des autres élus de son cœur. Et la liste, disponible sous différentes formes, est interminable.

Au-delà du jugement moral d'une société française qui se replie sur elle-même, cette nécessité d'être aimée, sans répit, fait surtout l'effet d'une valse qui tourbillonne autour d'un grand vide. Meg connaît le rythme de l'amour qui enflamme et, comme un feu, s'épuise un peu, et couve jusqu'aux cendres. Elle en garde l'arrière-goût, cette poussière du sentiment décomposé qu'elle reconnaît dès qu'il pointe. Félix avait, lui, cet atout du cœur : la revoir chaque jour comme une première fois, l'amener doucement vers lui et la traiter comme une porcelaine, avec autant de précautions. Ah ! les précautions !

Borderel, son dernier amant en date, l'ignore, il ne répond plus au téléphone, Meg insiste. Elle est malade. Son corps se vide. Adolphe est parti, il l'a laissée, et a emporté sa mère dans sa chute. Qui dira combien de fois elle a revu le film de cette dernière journée et essayé de trouver la faille qui les a engloutis dans l'horreur de cette nuit-là ?

Meg est tirée à hue et à dia par les révélations successives de la presse. Le lundi 1er juin, tous les quotidiens s'emparent du drame. Dans *Le Matin,* sous un gros titre en Une, « Nuit d'épouvante, de crime et de mystère », une photographie de la maison et un plan du premier étage avec l'emplacement des cadavres. Le journal jette d'emblée des doutes sur l'issue des investigations policières : « L'enquête réussira-t-elle à nous fixer avant longtemps ? Problème ! » Le journaliste, qui ne signe pas, interroge Meg. Elle précise que ses trois agresseurs obéissaient à une femme rousse, qu'il lui semble avoir reconnu un modèle qui a posé pour Adolphe, et qu'elle a reçu des malfaiteurs des coups de pied sur le ventre et de poing au visage.

Les premières constatations démontrent qu'il ne fallait pas de clé pour entrer dans la maison, la serrure étant banale et la porte rarement fermée. Quant à Octave Hamard, il ne se fait apparemment pas prier pour parler au journaliste qui le cite :

« Le chef de la Sûreté, que nous avons trouvé hier soir dans son cabinet, a pris tout de suite les devants. C'est à peine si nous avons eu besoin de lui poser quelques questions : "Certains de vos confrères, nous a-t-il dit, ont cru voir dans ce double assassinat, dans cette tentative d'assassinat, un crime politique, en ce sens que le peintre Steinheil, ami intime du regretté Félix Faure, possédait sur ce dernier des lettres compromettantes. Erreur profonde. D'autres prétendent que M. Steinheil et sa belle-mère ont été tués par quelque membre de la famille tombé dans la misère. Erreur encore. Mon impression personnelle est que ce forfait a été commis par quelque ancien modèle du peintre. C'est ce que j'appellerai un crime crapuleux[150]." »

Crime plus qu'assassinat, la thèse officielle est celle d'un cambriolage qui a mal tourné – butin escompté : l'argent de l'exposition, des bijoux et cadeaux de Félix Faure. Des rôdeurs ont été vus impasse Ronsin, à plusieurs reprises. La piste est solide et l'hypothèse se tient : les époux Steinheil devaient être ce soir-là à la campagne, les voleurs auraient été surpris, et la scène a tourné au drame.

Un accident de parcours qui n'aurait rien à voir avec la présence des documents. Ils en intéressent pourtant plus d'un : l'Allemand au portrait du président Fallières, Balincourt, les hommes de la police secrète russe, sans oublier les agents de la Sûreté parisienne. Balincourt est le seul à croiser les deux mobiles : c'est un cambrioleur, en cheville avec des truands impitoyables, et il sait mieux que personne ce qu'il en est des documents et des perles. Il avait un informateur direct, Adolphe Steinheil en personne. Même Meg en sait moins que lui. Présumé innocent, il ne sera que très rapidement interrogé, malgré son casier judiciaire et ses manigances autour de la villa des Steinheil, malgré sa rencontre prétendument fortuite avec Madame S sur les marches du métro, malgré ses intrusions répétées dans la villa familiale, et en dépit de sa disparition subite.

Dans les jours qui suivent cette nuit terrible de la Pentecôte 1908, Marguerite rassemble les pièces d'un puzzle dont plusieurs sont perdues à jamais. Par la faute d'Adolphe. En colère ou déjà résignée devant cette ultime défaillance du piteux mari, elle se retrouve seule avec Marthe, leur avenir marqué au fer rouge du sang versé. Les perles, son viatique, ont disparu. Il ne reste que ces fameux documents, dont elle a caché les originaux en lieu sûr.

Jusqu'au 10 juin, Meg se repose chez le comte d'Arlon avant de se retirer en convalescence à Bellevue. Dans la presse, son image est alors celle d'une jolie femme malheureuse, dont le passé rappelle le faste de la République de Félix Faure, ce qui fait rêver et imprimer.

L'Aurore dénonce les journalistes peu scrupuleux qui s'érigent en Sherlock Holmes et brouillent les pistes. L'organe de presse de Clemenceau fustige les enquêteurs qui se laissent influencer par les « découvertes » ou les témoins produits chaque jour par la presse à scandale. Victime d'un fait divers, la femme fatale attise la curiosité des rédactions d'abord bienveillantes.

Il ne faut pas vingt-quatre heures au *Matin* pour mettre en doute la version officielle. Au lendemain du crime, il titre en Une : « Le plus horrible des crimes mais surtout le plus étrange », et le quotidien insiste : « Il y a dans le drame de Vaugirard, une prodigieuse incohérence de faits contradictoires. »

Puis Hamard, qui défend l'innocence de Meg, est nommément mis en cause par certains journalistes : « Le chef de la Sûreté soupçonne toujours des modèles… il en tient toujours dur comme fer pour un crime commis par de vulgaires cambrioleurs[151]. »

La presse suit de nouvelles pistes et interroge des témoins, trop nombreux pour être crédibles. Les enquêteurs se concentrent encore sur la piste des modèles du peintre assassiné, mais, dès le 1er juin, les mouchards de la police relatent dans leurs rapports les impressions qui circulent : « Dans des milieux très différents, on est sur le point d'accuser l'épouse du peintre. Dans toutes les rédactions, on est convaincu que la femme du peintre joue la comédie et que la Sûreté, partageant cette conviction, a reçu des ordres afin d'étouffer le scandale[152]. »

En épluchant les procès-verbaux, je découvre une curiosité chronologique troublante. Le commissaire Buchotte a informé par télégramme le préfet Lépine et le procureur à 8 heures. Mais, dès 7 h 35 le même préfet de police a déjà prévenu par téléphone Hamard, chef de la Sûreté parisienne : « Le Cabinet nous informe qu'un triple *(sic)* assassinat vient d'être commis 6 *bis*, impasse Ronsin (XVe). Des malfaiteurs se sont introduits dans une villa et ont assassiné le propriétaire, sa femme et blessé très grièvement une troisième personne[153]. »

Comment Lépine a-t-il pu prévenir Hamard vingt-cinq minutes avant que le commissaire du quartier Saint-Lambert ne l'informe de la découverte des crimes ? Le crime crapuleux masque une affaire d'État. Seul Octave Hamard s'obstine à la première version.

La presse s'en donne à cœur joie. Doutes sur la vérité officielle, gloses sur les strangulations, sur les « cordelettes », sur les tampons d'ouate retrouvés dans la gorge de Mme Japy, et dans celle de Meg, sur ses blessures, sur les bijoux volés. Tous les éléments de l'enquête sont soumis à d'interminables commentaires. Dans l'imbroglio des révélations qui noircissent les colonnes des journaux, il y a trop de pistes, trop de suspects et trop d'enquêteurs, officiels et officieux.

Le 10 juin, un rapport de la préfecture de Police signale que Léon Bailby, qui a racheté *L'Intransigeant* à Henri Rochefort, répand partout que M. Hamard aurait arrêté, depuis plusieurs jours, l'un des auteurs de l'assassinat du peintre et que cette arrestation serait tenue secrète, car des raisons politiques empêcheraient le gouvernement de faire connaître la vérité.

Trois jours plus tard, *La Libre Parole* embraye en publiant son hypothèse, reprise en chœur par toute la presse réactionnaire : le vol des 7000 francs est un leurre. Ce sont les papiers concernant la mort de Félix Faure et les événements qui l'ont précédée (entendez l'affaire Dreyfus) qui constituent le véritable mobile. *L'Action française,* qui a vu le jour en mars, s'empare, elle aussi, de l'affaire Steinheil, une occasion inespérée de distiller dans l'opinion publique l'antisémitisme viscéral de son fondateur, Charles Maurras. Léon Daudet écrit que « s'il avait un premier tuyau sur l'affaire Steinheil, il trouverait 50000 francs pour aller jusqu'au bout avec des policiers professionnels[154] ». Traduction : Hamard et la Sûreté sont des amateurs ou des vendus !

Pour toutes les feuilles extrémistes, ce crime en plein Paris est une aubaine. Il permet d'agiter en sous-main les sirènes de l'insécurité, et cautionne les graveleuses allusions qui, sous couvert de gaudriole, discréditent la République, celle-là même qui a gracié le Juif Dreyfus. On pourrait croire qu'à ce moment précis l'affaire Dreyfus est réglée. Cinq jours après le crime de l'impasse Ronsin, l'actualité démontre à quel point il n'en est rien.

Le jeudi 4 juin 1908, lors de la cérémonie du transfert des cendres de Zola au Panthéon, un certain Grégori, journaliste de la presse militaire, sort un pistolet et tire deux fois sur Alfred Dreyfus venu rendre hommage à son courageux défenseur. Une balle se perd dans le public, l'autre atteint le capitaine au bras[155]. Lépine est livide, Clemenceau furieux. La police a été incapable de maintenir l'ordre et de protéger le capitaine Dreyfus, gracié deux ans plus tôt.

Tout juste nommé président du Conseil par Fallières, le ministre de l'Intérieur Clemenceau veut imposer l'ordre. Depuis deux ans, place Beauvau, il a remplacé le service de renseignements de l'état-major par le SST, Service de surveillance du territoire, rattaché à la Sûreté générale. Face à la montée de la criminalité, de l'antirépublicanisme et d'un antisémitisme qui rassemblent sous une même bannière monarchistes et faux libertaires, Clemenceau a créé en 1907 une véritable police judiciaire, équipée et efficace. Pour pallier le manque de coordination et les carences, pour empiéter aussi sur les plates-bandes de la Sûreté parisienne, le nouveau dispositif se fonde sur une pierre angulaire, les brigades mobiles régionales, qui portent déjà leur surnom, les « brigades du Tigre ».

Sous la houlette du commissaire Célestin Hennion, elles ont pour tâche de poursuivre les criminels sur tout le territoire, avec des moyens de communication modernes, le téléphone, le télégraphe, et leurs célèbres bicyclettes bientôt remplacées par les premières automobiles.

Ces brigades à peine créées auraient-elles joué un rôle dans ce crime crapuleux qui n'en est pas un ? L'idée se tient, et convoque un incontournable homme de l'ombre, l'éminence grise Eugène Étienne, ami intime de Clemenceau[156].

Un journal monarchiste, *Le Soleil*[157], révèle que le matin du 31 mai, Charles Dupuy, dernier président du Conseil sous Félix Faure, se serait rendu chez Clemenceau pour évoquer les circonstances du crime qui eut lieu cette nuit-là. Deux témoignages[158] évoquent également, la veille du crime cette fois, l'intervention directe d'Eugène Étienne : Blaise Autenzio, le modèle préféré d'Adolphe, et Rémy Couillard, son valet confident, auraient affirmé au juge Leydet qu'un visiteur de marque se serait présenté impasse Ronsin, l'après-midi précédant la mort d'Adolphe Steinheil.

Blaise posait dans l'atelier quand Rémy a introduit Eugène Étienne, grand ami de Félix Faure et député d'Oran. Le peintre aurait prié son modèle de l'attendre un instant dans un cabinet attenant à l'atelier, mais, après plus d'une heure, le modèle en petite tenue, frigorifié, aurait risqué une sortie. Approchant de la porte, il entend alors des éclats de voix et se fait rembarrer par le peintre, manifestement courroucé. Rémy va plus loin : il déclare qu'Eugène Étienne ne s'est pas contenté de discuter vivement avec Adolphe Steinheil, mais qu'il est ensuite descendu au salon où une nouvelle dispute l'a opposé cette fois à Mme Japy. Le député, manifestement désappointé, a quitté l'impasse vers 17 heures, sans être apparemment parvenu à ses fins. Quelles fins ? La récupération des documents compromettants ? Ces dépositions ont mystérieusement disparu des dossiers d'instruction.

Si effectivement Eugène Étienne a effectué cette démarche, pour le compte de qui et pourquoi ce jour-là ? Y avait-il urgence ? Sans doute, puisque Meg en témoigne, Adolphe remettait depuis plusieurs semaines, et régulièrement, les documents et les perles à un (ou plusieurs ?) visiteurs. Qu'y avait-il dans ces lettres de si dangereux qu'il faille dépêcher sur place l'ami de feu le Président ? Cette négociation ayant échoué, aura-t-on décidé d'agir, le soir même, par la force ? Si Étienne est bien venu à la villa l'après-midi du 30 mai négocier avec Adolphe la remise des écrits de Félix Faure, et que le peintre n'a rien voulu savoir, Clemenceau a pu vouloir agir… par la force et sans tarder, et faire intervenir ses hommes de la brigade mobile le soir même en l'absence annoncée des époux Steinheil. La question prend dès lors une autre tournure : bavure policière ou intervention qui aurait mal tourné, parce que d'autres, des bandits à la Balincourt, étaient déjà sur le coup ? Dupuy, Clemenceau, Étienne : il ne manque plus que Briand. Pour l'instant, il fait le gros dos. Promu depuis janvier ministre de la Justice, il est pourtant *de facto* aux premières loges.

*

Quelques jours après le crime de l'impasse Ronsin, un portrait de Meg est publié en Une du *Matin*. Ses doux traits font face à ceux, plus virils, du roi d'Angleterre Édouard VII accueilli en Russie par le tsar Nicolas II. À chacun son actualité. Nul doute que la survivante goûte sa proximité sur papier journal avec ces deux monarques qu'elle a bien connus et qui semblent si loin aujourd'hui.

Le journaliste Gustave Téry publie le 11 juin, toujours dans *Le Matin*, une interview de Meg qu'il introduit par ces lignes :

« Où donc ai-je vu déjà cette figure grave et charmante ? L'admirable tête pâle, qui repose là sur cet oreiller, le front ceint d'un large bandeau blanc, enveloppée d'un fichu noir aux plis sévères et purs, n'est-ce pas une de ces têtes de madones, qu'Andréa del Sarto peignait avec une amoureuse ferveur, et dont les traits nobles respirent tout ensemble la grâce et la gravité, la douceur et l'énergie ? »

S'ensuivent des questions-réponses sur l'heure du crime, la pendule arrêtée à minuit, l'absence de traces de pas sur les tapis alors qu'il a tellement plu cette nuit-là, la corde et les blouses noires, les papiers… Quels papiers ? demande l'ingénue qui se rebelle contre cette allusion « absurde » avant de montrer quelques signes de faiblesse qui donnent au rédacteur l'occasion de sa chute : « C'est ce mot, ce simple mot que je voudrais redire ici à tous ceux qui s'acharnent encore sur cette pitoyable femme et fouillent son cœur meurtri pour y découvrir je ne sais quels inavouables secrets : Laissez-la dormir… et tâcher d'oublier. »

Cela n'empêchera pas Téry de revenir avec insistance dans les numéros suivants sur les impasses de l'enquête. Agrégé de philosophie, auteur de comédies en vogue, le journaliste de trente-huit ans est réputé d'extrême gauche. Sauf qu'il est subventionné en sous-main par le duc d'Orléans. Téry chasse pour *Le Matin* et pour son directeur. Leur cible ? Le ministre Joseph Chaumié dont Téry guette le moindre faux pas pour le faire chanter et tomber. Attaqué en diffamation, Téry se brouille à jamais avec Briand qui refuse d'intervenir en sa faveur[159].

Autre pièce maîtresse sur l'échiquier de cette presse qui s'empare de l'affaire Steinheil, le compère de Téry, Urbain Gohier, journaliste de talent, qui a connu Clemenceau à *L'Aurore,* mais se dit « monarcho-syndicaliste ». Politiquement ambivalent, dreyfusard, ami de Zola puis éditeur résolument antisémite[160].

En 1904, Gohier a créé, avec Téry, *L'Œuvre,* une feuille mensuelle anticonformiste, comme lui nettement antisémite, naviguant entre anarchie et nationalisme. On y trouve de grandes signatures, comme celle de Robert de Jouvenel[161], mais aussi de Séverine !

Son ami Gohier, contempteur de l'armée et du monarchisme, farouche adversaire de Jaurès, est, en 1908, l'inspirateur de tout ce qui se fait au *Matin.* Et dans l'affaire Steinheil, c'est précisément ce quotidien qui va mener la danse. Il lui faudra pourtant compter avec un chef d'orchestre de taille : un homme qui a fait ses classes en journalisme et sait comment certains tirent les ficelles, surtout depuis qu'il a gravi les échelons, jusqu'à se retrouver à la tête du gouvernement… Celui qui gagnera son surnom grâce à ses coups de griffe, ministre de l'Intérieur devenu président du Conseil, Georges Clemenceau dit le Tigre.

Depuis le 25 octobre 1906, Briand a rejoint l'attelage républicain dirigé par Clemenceau. Ce ministère le plus long de la IIIe République est aussi le plus remarquable, mais il est confronté à deux défis de taille : le déclenchement de grandes grèves d'abord. Pendant plus de deux ans, d'énormes manifestations agitent le pays. Clemenceau, ancien défenseur des communards, se retrouve de l'autre côté des barricades. À Draveil, en août 1908, l'affaire tourne très mal : quand la foule se dissipe, les cadavres d'un jeune homme et d'un père de famille restent au sol. Ensuite, il y a l'affaire marocaine. En mars 1907, le docteur Mauchamp, directeur du dispensaire de Marrakech, est assassiné. Dix jours plus tard, Lyautey et ses troupes envoyées par la France occupent Oujda : la question marocaine revient sur le devant de la scène internationale. Elle divise la France et hérisse l'Allemagne, dans ses prétentions marocaines.

Comme Clemenceau, Eugène Étienne, incontournable dès qu'on parle du Maroc, le sait : en dépit de ses gages de bonne volonté, l'Allemagne veut la guerre, quel qu'en soit le motif. Six ans avant le premier conflit mondial, il le dit sans ambages : « Je crois à la guerre, je la regarde comme inévitable[162]. » Une guerre que tout le monde pressent, au moment du crime de l'impasse Ronsin, mais que personne, en vérité, ne redoute vraiment.

Aussi démesuré que cela puisse paraître, tous les regards sont tournés, en France, en Europe et même outre-Atlantique, vers ce crime mystérieux dont les rebondissements ne cessent d'alimenter les conversations des bistrots et des couloirs de la Chambre.

XIII

Sur la piste des lévites

Le 16 juin 1908, quinze jours après la mort d'Adolphe Steinheil et de Mme Japy, les inspecteurs Dechet et Pouce rédigent un rapport sur les investigations à L'Éden. Il en ressort que Frédéric Burlingham, né à Baltimore aux États-Unis, rédacteur au *New York Herald,* s'est présenté le 16 avril chez le costumier Guilbert pour y louer des déguisements destinés au bal des Quat'z'Arts. Ce grand Américain roux vit avec une actrice, Mlle Noretti, dont les cheveux sont teints couleur acajou. Comme leur colocataire Davidson, ils répondent au signalement donné par les membres du personnel du théâtre. En effet, ils se sont trouvés en même temps qu'eux chez le costumier Guilbert, quand ils ont passé commande des manteaux noirs[163].

Le 14 juillet, la Sûreté reçoit une lettre d'Atlantic City dont l'auteur critique un article paru dans *The American Magazine* de New York attribué à Burlingham. Il y accuse Meg d'être un agent de la police secrète parisienne, à l'origine de la mort de Félix Faure et soutient aussi que le peintre Steinheil, Mme Japy et le Président ont été tués ou empoisonnés dans la « maison d'art et d'intrigue » de l'impasse

Ronsin. En conclusion, « la belle Mme Steinheil serait impliquée dans un complot politique[164] ». Pour l'inspecteur Pouce, c'est bien Burlingham qui en est l'auteur ; ce même journaliste qui s'était présenté, en mars, au service de la Sûreté afin d'obtenir des renseignements sur la police française[165].

L'article en question exploite le même fonds de commerce que celui de Léon Daudet[166] : la Sûreté générale ne serait qu'un repaire de bandits à la solde d'un pouvoir occulte et corrompu.

Pouce s'empresse de prévenir Meg du rapprochement possible entre le crime et Burlingham. Sur photo, elle ne peut se décider à le reconnaître formellement comme un des malfaiteurs présents le soir du crime. Le fidèle brigadier lui propose alors de se planquer dans une voiture pour apercevoir le suspect et, qui sait, l'identifier.

Le 15 juillet, Burlingham sort de son domicile vers midi, filé par Meg et Pouce. L'Américain est accompagné d'un homme, la petite trentaine, barbe et cheveux noirs[167]. Une physionomie qui concorde avec la description faite par Rémy de l'homme venu sonner à la porte deux semaines avant le drame. Meg est impressionnée. Serait-on enfin sur une piste ? Elle veut y croire et déclare à l'inspecteur Pouce :

« Depuis le soir du crime dont mon mari et ma mère ont été les victimes et où j'ai failli moi-même trouver la mort, j'ai toujours devant les yeux le tableau que les malfaiteurs avaient su constituer pour commettre leur forfait. J'ai nettement conservé le souvenir de l'expression de la physionomie de ces malfaiteurs. Dans l'homme que vous venez de me fournir l'occasion d'examiner, déjà deux fois, et qui se trouve actuellement devant moi, je reconnais sans hésitation l'homme blond roux qui dans la soirée du 30 mai était dans ma chambre, près de la porte d'entrée, me faisant face, et tenant un revolver braqué sur moi. Je reconnais surtout dans la physionomie de cet homme cet air attristé, inquiet ou bête qui m'a tant frappée dans celle du malfaiteur et qui me semblait être le signe d'une sorte de pitié à mon égard. Malgré les apparences, je ne reconnais pas le compagnon de cet individu comme étant l'un des deux individus, ses complices. Je suis prête à renouveler ma déclaration devant M. le juge d'instruction[168]. »

Va pour Burlingham. Le problème, c'est que l'individu au revolver portait, selon la première déclaration de Meg, barbe et cheveux… noirs ! La coïncidence est cependant troublante : Burlingham, journaliste américain, et son compagnon le sculpteur Davidson, tous deux barbus, ont bien été remarqués avec leur amie aux cheveux rouges par les membres de L'Éden chez le costumier Guilbert le 16 mai, jour de la location des manteaux noirs. La caissière du costumier Guilbert l'a confirmé. Elle décrit cette « rousse » comme assez grande, au visage déparé par une large bouche à la lèvre inférieure proéminente.

La piste se précise. Hamard prend des mesures et ses renseignements. Davidson, outre qu'il habite rue Belloni à deux pas de l'impasse Ronsin, fait l'objet d'un rapport sur l'affaire Steinheil conservé à la direction de la Sûreté générale :

« Davidson est connu dans les milieux d'étudiants et particulièrement d'étudiants des Beaux-Arts : c'est une canaille. Il fut en termes d'amitié avec plusieurs des membres de la bande des faux-monnayeurs du Luxembourg d'il y a deux ans ; dans ce milieu, on dit de lui « qu'il était capable d'avoir fait le coup », mais que si cela était, il a certainement pris toutes les précautions pour ne pas être pris, car il est très fort. Burlingham est connu, encore que moins, dans les mêmes milieux : c'est un bohème et un fort[169]. »

L'inspecteur Pouce se méfie de ces troublantes coïncidences. Il pense aussi que Burlingham ment en prétendant ne rien savoir de l'affaire Steinheil ; il a effectué, fin mai, un voyage en Suisse et dit tout ignorer du crime alors que la presse en parle tous les jours. Sans compter l'article sur l'affaire de l'impasse Ronsin publié dans *The American Magazine* et dont Burlingham serait l'auteur d'après l'informateur de la police.

Dans l'esprit de Marguerite une piste se dessine enfin. Les indices concordent, les témoins sont formels. Mais elle est vite déçue : les trois individus ont des alibis. Le soir du 30 mai, l'actrice Noretti poussait la chansonnette dans une opérette à Londres, Davidson était en compagnie d'autres artistes, quant à Burlingham, il se promenait bien en Suisse, avec un jeune peintre, le comte de Kerstrat, où tout le monde se souvient de leur accoutrement : ils étaient pieds nus dans leurs sandales avec de grands bâtons de pèlerin.

La piste Burlingham est abandonnée. Meg troublée, contrariée, refuse de donner foi à ces alibis et demande à Hamard de poursuivre la piste.

*

L'été a passé, mais pas l'intérêt du public pour les crimes de l'impasse Ronsin. *L'Action française* parvient à se procurer le dossier d'instruction. Et *L'Écho de Paris* obtient un scoop. Dans ce journal de la droite nationaliste catholique, résolument antidreyfusard et organe officieux de la Ligue de la patrie française, Maurice Barrès côtoie un certain Marcel Hutin, grand reporter, qui prend la direction du journal en 1925. On le considère même comme le père du grand reportage, avant Albert Londres ou Joseph Kessel. Il mourra en camp de concentration, après avoir été arrêté en juillet 1942 pour refus de porter l'étoile jaune.

En bon journaliste, Hutin relance Marguerite Steinheil. Il lui a écrit pendant l'été quand elle se reposait à Bellevue. Il fait une nouvelle tentative en octobre et touche la corde sensible. A-t-elle renoncé à la vérité ? lui demande-t-il. S'est-elle résignée à ce que « l'affaire soit classée, voire étouffée » ? Meg écrit une lettre où elle réitère sa confiance en Hamard, sa volonté de venger ses morts, et résume les humiliations subies depuis le crime :

« Comme vous me le rappelez, on m'a salie de toutes les façons, et, pour me rendre odieuse, plus infâme, on a voulu dire que j'avais sali la mémoire de celui qui n'a jamais failli à l'honneur. Je n'oublierai pas cette lâcheté et vengerai celui qui ne le peut plus lui-même. Oui, monsieur, je cherche nos assassins dans la voie que j'ai toujours signalée à la justice. La scène atroce où me sont apparus ces hommes entièrement vêtus de noir, avec chapeaux à bords larges et fonds hauts, gantés ; toute cette mise en scène évidemment préméditée sera toujours présente à ma mémoire. Ces hommes portaient des lévites noires boutonnées de haut en bas... Voilà une chose bien précise... Or, le 2 juin, deux jours après l'assassinat – le saviez-vous ? – un employé du métropolitain de la station de Villiers découvrait, déchirée, une carte d'invitation à l'exposition de mon mari. Cette carte elle-même en renfermait une autre sur laquelle se trouvaient trois adresses. L'une de ces adresses a guidé la Sûreté vers un costumier de théâtre. Là, on a appris que trois lévites avaient disparu du théâtre auquel elles étaient destinées, entre cinq et six heures, le jour même du crime. La caisse qui les contenait avait été bouleversée, et, au lieu des lévites, on n'y avait retrouvé que les trois chapeaux, qui, seuls, sont rentrés chez le costumier. C'est dans cette voie, je l'espère, qu'il sera possible de trouver des indications intéressantes. Pour moi, la vérité est là : des gens qui n'étaient certainement pas français ; dont l'un, le brun, celui qui était à côté de moi, celui qui m'a demandé où était l'argent, avait un fort accent étranger (j'ai toujours insisté sur ce point), ont pu seuls ordonner, ourdir une telle machination.

Je n'oublierai jamais le calvaire que j'ai dû subir à Boulogne, où j'ai été transportée parce que M. Leydet ne pouvait pas instrumenter à Bellevue, qui est en Seine-et-Oise. Là, saine d'esprit enfin, j'ai dû subir les interrogatoires les plus surprenants sur moi, sur mon mari, sur ma famille... Sans la tendresse de ma fille, je n'aurais pu survivre à de tels événements.

L'assurance de la justice s'obstinant à trouver nos assassins, le dévouement inaltérable que j'ai rencontré chez M. Hamard et chez tous ses subordonnés m'ont fait voir que, si j'avais des ennemis parmi les indifférents, ceux du moins qui avaient fouillé de toute façon dans nos vies – si vous saviez Monsieur tout ce qu'on m'a demandé –, ceux qui avaient le droit et le devoir de lire entièrement dans la mienne, ceux-là du moins pouvaient en toute conscience sentir qu'il n'y avait en moi qu'une veuve et qu'une fille éprouvée au-delà de toute expression, et prête à tout pour venger ceux qu'elle a perdus. »

Conclusion de Marcel Hutin : « Donc, l'affaire n'est pas étouffée. Mme Steinheil la suit avec l'âpre désir de trouver les coupables. La piste qu'elle indique mettra-t-elle la Sûreté et son chef sur la voie des assassins de sa mère et de son mari ? Songez que cinq mois se sont écoulés, exactement ce soir, depuis le crime[170] ! »

L'échange a l'air courtois, mais la menace sourd entre les lignes : si Meg ne cherche plus la vérité, c'est qu'elle la connaît sans la dire. Et, ce faisant, se retrouve en position de complice d'un crime, au moins par omission. Sa réponse au journaliste a le mérite de limiter le champ des investigations et Hutin ne s'y trompe pas. C'est bien la piste des robes noires dérobées au théâtre qui serait la plus sérieuse.

La presse se déchaîne. Le mot « lévite » est répété à l'envi. Étymologiquement, un lévite, c'est un membre de la tribu de Lévi, voué au service du temple de Jérusalem. Au XIXe siècle, ce n'est qu'une longue redingote. Après *L'Écho de Paris, Le Matin* embraye : « Sur la piste. La veuve tragique a une certitude : que devinrent les trois lévites[171] ? » Ce ne sont pas les détails publiés qui apporteront des réponses : à côté d'un article stupide sur les chapeaux juifs, la troupe du théâtre est photographiée au grand complet. Cette plongée inutile mais pittoresque dans le monde juif à Paris alimente surtout les curiosités sur l'étrangeté de ces « porteurs de lévites ». Ces longs costumes noirs seraient-ils nés d'une fantasmagorie, d'une illusion venue du cauchemar de la nuit du crime, se demande le journaliste ?

Le lendemain, *La Libre Parole* titre : « L'autre piste : le Juif chic commensal des Princesses ». Les intertitres de l'article sont à l'avenant : « Attitude étrange de la Justice et de la Sûreté... », « Taisez-vous, ou ce peut être la guerre entre la France et l'Allemagne »[172].

Le Petit Journal poursuit le travail, le 5 novembre : « Un coin du voile se déchire ». Un anonyme, présenté comme inspecteur de la Sûreté, publie « Une lettre édifiante ». Selon lui, on ne retrouvera jamais les assassins de la famille Steinheil parce que la piste mène à L'Éden, « à ce monde cosmopolite de Juifs polonais, serbes, roumains, russes qui, surtout depuis la révolution russe [de 1905], est venu se réfugier à Paris », une « population à part ». Les fameuses lévites ont été volées dans ce théâtre, fréquenté exclusivement par des Juifs, « ce sont celles-là qu'ont revêtues les assassins, ainsi que le révèle l'adresse du costumier qui les a fournies, inscrite sur l'invitation à l'exposition du peintre Steinheil trouvée à la gare du métropolitain de Villiers ».

Et voilà le travail ! Le nœud de l'affaire, l'origine de la machination, l'endroit secret où on pourrait découvrir les assassins :

« Nul Parisien n'y pénètre ; il a sa langue à part, l'hébreu mêlé de dialectes slaves que nous ne pouvons entendre. Il a sa hiérarchie, ses goûts, ses mœurs spéciales. Il y a dans ce monde de réfugiés beaucoup de malfaiteurs, cambrioleurs, perceurs de murailles, et qui ne reculent pas, quand la nécessité s'impose, à recourir au crime. Nous n'avions pas prévu une chose : c'est que dans ce monde-là on est solidaire les uns des autres ; c'est qu'on ne vend pas son compatriote, même coupable, pour le remettre à la justice du pays où on a cherché refuge. Celui qui aurait « trahi » ainsi en faisant part de ses soupçons à la police, celui-là eût été un traître que ses coreligionnaires eussent immédiatement supprimé. »

L'affaire Steinheil devient un crime juif.

Dans un article titré « Le mystère de l'affaire Steinheil » publié dans *La Libre Parole*, Édouard Drumont martèle : « Les événements sont encore plus antisémites que moi [...] Les Juifs ont conquis le monde par cette névrose qui les empêche d'apercevoir l'énormité de ce qu'ils osent et qui fait d'eux des aliénés, dans le sens étymologique du mot : *alienus*, étranger, au milieu des peuples parmi lesquels ils vivent et dont ils foulent aux pieds avec une sorte d'inconscience les traditions et les croyances[173]. »

Le fin mot de l'histoire, selon Drumont et Daudet, c'est qu'il s'agit d'un crime politique, maquillé pour éviter des révélations sur Félix Faure et l'affaire Dreyfus, un crime dont Meg est forcément complice. Le fils du grand écrivain provençal persiste et signe : la piste des lévites est une mise en scène grotesque. La Sûreté sait mais ne dit rien. Raison pour laquelle elle donne foi aux alibis de la bande à Burlingham afin d'enterrer l'affaire[174]. *L'Action française* conclut : « Par ordre supérieur, on veut nous empêcher d'y voir clair ! » L'ordre supérieur, en l'occurrence, ne peut venir que du chef direct d'Octave Hamard, Georges Clemenceau en personne. Daudet sait à qui il s'attaque, et il sait surtout pourquoi. Ni la vie ni la réputation de Meg ne font le poids face aux desseins de celui qui veut la fin de la République. Tout fait farine au moulin pour broyer la veuve dans la grande mécanique des enjeux politiques.

Le lendemain de la parution de l'article, le 7 novembre, Meg débarque à *L'Action française* avec l'intention de gifler Léon Daudet ! Deux rédacteurs la retiennent, le temps qu'il file à l'anglaise.

Le même jour, Meg se constitue partie civile. C'est un de ses amis, l'avocat Antony Aubin, qui porte le recours. L'objectif est d'avoir accès au dossier d'instruction. Refus du juge Leydet : aux termes de la loi, cette communication n'est faite que lorsque l'assassin est arrêté. Leydet, qui a pourtant toujours eu un faible pour Meg, ne cédera pas. Il n'a que modérément apprécié sa sortie dans *L'Écho de Paris,* et le lui dit : « C'est un affront que vous faites à la Justice. »

Qu'importe, Meg veut savoir. Elle se fait un devoir de collaborer à l'instruction et recrute l'ancien chef de la Sûreté, Marie-François Goron[175]. Une pointure ! Détective de talent, prédécesseur d'Octave Hamard à la Sûreté, Goron a mené toutes les enquêtes célèbres de l'époque : Panama, le scandale des décorations ou les attentats anarchistes qui ont ensanglanté Paris quinze ans plus tôt. Goron est aussi un écrivain prolixe. Mais sous sa plume, pas un mot de l'affaire Steinheil. Seule trace de son intervention, quelques propos rapportés :

J'ai mes idées sur le crime et je vais vous les exposer. L'affaire est claire. Ce n'est pas un « crime crapuleux ». La piste Burlingham ?... Idiot. L'affaire est plus grave. Il y a, je pense, une corrélation très étroite entre le double assassinat et les relations que vous avez eues jadis avec Félix Faure. Certaines personnes ont dû être intéressées par la possession des documents conservés par vous. Pour les obtenir, elles ont donc acquis des intelligences dans la maison – peut-être même la complicité d'un domestique – et, supposant l'hôtel inoccupé la veille de la Pentecôte, elles s'y seront introduites le 30 mai[176].

Goron conseille ensuite à Meg de voyager, de laisser à la justice le soin de démêler l'écheveau, sans chercher à intervenir elle-même. L'hypothèse de Goron confirme ce que Meg soupçonne. L'idée d'un complice qui aurait agi de l'intérieur de sa maison la met hors d'elle, elle n'accepte pas que Rémy, son seul domestique, ait pu la tromper. Nous sommes le 20 novembre. Goron, celui qui pouvait enfin l'aider, lui suggère d'abandonner. Meg est désespérée.

Rentrée chez elle, elle trouve un jeune reporter de *Paris-Journal* faisant le pied de grue devant sa porte. Depuis qu'elle a quitté Goron, une rage d'impuissance lui tourne les sangs. Dubot en profite pour la faire parler. Il lui tend une oreille compatissante, puis promet de revenir pour l'aider à confondre son valet et court chez celui auquel il donne ses bons tuyaux contre rétribution, Georges Poidebard de Labruyère.

*

Le 21 novembre 1908, Rémy Couillard, le valet de chambre de la famille Steinheil, est emmené à la Sûreté à la disposition du juge Leydet. Que lui reproche-t-on ? D'avoir volé une lettre que Marthe, la fille de Meg, lui avait confiée, et d'avoir également subtilisé une perle retrouvée dans son portefeuille.

La presse titre sur l'imagination démoniaque de la veuve tragique[177]. Celle qu'on soupçonne depuis le début d'être une manipulatrice hystérique montrerait enfin son vrai visage, une femme retorse, capable du pire. Acculée, salie, Marguerite Steinheil ne répond pas à ces accusations. Elle ne peut avouer qu'elle s'est laissé berner par Labruyère, l'amant de Séverine, et son comparse.

Le même 21 novembre, à l'instigation de Dubot et Labruyère, une mise en scène est imaginée impasse Ronsin pour confondre le domestique de Meg. Il doit dire tout ce qu'il sait. Il est, avec elle, le seul survivant de la nuit des meurtres et le seul à avoir vu l'homme qui, *incognito,* rencontrait Adolphe Steinheil en l'absence de Meg.

Un homme, Édouard Chabrier, parent éloigné d'Adolphe Steinheil (il est le fils de sa cousine germaine) prend les choses en mains. Il propose à Meg de convoquer son valet et de le confondre en présence de témoins. La scène est détaillée dans *L'Aurore* par un protagoniste anonyme :

« Jeudi dernier, dans l'après-midi, Mme Steinheil voulut avoir l'adresse exacte qu'elle avait oubliée des parents de Rémy Couillard. Mariette lui dit que dans le portefeuille du jeune homme elle trouverait ce renseignement. Le portefeuille fut pris dans la poche du pardessus et la première chose que l'on aperçut fut la lettre encadrée de noir écrite par Mlle Marthe à son fiancé quinze jours avant.

La découverte était intéressante. Il fut décidé qu'on en parlerait à M. Hamard. Chabrier, tout à son affaire, se rend donc au quai des Orfèvres. Le chef de la Sûreté lui répond simplement qu'il faut en aviser Leydet. Mis au courant de ce qui venait de se passer, nous nous décidâmes à agir vis-à-vis de Couillard, mais l'expérience *(sic)* fut remise au lendemain. Vendredi, le domestique fut amené dans la salle à manger, où, en présence des personnes dont Mlle Marthe vous a donné les noms, Mme Steinheil, usant d'un stratagème *que je lui avais suggéré* [c'est moi qui souligne], lui dit :

“Rémy, j'ai trouvé pour vous une place de chauffeur, l'accepteriez-vous ?

— Certainement Madame.

— Vous savez conduire ?

— Oh, oui, j'ai conduit chez Westinghouse des 24 et 60 chevaux.

— Vous avez un brevet de chauffeur, des papiers ?

— Oui.

— Où sont-ils ?

— Dans mon portefeuille."

Mlle Marthe alla chercher le fameux portefeuille qui fut ouvert.

La feuille de papier de la lettre au fiancé avait été trouvée sortie de l'enveloppe ; on l'avait replacée comme elle était avant, un coin dépassant de la pochette.

"Tiens, dit Mme Steinheil en montrant la bordure de deuil que l'on apercevait, vous avez donc perdu quelqu'un dans votre famille ?"

Le jeune homme pâlit.

"Mais c'est notre papier, ajouta la veuve du peintre."

On fouilla plus avant, on trouva l'enveloppe dont le cachet de cire noire avait été brisé.

"Qu'est-ce que cela signifie ? demanda-t-on. Pourquoi avoir agi ainsi ?

Rémy Couillard fit cette seule réponse :

— Puisque je suis pris, je ne parlerai que devant M. Leydet et devant M. Hamard."

Était-ce un aveu ?

Le commissaire de police du quartier fut aussitôt informé et on lui demanda d'envoyer des agents pour garder la maison. M. Chabrier se rendit à la Sûreté. M. Hamard déclara encore qu'il fallait en référer à M. Leydet.

Pendant ce temps, Rémy Couillard avait pris son manteau et se disposait à sortir ; je le priai de rester. On reprit le portefeuille, on le renversa. Alors tomba sur la table un petit paquet. C'était une perle de forme ovoïde percée de deux trous, que Mme Steinheil reconnut formellement pour avoir été arrachée à une des bagues qui lui avaient été volées.

Pendant qu'il se trouvait avec moi dans la salle à manger, le domestique demanda à écrire. On lui donna du papier et de l'encre. Il fit une lettre sur laquelle je pus lire ces mots : « Ma chère mère, j'ai le regret de t'annoncer que... »

Lorsque cette lettre fut terminée, je lui dis :

"Puisque vous lisez les lettres des autres, vous permettez que je lise la vôtre."

Et je m'avançai pour la saisir. L'enveloppe seule me resta entre les mains.

M. Chabrier étant rentré sur ces entrefaites et nous ayant fait connaître la réponse du chef de la Sûreté, il n'y avait qu'à laisser partir Couillard qui s'éloigna sans en demander davantage, pour être arrêté à dix heures et demie, après une plainte formelle de Mme Steinheil, au moment où il rentrait chez sa tante.

Avant de terminer, il y a lieu de noter un détail assez curieux : on a parlé d'un étranger qui vint souvent, dix fois peut-être, chez M. Steinheil pour un portrait et à chaque visite Rémy Couillard le reçut et l'annonça à son maître ; il a été impossible de lui faire dire le nom de cet individu[178]. »

Dans *L'Humanité*[179], Poidebard de Labruyère est clairement mis en cause : « Acte abominable ! Un journaliste du *Matin* est le « metteur en scène » de cette incursion scandaleuse, illégale, dont les mains douteuses ont tripatouillé le portefeuille de Couillard qui, s'il est innocent, sera victime du plus abominable des complots. »

Le 21 novembre, le juge Leydet a entendu le journaliste du *Matin,* cinquante et un ans, demeurant à Pierrefonds et à Paris, 27, rue Le Peletier. La déposition de Labruyère est édifiante ; c'est bien lui et personne d'autre, qui a « découvert » la perle dans le portefeuille de Rémy[180].

Avant de se retirer, Labruyère précise au juge : « Je tiens à vous déclarer que dans toute cette affaire je me suis placé sur un terrain purement professionnel guidé par l'unique pensée de renseigner le public. »

Les conséquences de ce petit jeu sont énormes : Rémy est arrêté, malgré ses cris répétés : « Je suis t'innocent ! Je suis t'innocent ! »

Dans cet écheveau de mauvaises intentions et de faux-semblants, Meg s'accroche à un espoir pourtant déjà déçu qui signera sa perte. Elle s'en explique, ce qui n'excuse rien :

Tant de pistes avaient été suivies et tant de pistes avaient été abandonnées que je me cramponnais désespérément à celle-ci. Oui, Couillard savait quelque chose et il faudrait qu'il le dise, à tout prix, et qu'on sache enfin la vérité. Et puis ce serait fini. Nous recommencerions à vivre, Marthe et moi… Je n'avais plus d'amis. Ma fille était aussi souffrante que moi et avait de longues crises de larmes. Elle avait perdu son père, sa grand-mère, son fiancé… Et la maison était si triste, si inhospitalière. L'hiver était venu. Le vent sifflait, il faisait froid, il pleuvait… Encore un effort et ce serait fini. J'aurais droit au repos, au calme… Oui, Couillard était le coupable. Sûrement, c'était lui, ça ne pouvait être que lui. Il avait fait entrer les assassins… J'avais le portefeuille de Couillard à ma disposition. Je pris dans un tiroir une perle qui venait de ma bague art nouveau, je l'enveloppai dans du papier de soie et glissai le tout dans le portefeuille. Maintenant, me disais-je, on sera bien forcé de l'arrêter. Il aura peur, s'il sait quelque chose sur le crime. Il avouera. S'il est innocent, je dirai à mon ami M. Leydet que c'est moi qui ai mis la perle dans le portefeuille et y expliquerai dans quel but. Le soir même Couillard était arrêté.

Malgré la confusion de mes pensées, je compris jusqu'à un certain point, pendant la nuit, la gravité de ce que j'avais fait. Quoique je fus bien décidée à dire que j'avais moi-même mis la perle dans le portefeuille aussitôt que Couillard aurait parlé. Le lendemain donc, je me rendis à la Sûreté et me fis accompagner par un agent de la rue de La Boétie. Ce fut l'inspecteur Dechet qui vint avec moi, et, ensemble, nous allâmes chez M. Gaillard, le bijoutier qui avait fait la bague… Je savais maintenant que je pouvais prouver quand je voudrais que la perle n'avait pas pu être volée la nuit du crime, puisque M. Gaillard pouvait l'identifier, et M. Souloy déclarer qu'il l'avait eue en mains au mois de juin. Je n'avais plus qu'à attendre que Couillard fasse des aveux… et j'étais convaincue qu'il en ferait[181].

Mais pourquoi s'accuse-t-elle seule de cette machination ? Pourquoi ne cite-t-elle pas ceux qui l'ont mise en scène, Chabrier ainsi que les journalistes Dubot, Barby et Labruyère ? Meg ne mesure pas la portée de son acte, car autre chose est en jeu qu'elle ignore : le lynchage médiatique d'Octave Hamard pour forcer sa démission en tant que chef de la Sûreté.

Les rapports de police en font état : « Si l'accusation contre le domestique peut être maintenue, le chef de la Sûreté y perdra toute son autorité. Une campagne rageuse s'organise contre M. Hamard qui méprise trop, paraît-il, les représentants de la presse. Cette campagne aurait pour but de le faire « sauter », selon les propres mots de Bailby, directeur de *L'Intransigeant*[182]. »

Clemenceau, le patron de Hamard, fulmine, comme le prouve un rapport de police :

« À la présidence du Conseil, on est furieux contre les journalistes, à propos de l'affaire Steinheil. On assure que M. Clemenceau a exprimé en termes très vifs son mécontentement et que si des poursuites sont engagées contre Labruyère il n'interviendra en aucune façon pour protéger les journalistes officieux qui seront poursuivis avec lui. [...] L'opinion générale est que Hamard y perdra de toute façon, même s'il est admis qu'il « a eu une attitude si habile, si digne, si correcte, qu'elle a été beaucoup appréciée ». À tel point que dans certains journaux, pas au *Matin* bien entendu, on souhaiterait que le chef de la Sûreté prît quelque offensive envers les gens qui, dans un but trop visible de réclame, lui poussent l'épée dans les reins. L'attitude des gens du *Matin,* que l'on soupçonne d'avoir commis des vilenies, écœure tout le monde, et on a entendu dire au journal *Le Temps,* par le chef des informations de ce grand organe, qu'il faudrait bien trouver le moyen de réduire au silence les gens du *Matin,* "qui marchent sur les instructions de cette canaille de Poidebard"[183] ! »

*

Meg, dupe de Poidebard de Labruyère, s'enfonce. Deux jours après l'arrestation de Rémy, en pleine nuit, elle entend que Mariette et son fils Alexandre montent au grenier. Dissimulée sous la cage d'escalier, elle surprend un étrange conciliabule.

« Je te dis qu'il en manque trois », susurre Alexandre à sa mère qui répond : « Je n'y puis rien ! » Et Wolff reprend : « Maintenant qu'il est enfermé, nous ne pourrons rien savoir. Ah ! pourquoi s'est-elle occupée de tout ça ? On était si tranquille. Elle ne pouvait donc pas se taire[184] *! »*

Meg les entend ensuite descendre à la cave, puis Wolff s'en va par le jardin. Elle intercepte alors Mariette et l'interroge : « *Ce que j'ai fait avec Alexandre ? Ce n'est pas votre affaire. Je suis bien libre de faire ce que je veux. J'ai des affaires à moi au grenier... Laissez-moi tranquille. Je ne suis pas d'humeur à vous donner des explications*[185]. »

En entendant le ton de Mariette, Meg songe à en parler dès le lendemain à Hamard. Mais la nuit est longue, trop longue. Les derniers événements se bousculent dans sa tête, elle se souvient de quelques mots de Rémy à propos du crime, qui résonnent comme une confirmation : « Alexandre en sait plus que moi. » Si même Mariette n'est plus digne de confiance, vers qui se tourner, sinon Hamard ?

Au lever du jour, flanqué d'une troupe d'agents, il perquisitionne à nouveau le 6 *bis*, impasse Ronsin, de la cave au grenier. Ils ne trouvent rien. Meg veut qu'ils trouvent quelque chose, qu'ils fassent parler ceux qui « en savent plus qu'elle ». Alors, pour forcer le destin, elle a comme elle l'écrit « une mauvaise inspiration ». Elle prend un petit diamant qu'elle remonte au grenier pour le jeter dans un recoin poussiéreux. Au bout d'un moment, elle attire l'attention des policiers sur le petit brillant... Muni de la trouvaille, à laquelle il n'attache pourtant pas grande importance, Hamard quitte la maison avec ses subordonnés. Le 6 *bis* est envahi par la presse aux aguets. La valse recommence pendant que Meg, épuisée, se terre dans sa chambre, attendant qu'enfin la lumière se lève et que Couillard dise ce qu'il sait !

Une confrontation va avoir lieu.

Pour elle, c'est le rendez-vous de la dernière chance.

XIV

La chute

LE 25 NOVEMBRE, Meg est priée de se rendre à la Sûreté pour une double confrontation. Elle doit faire le point sur l'affaire de la perle face à Rémy et face à son bijoutier, M. Souloy. Meg est stupéfaite. Pourquoi le bijoutier a-t-il révélé, avant que Couillard ne dise ce qu'il sait sur le crime, que cette pierre a été dessertie par lui ? *Ma conscience, madame,* répond Souloy[186].

Leydet essaie bien de trouver une explication, de suggérer à Meg qu'il y avait deux bagues, l'une volée la nuit du crime, et l'autre, dessertie par Souloy. Il sait que cette pratique est courante : les somptueux cadeaux de Faure à Meg étaient systématiquement copiés, pour que les vrais bijoux passent pour des faux.

Meg refuse la main tendue de Leydet : « J'aurais pu répondre simplement par le mot oui, écrit-elle, et Couillard était perdu, mais bien que tout fût troublé dans ma tête, je vis heureusement le crime que je commettrais en répondant affirmativement, et je répondis : “Non, je n'avais qu'une de ces bagues. — Rien qu'une, répéta Leydet, comme pétrifié.

Mais, madame, vous rendez-vous compte de la gravité de ce que vous nous dites ?" »

Peut-être, et peut-être pas. Elle sait qu'elle pourra encore compter, malgré ses désillusions, sur l'amitié indéfectible de Leydet. « Son » juge aurait d'ores et déjà pu délivrer contre elle un mandat de dépôt. Il n'en fait rien. Sans doute l'intervention de Me Aubin fut-elle décisive. Meg ressort libre du Palais de Justice, non sans avoir promis à son avocat d'avoir avec lui, dès le lendemain matin, une sérieuse conversation pour définir sa ligne de défense. Elle voudrait le faire tout de suite, en sortant du tribunal, se libérer de cette tension, mais Antony Aubin n'est pas disponible ce soir-là.

Au contraire des deux journalistes qui attendent Meg devant sa porte. Marcel Hutin et Georges Poidebard de Labruyère n'en ont pas fini avec elle, et cela va durer toute la nuit : *Il faut tout nous dire, sinon vous êtes perdue, vous et votre fille, vous serez arrêtées. L'impasse est envahie. Votre maison est cernée. La foule est là dehors ; on veut mettre le feu à votre maison, on veut vous lyncher*[187] *!*

C'est un fait : l'accusation portée par Meg contre son valet a retourné l'opinion. Dans la perception du public, la veuve éplorée s'est muée en monstre impitoyable, capable d'envoyer un innocent à la guillotine. Meg a des torts, dont le premier, incontestable, a été de manipuler la justice. Mais pourquoi a-t-elle joué ce jeu, comment en est-elle arrivée là, le sait-elle elle-même ? Son obsession – trouver les assassins – l'a-t-elle aveuglée à ce point ? À bout de forces, Marguerite Steinheil fait face aux questions insistantes des deux rédacteurs :

Je me suis rendu compte, depuis, qu'ils me croyaient vraiment coupable à ce moment-là, et qu'ils étaient décidés à m'arracher des aveux avant la Justice. J'étais là devant eux, malade, tremblante, hypnotisée... On pouvait essayer de la douceur, maintenant. Le jouet aurait pu casser ; il ne fallait pas trop tirer sur la corde. Après la note dramatique, la note pathétique :

« Songez à votre pauvre mère, qui est morte. Elle vous appelait, cette nuit-là, elle disait Meg, Meg... Eh bien, Meg, dites-nous tout !

[...]

Il faut nous faire des aveux complets, comprenez bien cela. Et surtout ne répétez pas ce que vous avez dit auparavant. Le public n'en croit pas un mot. Il faut nous dire autre chose, la vérité ! Voyons, qui sont les assassins. Dites-nous des noms ! »

J'en dis un, puis un autre, puis un troisième, celui de Salvator, le modèle de mon mari. Les deux hommes secouaient la tête. Ces noms-là ne feraient pas l'affaire. Alors je pensai à Alexandre Wolff[188].

Les journalistes tiennent leur papier sensationnel, Labruyère pour *Le Matin* du lendemain et Marcel Hutin pour *L'Écho de Paris :* « Hier soir, M. de Labruyère et moi avons poussé Mme Steinheil dans ses derniers retranchements. Je l'ai conjurée de dire la vérité [...] et de soulager entièrement sa consience[189]. »

Meg n'attend pas le matin. Prise de panique, de remords et d'angoisse, elle veut s'échapper. Échapper à ce sort qui s'acharne, aux curieux qui campent tous les jours devant chez elle, à leurs pancartes qui réclament « À mort ! », échapper à de nouveaux malheurs.

À 4 heures du matin, elle n'y tient plus et demande à Chabrier de lui trouver un fiacre. Direction la Sûreté. Tiré du lit, Hamard l'écoute, en silence accuser Alexandre Wolff du crime. À 7 heures, il envoie chercher le fils de Mariette pour le conduire au Palais de Justice. Marguerite ne va pas tarder à l'y rejoindre.

Toute la journée du 26 novembre, alors que l'opinion publique découvre qu'après avoir failli envoyer son valet à l'échafaud la fameuse veuve s'en prend désormais au fils de sa bonne, Meg refuse de se rétracter, malgré l'alibi de Wolff pour la nuit du crime. Me Aubin et le juge Leydet tentent en vain de la faire fléchir, lui demandent de se rétracter de ces accusations fantaisistes. Meg s'obstine : si elle cède, l'affaire sera définitivement étouffée. Ses deux employés de maison doivent absolument dire ce qu'ils savent. Elle n'en démord pas : maintenant qu'ils sont soupçonnés, ils parleront !

Les journalistes, la justice, tout le monde espérait me faire taire et m'intimider en se servant de mon amour pour ma fille ! J'étais indignée, douloureusement. Qu'on m'arrête donc ! Que m'importait ! Tout m'était égal, pourvu qu'on découvre la vérité, qu'on arrête les assassins et que le cauchemar cesse[190].

Il ne fait pourtant que commencer. Couillard et Wolff sont relâchés, et c'est Madame S qu'on emmène le soir même à Saint-Lazare, la prison pour femmes de Paris.

Dans ses manigances, Labruyère n'a pas hésité à se réclamer de Briand[191], ministre de la Justice, qui, dit-il, le soutient dans ses démarches pour faire la lumière sur le crime de l'impasse Ronsin. À la réserve près que les rapports commandés par Briand sont sans appel : le 27 novembre, le procureur général envoie à Briand les précisions demandées après l'incursion de la presse dans la procédure :

« M. de Labruyère du *Matin* et M. Dubot du *Paris-Journal* ont bien en effet, le premier à la date du 20 novembre, et dans les bureaux du *Matin*, le second la veille du même jour, au domicile de Mme Steinheil, manipulé le portefeuille de Rémy Couillard, et en ont examiné le contenu. M. Dubot l'avait reçu de Mariette Wolff qui, avec le consentement de Mme Steinheil, était allée le prendre dans la poche du pardessus de Rémy Couillard. M. de Labruyère paraît l'avoir reçu des mains de M. Chabrier, parent de Mme Steinheil, et l'avoir emporté dans les bureaux du *Matin*, après l'avoir vainement offert à M. le chef de la Sûreté. Les actes accomplis par ces journalistes, surtout ceux de M. de Labruyère, sont extrêmement regrettables. Une semblable immixtion dans les fonctions judiciaires ou de police apparaît comme un moyen de réclame détestable ; elle constitue un véritable abus que le désir d'information, si légitime soit-il chez les journalistes, ne saurait excuser. Elle peut avoir pour effet, d'ailleurs, de jeter la suspicion sur les prétendus résultats auxquels elle aboutit, et d'amener les erreurs les plus fâcheuses. Cette seule considération suffirait à la faire condamner. [...]

Est-ce à dire que leur conduite, *si étrange* [souligné], puisse entraîner une sanction pénale ? Non, évidemment. Sans doute, en principe, il n'apparaît pas qu'ils aient commis un délit. Toutefois, s'il était établi que Mme Steinheil, à la suite de l'incident de la perle découverte dans le portefeuille de Couillard, et des accusations qui l'ont suivie, s'est rendue coupable de dénonciation calomnieuse, la question pourrait se poser de savoir si les journalistes n'ont pas été ses complices. [...] J'ajoute que les observations ci-dessus peuvent s'appliquer aux aveux de Mme Steinheil obtenus par les rédacteurs du *Matin* et de *L'Écho de Paris*[192]. »

Labruyère a fait tomber Meg, c'est entendu, et c'est confirmé par un second rapport que Briand reçoit le 30 novembre. Il y est fait mention de « l'infâme artifice de Mme Steinheil, glissant elle-même la perle dans le portefeuille de Couillard, afin de compromettre ce pauvre jeune homme », le document n'épargne pas l'amant de Séverine. À la question de savoir « pourquoi Mme Steinheil s'est avisée de rouvrir elle-même l'affaire alors que celle-ci allait être classée ou à peu près, et que le public était fait à cette idée qu'on ne saurait jamais le mot de cette énigme », le rapport stipule que les journalistes ont obtenu les aveux de Meg en prétextant la publication de ses Mémoires :

« À *L'Écho de Paris,* on ne voulut rien entendre, malgré l'intérêt de ces Mémoires dans la partie tout au moins relative à Félix Faure, c'eût été trop scandaleux. On était pourtant aguiché par la publication de lettres que Mme Steinheil se disait prête à livrer moyennant espèces. Mais, au *Matin*, ce fut différent : le rédacteur habituel de ces sortes de Mémoires, celui qui rédigea les Mémoires de l'abbé Delarue, de la Merelly, etc., Georges de Labruyère se mit aussitôt, par l'intermédiaire de Marcel Hutin, en relation avec Mme Steinheil. Ce fut la perte de cette dernière, car Labruyère, comme à son habitude, joua double jeu et profita de la situation de confident pour « vider » Mme Steinheil au profit de la Sûreté générale, à cause principalement des papiers de Félix Faure et des notabilités qui pouvaient être mises en cause à un moment. Mise en confiance par quelque argent qui lui fut versé, à valoir sur ses Mémoires, par le *Matin* (argent qui, dit-on, pouvait bien provenir plutôt de la Sûreté générale), Mme Steinheil s'embarqua dans une série d'histoires et de mensonges dont elle ne prévoyait pas du tout les conséquences, convaincue que tout ça était destiné à corser ses Mémoires plus tard. Or, c'est immédiatement que Labruyère en fit état, jouant avec elle ou plutôt contre elle le rôle de juge d'instruction, jusqu'au soir où il lui arracha même certains aveux et son dernier mensonge relatif à WolfF.

Telle est la version la plus accréditée dans les salles de rédaction, et celle que Georges Berry[193], s'appuyant sur des témoignages précis et formels recueillis d'amis de Marcel Hutin, à *L'Écho de Paris*, considère comme la vraie cause de cette réouverture de l'affaire Steinheil et de ses suites[194]. »

Meg affronte ses doutes. Elle suspecte son entourage. Son angoisse a vaincu son silence. Elle a parlé et ses mensonges ont réveillé les bonnes et les mauvaises consciences. Elle prêche le faux pour savoir le vrai. Ni Rémy ni le fils de Mariette ne sont coupables, ni vraiment innocents. Une fois libérés, ils font la noce ensemble en compagnie des journalistes qui ont monnayé leurs indiscrétions.

Quant à Mariette, c'est Labruyère qui l'approche. Toujours lui. Tantôt pour lui soutirer des informations, contre paiement, dit-il, tantôt pour la presser de quitter sa patronne et Paris, agitant la menace d'un lynchage populaire.

Poidebard avouera sous serment avoir soudoyé Mariette, et à demi-mot de l'avoir menacée : « Si je ne l'ai pas dit, je l'ai pensé[195]...» !

Effet du crime et de ses mystères : tous sont touchés ! Depuis la nuit du 30 mai 1908, chacun est soumis à de nouvelles lois, à de nouvelles confrontations, avec la police, les journalistes, les amis, les voisins. C'est dans ces moments qu'on compte ceux qui ne tanguent pas trop sous l'orage. Et Mariette en est, assurément. Une fois Alexandre hors de cause, voilà les deux femmes en larmes, dans les bras l'une de l'autre, unies dans l'adversité. La face déformée de la matrone abrite une droiture qui ne se départit pas d'un certain humour. Féroce avec les gringalets de la presse et les curieux en tous genres, rude face aux pandores, elle usera de sa célébrité une fois l'affaire terminée, en se présentant aux élections, avant d'accepter de jouer son propre rôle dans une pièce de théâtre qui mettra en scène le fameux crime irrésolu[196] !

Dans l'intervalle, tous les protagonistes sont sortis blanchis de l'affaire. Tous, sauf une.

*

Le 26 novembre 1908, peu après 21 heures, Meg a quitté le cabinet du juge Leydet. Celui qui depuis tant d'années soupire d'amour pour elle en silence vient de poser dans ce dossier un acte décisif : il l'inculpe et la fait arrêter sur-le-champ.

Quatre agents encadrent la suspecte pour la soustraire aux journalistes et aux photographes qui se sont groupés un peu partout dans les locaux du Palais de Justice. Conduite à travers la cour de la Sainte-Chapelle, Meg arrête son regard sur les vitraux, restaurés par le père d'Adolphe, quand ses amis Viollet-le-Duc et l'architecte Boeswillwald avaient été chargés de redonner son lustre à ce monument classé. Pendant quelques secondes, elle sent comme si c'était hier la petite main chaude de Marthe dans la sienne ; elle se laisse envahir par le souvenir de l'émerveillement communicatif de son enfant, alors grisée par les couleurs et la lumière créées par son grand-père. Mais le temps est compté. Meg emboîte le pas aux gardes dans un dédale de couloirs, puis doit s'engager la première dans l'escalier tournant.

Qui est ce photographe qui surprend son regard sous la voilette alors qu'elle atteint le haut des marches ? Je n'en sais rien, mais depuis que ce cliché a été publié dans *Paris-Match*, ces yeux m'interrogent, et je n'ai pas fini de chercher des réponses.

Au bout de l'escalier, un couloir. Meg baisse la tête au moment d'entrer dans ce qu'on appelle la

« souricière ». C'est une prison provisoire, en forme de soupente, où cinquante cellules sont superposées sur deux rangs, vingt-cinq en bas, vingt-cinq au-dessus. Chacune est munie d'un petit siège de bois fixé dans une encoignure, avec, au fond, un autre siège dont l'usage empeste l'atmosphère.

Il y a foule dans cette prison, mais Meg a droit à un traitement particulier, elle reçoit un repas frugal : quelques tranches de pain et de jambon, avec une tasse de thé. Un quart d'heure plus tard, le calvaire prend fin : on vient la chercher, Meg est soulagée, rassurée. Le contraire eût été impensable. Bien sûr, ses amis haut placés auront agi et obtenu quelque traitement de faveur. Quand elle quitte la Sûreté par la grande porte du quai des Orfèvres et monte dans le fiacre qui l'attend, elle prend presque en pitié ces femmes et ces hommes qu'elle laisse derrière elle et qui n'auront pas sa chance.

Elle pense que, le temps de régler quelques formalités, elle sera libre, rentrera chez elle, retrouvera Marthe et se battra, avec l'aide de ses avocats s'il le faut. Accusée peut-être, mais libre. La voiture file rapidement sur le boulevard du Palais, la rue Saint-Denis, emprunte le boulevard de Sébastopol puis celui de Saint-Denis pour s'arrêter devant la prison Saint-Lazare. Calmement, Meg passe sous les voûtes sombres et s'engouffre, un sourire étrange aux lèvres, dans ces catacombes modernes où les femmes de mauvaise vie croupissent sous la férule de sévères nonnettes. Elle ne se rebelle pas, elle prend patience. Un jour ou deux, se dit-elle, et ce sera fini. Elle a menti, c'est avéré, mais cela justifie-t-il plus qu'un avertissement ?

Le jour se lève, blafard, et la nouvelle tombe, lourde comme une masse, lourde comme le chef d'accusation : complicité d'homicide, de parricide et d'assassinat sur la personne de son mari. Elle n'est pas près de sortir de prison.

Le *Petit Parisien* du samedi 28 novembre 1908 publie tout un dossier sur ses conditions de détention et ses premières heures en prison :

« Comment Mme Steinheil a été installée dans la vieille prison... On lui a donné une compagne de cellule. Bien que M. Pons, directeur de la prison Saint-Lazare, soit un homme fort aimable, nous ne pouvions songer à lui demander des détails sur l'existence de sa nouvelle pensionnaire, la discrétion professionnelle s'imposant plus que jamais à ce fonctionnaire, en cette circonstance. Nous avons pu, néanmoins, puiser à bonne source les renseignements concernant Mme Steinheil depuis l'heure de son incarcération.

En arrivant, vers neuf heures et demie, jeudi soir, à la maison d'arrêt du faubourg Saint-Denis, la détenue fut conduite à la pistole des prévenues faisant partie du quartier judiciaire et pénitentiaire, distinct du quartier administratif, réservé aux filles publiques.

En général, les prévenues de droit commun couchent dans des chambres assez spacieuses où elles sont au nombre de trois, six et même huit détenues. Mais, faisant suite à ces dortoirs, se trouve « la pistole », composée d'une huitaine de cellules réservées aux personnes qui veulent être isolées et qui ont les moyens de payer cette faveur, du reste fort peu onéreuse, puisque la pension comprenant la location de la chambre pistolière, le chauffage et l'éclairage, ne s'élève pas à plus d'un franc par jour.

Les prévenues sont exemptes du costume pénal et gardent leurs vêtements personnels. Elles peuvent recevoir des vivres du dehors ou s'approvisionner à la cantine. Le travail est facultatif.

Mme Steinheil occupe la cellule n° 4. Le mobilier comprend un lit en fer et sa fourniture, une table de nuit, une chaise, une table de travail, un poêle ; l'éclairage est assuré au moyen d'un bec de gaz hors de portée des détenues. La femme du malheureux peintre assassiné n'est pas seule dans sa cellule ; elle a comme compagne de détention une autre prévenue. Il vaut mieux, en effet, ne pas laisser seule Mme Steinheil, une assistante pouvant, au besoin, prévenir un suicide ou recueillir des aveux.

Le règlement concernant les détenues fixe le lever à sept heures du matin, en cette saison, et le coucher à sept heures et demie du soir. Les repas ont lieu à neuf heures et à quatre heures. Quant aux sorties dans les préaux, les prévenues ne les effectuent, généralement, qu'en dehors des heures désignées pour la promenade des prisonnières et quand ces dernières ont quitté les cours pour rentrer dans les ateliers.

Mme Steinheil, en prenant possession de sa cellule, prépara elle-même son lit et, brisée physiquement par les multiples événements qui s'étaient passés dans la journée, ne tarda pas à se coucher. Mais agitée par les émotions ressenties au cours de l'instruction, elle ne put dormir. Sa respiration était haletante, par moments elle se retournait nerveusement sur sa couche étroite, cependant elle garda le mutisme le plus complet et n'adressa pas la parole à la prévenue qui partage sa cellule.

Vers neuf heures et demie, sa femme de chambre, Fanny, se présenta au greffe de Saint-Lazare, comme nous l'annonçons plus haut, apportant des vêtements et du linge de corps à la prisonnière. Quelques instants plus tard, vers dix heures, Me Antony Aubin, défenseur de Mme Steinheil, accompagné de son secrétaire, Me Steinhardt, vint rendre visite à sa cliente. L'entrevue eut lieu au parloir des avocats et, à dix heures trois quarts, elle prenait fin.

À la sortie de la prison, Me Aubin se contenta de dire aux journalistes qui l'assaillaient de questions : « Mme Steinheil est venue me rejoindre dans le parloir vitré où les visiteurs sont admis à s'entretenir avec les détenues. Elle avait passé la nuit que vous pensez, une nuit de larmes. Pendant près de deux heures j'ai pu causer avec elle. Mais ne me demandez pas la moindre confidence sur notre conversation, le devoir professionnel m'oblige à une réserve absolue.

Ma cliente est devenue inculpée et, à partir de ce moment, toutes les confidences, tous les incidents, interrogatoires concernant cette affaire ne doivent pas sortir du cabinet du juge d'instruction. C'est une cause extrêmement tragique, conclut Me Aubin, et bien pénible, surtout pour la pauvre jeune fille qu'est Mlle Steinheil. »

Nous avons pu apprendre, d'autre part, que Mme Steinheil n'avait pas, paraît-il, compris qu'elle était inculpée de complicité de meurtre. Elle pensait, a-t-elle dit à Me Aubin, qu'elle avait été arrêtée simplement pour mensonges. « Oh ! s'écria-t-elle, si on ne relève à ma charge que le crime, je ne resterai pas longtemps ici, car j'aurai vite établi mon innocence ! »

Moins compatissant, *Le Petit Journal*[197] titre « Avec ou sans complices ? ». Ce qui ne laisse aucun doute sur la culpabilité de la prévenue. Le corps de l'article détaille les moments sordides de sa mise sous écrou, son incrédulité devant la peine encourue et… sa crédulité quant à sa libération prochaine. Le journaliste conclut, glacial : « Son avocat lui a laissé ses illusions. Dans la journée, sa femme de chambre lui a apporté du linge. »

Ces pages noircies par l'encre font la joie secrète des lecteurs et lectrices de ce dernier week-end de novembre. Tout y passe :

L'argent d'abord : l'accusée a déposé au greffe 1 200 francs en or et en billets de banque pour ne pas être soumise au régime du droit commun et faire venir ses repas de l'extérieur.

Voyeurisme ensuite : à 10 heures et demie du soir, la surveillante pénètre dans la chambre de pistole et invite la prisonnière à se dévêtir et à se coucher. Mme Steinheil obéit, mais se borne à enlever son corsage et à défaire son corset. Puis elle s'étend sur son lit, le premier près de la fenêtre.

Et enfin, les passe-droits du pouvoir, parce que le distingué M. Pons, directeur de la prison, s'avère aux petits soins pour sa célèbre prisonnière, et que ça fait jaser[198].

Depuis le soir de son incarcération, Meg répond à peine aux questions de ses codétenues. Prostrée près de la fenêtre de sa cellule, elle oscille entre espoir et fatalisme face au mauvais sort dont elle ne mesure pas encore l'étendue. À la cantine aussi, elle garde le silence. Devant les furieuses et les délaissées, elle prend la mesure de la chance qu'elle a eue d'être choyée et aimée. Mais qui l'aime encore aujourd'hui ? Elle écrit à sa fille : « Crois toujours en ta maman », comme pour s'obliger à croire en elle-même.

Les jours et les nuits s'alignent, sombres, identiques et interminables. Meg est certaine de sortir bientôt. Son avocat la détrompe : « Pourquoi a-t-elle rouvert l'affaire ? », « Pourquoi avoir accusé Couillard ? » Il est trop tard maintenant pour faire machine arrière. Il faut attendre la fin de l'instruction et elle peut être longue. L'attitude de son avocat l'anéantit. Éprouvée par ces terribles mois, la prisonnière refuse d'entendre ce que cela signifie : passer beaucoup d'autres jours en prison, peut-être des années, avec, au bout du compte, le risque d'une condamnation à mort !

*

Elle est rejetée et oubliée du monde, comment supporter de rester là, immobile ? Sur qui peut-elle encore compter, emmurée, décriée ? Et Marthe, orpheline et privée de sa mère, que va-t-elle devenir ?

Le juge Leydet, trop proche de Meg, dit-on, est dessaisi de l'affaire. Encore une branche de salut qui flanche. Qui, après cela, sera encore en mesure d'arrêter la machine judiciaire ? Aristide Briand, à la tête du ministère de la Justice[199] ? Attaqué lui aussi dans la presse, il fait celui qui n'entend pas. A-t-il imaginé un instant qu'elle pouvait être condamnée à mort ? Pourtant, à la Une des gazettes, Rochefort, le vieil agitateur, réclame la guillotine pour « la Menteuse hystérique[200] ».

Du 26 novembre au 1er décembre, Meg est coupée de tout. Elle n'a, heureusement, pas accès à la presse. Les rédactions des journaux, sur la brèche, la diabolisent. « Effroyables confrontations. L'imagination démoniaque de Mme Steinheil[201] ». « Apparue, aux yeux de tous, comme un type de Menteuse exaspérée, elle est, selon toute vraisemblance, l'instigatrice de l'effroyable tragédie de l'impasse Ronsin[202]. »

Et ce qui devait arriver arrive : l'inculpation de Meg provoque inéluctablement un retour de l'affaire Félix Faure, et de l'affaire Dreyfus.

Urbain Gohier est le premier à allumer le feu, dans *L'Intransigeant* : « L'intérêt principal de l'affaire Steinheil, c'est qu'elle va rouvrir l'affaire Félix Faure. […] Nous savons tous comment a péri Félix Faure, quels étaient à ce moment ses travaux. […] Si la Justice et la Police s'obstinaient à ne pas découvrir, à ne pas chercher la vérité sur le drame de l'impasse Ronsin, c'est parce que les gouvernants ne voulaient pas qu'on remît en question le drame de l'Élysée. Combien de fois, depuis trente ans, les gens qui sont capables d'un peu de réflexion n'ont-ils pas perçu nettement que la principale besogne de la Justice et de la Police est une besogne d'étouffement ? » Et Gohier de conclure, sans sourciller : « Il serait surprenant que Mme Steinheil arrivât vivante à la cour d'assises[203]. »

La thèse du secret d'État, saupoudrée de gaudrioles, a surtout pour but de déstabiliser la République. Le rapport que Briand reçoit au ministère de la Justice est catégorique : l'objectif de la presse de droite, et du journal de l'Action française en particulier, est de rouvrir le dossier de l'affaire Félix Faure, et, partant, celui de l'affaire Dreyfus.

Le 28 novembre, le garde des Sceaux est informé que la rumeur a pris à la Chambre, où l'on distille avec délectation ses ingrédients. La présentation de l'affaire baigne d'abord dans l'ignoble, avec un tableau des mœurs dégradées des Steinheil.

« L'intérêt de l'affaire Steinheil semblait aller, hier, grandissant pour la Chambre. Quant aux potins ou vérités à gros scandale, il y en avait tant qu'on ne savait auquel s'arrêter [...] Ce peintre, disait-on, était un être dégoûtant, qui connaissait l'inconduite de sa femme et acceptait que le ménage en profitât et qui, de son côté, avait les mœurs les moins avouables, si bien qu'on peut se demander si le crime n'a pas été commis par un de ses « amants » à lui qu'il prenait dans le monde le plus interlope, crime que Mme Steinheil aurait au besoin favorisé. Cette hypothèse est [...] celle de beaucoup de ceux qui connaissent bien ce ménage et les mœurs de chacun des époux. [...] Quant au côté politique qu'on veut prêter à l'affaire, inutile de dire qu'il devient de plus en plus certain que c'est par là que l'opinion va être surexcitée. Félix Faure, sa mort, son rôle dans l'affaire Dreyfus, sont déjà remis en discussion et la thèse des deux camps est fort nette : les dreyfusards disent : votre Félix Faure qui refusait la révision et voulait éviter qu'on reprît l'Affaire, c'était un joli pourceau ! Voyez plutôt [et ici l'exposé des détails scandaleux de sa mort]. À quoi les antidreyfusards répliquent : c'est vous qui le dites, mais vous l'avez fait tuer par cette femme, qui prouve bien maintenant de quoi elle est capable ; Félix Faure était un obstacle à la révision, vous l'avez supprimé et, de fait, lui mort, toute l'Affaire a repris son cours. Attendez que nous révélions la vérité !

Et c'est ce que l'Action française prépare. Léon Daudet ne cache pas que le plan de ses amis est de provoquer là-dessus des poursuites en cours d'assises, afin qu'un acquittement de l'Action française dans cette affaire sensationnelle atténue le fâcheux effet de la condamnation à laquelle ils s'attendent dans les affaires civiles intentées contre eux par Dreyfus ; ils espèrent même que si le tapage énorme et le scandale formidable qu'ils rêvent de provoquer là-dessus arrivent au point qu'ils escomptent, non seulement les procès de Dreyfus en seront éteints du coup, mais ce sont eux-mêmes, à l'Action française qui prendront l'offensive[204]. »

La mort d'Adolphe n'aura pas suffi à éteindre la menace. Le passé de Meg la rattrape. *L'Action française* va s'en servir. Née de l'affaire Dreyfus, elle se nourrit d'elle et s'appuie sur le rôle de Meg auprès de Félix Faure pour rouvrir le dossier Dreyfus, avec, comme point de mire, la République et le régime parlementaire.

Léon Daudet poursuit ses adversaires d'une rancune tenace : « La trahison, le vol, le crime, le faux témoignage, le recel, tels sont les sports pratiqués, avec le chantage à jet continu, par « ces messieurs », assurés de l'impunité et de l'immunité[205] », écrit Daudet. Et la hargne qu'il déploie contre Meg n'est manifestement pas étrangère à son obsession antirépublicaine et antisémite. Il n'épargne pas non plus la police française. La Sûreté générale ? Une association de malfaiteurs « à jeter en prison, à envoyer au bagne ou à l'échafaud[206] ». Au bagne aussi, Aristide Briand, « un ignorant sordide, un cancre grandi sur les genoux des prostituées de Saint-Nazaire, un homme condamné pour attentat public à la pudeur... un vicieux, un débauché que ses mœurs mettaient dans les mains de la police du même nom[207] ».

Tous à l'échafaud ? Pour le moment, c'est surtout Meg qui risque sa tête, engluée dans un fait divers qui cristallise toutes les haines, contre les Juifs, contre Dreyfus, contre les démocrates, contre les partisans de la paix (Briand sera Prix Nobel de la paix en 1926), contre les femmes, aussi.

*

Meg, appuyée au mur de sa cellule, revisite sans cesse l'histoire, cherche les failles, revoit son argumentation, tente de trouver ce qui pourrait influencer le jury en sa faveur. Elle espère que, l'heure venue, l'un ou l'autre de ses amis influents pèsera de son poids pour infléchir le bras de la justice. Mais elle sait aussi qu'elle se retrouvera seule devant la cour d'assises, et que la partie sera serrée.

Tous les jours, devant sa prison, des passants crient, par-delà les barreaux et les grilles : « À mort la Steinheil ! » Elle est peut-être, finalement, plus en sécurité en prison. Mais combien de temps devra-t-elle encore attendre pour pouvoir se défendre ? Et qui peut dire si elle en sortira libre ou condamnée ? Meg tente de reprendre des forces. Elle sait que sa seule chance est de rester ce qu'elle est, de jouer de ce qu'elle a. Malgré sa vie de détenue, elle reste une femme séduisante qui pourrait obtenir un sursis. Elle veut continuer à agir comme elle aurait toujours dû le faire, garder la tête froide et ne pas transgresser les règles du jeu.

Sa réputation sulfureuse l'a précédée dans cette prison où les femmes paient le prix d'une vie gâchée. Ses codétenues la prennent à partie. Les gobelets et les chaussures volent sur son passage, comme les menaces et les injures : « À mort ! Meurtrière ! À la guillotine ! » Elle partage une cellule avec Alba Ghirelli, six mois pour escroquerie, et Marguerite Roselli, croqueuse de diamants.

Le temps passe. Meg prend la mesure de l'abandon dans lequel sont laissées les prisonnières de Saint-Lazare. En témoignant de ce qui se passe dans la prison pour femmes, elle peut continuer à croire qu'elle n'est pas de ce monde-là, qu'il s'agit d'une erreur, d'un passage obligé pour comprendre et s'amender.

Il serait difficile de concevoir une maison aussi désespérante, délabrée et insalubre que Saint-Lazare.

Les murs sont lézardés, les couloirs et les escaliers sentent mauvais, la vermine grouille partout. L'air et la lumière sont plus qu'insuffisants, le chauffage des cellules est défaillant et dangereux, comme je l'ai appris à mes dépens, ayant failli mourir par deux fois à cause du mauvais système d'évacuation. Le salpêtre suinte des murs humides et recouverts d'une couche de peinture noire passée à la hâte, et que le salpêtre transperce, formant une matière visqueuse et repoussante. Les plafonds sont bas... il fait froid partout. Les marches des escaliers sont presque toutes brisées. L'eau coule le long des murs[208].

Meg est à bout de nerfs, ruinée par l'accusation démesurée quand elle reçoit enfin une visite. La seule qu'on lui autorise, celle du pasteur Arboux[209], une planche de salut dans ce trou carcéral où l'humanité s'abîme. Il se veut rassurant, dit doucement sa confiance dans l'enquête qui démontrera son innocence. Il lui laisse une bible et promet de venir chaque semaine. Il le fera.

Parmi les nonnes surveillantes, la question traîne dans tous les regards : pécheresse impénitente ou malchanceuse innocente ? Certainement un peu des deux... La sœur Léonide, elle, ne cherche pas la vérité. Sensible à la détresse de cette détenue peu ordinaire, elle mesure rapidement son état de délabrement. Elle en a tant vu de femmes se faner sous ces combles.

Quinze jours après son incarcération, Meg entend enfin, après l'appel quotidien de la cloche, la sœur portière crier « 61 ! », son numéro ! Quelqu'un l'attend au parloir : c'est Marthe, flanquée de

Chabrier. Elle n'a droit qu'à quinze minutes. Pons, le directeur, leur en laissera le double, pendant qu'une foule en colère vocifère toujours au-dehors.

Le supplément illustré du *Petit Parisien* publie en première page une gravure de la rencontre. « Les lecteurs n'attendent pas que le supplément illustré redise ce que *Le Petit Parisien* raconte depuis le commencement de l'affaire Steinheil avec un rare souci de vérité et une abondance de détails. Notre gravure de première page a voulu seulement retracer une des scènes assurément les plus émouvantes de ce drame, l'entrevue de Mlle Marthe Steinheil, de cette enfant innocente et déjà si éprouvée par les pires misères, avec sa mère créature misérable contre laquelle se dresse une terrible accusation. Et de tous ceux qui furent mêlés de près ou de loin à cette affaire sinistre, c'est elle, cette jeune fille, qui a vu monter autour d'elle des flots de boue et de sang qu'il faut plaindre. C'est pour elle seule si meurtrie qu'il convient de réserver nos sentiments de sincère pitié[210]. »

À la fin de ces trente minutes heureuses et pénibles, Marthe ne peut pas quitter la prison par la porte principale. Elle risque de se trouver face à ces hommes et ces femmes en furie qui menacent de sortir « la Steinheil » par la force. La jeune fille, à ce point choquée qu'elle en tombera malade, doit fuir par l'arrière, grâce à la vigilance du bienveillant M. Pons.

De retour dans sa cellule, Meg est malmenée par ses codétenues, qui la harcèlent, veulent tout savoir. Le supplice de leurs questions incessantes l'épuisé, l'oblige à ressasser les détails du crime, les errements, les amants… Sœur Léonide observe leur manège. Convaincue que Meg va s'effondrer, elle la prend sous sa cornette et lui trouve une autre cellule, avec des voisines de chambre plus discrètes.

La petite Firmin, une toute jeune fille condamnée pour avoir volé trois blouses, est parfaite dans ce rôle. Elle est toute dévouée à la célébrité qui partage désormais avec elle le cachot n° 12.

XV

L'ombre de la veuve noire

Depuis son incarcération, l'image de Meg est troquée dans la presse contre les chimères de ceux qui s'en emparent. Son nom entre dans la catégorie des cas, soumis aux interprétations de tous. C'est Chabrier, l'homme à la perle, qui, le premier, parle de folie, vingt-quatre heures après son arrestation :

« Ma cousine mentait par une sorte de besoin maladif. À tout instant dans le cours de son existence, sans raison, elle mentait et finissait par croire à son mensonge, à s'autosuggestionner et se convaincre de la réalité de ce qu'elle avait dit. Il y a là un cas d'irresponsabilité évident, et l'on devrait se livrer à des expériences sur Mme Steinheil qui certainement démontreraient que ses mensonges sont inconscients. Dans sa famille, d'ailleurs, on pourrait trouver des preuves de cette nervosité maladive qui souvent enlève toute responsabilité dans bien des actes[211]. »

Dès lors, et aujourd'hui encore, on s'interroge sur la plénitude des facultés mentales de Meg. Le seul à s'y refuser est le professeur Magnan[212], célèbre aliéniste et collègue de Charcot, qui, interrogé par le même journaliste, refuse de livrer un diagnostic sur son état. Son confrère, le docteur Bérillon, médecin inspecteur des asiles d'aliénés, ne s'embarrasse pas de ces précautions et déclare à *L'Aurore :*

« Mme Steinheil est atteinte de ce que j'appellerais la « folie morale ». Les anormaux sont représentés dans la société par les hommes indignes et les femmes d'une trop facile intimité. L'existence antérieure de Mme Steinheil me semble permettre de la ranger dans cette catégorie d'amorales. Le fait d'appartenir à cette classe d'individus marque une prédisposition de l'être à des actes plus graves, plus répréhensibles, qui pourront successivement s'appeler indélicatesses, lâchetés, plus rarement délits et crimes. Les amoraux sont par là des êtres nuisibles[213]. »

Cataloguée comme simulatrice et souffrant de la pathologie du mensonge, le « phénomène » est livré à tous les médecins, chiromanciens, apprentis enquêteurs et graphologues. Le public frissonne de plaisir. *L'Aurore* publie encore l'« Hypothèse psychologique » d'un enquêteur qui préfère garder l'anonymat :

« S'il est évident qu'elle n'est pas complice du crime, en revanche, en ce qui concerne sa complicité morale, Mme Steinheil sait qui sont les assassins. Si elle se tait, c'est parce qu'elle est terrorisée ou… dominée. Je ne vous apprendrai rien en vous disant que Mme Steinheil est une malade. Il m'est toujours apparu impossible qu'elle puisse être amoureuse d'un homme de son milieu et de son éducation. Il faut à ce genre de femmes des amours plus pimentées. Elles aiment sinon être battues, du moins terrorisées. Elles n'aiment pas ; elles subissent le joug de ce qu'elles appellent le "mâle"[214].»

Le cliché de « menteuse hystérique » fait florès, première marche vers la criminalité. « La Pompe funèbre ? Une vicieuse criminelle ! », titre *L'Action française.* Pour Daudet, ce sont les pressions cumulées de la Sûreté et de Clemenceau qui l'ont intentionnellement rendue folle[215]. Et de fait, les rapports de police confirment que le président du Conseil suit de très près l'affaire. Il n'est pas le seul. Deux jours après l'arrestation de Meg, un rapport est transmis directement à Clemenceau et à Briand, ministres de l'Intérieur et de la Justice[216]. Pourquoi diable a-t-elle rouvert l'affaire qui s'acheminait vers sa fin ? Les responsables sont Labruyère et, dans une moindre mesure, Marcel Hutin. Il devient urgent de déminer.

Pendant que Briand répond, en l'ajournant, à une interpellation sur l'affaire Steinheil à la Chambre[217], Paul Doumer[218], candidat malheureux à la présidence de la République, insiste pour faire publier dans *L'Opinion* (journal qu'il a créé), les propos du chef de la Sûreté qui continue de défendre l'innocence de Meg. Une manière de rééquilibrer la balance.

*

À la lecture des archives, je reste convaincue que la quasi-totalité du monde politique sait Meg innocente. Quelle force contraire est donc si puissante pour la maintenir en prison ? En s'adressant à la presse, en accusant à tort et à travers pour briser le silence qui s'installait autour du double crime, Meg a ouvert une boîte de Pandore d'où jaillissent sexe, mensonges et folie meurtrière. La recette assurée pour monter à la guillotine. Or, Aristide Briand se bat précisément, au même moment, pour faire abolir la peine de mort.

Alors que son ancienne maîtresse est sous le coup d'une accusation de complicité de meurtre qui peut lui valoir la peine capitale, le nouveau garde des Sceaux défend son projet en commission de la Chambre. Les discussions ont commencé en juillet, deux mois après le crime de l'impasse Ronsin. Briand n'a pas renoncé, en déplorant que le débat ait été inscrit à l'ordre du jour « malgré la campagne de presse organisée dans ce pays[219] ». Les crimes qui prennent toute la place en Une des journaux incitent à la vindicte populaire, ce qui fait pression sur les députés pour qu'ils maintiennent la peine capitale.

Lors de la séance de clôture, le député Jean Allemane, abolitionniste, pose clairement l'équation :

« Et voyez quels aliments on sert aujourd'hui au corps social ! C'est l'héroïne de l'impasse Ronsin ! *(Mouvements divers)* Et cet incident est exploité dans de telles conditions qu'on dirait que cette femme a été mise en location pour occuper l'opinion publique ! Laissez-moi vous dire que cela choque les hommes de réflexion de voir que les mêmes feuilles publiques qui épinglent les crimes, qui les répandent à profusion… sont les mêmes qui préconisent la guillotine[220]. »

Le 7 décembre, le député catholique George Berry interpelle directement Briand sur l'affaire

Steinheil, dénonçant « une justice spéciale pour les grands, pour les puissants qui ont des attaches gouvernementales[221] ».

« Je ne répondrai ni à une question, ni à une interpellation sur l'affaire Steinheil ! », répond le garde des Sceaux. Et la séance se poursuit avec la discussion sur la peine de mort.

Le lendemain, 8 décembre 1908, le projet d'abolition est rejeté.

L'affaire de l'impasse Ronsin n'est peut-être qu'un prétexte, et l'accusée un pion sur un échiquier truqué, mais, en attendant, Meg reste en prison.

Le juge Leydet, dont le même député Berry accuse Aristide Briand de l'avoir fait nommer parce qu'il connaissait bien l'accusée, est dessaisi de l'affaire et remplacé par le juge André. Dès la fin novembre, Briand demande au procureur général de Paris « de [lui] soumettre d'urgence un rapport sur la manière dont a été conduite l'instruction de l'affaire Steinheil jusqu'au dessaisissement de M. Leydet[222] ». « Je désire savoir, écrit-il, si l'instruction ne présente aucune lacune, si toutes les opérations nécessaires ont été effectuées en temps opportun, s'il n'a été commis aucune négligence ou irrégularité. »

Le rapport ne tarde pas. Le 30 novembre, le procureur général répond au garde des Sceaux[223] :

« Il est sans doute regrettable que ce magistrat [le juge Leydet] ait eu en Mme Steinheil une foi aussi entière et qu'il n'ait jamais consenti à la soupçonner. Son obstination a eu des résultats fâcheux. Mais on ne saurait cependant lui en faire un grief inexcusable. Il a agi en toute loyauté, dans la plénitude de son droit de juge d'instruction, et avec la persuasion qu'il était dans la vérité. Il n'y a dans l'instruction de M. Leydet aucune irrégularité et toutes les formalités prescrites par la loi ont été rigoureusement respectées[224]. »

Me Aubin, l'avocat de Meg, fait à sa cliente un portrait du juge qui a remplacé son ami Leydet : « André est un juge très tenace et impitoyable ; il fera tout son possible pour vous faire vous contredire et il ne manquera pas de tirer les conclusions les plus terribles de vos contradictions. Vous êtes innocente, mais il vous traitera comme si vous étiez coupable. »

Et l'avocat lui recommande de répondre le plus souvent par oui ou par non, et surtout de ne citer ni Félix Faure ni les hommes éminents qu'elle a connus.

Une désillusion de plus. Elle n'a eu de cesse de penser trouver des appuis pour sortir de ce cauchemar qui prend la forme d'une erreur judiciaire, être aidée par tous ces magistrats qu'elle a connus, ces avocats, ces hommes politiques haut placés aujourd'hui ! Or, c'est exactement l'inverse qui se produit.

*

Dans le cabinet du juge André, les dénonciations anonymes affluent. Certaines accusent Meg, d'autres, moins nombreuses, la disculpent. Il y a même des demandes en mariage. L'aura de la séductrice traverse apparemment les murs épais de la prison. Pas ceux du cabinet du nouveau juge d'instruction.

Le premier entretien avec le juge André se déroule le mardi 1er décembre après-midi. Meg sait qu'elle engage une partie serrée et a la surprise de trouver sur place des alliés inattendus qui la rassérènent. Les gardes qui l'escortent jusqu'au Palais de Justice portent avec déférence la main à la visière de leur couvre-chef à pompon et la saluent comme ils le feraient pour un supérieur. Ils sourient, elle aussi. La scène se passe avant le nouvel acte, avant sa première confrontation avec le juge André.

Je me sentais horriblement triste, indignée et... honteuse. Je vis M. André. Il était en redingote et avait une cravate noire. Il paraissait un homme d'environ cinquante ans. Il était très gros, barbu, avec une tête congestionnée. Il était presque chauve. Ses yeux semblaient sautiller derrière son pince-nez, et ne regardaient personne en face.

« Asseyez-vous, inculpée ! », commanda-t-il d'une voix de gendarme.

Il était assis à une longue table. Me Aubin et ses secrétaires étaient derrière lui. En face se trouvait le greffier, M. Simon. Quant à moi, j'étais assise au bout de la table, avec les deux gardes derrière moi, et en face, il y avait la fenêtre, de sorte que j'étais en pleine lumière.

M. Simon était grand et mince ; il avait l'air futé, mais bon. Il était calme et méthodique. Que de fois durant cette instruction douloureuse et si partiale, il me lança un regard de sympathie ! Que de fois, quand j'avais une réponse heureuse ou même victorieuse, il me regarda d'un air ravi et bon enfant comme pour me dire : « Ça marche... très bien... continuez ! »

Derrière moi, les gardes après un rude assaut où j'avais triomphé toussaient, ou, tout en se mouchant, arrivaient à me dire dans leur langage imagé : « Bien dit, petite madame ! »

Ce « bien, petite madame ! » des gardes, et les signes d'encouragements du greffier, plus d'une fois m'ont rendu de la force à des moments où, exténuée par mes efforts incessants, j'étais sur le point d'abandonner l'affreux combat, pas par désespoir, mais à cause d'un véritable épuisement physique et moral[225].

La première attaque du juge vient d'une lettre, qu'elle a écrite à Adolphe et qui ne laisse pas de doutes sur l'état de leur couple : « *Vous n'aimiez pas votre mari. Vous pouvez le dire puisque vous l'écrivez.*

— C'est vrai qu'il n'était pas question de passion entre nous.

— C'est pour cela que vous l'avez tué ! »

Le juge se redresse, victorieux, et poursuit en la questionnant agressivement sur ses anciens amants. Il prend bien garde de ne citer ni Félix Faure ni le procureur général Baudouin, son supérieur hiérarchique. Meg suit les consignes de Me Aubin et répond du bout des lèvres.

Subitement, le juge André se lève, puis se tournant brusquement vers elle, il se met à crier :

« *Pourquoi votre voile est-il baissé ? Parce que vous êtes coupable. Levez ce voile, levez-le ! Vous êtes l'assassin !*

— C'est vous l'assassin. Vous m'assassinez ma fille et moi !

— Je vais vous arrêter !

— Mais je le suis déjà ! »

Au bord de l'apoplexie, le magistrat esquisse un mouvement violent du bras, avant de se réfugier dans la pièce voisine, comme chaque fois que Meg prendra le dessus. Le duel n'est pas terminé. Le juge André revient et jette sur la table les photos prises lors de la découverte des cadavres. Représentations macabres de son drame, censées provoquer chez l'accusée un choc. L'effet tombe à plat !

Meg, derrière sa voilette de deuil, regarde attentivement les clichés des morts et s'adresse au juge : *Ils n'ont pas l'air d'avoir souffert, cela me rassure,* dit-elle dans un souffle. Et, levant la tête vers lui, elle ajoute qu'elle aurait mieux fait de mourir, elle aussi, ce soir-là.

Après cinq heures d'interrogatoire, le juge, nerveux, fume cigarette sur cigarette et lui envoie ses volutes au visage. Il veut des résultats, et joue sur tous les tableaux :

« *C'est amusant de constater, vous serez d'accord avec moi, que si vous n'étiez pas coupable, vous demanderiez à vos nombreux amis et à votre famille de vous rendre visite à Saint-Lazare. Vous avez honte, parce que vous êtes une criminelle !*

— *Monsieur, Marguerite Japy ne reçoit pas ses amis dans un parloir de prison*[226] », répond-elle, très vieille France.

Les gardes et le greffier en rosissent de plaisir et frappent presque des mains pour applaudir la réplique.

C'est tout ce que le juge André parvient à tirer d'elle, des répliques de théâtre, savamment dosées d'impertinence. De quoi agacer davantage cet homme austère, pétri de sa seule certitude : elle est coupable et il la fera avouer.

Ramenée tard en cellule, Meg est avertie à 6 heures du matin d'une nouvelle convocation. À 7 heures, elle reprend la route du Palais de Justice. Le juge André la fait attendre jusqu'au début de l'après-midi. Au moment où il se montre enfin, Me Aubin intervient en réfutant la légalité de ce second interrogatoire : sa cliente et lui ont droit à vingt-quatre heures pour prendre connaissance du dossier. Cependant, Meg veut être entendue. Elle ne sera pas venue pour rien, elle veut en découdre, se défendre. Pourquoi attendre davantage, le temps est déjà si long. Le juge André ne prend pas de risque avec la procédure et la renvoie à Saint-Lazare.

*

Face au volumineux dossier constitué par Leydet, le juge André a décidé de tout revoir depuis le début. Pendant des mois, il refera consciencieusement tous les devoirs d'enquête, évitera de parler à la presse, et laissera Meg en prison.

La composition familiale, les états civils, les dernières volontés d'Adolphe, les conditions de sa mort et de celle de Mme Japy. Il ordonne l'exhumation des cadavres pour de nouvelles autopsies et analyses. Les victimes auraient-elles été droguées et tuées dans leur sommeil ? Les analyses sont négatives, mais des verres à liqueur suspects ont été brisés par un inspecteur maladroit. De quoi nourrir les suspicions de la presse.

Nouvelles perquisitions dans les malles de costumes d'Adolphe où l'on découvre des lévites ; mais ce ne sont pas les bonnes. Reconstitution, interrogatoires, audition de tous les amis, témoins, employés de maison ou voisins. Avec Mariette, le juge se casse les dents. Mais il suit toutes les pistes et en découvre de nouvelles, comme celle-ci : le 8 décembre, l'infirmière qui a veillé Meg chez le comte d'Arlon raconte que l'accusée s'est évertuée à cacher son édredon taché d'encre. De l'encre, comme celle renversée près du bureau, le soir du drame. Pour signer un document secret la nuit du crime ?

Le juge s'attarde sur le parcours des bijoux, volés ou non. Cela prend du temps, sans plus de résultat. Tenace, le magistrat instructeur s'attaque de front, et méthodiquement, aux multiples nœuds de l'affaire. Tous les acteurs, costumiers et témoins sont réentendus. À quel moment l'accusée a-t-elle parlé des soutanes noires, avant ou après la découverte de la carte dans le métro ? Et sur celle-ci, qui a écrit les adresses du costumier Guilbert ? Les devoirs d'enquête se succèdent, les pistes reprennent ou s'égarent. Il en est une que le juge au visage rougeaud et aux petites lunettes rondes ne lâche pas, celle de Balincourt.

Le 26 décembre, il lance une commission rogatoire et fait analyser son écriture ; deux mois plus tard, il veut vérifier à nouveau son emploi du temps en mai 1908 et tout spécialement le 30. Un peu tard peut-être[227].

Le juge reçoit aussi Mme Prévost. Le 11 décembre, cette grande et jolie blonde fait sensation auprès des photographes qui font le pied de grue dans l'espoir d'un élément nouveau. Dès qu'elle met un pied hors du taxi, elle interpelle deux agents : « Éloignez s'il vous plaît les journalistes, je ne veux pas qu'on me prenne en photo ! » Les policiers refusent : « Ce n'est pas notre rôle ! » Les photographes sont ravis de l'aubaine, prêts au déclic, mais la dame a déjà parcouru les quelques mètres qui la séparent de la porte, le visage dissimulé sous une écharpe de fourrure. Elle fuit en courant et obtient d'être isolée, à sa demande, dans le couloir des prisonniers, avec un agent en faction chargé d'éloigner les curieux.

Devant le juge André, la prudente Marthe Prévost répond sans se démonter sur les raisons de son déménagement, *incognito,* au moment du crime, comme sur les difficultés qu'on a eues à la retrouver. Elle reconnaît avoir loué le 21 mai, dix jours avant le crime, un appartement rue du Cher, avoir quitté en juin le boulevard Edgar-Quinet, où elle habitait sur le même palier qu'un certain M. Chabert, qui a emménagé à la même adresse qu'elle, rue du Cher[228].

Pour les inspecteurs, il ne fait pas de doute qu'elle a organisé sa fuite, en même temps que celle de Chabert. Un lien avec l'affaire Steinheil ? C'est écrit noir sur blanc, dans un rapport du 1er décembre concernant « Madame Prévost, de l'affaire Steinheil, la locataire de Bellevue » :

« On parle de papiers importants que M. Steinheil aurait confiés à un ami. Ces papiers seraient en lieu sûr, en Belgique. Aujourd'hui, la fuite de Mme Prévost commence à faire croire qu'elle a joué un rôle dans le drame, mais un rôle effacé et que le principal acteur, qui aurait tout machiné, serait M. Chabert. On prétend que ce dernier n'aurait cédé aux instances de Mme Steinheil que parce qu'il connaissait le contenu des papiers du peintre et qu'il était à peu près certain que ces papiers lui assureraient l'impunité[229]. »

Meg leur aurait donc confié les véritables papiers, ceux qui ont été remplacés avant le crime par de vieux journaux. Hamard prend la piste au sérieux et envoie un agent à Bruxelles, qui lui adresse ce télégramme :

« Bruxelles, le 3 décembre, à 11 h 31. Urgent. Confidentiel. Hamard Paris.

Clef Ronsin arriverai Paris samedi.

J.H. Prudent[230] »

« Clef Ronsin ». Est-ce la clé de l'énigme ? L'agent Prudent porte bien son nom. On n'en saura pas plus.

La seconde instruction de l'affaire Steinheil, menée par un juge intraitable, bute sur les mêmes obstacles que la première. Il y a trop de pistes, les anciennes, les nouvelles. Aucune n'aboutit.

Le seul indice matériel reste la carte trouvée dans le métro. Aucune certitude sur le mobile, encore moins sur l'assassin. Pas de preuves. Dans le tapage fait autour de la figure de l'accusée, on finirait par l'oublier.

*

Alors que le petit monde de la police s'évertue tout l'hiver 1908-1909 à identifier les lévites et à pister les bijoux qui n'ont pas été volés, un nouveau témoin s'annonce, nommé Abigal. Ce jeune homme de dix-sept ans, interrogé par le sous-brigadier Pouce, déclare avoir été abordé six mois après le crime, le 24 novembre exactement, par un individu bien de sa personne qui lui montre sa carte de la Sûreté. L'homme lui propose d'effectuer quelques missions, des surveillances, photos en main. Roger Abigal, orphelin d'un père commissaire de police, semble assez intelligent. Par ennui, goût du risque ou de l'argent, il accepte. L'homme lui confie ensuite une mission plus délicate : aller chercher une lettre et un colis à Vouziers.

Ce jour-là, alors qu'Abigal l'accompagne au bureau de poste, l'homme « de la Sûreté » écrit une lettre en allemand et, dans un faux mouvement, pousse du coude son portefeuille. En tombe un feuillet jauni, dont l'apprenti espion se saisit sans réfléchir. En une fraction de seconde, il lit sur le billet : « Vouziers 28 (ou 29) mai – Tout va bien – c'est entendu Paris 10 heures – Ils n'échapperont pas – passage Ronsin ».

« Je n'assure pas que les membres de ces phrases étaient disposés de cette façon, déclare-t-il lors de son audition, mais la teneur est exacte[231]. » Il raconte ensuite comment son contact, le teint livide, veut s'assurer qu'il n'a rien vu, rien lu. Le jeune homme ment bien, mais l'autre l'a-t-il cru ? L'homme pouvait-il courir le risque de laisser remonter jusqu'à lui ? Apparemment pas. L'imprudent commanditaire bat en retraite. Il annule dans l'heure toutes les missions confiées à Abigal et disparaît dans la nature.

Ce témoignage aussi étonnant que spontané ruine en tout cas la thèse du cambriolage qui dérape. Il pose aussi une question : pourquoi cet homme aurait-il gardé ce document compromettant six mois durant ? Est-ce pour pister quelqu'un ou était-il de la bande ? Et qu'y avait-il dans ce paquet que le détective en herbe devait aller chercher, à Vouziers, précisément ?

Si réponses il y a eu, elles ne sont pas dans les dossiers. Classement sans suite.

En mai 1909, le juge André est à mi-chemin de son instruction. Le procès doit avoir lieu avant la fin de l'année, il a du temps, mais toujours pas de preuves quand la chance semble lui sourire enfin. Dénoncé par lettre anonyme à la police de Versailles, un nommé Allaire arrêté pour un cambriolage, passe aux aveux, et en dit plus qu'on ne lui en demande. Il accuse du meurtre d'Adolphe Steinheil un jeune bohème nommé Ange Tardivel[232]. La cour d'appel, au vu des documents déposés par le procureur général, juge la piste suffisamment sérieuse pour le faire rechercher et interroger. Tardivel est alors arrêté, avec perquisitions dans tous ses domiciles connus à Paris. Dont une chambre, 23, rue des Récollets, dans le Xe arrondissement. Les inspecteurs y trouvent une valise dans laquelle, au milieu d'un ballot de linge sale et de divers objets bizarres, une clé est posée sur un paquet de gravures représentant des exécutions capitales. L'une est soigneusement pliée. En lisant la légende, les policiers n'en croient pas leurs yeux : « Marthe Steinheil vient rendre visite à sa mère dans la prison de Saint-Lazare. » C'est la fameuse gravure publiée avec précaution par *Le Petit Parisien* cinq mois plus tôt.

Collection d'un maniaque au cerveau dérangé ? Mise en scène d'un schizophrène impressionné par le drame ? C'est le premier sentiment des enquêteurs, sauf que, après vérification, la clé déposée sur les gravures est celle de la cave du 6 *bis,* impasse Ronsin !

Cette découverte ne sera pourtant pas considérée comme un indice matériel suffisant pour modifier le cours de l'instruction.

Intrigant cependant, quand on liste les coïncidences. On sait qu'Ange Tardivel habitait impasse Ronsin au moment du crime. On retrouve chez lui la clé de la cave et il s'intéresse manifestement de près à l'affaire Steinheil. Son obsession des exécutions capitales pourrait être liée au sort possible de la meurtrière présumée, dont il conserve, quasi religieusement, la gravure qui la représente en prison, avec sa fille en larmes à ses côtés. Cela n'en fait pas un meurtrier. Est-ce pour autant qu'il ne sait rien ?

S'il a quelque chose à dire, il aura de toute manière peu de chances d'être entendu. Durant l'été 1909, plusieurs articles s'empressent de le discréditer. Tardivel est prétendu fou, son témoignage invalidé, et les éléments rassemblés oubliés[233]. Rideau ! Un rideau derrière lequel la galerie de portraits participe au désordre : Balincourt, Burlingham, Prévost, Chabert, Abigal et maintenant Tardivel ! Comment, toutes ces années après le drame, pourrait-on encore démêler le faux du vrai, alors que deux juges d'instruction s'y sont cassé les dents ?

J'ai repassé au crible tous les documents de police, la presse, les archives judiciaires, fouillé, élagué, assemblé et rebattu les cartes de ce jeu de dupes. Avec une seule idée en tête : trouver un fil qui court tout le long de l'histoire. Tassée sur ma chaise, les coussins avachis dans le dos, les doigts tachés d'encre et la tête en bataille, je suis près de renoncer.

Je sais aussi qu'il m'est impossible maintenant de reculer. À la question : Meg est-elle coupable du crime ? Je peux répondre avec certitude que non.

XVI

Les six crimes de Madame S

DANS SON MALHEUR, Meg a tout de même un coup de chance. Fin décembre, sous les combles de Saint-Lazare, arrive enfin quelqu'un qui vient de son milieu, de son monde. L'artiste Fernand Desmoulin qui s'est improvisé visiteur des prisons et a choisi d'exercer à Saint-Lazare, précisément[234].

Le front haut, barbe fournie et moustaches remontantes, ce graveur et peintre de grand talent est aussi un original. Sur le plan pictural, il se singularise, à l'approche de la cinquantaine, par une période spirite au cours de laquelle il produit, dans un état médiumnique, une centaine de dessins étonnants, parfois réalisés dans l'obscurité totale. Quelque temps plus tard, il s'engage dans cet « apostolat moral » auprès des détenues. Une aubaine inespérée pour Meg. Car ces deux-là ont beaucoup de choses à se dire, même si Desmoulin parle d'une coïncidence. Un an plus tôt, le ministre de l'Intérieur – Clemenceau – lui aurait donné la permission de visiter les prisons du département de la Seine, lui accordant le libre accès à ses protégées, dont une jeune femme internée à Saint-Lazare, qui répond au nom de Firmin. Desmoulin la visite en décembre 1908 dans sa cellule, numéro 12. Aux côtés de Firmin, une dame en deuil. Il reconnaît, bien sûr, Mme Steinheil.

Comme Adolphe Steinheil, Fernand Desmoulin est un peintre prisé par les célébrités politiques, scientifiques et littéraires de la IIIe République. Ils ont connu les mêmes têtes, les mêmes raouts, les mêmes cercles. Ils ont aussi en commun ce vieux Scheurer-Kestner, dont Desmoulin a fait le portrait, ainsi que celui du commandant Picquart, autre dreyfusard héroïque. Enfin, Desmoulin est un ami de Zola, qu'il a soutenu pendant l'affaire Dreyfus et qu'il est allé voir plusieurs fois en Angleterre lors de son exil.

On trouve à son sujet dans la feuille de Téry et Gohier un articulet qui dénonce le confesseur laïque : « Les aumôniers sont supprimés dans les prisons. À Saint-Lazare, ils ont été remplacés par M. Desmoulin. Mais M. Desmoulin n'est ni prêtre, ni même catholique. Il est protestant et il est graveur. C'est ainsi que « l'obscurantisme » perd chaque jour du terrain[235]. »

Meg accepte de recevoir la visite régulière de Fernand Desmoulin, en plus de son pasteur, parce que c'est enfin un contact régulier avec le monde dont elle vient.

En confiance, elle lui racontera l'histoire des perles de Félix Faure et des documents remis par celui-ci :

Les perles n'étaient pas mentionnées dans le rapport final du juge André, pas plus que dans l'acte d'accusation, et personne n'y fera allusion lors de mon procès. Qui peut me blâmer si j'ai toujours pensé que « les autorités » savaient quelque chose à propos de ce collier mais ne voulaient pas que le mystère soit révélé, comme elles ne voulaient pas non plus savoir que certains des bijoux volés la nuit du crime m'avaient été donnés par le Président, et deux, au moins, par le procureur général... J'ai toujours pensé également que « les autorités » savaient que je possédais d'importants documents et les Mémoires de Félix Faure. À la vérité, comme on me l'a ordonné, je n'ai plus jamais évoqué tout cela, excepté avec M. Desmoulin, le président de la prison, mon avocat et le pasteur Arboux.

Face à ces révélations, Desmoulin s'engage : *Je vais parler au président du Conseil [Clemenceau] et dans quelques jours, vous serez libre*[236] *!*

Les jours passent et l'emprisonnement se prolonge. La presse ne se préoccupe plus qu'épisodiquement du cas de Mme Steinheil. Et se réveille de loin en loin, comme dans cet article du *Matin* où un journaliste réclame pour elle la peine de mort, parce que le sujet est d'actualité : on a ressorti la guillotine pour les quatre condamnés de la bande à Pollet. Coupables d'avoir sauvagement assassiné des personnes âgées, ils sont exécutés le 9 janvier 1909, à Béthune, devant une foule de six mille personnes que ceinturent plus de trois cents gardes et policiers.

À Saint-Lazare, Meg ne sait rien de ce qui se dit dehors.

Après la quadruple exécution de Béthune, l'excitation de la foule retombe un peu, puis la pression reprend de plus belle. Dans son numéro du 1er mars 1909, *La Revue des revues* publie un long exposé de Cesare Lombroso, professeur de clinique psychiatrique à l'université de Turin, qui établit un parallèle entre le procès Steinheil et son ouvrage *La Femme criminelle.* Un torrent délirant. « Avant tout, Mme Steinheil est une dégénérée hystérique criminelle. Nous avons déjà démontré l'identité psychologique et même anatomique entre la prostituée et la femme criminelle, et nous avions constaté chez toutes les deux la grande prédominance de la face sur le crâne, l'absence de sens moral, le penchant précoce aux rapports sexuels, l'indifférence pour le mépris social, l'imprévoyance, la mobilité, la paresse, l'amour des plaisirs faciles, de l'orgie, de l'alcool. D'ailleurs bien souvent les deux types se confondent en un seul, beaucoup de voleuses étant en même temps des aventurières. Si la prostituée par métier s'abstient quelquefois de commettre des actes criminels, cela tient à sa faiblesse physique, à son peu d'intelligence et surtout à la facilité de pouvoir se procurer ce qu'elle désire. Ces caractères, nous les rencontrons également chez Mme Steinheil. Ils viennent corroborer notre assertion qu'il y a une analogie complète, au point de vue général, dans les manifestations et les crises de la perversion, entre la plus basse prostitution et la légèreté de la haute société, qui d'ordinaire ne passe aux yeux de bien des gens que comme une faiblesse plus ou moins excusable et parfois même jugée louable[237]. »

L'éminent psychiatre ne s'en tient pas à des considérations moralistes. Il analyse le crime à la lumière de ses déductions psychologiques. Sur neuf pleines pages, Lombroso détaille :

« La préméditation, l'impulsion du crime, la cupidité, la haine féroce, la séduction du complice, l'accumulation de mensonges et de calomnies, tendances propres à plus d'une femme. C'est d'ailleurs un phénomène pour ainsi dire organique chez la femme, qu'elle ne sait et ne peut jamais être entièrement sincère ; toutes sont inconsciemment un peu fausses. »

Un florilège de poncifs misogynes dont je ne suis pas la seule à m'offusquer. Je savais, pour avoir lu sa correspondance avec Zweig, que Freud le taxait gentiment de fantaisiste[238], mais une femme avant moi n'en pense pas moins. Dans l'exemplaire de *La Revue des revues* que je tiens en main, à la bibliothèque Marguerite-Durand à Paris, cette lectrice scandalisée a tracé à côté du nom de Lombroso : « Faux psychologue ! Vous êtes un imbécile, un vaniteux et un goujat par-dessus le marché. » La signature est peu lisible, le prénom, Irma, suivi d'un nom impossible à décrypter commençant par un P. Je m'y casse les yeux, en vain. Qui est-elle ? Pas une lectrice de passage à la bibliothèque. L'écriture est plus ancienne, contemporaine de l'article de Lombroso.

J'ai mis des années à pister cette mystérieuse Irma, et si je n'ai trouvé que très récemment qui elle était, c'est que je suis une idiote ! Sur cette même page, Irma P a tracé une croix à côté du septième argument de Lombroso censé démontrer pourquoi les femmes sont des menteuses compulsives.

« 7° Le rôle de la maternité les oblige à mentir, toute l'éducation de l'enfant n'étant qu'une série d'habiles ou sots mensonges ourdis par les femmes, pour cacher leurs mystères sexuels ou pour ne pas faire voir leur propre ignorance des choses[239]... »

Irma commente : « Pour les femmes, non ! Par les hommes qui les ont obligées à mentir. »

Comment ai-je pu passer à côté de cet indice ? Si ce seul passage est précisément commenté, il ne s'agit pas d'un hasard. Dans l'histoire du féminisme français, deux tendances se dessinent dans les années qui précèdent la Grande Guerre.

La première, soutenue par Madeleine Pelletier, celle des socialistes et des syndicalistes, défend un féminisme de l'égalité du genre humain. Ce sont moins les différences sexuelles biologiques qui déterminent la condition des femmes et des hommes que la construction sociale des sexes. La seconde tendance, au contraire, tire profit de la fonction maternelle des femmes pour réclamer non seulement une égalité des droits, mais des avantages spécifiques pour le sexe féminin ! Une de ses partisanes les plus actives s'appelle Irma Perrot. Bingo ! Certaines féministes, et non des moindres, ont vu clair sur le cas Steinheil. Après Annie de Pène et le cercle de Colette, Irma Perrot sera la fondatrice de l'Action des femmes, une association féministe radicale. Sa fureur à peine contenue ne peut rien contre « le grand professeur ».

Cesare Lombroso meurt quelques mois plus tard (octobre 1909), mais le mal est fait. Alors que l'instruction touche à sa fin, le psychiatre rend son verdict : mobiles cupides d'une « dégénérée héréditaire » ayant conduit au crime. Ce sera la thèse de l'accusation.

*

Le criminel à mes yeux, c'est lui, Lombroso, qui, avec ses élucubrations prétendument scientifiques, dresse déjà l'échafaud de la veuve noire. La guillotine, Meg refuse d'y penser. Inimaginable, impossible ! Depuis des mois, les mêmes privations, les maladies ou les petites joies dérisoires, et puis l'espoir qui s'intensifie un jour pour se rétrécir en peau de chagrin le lendemain. Les jours passent, et les visites sont trop rares. Même Marthe ne vient plus la voir, car le couple Chabrier a profité du coup du sort. Le malheur de l'une faisant le bonheur des autres, le couple, en s'érigeant en tuteur de sa fille, veut surtout faire main basse sur la maison de l'impasse Ronsin.

Son rêve évanoui, son mari et sa mère assassinés, sa fille abandonnée dans les filets de la duplicité humaine… Face à son désastre, l'ex-femme du monde soupèse l'ironie du sort. Pour éviter l'erreur judiciaire, sa seule chance serait de se soumettre à la raison d'État. C'est le conseil que lui donne son avocat. Il l'engage à ne pas parler du collier, ni de Félix Faure, ni de ses soupçons :

« Vous n'avez pas parlé des perles et des papiers à M. Leydet, en tout cas pas d'une façon explicite ; vous n'en avez pas parlé à M. André jusqu'à présent. Il est toujours dangereux d'introduire de nouveaux détails, des faits nouveaux. On vous soupçonnera davantage,

on ne vous croira pas, peut-être... Tout cela vous ferait plus de mal que de bien... Et puis, vous devez bien comprendre que le gouvernement, la justice ne seront pas très satisfaits si on parle de tout cela, s'il faut remuer le passé, fouiller la vie d'un ancien président de la République ! Silence, silence[240] *!* »

Était-il à ce point certain de l'issue pour lui faire prendre ce risque ? À ce stade, pour le Parquet, l'inculpée Steinheil est la seule présumée coupable d'avoir tué mère et mari.

Mais, alors que Meg vient d'obtenir, après de multiples demandes et pour la somme de 1800 francs, copie du dossier d'instruction (15000 pages), l'opinion des magistrats se retourne brusquement. Le docteur Balthazar vient de rendre ses conclusions. En réponse au devoir d'enquête du juge André, le médecin affirme que la main qui a étranglé Adolphe Steinheil ne peut pas être celle de sa veuve. La pression exercée est trop forte, cette main meurtrière est forcément celle d'un homme !

Retournement de situation en faveur de Meg, qui dépose une demande de mise en liberté provisoire. Le 8 mars, elle écrit au juge André une longue lettre, dans laquelle éclate son talent de persuasion :

Monsieur le juge d'instruction, Avec l'opinion si terriblement surexcitée contre moi, mais qui, mieux renseignée redeviendra forcément généreuse et juste, vous m'avez considérée comme une monstrueuse criminelle. J'ai subi vos dix interrogatoires, vos soixante heures de question sans une faiblesse, protestant chaque fois de mon innocence. Vous ne m'avez pas crue, vous ne pouviez pas me croire après toutes les folies, les extravagances que j'ai dites, que j'ai faites, ou que l'on m'a fait faire. Mon récit du crime vous paraissait, à vous comme à tous, fantastique, inacceptable : j'étais bien la seule coupable [...] Eh bien, monsieur le juge, les assassins étaient bien ceux que j'ai dits, nombreux comme je l'ai déclaré, et ce sont vos experts, dans leurs derniers rapports, votre dossier, dans son dernier état, qui en apportent enfin la preuve [...] Ainsi se trouve détruite l'odieuse hypothèse de la « veuve tragique », verseuse de poison ou de narcotique, ayant tué seule son mari et sa mère ! [...] C'est pourquoi, monsieur le juge, étant donné l'état actuel de l'instruction, je vous demande de me rendre à mon enfant et de mettre fin à ce supplice désormais inutile et dont votre conscience souffrirait un jour. J'ai l'honneur de vous demander ma mise en liberté provisoire, et je prends vis-à-vis de vous l'engagement formel de rester à votre disposition et de vous aider de toutes mes forces à la recherche de la vérité[241].

La réponse est non.

Si le meurtrier est un homme, le juge entend rouvrir l'inventaire des amants suspectés. Après Thompson, le ministre de la Marine, cité depuis plusieurs semaines, et Paul Caillard, on parle d'un mystérieux Bel-Ami, qui serait à la fois le coupable et le confident de Marguerite, mais que le juge se refuserait à entendre[242]. La chasse aux hommes de Meg recommence, d'autres noms s'étalent dans les journaux, forçant ses traits de femme fatale. Chauchard, des Grands Magasins du Louvre, revient lui aussi dans la course. Et, lorsqu'il meurt en juin 1909, Urbain Gohier s'en donne à cœur joie dans *L'Œuvre*.

Il commente longuement le montant de la succession Chauchard, rappelle qu'il a acheté *L'Angélus* de Millet pour 1 million de francs-or et enchaîne, sans en avoir l'air, sur l'affaire Steinheil. Sous le titre « Ils vont la tuer », il reconnaît s'être trompé en annonçant dans *L'Intransigeant* que Meg ne passerait jamais en cour d'assises : « Fait du prince, non-lieu ou *suicide.* Le gouvernement de la République semble s'arrêter au second parti. Après un non-lieu, Mme Steinheil parlerait peut-être. Les morts ne parlent pas. » Gohier rappelle l'affaire Dreyfus, le suicide du colonel Henry dans sa cellule, remarque que les journaux préparent l'opinion en donnant des nouvelles alarmantes de la santé de l'inculpée et termine sur ces phrases meurtrières :

« Le gouvernement de cette République est un gouvernement d'assassins aussi bien qu'un gouvernement de voleurs. La fange y est partout mêlée de sang… Mme Steinheil à la barre de la cour d'assises, ce serait l'étalage public de trop de saletés : l'ignominie du président de la République, des ministres, hauts magistrats, garde des Sceaux, parlementaires, apparaîtrait en lumière trop crue. La maîtresse de Félix Faure doit mourir[243]. »

Meg en sait trop, elle doit mourir. Ce ne serait que la seconde fois. La nuit du crime, ceux qui ont étranglé Adolphe ont cru l'avoir tuée en étouffant sa mère à sa place.

Le seul point de l'instruction qui recoupe les éléments extérieurs, les preuves, reste cette piste vague d'une intrusion d'hommes vêtus de manteaux noirs. Le vol des lévites, les adresses sur les cartons trouvés dans le métro la veille prouveraient la préparation d'un « cambriolage » par des hommes déterminés avec un but très précis.

L'hypothèse serait la suivante : face aux visiteurs nocturnes, Adolphe Steinheil s'interpose afin de ne pas laisser les fameux papiers tomber dans des mains étrangères. Pour le neutraliser, un des malfrats lui brise la nuque. La mère Japy se réveille et hurle, on la coince sur le lit en lui fourrant de l'ouate dans la bouche. Meg seule sait que les papiers de Félix Faure censés être dans le secrétaire ont été remplacés par de vieux journaux. Même menacée, elle ne pourrait les leur donner puisqu'ils ne sont pas là. Les agresseurs n'ont qu'un moyen, conclure un pacte avec celle qui a tout vu, et qui sait où se trouvent les documents recherchés.

Ce scénario n'est pas forcément incompatible avec la piste des *lévites* qui, Hamard le soutiendra jusqu'à la fin de sa vie, demeure la seule crédible.

Le juge André ne s'avoue pas vaincu par l'imbroglio.

Entre le moment où son mari et sa mère sont morts et l'arrivée des secours, Meg aurait eu le temps, quelques heures même, pour appeler quelqu'un à l'aide. Un ami haut placé, par exemple, qui saisirait l'ampleur du drame et la nécessité d'agir en conséquence, d'arranger un nettoyage sur place, avec des ficelles de comédie et une version officielle, avant que Hamard et Leydet ne prennent l'affaire en main. Le prix de ce sauvetage ne pouvait qu'être le silence.

Un silence que Meg a rompu quand, piégée par la presse, elle s'est mise à réclamer qu'on recherche activement les assassins. Tout s'emballe ensuite. L'étau se resserre autour de ses mensonges. Accusée, arrêtée, elle est jetée en prison, pour complicité d'homicide, solide avertissement.

*

Près d'un quart des *Mémoires* rédigés par Marguerite Steinheil raconte la prison, d'un hiver l'autre. Elle cède à la tentation de lisser les traits de son caractère et les zones d'ombre de sa vie, la prison cathartique, l'humilité totale, le repentir pour tenter d'infléchir la main invisible du destin, quelques empathies dans le malheur, le bonheur d'une visite, d'un parloir, d'un rayon de lumière. Une branche de mimosa dans un encrier vide. De doutes en luttes intérieures, à chaque épreuve gagnée, elle achète son sursis.

Entre mars et juillet, l'instruction est terminée.

Le juge André ordonne, le 30 mars 1909, la transmission des pièces au procureur général Trouard-Riolle. Le 27 avril, M. Rome, le substitut du procureur général dépose le réquisitoire à la chambre des mises en accusation de la cour d'appel de Paris. Cinq juges signent l'arrêt le 8 juillet. Il se termine comme suit :

« La Cour, après en avoir délibéré, considérant que des pièces et de l'instruction résultent des charges suffisantes contre Marguerite Jeanne Japy veuve Steinheil, 40 ans, détenue,

D'avoir, du 30 au 31 mai 1908 à Paris, commis un homicide volontaire sur la personne de la dame veuve Édouard Japy, sa mère légitime ;

D'avoir, du 30 au 31 mai 1908 à Paris, commis un homicide volontaire sur la personne d'Adolphe Steinheil, avec les circonstances ;

Que ledit homicide volontaire a été commis avec préméditation ;

Que ledit homicide volontaire a précédé, accompagné ou suivi le crime ci-dessus spécifié[244]. »

Marguerite Steinheil sera jugée par la cour d'assises de la Seine pour les crimes prévus aux articles 295, 296, 297, 299, 302 et 304 du Code pénal. Sur les neuf articles du chapitre du Code traitant des meurtres, l'acte d'accusation en retient six : l'homicide commis volontairement qualifié de meurtre, le meurtre commis avec préméditation qualifié d'assassinat, la préméditation, le parricide ou meurtre des pères ou mères légitimes, naturels ou adoptifs. Les deux derniers fixent la peine encourue : la mort.

Le procès est fixé en novembre. Trois semaines avant, *Le Matin* publie *in extenso* l'acte d'accusation ! Ce journal, qui a concouru à son inculpation, conclut sans vergogne : « Qu'elle ait été seule ou aidée dans ce crime domestique qui n'a rien à voir avec un vol, sa situation reste la même. C'est la femme Steinheil qui a joué le rôle directeur et principal et qui a aussi assumé la plus lourde responsabilité pénale[245]. »

XVII

Tuez la femme

LE MATIN DU 3 NOVEMBRE 1909, Meg quitte Saint-Lazare pour le dépôt, la prison du Palais de Justice où elle restera enfermée jusqu'à la fin du procès. Elle va affronter la Cour, le jury, le public, il lui faut renaître, se battre, et, pour la dernière fois, peut-être, séduire.

Le juge de Vallès, président de la cour d'assises, a mis un point d'honneur à limiter les risques de dérapage lors de l'ouverture du Palais de Justice ; trois barrages sont établis, dans la galerie de Harlay et dans les deux galeries latérales. La garde du Palais bénéficie du renfort de la garde municipale, comme lors du procès Zola. Le public est limité à cent personnes, debout, au fond de la salle. Les journalistes de la presse judiciaire ne disposent que de quarante places, la presse étrangère de vingt.

Le 3 novembre, en fin de matinée, trois cents curieux font le pied de grue en attendant l'ouverture des grilles. À midi moins cinq, les portes du haut du grand escalier s'ouvrent. Sous le regard d'un commandant de gendarmerie, une trentaine de gardes républicains forment une haie le long des marches pour encadrer l'entrée du public. En quelques minutes, c'est le chaos. La foule force le passage, gagne les escaliers avant d'être chassée par les gardes républicains qui reprennent le contrôle des couloirs du Palais.

Midi a sonné depuis dix minutes. À l'intérieur, la première audience du procès de Marguerite Steinheil s'ouvre.

Il n'y a que des hommes dans le jury (les femmes n'ont pas le droit de vote et les jurés sont choisis sur les listes électorales) et beaucoup sont cette fois ouvriers, manœuvres, artisans[246], car désormais indemnisés, disposition nouvelle due au ministre de la Justice, Aristide Briand. Les avocats, Mes Aubin, Landowski et Steinhardt, sont installés au banc de la défense, et à l'opposé ceux des parties civiles. La salle est bondée.

Avec un temps de retard, Meg entre enfin, silhouette noire à voilette, sans apprêt ni coquetterie. Debout, droite et menue, dans le box des accusés, elle regarde chacun et personne. Ses grands yeux brillants semblent fixer au loin un invisible spectacle.

Après quelques instants de silence tendu, elle s'assied, le visage tourné vers la Cour. Par son premier regard aux magistrats, elle annonce qu'elle se battra pied à pied, qu'elle refusera d'incarner dans le prétoire cette autre accusée qu'on voudrait juger à travers elle, la femme fautive du péché originel, la porteuse fatidique du fardeau du mal.

Face à l'accusée, sur le banc des journalistes, Séverine. Quelques jours avant l'ouverture du procès, elle a exécuté Meg en quelques lignes.

« C'est mercredi prochain que Mme Steinheil commencera d'être jugée. Sa comparution en assises est un échec pour les réactionnaires, qui affirmaient qu'on n'oserait jamais aller jusque-là envers la détentrice de tant de secrets d'État. Elle ne détenait rien du tout et la justice suit son cours. Ils disent aujourd'hui “On n'osera pas la condamner” oubliant qu'elle relève du jury, institution parfaitement indépendante. Personne ne peut préjuger du verdict. Le plus menaçant pour l'accusée, c'est la durée probable de l'affaire. En une audience, elle aurait peut-être exercé sur les jurés ses ordinaires talents d'attraction. Mais au long de la semaine, les jurés déjà prévenus auront le temps d'observer, d'étudier, de discerner. En rentrant chez eux, ils reprendront contact avec la bonne et saine influence féminine. Et les femmes qui chérissent leur mère, qui aiment leur mari, qui respectent leur foyer, n'ont pas beaucoup de sympathie pour Mme Steinheil[247]. »

Séverine s'apprête à rapporter ses « Impressions d'audience » dans *L'Œuvre*, périodique antisémite façon *Action française* où elle côtoie Téry et... Labruyère[248]. Quand le journal est menacé d'interdiction, Séverine défend ses collègues, ses « copains », par loyauté. Elle témoigne moins d'égards à l'inculpée Steinheil.

Conscient que sonne son heure de gloire, l'avocat général Trouard-Riolle s'éclaircit longuement la voix. Tout en lui transpire le masque de l'implacable, jusqu'à sa mâchoire glabre, qui le distingue des autres magistrats barbus. Il tient à se montrer d'autant plus ferme qu'il a bien connu l'accusée. Au temps de la splendeur de cette diva amaigrie par la prison, il en fréquentait assidûment le salon. Un motif de récusation, comme pour le juge Leydet ? Il aurait peut-être fallu en récuser bien d'autres avant d'en trouver un qui n'ait jamais été de près ou de loin en contact avec la belle dame de Vaugirard.

Pincé ou doucereux, vaguement ironique, et toujours effroyablement ennuyeux lorsqu'il se lance dans une description, Trouard-Riolle retrace par le menu quarante années de vie de l'accusée – un âge qu'elle se garde merveilleusement de paraître, même si elle les a *fêtés* le 16 avril à Saint-Lazare. Dans un dédale de faits mineurs, l'accusateur public cherche à déceler chez cette gamine devenue femme fatale les germes d'une culpabilité qui, selon lui, ne fait aucun doute.

Du haut de ses petites lunettes rondes, perchées sur un nez de volatile, l'avocat général la sermonne à coups d'invectives outrancières dans un acte d'accusation interminable. Il sait que ce procès est suivi par la presse internationale et qu'il tient en haleine la France entière, alors il savoure ce moment comme un chef d'orchestre à la direction d'une formation symphonique de neuf avocats, dix experts, quatre-vingts témoins et d'une instruction de 15 000 pages[249].

Le président de Vallès, barbiche en pointe, attaque lui aussi de front :

« Vous êtes accusée d'assassinat et de parricide ! »

Elle ne répond rien.

L'interrogatoire commence.

« Vous vous appelez Marguerite-Jeanne Japy, veuve Steinheil. Vous êtes née en 1869. Vous avez donc 40 ans. Est-ce bien exact ? »

Mme Steinheil répond simplement : oui.

C'est son premier mot.

« Le dossier est tout brouillé. Il y a des renseignements qui vous sont personnels… »

Le président déroule un édifiant catalogue des stéréotypes sexistes : une petite fille intelligente mais menteuse ; une comédienne, mentant naturellement ; dévergondée dès l'âge de seize ans, elle aurait mis au monde un enfant illégitime qu'elle a abandonné ; adulte adultère et vénale…

Meg ne nie pas l'adultère. L'occasion est trop belle, sa prestation commence. Agrippée au banc des accusés, la silhouette en noir prend sur le coup une tout autre allure. Il émane d'elle une force contenue, et dans ses grands yeux dont le bleu se fait lourd, une énergie opiniâtre.

« J'ai pleuré sur ma vie coupable et je demande qu'on me la pardonne. »

Elle renvoie la Cour à la honte qu'elle lui inflige de devoir en répondre, en public, alors que ce dont on l'accuse n'est pas d'avoir eu des amants, mais d'avoir prémédité l'assassinat de son mari et tué sa mère.

Me Aubin, son avocat, se lève et proteste : « Vous n'avez pas le droit de parler ainsi, vous insultez l'accusée. »

L'interrogatoire de Meg va se dérouler durant trois longues audiences.

« De mémoire de magistrat, on n'avait vu, dans la grande salle des assises, pareil duel entre le président et l'accusé, rapporte *L'Aurore*. Certes, le président a le droit et le devoir de scruter par son interrogatoire les points obscurs de l'affaire. Il doit cependant le faire avec le sang-froid et l'impartialité qui doivent régler sa conduite. Jusqu'à la fin des débats, jusqu'à ce qu'elle ait définitivement quitté la salle des assises, pour la prison ou la liberté, Mme Steinheil n'est pas coupable. Or, dans cet interrogatoire touffu on serait plutôt tenté de reconnaître une pointe d'agressivité. "C'est vous qui mentez !", criait encore hier M. de Vallès à l'accusée. Et encore : "Vous vous évanouissez quand les questions deviennent trop précises." Me Antony Aubin trouve que le président "va un peu trop loin". Et il n'a pas tous les torts. L'impression quasi générale, nous disait hier un familier du palais, est que l'interrogatoire a été mené avec une rudesse exceptionnelle. […] Les jurés, après avoir vu poursuivre l'accusée avec une telle véhémence ne seront-ils pas tentés de la croire définitivement coupable ? Coupable, l'est-elle ? Personne n'a, dans tous les cas, le droit de l'affirmer. Pour nous, pour tous ceux qui ont le souci de la justice, elle est et elle reste une accusée. Et elle a droit, jusqu'à la dernière minute, à tous les égards qui sont dus à ceux que la justice n'a pas encore frappés[250]. »

*

Comme chaque jour, Séverine rédige le compte rendu de l'audience. Cette fois, la procédure prend le pas sur les fondements de l'accusation, mais c'est toujours Meg la coupable :

« Les avocats arrivent à ne considérer dans cette affaire que les difficultés juridiques et la présentation de la défense. L'opinion du dehors a fini par s'arrêter au seuil de leur cerveau. Conséquemment, le jeune barreau surtout, encore passionné de procédure, reconnaît pour sienne l'experte chicanière et la "diseuse" habile qu'est Mme Steinheil. La vérité est secondaire ; la "manière" prévaut. Il ne s'agit pas de savoir si c'est exact mais si c'est bien – si ça fait bien surtout. Le jury, la presse, le public sentent d'autre manière, estiment que c'est trop bien, précisément… et restent sur leurs gardes[251]. » Façon pour Séverine de dire que le bon sens la déclare coupable et qu'elle aussi, quoi que puisse prétendre la justice.

Dans un autre article, titré « De l'orage dans l'air », Séverine pose des questions :

« Après un duel de près de trois jours entre une insaisissable accusée et un président qui ne lâchait pas prise, allait jusqu'au bout de sa mission et de ses droits… que se passe-t-il ? Le ton des discussions s'élève pendant les entractes – pardon ! – les suspensions d'audience. La passion s'en mêle, on s'entre-décoche des mots pointus. Plus de huit jours et l'on échangera des calottes ! À moins que d'ici là ne se produise quelque événement qui mettrait tout le monde d'accord[252]… »

À la lecture des comptes rendus que la journaliste féministe publie, audience après audience, mes cheveux se hérissent. Premier jour du procès : « c'est une Méduse moderne », « elle porte aussi malheur à tout ce qui lui tient ou l'approche », « une petite femme noiraude, infiniment bourgeoise et provinciale ». Séverine la surnomme « Maître Meg » et lui reconnaît « une virtuosité inoubliable », « une argumentation aux ripostes prestes et ingénieuses », mais c'est pour les retourner contre l'accusée : « Tout s'explique, elle a le génie de l'intrigue »[253].

Les avocats de Meg démontent point par point la thèse radicale et insensée. Elle gagne des points. Surtout quand passant du rire aux larmes, elle s'indigne avec fougue, questionne, argumente, puis défaille, pâle et immobile dans le box des accusés transformé en estrade de théâtre. Celle qu'on surnomme déjà « la Sarah Bernhardt des assises » fait mouche. Elle est sa meilleure avocate, plaidant avec une force de conviction qui déstabilise l'avocat général Trouard-Riolle. La joute touche à sa fin quand la défense demande à produire un témoin de marque.

Le témoin de moralité s'appelle Albert Paisant. Il est l'un des avocats les plus respectés de la profession et un ami d'Aristide Briand. Il l'est aussi de l'accusée et ne s'en cache pas. Calme et beau quadragénaire, Paisant raconte la vie de l'impasse Ronsin, n'occulte pas les liaisons de Meg, mais les explique par une fâcheuse conjoncture qui l'a vue se battre pour maintenir son ménage et sa maisonnée, puis l'a poussée vers des bras protecteurs où elle pouvait profiter de ces belles années, et tout simplement vivre.

Le défenseur surprise de Meg lui tire des larmes. Elles sont sincères.

Les débats sont clos, c'est l'heure des plaidoiries.

À l'audience du 11 novembre 1909, l'avocat général dresse un réquisitoire implacable qui repose sur du sable : aucune preuve matérielle n'étaye la culpabilité. Il revoit à la baisse la qualification des crimes, abandonne l'accusation de parricide, puisqu'il est prouvé que Mme Japy est morte par accident après avoir été ligotée et bâillonnée. Mieux encore, il reconnaît que le meurtre d'Adolphe Steinheil n'a pu être matériellement commis par l'accusée, mais qu'elle avait sans doute un complice. Ou plutôt une complice, sous-entend-il, après avoir dressé un portrait au picrate de Mariette. Un complot de femmes criminelles en somme.

Le 13 novembre, ultime audience, l'avocat de la défense soutient sa plaidoirie. Me Aubin est mesuré, efficace, il rattrape les jurés là où l'avocat général les a laissés, raconte une femme qui a perdu son mari, sa mère, qui est séparée de tout ce qui lui reste, de sa fille, pour des chefs d'accusation qui déjà ne tiennent plus.

Au dévouement de l'épouse, maîtresse femme et de maison, il accole l'autre face, libertine et fastueuse. Il évoque son premier adultère, sans nommer Manuel Baudouin, mais en n'épargnant pas la complaisance d'Adolphe, ni sa passivité :

« Messieurs les jurés, je vous demande s'il n'est pas de toute justice de laisser une part, une grande part de responsabilité, dans cette première chute, à l'amant, abusant de sa situation haute, de sa parole dorée et prometteuse, à l'amant qui restera l'ami du mari, son conseiller, son commensal –, et au mari qui ne devait jamais se dresser, face à face, contre le premier amant de sa femme – et contre tous les autres – que pour faire leurs portraits[254] !... »

Il fait rire la salle, puis brise le tabou en évoquant juste après cette première « chute », l'ombre de Félix Faure :

« Vous pensez bien, messieurs les jurés, que recherchée dans ce monde où elle fut longtemps fêtée, elle n'avait aucune raison pour déchoir. Et, en effet, elle arrivait peu après au point culminant de sa vie amoureuse, si tant est que femme infidèle s'élève jamais dans son infidélité. Un nom ici pourrait me venir aux lèvres. Ce nom a été introduit par la politique qui, dans sa passion, dans son égarement, ne peut, hélas !, rien respecter. [...] Devenir un guetteur de ruelles, un fouilleur de légendes malséantes ; dans le silence du passé faire un bruit de scandale ; évoquer une grande ombre qui nous apparaîtrait ici à tous, ici, indignée, courroucée : non, non, cela ne saurait convenir au grand Jury français qui m'écoute !... Que celui, auquel je fais allusion, repose tranquille dans la mémoire reconnaissante de ceux qui savent qu'il a aimé, qu'il a servi la Patrie[255] !... »

En levant ce coin du voile, et en prouvant par là sa confiance au jury puisqu'il n'omettait rien, l'avocat de Meg, secondé par Me Landowski, marque des points au fur et à mesure que sa plaidoirie résonne dans le prétoire. Ce sont les dernières heures, bientôt les dernières minutes d'un long procès qui s'est révélé souvent cocasse, au-delà du tragique, un fascinant spectacle relayé par tous les journaux français et les correspondants de presse du monde entier.

Aux harangues vengeresses du procureur, Me Aubin oppose la magnanimité et fait appel aux jurés. Convoquant par le verbe la pâle figure de Marthe, il dédie à l'absente la fin de ce procès d'assises. Il rappelle qu'à l'aube de sa vie de jeune fille elle a vu s'abattre la catastrophe : son père et sa grand-mère assassinés chez elle, puis sa mère jetée en prison et la ruine de son amour et de ses fiançailles :

« Fût-il jamais sort plus cruel, plus injuste – et plus profond désespoir !… Eh bien, cette enfant, si pure et si noble, je l'appelle à mes côtés ; je la veux tout près de moi ; oui, je la veux, tendant les bras vers nous, suppliante, défendant sa mère ! Les deux malheureuses !… Combien de larmes ont-elles déjà versées !… Combien de larmes elles verseront encore !… Ah ! Messieurs les jurés, donnez-leur le moyen d'arriver à se consoler, à oublier ensemble – un peu seulement et dans bien longtemps – en bénissant votre justice[256] ! »

Meg, effondrée sur son banc, est incapable de répondre à la dernière question du président : « Avez-vous quelque chose à ajouter ? »

La salle attend, immobile, dans un calme qui tranche avec l'atmosphère générale du procès. Et à 22 heures, dans un silence total, les jurés se lèvent pour s'isoler à huis clos et délibérer.

Ils doivent répondre à trois questions principales : Meg a-t-elle volontairement tué sa mère, et son mari, ces meurtres ont-ils été commis avec préméditation ?

Il y a encore sept questions supplémentaires « résultant des débats », où tout se complique au vu des formulations alambiquées. Deux questions portent sur la réalité des meurtres : Mme Japy a-t-elle été tuée ? Adolphe Steinheil a-t-il été tué ? L'une, plus étrange encore, jamais abordée au procès, demande : « Mme Japy était-elle la mère légitime de Meg ? » Quant à la septième et dernière question, elle résume à elle seule le casse-tête : « Marguerite Japy, veuve Steinheil est-elle coupable d'avoir, dans la nuit du 30 au 31 mai 1908, à Paris, aidé ou assisté, avec connaissance, l'auteur de l'action subsidiaire numéro 4 qui précède, dans les faits qui l'ont préparé ou facilité ou dans ceux qui l'ont consommé[257] ? » Comprenne qui pourra.

Les débats s'annoncent longs, mais personne ne s'éloigne. Dans la galerie de Harlay, on se dégourdit les jambes, on discute, on parie sur le verdict et, après une bonne heure, la nouvelle se répand que les jurés ont demandé la présence à leurs débats du président de Vallès. Ceux qui croient Meg coupable jubilent : si les jurés appellent le magistrat, c'est qu'ils veulent son aval. Trente minutes s'écoulent encore avant qu'on appelle à nouveau le président, mais aussi Me Aubin et l'avocat général.

La rumeur enfle : la condamnation serait totale, parricide compris. Autour du Palais de Justice, on loue des chaises et des couvertures, la foule est compacte. La police verrouille la place, on craint des débordements vengeurs, des cris fusent : « À mort la Steinheil ! », « Pas de pitié ! ».

Pendant ces heures où les minutes passent au ralenti, Meg attend, recluse, patiente dans la salle des gardes. On dit qu'elle est abattue, certaine de sa condamnation. On dit aussi qu'elle signe des autographes aux plantons.

À 1 heure du matin, une clochette annonce le retour des jurés. Par neuf voix contre trois ils ont répondu « Non » à toutes les questions. Même à celle qui demandait si Mme Japy était bien la mère légitime de l'accusée !

À l'énoncé du verdict d'acquittement, Meg s'évanouit. La foule applaudit et hurle vivats et bravos. Ensuite, comme portée par ses défenseurs qui la mènent vers une porte dérobée, elle sort libre du Palais de Justice où le brouhaha des commentaires bat son plein.

Si elle avait été reconnue coupable, l'accusée aurait encouru la peine de mort, et cela, personne n'y avait intérêt. Sans doute la condamnée aurait-elle alors mis à profit le peu de temps qui lui aurait été imparti pour faire connaître ce qui devait rester tu.

Procès truqué alors ? Une chose est certaine, tous ceux qui ont approché de près ou de loin Marguerite Steinheil ont été convoqués à la barre, jusqu'à son institutrice. Tous sauf… Balincourt. Au lendemain du verdict, *L'Humanité* résume bien la situation : si l'affaire Steinheil n'est pas un crime d'État, il s'agit bien en revanche d'un acquittement politique[258].

Seule Séverine, finalement, n'accepte pas le verdict. D'entrée de jeu, elle a condamné l'accusée et continue de la mépriser, fustigeant le vice et son « triomphe », raillant la « veuve joyeuse qui sable le champagne au Terminus ».

Elle est remise à sa place dans le courrier des lecteurs de *L'Œuvre* :

« Mais non, madame, toutes les femmes n'auraient pas "hué" Mme Steinheil, et ne croyez pas non plus que les femmes des jurés ont toutes "rabroué" leurs maris, dimanche matin. Je connais beaucoup plus de femmes qui souhaitaient l'acquittement que je n'en connais qui se seraient réjouies d'une condamnation : et ce sont, je vous l'assure, de très honnêtes femmes, ni détraquées, ni atteintes de sensiblerie maladive ; elles jugeaient humainement sans haine et sans parti pris, voilà tout. La foule qui a acclamé le verdict n'était pas non plus uniquement composée de snobs. Il y avait là des femmes du peuple et des femmes du monde, des employées et des artistes, des gens chics et des gens pas chics, mais tous étaient étreints par la même anxiété : comme le président de Vallès, ils avaient senti "le frisson de l'erreur judiciaire". Et voilà pourquoi ils applaudirent à l'acquittement. Ah ! Madame Séverine, vous si bonne, si généreuse d'ordinaire ! Dans quel encrier ensorcelé aviez-vous donc trempé votre plume[259] ? »

J'applaudis à mon tour celle qui signe cette lettre à Séverine. Il s'agit d'Annie de Pène, la féministe, l'amie de Colette. Maîtresse de Téry, le patron du journal, elle a réussi à publier cette réplique cinglante qui conforte mon intuition et m'oppose, comme elle, à une Séverine condamnant Meg parce que bourgeoise, forcément coupable.

À la rédaction de *L'Œuvre*, la ligne éditoriale est d'en faire un crime de classe. Un article prétend que les trois jurés qui ont voté la culpabilité, contre neuf pour l'acquittement, seraient des ouvriers : « Quelques prolétaires conscients de plus dans le jury et Meg était condamnée. Les socialistes reprochent à la magistrature de rendre une justice de classe. Le plus curieux c'est qu'ils n'ont peut-être pas tort[260]. »

En résumé, acquittée elle n'en reste pas moins coupable. Peut-être pas des crimes, mais d'être ce qu'elle est : une femme qui aime la vie, l'amour et le sexe. Et cela, ça ne pardonne pas.

*

Dans les archives, j'ai trouvé une note qui relate l'action bienveillante d'une certaine Régine Martial. Dès après l'acquittement, le 14 novembre 1909, elle ouvre au nom de l'Association de la presse judiciaire une souscription pour dédommager Mme Steinheil de son année de prison[261].

Enfin ! Enfin quelqu'une pour se soucier d'elle, pour prendre la mesure de ce qu'elle a dû endurer, et tenter d'adoucir un peu les conséquences de cet autre traumatisme. Ils ne sont pas légion, même aujourd'hui, à faire preuve d'un peu d'humanité, les chroniqueurs de tout poil qui se sont penchés sur son « cas ».

Misérable constat, tempéré par quelques femmes, dont, en 2003, Anna Norris, auteur d'un merveilleux livre, *L'Écriture du défi*, qui analyse des textes écrits par des femmes incarcérées[262]. La première à avoir franchi le pas, c'est Meg. Il faudra attendre une cinquantaine d'années, dans les années 1960, pour que paraissent d'autres œuvres carcérales féminines. En décryptant les *Mémoires* de Meg, Anna Norris tire le fil d'une vie marquée par cette époque où le choix d'un mari était laissé à la famille. Meg éprouve des sentiments contradictoires qu'elle a elle-même des difficultés à définir. Elle est déchirée entre le souci constant de remplir son devoir de fille, de mère et d'épouse, la volonté de ne pas contrarier sa famille, la crainte de blesser l'autre et l'angoisse d'être une mauvaise mère tout en avouant son manque d'amour pour son époux[263]. Très vite, elle ne peut se résigner à être condamnée à vivre auprès d'Adolphe Steinheil dont elle veut divorcer moins d'un an après son mariage. La promesse d'une vie libre la fera rentrer sur le droit chemin de l'apparence et des convenances. Norris note justement que lors de son procès l'élément central du scandale est davantage sa liberté sexuelle que le rôle qu'elle aurait joué dans la mort de sa mère et d'Adolphe. Le refus de se plier à la condition de femme et son désir de se libérer font d'elle un monstre capable d'assassinat, comme si le fait de ne pas se conformer à la norme sociale était un signe de culpabilité. Le déroulement du procès l'atteste. L'accusation s'efforce de faire témoigner toux ceux qui étaient au courant de la séparation officieuse du couple, et les principaux arguments pour démontrer sa culpabilité reposent sur les détails de sa vie galante, ses demandes de divorce tout ce qui concourt à forger son image d'une « mante religieuse ». En refusant de se soumettre aux obligations de son sexe, de son époque et de son rang social, Meg ne peut qu'être coupable.

*

De questions mal posées en faits passés sous silence, le procès de Marguerite Steinheil dessine en creux ce qui ne devait surtout pas être évoqué aux assises : sa liaison avec Félix Faure et celle qu'elle a eue avec Aristide Briand.

Sur le crime lui-même et le *modus operandi,* l'affaire est entendue. Le plus plausible reste un cambriolage qui aurait mal tourné. Il a été commis par trois hommes et une femme portant des robes noires, volées à L'Éden. C'est le seul élément de l'instruction où des événements extérieurs corroborent une des pistes envisagées. La carte trouvée dans le métro la veille du crime prouve la préméditation. Qu'on le veuille ou non, en tenant compte de ces indices matériels, le coupable ne peut pas être un ami-amant de Meg, surpris par Adolphe, et qui l'aurait étranglé pour l'empêcher de crier.

Quelque chose se tramait impasse Ronsin le soir du 30 mai. Un cambriolage, une opération, mais qui en est l'instigateur ? Le mystérieux maître chanteur, ami de circonstance d'Adolphe, qui veut récupérer enfin tout le lot ? Certains avancent le rôle d'agents de la Sûreté, avec deux hypothèses plausibles concernant leur intervention.

La première hypothèse serait celle d'une opération policière postérieure au meurtre, pour arranger la scène du crime et protéger un agresseur de haut rang. C'est la version retenue aujourd'hui dans la plupart des publications sur l'affaire. La seconde hypothèse serait que la Sûreté a été partie prenante du cambriolage. Les services de renseignements savaient que le couple Steinheil écoulait des objets de valeurs reçus de Félix Faure. Pour éviter un incident diplomatique avec la Russie qui s'en inquiétait, ou pour éviter la perte et la dissémination de documents embarrassants, une opération de récupération aurait été planifiée. Elle aurait pris la forme d'un cambriolage une nuit où les Steinheil sont absents. La maison devait être vide, le scénario s'est grippé. Adolphe Steinheil a résisté, il en est mort.

Celui qui menait l'affaire et savait à quel point ces papiers étaient importants pour son commanditaire n'avait pas le choix. Adolphe ne pouvait pas les lui donner puisque Meg les avait remplacés par des coupures de journaux. Serrant la gorge du peintre – ce qui est avéré par l'autopsie –, il lui a brisé le cou sans que cette mort soit intentionnelle.

Reste Meg. Les barbouzes de l'époque venus arranger la scène négocient avec elle. On lui promet une enveloppe pour qu'elle se taise. Mais dès lors qu'elle ameute la presse en novembre 1908, elle rompt le silence et l'accord. La sentence est immédiate : inculpation, arrestation, prison. Pour l'intimider, la contraindre, mais à quoi ? Si on suit le raisonnement, c'est pour l'amener à restituer les documents toujours introuvables. Plutôt compliqué tant qu'elle est enfermée à Saint-Lazare. Or, on sait qu'une note de police rédigée trois jours après l'arrestation de Meg situe « ces papiers importants, que Steinheil auraient confiés à un ami, en lieu sûr en Belgique », et que l'agent Prudent a trouvé à Bruxelles la « Clef Ronsin »[264]. La clé de quoi ? D'une serrure ou de l'énigme ?

Si les documents ont bien été trouvés à Bruxelles, comment faire alors sortir Meg de prison ? Leydet, qui aurait pu classer l'affaire, a été récusé. Ce mauvais timing et la seconde instruction prolongent d'autant la détention. D'où l'intervention de Desmoulin, porteur de messages rassurants sur l'issue d'un procès qui devait déboucher, après injonction politique, sur un acquittement.

Alors, procès truqué ou incompétence de la justice française ? Ce n'est peut-être pas l'un ou l'autre.

En Angleterre, l'affaire a provoqué perplexité et critiques. Depuis Paris, Francis Bertie, l'ambassadeur de Grande-Bretagne en France, écrit à Sir Edward Grey, son ministre des Affaires étrangères[265]. Il l'informe de l'incompétence de la police française qui n'a pu découvrir les coupables malgré de très longues investigations et signale les faiblesses de la cour d'assises qui, en dépit du verdict du jury, s'est montrée incapable de lever toute suspicion à l'égard de Mme Steinheil.

Dans cette note du Foreign Office, on apprend que, à la suite du procès Steinheil, le Conseil des ministres français a engagé une réforme immédiate de la procédure criminelle, de l'instruction préliminaire à la procédure en cour d'assises[266]. Une des premières décisions consiste à supprimer l'interrogatoire de l'accusé par le président de la cour !

Sacrée Marguerite ! Si douloureux et injuste qu'ait pu être son passage en prison elle a réussi à provoquer malgré elle une prise de conscience au plus haut niveau de l'État sur un dysfonctionnement de la justice française[267]. Dans ses *Mémoires,* avec son langage châtié mais sans concession, Meg fait d'ailleurs le procès du système judiciaire français et de l'iniquité de l'emprisonnement préventif. Elle insiste beaucoup sur le rôle de la presse à scandale dont les articles vengeurs appelant à l'assassinat légal peuvent influencer les jurés.

Meg aurait pu être condamnée à mort. Tous les éléments étaient réunis pour faire tomber sa tête. Elle va la relever.

XVIII

Lady Abinger

La nuit du 13 novembre 1909, le verdict à peine prononcé, les automobiles de la presse attendent, moteur tournant devant le Palais de Justice. Me Aubin pousse Meg dans une voiture aux fenêtres voilées. Plusieurs personnes sont à l'intérieur. Elle ne les connaît pas. Il y a là un certain Branger, créateur de l'agence Photopress, son épouse et un opérateur photo, qui la dévisage sans vergogne. Ainsi qu'un politicien, Marcel Habert, qu'elle ne connaît que de nom. Il a été rayé des listes de l'Assemblée nationale pour avoir fomenté avec Déroulède le coup d'État contre Félix Faure. On n'en sortira pas !

Branger, le journaliste, était venu pister Meg. Aubin l'a convaincu de la soustraire à la meute de reporters prête à la poursuivre jusqu'au bout de la nuit[268]. Branger a pris des dizaines de clichés pendant le procès. Il en prend tout autant durant cette folle nuit des premières heures de liberté. Et, naturellement, il en vend le récit à la presse.

« À 3h30 du matin, après une heure de course folle, après cent crochets à travers les rues encombrées de chantiers et de palissades, nous déposions devant l'hôtel Terminus l'héroïne du jour qu'avait accompagnée Me Steinhardt, un des secrétaires de Me Antony Aubin. Aucun passant. Seul un camelot s'avança vers la voiture : « Mon prince, achetez-moi la *Presse* ; le verdict ; Mme Steinheil acquittée. » Et Me Steinhardt acheta la *Presse*. Mme Steinheil malgré sa fatigue avait été loquace et presque gaie durant toute la course. Elle prit quelque repos dans la chambre n° 37. À 7 heures, elle était prête à repartir pour Le Vésinet, où on l'attendait depuis la veille dans la maison de santé du docteur Raffegeau. Pour le voyage, ma femme lui avait prêté un ample manteau de loutre et une étole de fourrure ; son avocat, une casquette. Elle avait repris complètement possession d'elle-même et l'air frais du matin lui donnait des couleurs. Près de Chatou, elle permit à Moreau [l'opérateur] de la photographier ; un cliché avait déjà été pris à l'hôtel même avant le départ : « Cela me fera des souvenirs », disait-elle[269]. »

Au Vésinet, sous le pseudonyme de Mme Dumont, elle est installée dans un petit pavillon dépendant de l'établissement d'hydrothérapie du docteur Mignon, ami et collaborateur du docteur Raffegeau. Le lendemain, à la suite d'une indiscrétion, elle doit changer de villa. C'est toujours Branger qui la conduit dans sa belle voiture : une Alfa Romeo 24 HP. Sa femme veille sur Meg qui demande sans cesse : « Où est Marthe ? » Marthe aussi veut la voir ! Elle l'exige même maintenant du haut de ses dix-huit ans, se heurte aux Chabrier qui appellent sa mère « la folle » et acceptent finalement de l'accompagner au Vésinet. Marthe n'a le droit qu'à quelques minutes avec sa mère.

Dans les jours qui suivent le procès, l'affaire continue de faire vendre. Rédactions et public en redemandent. *Le Figaro* publie le 16 novembre 1909, et jusqu'à la fin du mois, plusieurs comptes rendus de cette chasse aux clichés et aux révélations. Une journaliste du *Matin* s'infiltre dans la maison de repos du Vésinet et relate l'expédition sous le titre « Les ennuis de Mme Steinheil ». Meg raconte dans ses *Mémoires* cette intrusion et la petite fortune que lui promet le journal pour livrer en primeur ses impressions d'après audience. Elle refuse, écrit-elle.

*

Elle est dehors, elle respire. Elle a tout perdu. Ce manque la tiraille, la pousse vers l'avant. Elle sait que rien ne viendra combler le trou qui lui perce le cœur, mais elle veut encore tenter sa chance. Elle va avoir quarante ans, elle voudrait croire qu'elle a la vie devant elle.

Elle quitte Le Vésinet sous de nouvelles identités, Dumont, puis Sérignac, voyage en Hollande, en Belgique. Pourquoi la Belgique ? Peut-être pour y chercher ces fameux papiers « mis en lieu sûr ».

Ensuite, elle traverse la Manche et accoste en Angleterre le dimanche 28 novembre 1909. L'accueil du *Times* est bienveillant. Au journaliste qui l'interroge, elle dit son vœu « de se perdre dans la plus grande ville du monde, et bien qu'elle soit suivie depuis son arrivée par une foule de curieux, il semble bien qu'elle ait réellement réussi à s'évader et trouver ici la solitude qu'elle est venue chercher[270] ».

Le lendemain, un lecteur écrit au journal londonien pour mettre les points sur les « i » à propos de l'expression qu'elle a employée de « foule de curieux » : « Dès son arrivée à Charingcross, elle a été suivie et persécutée par une foule impitoyable de journalistes français qui l'attendaient et qui ont été rejoints par toute une bande de leurs confrères britanniques, se jetant les uns sur les autres sans vergogne pour tenter de l'atteindre munis de leurs appareils photo et de leurs carnets de notes. » S'ensuit une description assez féroce de ces paparazzis qui ne reculent devant rien, la poursuivent d'hôtel en hôtel, comme à Paris lors de son acquittement.

Meg écrit à son tour :

« À Monsieur le directeur du *Times*. Monsieur, j'ai lu avec une profonde émotion et une grande reconnaissance la lettre qui a paru dans le *Times*. Vous savez à la suite de quelles tristes circonstances je suis venue chercher le calme et le repos de la libre Angleterre. Ainsi ai-je tout de suite éprouvé une grande douceur et un grand courage quand j'ai senti la protection sympathique dont je fus entourée par vos compatriotes surtout si je la compare à l'acharnement avec lequel quelques Français ont voulu essayer de troubler mon repos et de redoubler mes tourments.

Et maintenant, grâce à vous, je me sens renaître, et de tout mon cœur, je vous crie merci. Agréez, Monsieur le Directeur, l'expression de ma haute considération.

M. Steinheil-Japy[271] »

Par parenthèse, j'apprécie qu'elle signe ainsi, et ne se limite plus au seul nom de feu son époux. Il est injuste qu'une femme doive se départir de son nom. Une fois veuve, il y a encore moins de raisons de porter celui d'un mort !

Parenthèse fermée, cet échange épistolaire par voie de presse a l'allure d'une pièce montée. Une sorte d'attestation publique que Meg a bien quitté la France, comme il était convenu avec ceux qui, à Paris, lui ont promis une vie sauve à l'abri du besoin en échange de son exil.

Elle n'a manifestement pas l'intention de revenir en France. Le 20 décembre, *The Times,* toujours, détaille la vente, la veille, de tous ses meubles et bibelots à Paris, chez Drouot. Son portrait par Bonnat est vendu 144 livres ; quant à la fameuse tapisserie représentant Judith et Holopherne, elle part pour 304 livres. Le total de la vente n'atteint pas les 1 000 livres.

Meg accorde une interview au *Daily Mail.* « La Sarah Bernhardt des assises » s'emporte quand le journaliste évoque un repos bien mérité :

« Du repos ? Comment pourrais-je me reposer ? Je ne veux pas être ingrate. J'ai trouvé ici la paix et la sécurité, enfin ! [...] Car dans un premier temps, cela fut terrible, encore terrible, même en Angleterre. Oh ! Cette arrivée dimanche dernier... tous ces gens qui m'attendaient sur le quai, les flashes des photographes encore et toujours. Et puis encore la poursuite à travers les rues de Londres. J'étais exténuée, les nerfs à vif, épuisée physiquement et mentalement. Réalisez-vous ce que fut ma vie durant ces dix-huit derniers mois ? Pouvez-vous saisir l'horreur d'être emprisonnée dans une cellule pendant toute une année, accusée d'un crime que je n'ai pas commis ? Et ensuite le procès, les questions incessantes, les mensonges débités sans arrêt et puis, *in fine,* ces trois longues heures d'attente dans une angoisse indescriptible pendant que le jury décidait de mon destin[272] ? »

L'article est titré : « Ma vie est une tragédie ». Il est illustré d'une photo de Meg pâle, amaigrie, les lèvres serrées.

*

Au printemps 1910, Meg retrouve Marthe lors d'un court voyage à Paris[273]. Chez Me Aubin, elles règlent des questions financières, afin que Marthe puisse vivre en toute autonomie.

Marthe est toujours installée dans la maison de l'impasse avec les Chabrier. Elle a rencontré l'amour sous les traits d'un jeune peintre. C'est un avant-gardiste, rien à voir avec le tempérament ni la peinture de son père. Italien, né à Odessa, Raphaël del Perugia fait partie d'un petit groupe d'artistes russes qui s'est établi dans une maison jouxtant celle des Steinheil[274]. Turbulent, le groupe est repéré par la police française, après une soirée donnée au profit des révolutionnaires russes[275]. Pour la première fois, souligne le rapport, on y a vu tous les groupes révolutionnaires réunis. Marthe expose les œuvres de ses nouveaux voisins, ce qui n'a l'heur de plaire ni aux habitants du quartier ni aux Chabrier, qui abhorrent « ces affreuses pochades impressionnistes »[276].

À la fin, le couple Chabrier se décide à quitter l'impasse. Marthe sous-loue une partie de la maison familiale pour arrondir ses revenus[277], ce qui lui permet de vivre avec son proscrit italien et leurs amis artistes et anarchistes. Le 1er mai 1911, lors d'une manifestation qui tourne mal, l'un d'eux est arrêté ; Marthe se tourne alors vers Me Aubin pour tenter de le faire libérer. L'avocat de Meg lui conseille d'avoir recours directement à Octave Hamard, ce que confirment les rapports de police[278]. Autant s'adresser à Dieu qu'à ses saints.

Les deux amoureux, mineurs, reçoivent l'aval écrit de leurs parents pour se marier[279]. Marthe est enceinte, personne n'en souffle mot. Le 11 avril 1911, le *New York Times,* excusez du peu, informe ses lecteurs que l'union civile sera prononcée à Paris le 25 juillet[280]. Le jour du mariage, des dizaines de journalistes les attendent. Le journaliste du *Figaro* s'en émeut. L'article est titré : « Pour un cliché... »

« Il paraît que, dès sept heures du matin, les photographes s'étaient postés aux abords de l'église Saint-Jean-Baptiste-de-La-Salle. Autour d'eux, les passants s'attroupaient, et apprenaient qu'ils pourraient voir, à une heure dite, la plus pitoyable victime du drame du passage Ronsin.

Aussi, lorsqu'à onze heures la jeune fille et son fiancé voulurent descendre de voiture, une honteuse bousculade se produisit. Les photographes étaient au premier rang, barrant le passage et s'efforçant à tout prix de photographier la malheureuse jeune fille. [...]

Les personnes qui accompagnaient Mlle Steinheil ouvrirent des parapluies pour protéger leur pauvre amie. Elles y réussirent. Mais, derrière le petit cortège, la foule des photographes se rua, poussant, portant presque la mariée, et se battant, se pressant, criant.

Mlle Marthe Steinheil s'embarrassa dans les plis de sa robe, trébucha et faillit tomber. Quelques instants après, devant l'autel où elle allait s'unir à celui qu'elle a choisi, elle s'évanouissait, parce que messieurs les photographes avaient voulu faire leur métier. Il fallut que le clergé de l'église expulsât ces personnages, qui avaient envahi le temple et continuaient leur entreprise. Puis, la cérémonie achevée, on dut faire sortir la mariée par une porte dérobée. En vérité, dans quel pays sommes-nous, et supporterait-on ailleurs un pareil scandale[281] ? »

L'affaire fait du bruit. Aux États-Unis, le *Star-Telegram* du 20 août consacre au mariage toute une colonne, et ce n'est pas le seul. À la rédaction de *L'Abeille de la Nouvelle-Orléans*, on estime que c'est l'occasion pour Marthe de tourner la page. Avec ce mariage, elle se défait de ses liens avec une famille qui tenait à la séparer de sa mère. Elle la rejoint et termine sa grossesse à Londres.

Bien qu'à Londres sa mère continue à faire parler d'elle. À Paris, la Sûreté générale rapporte les inquiétudes que provoque la parution annoncée de son autobiographie, dont il est précisé qu'elle serait retardée tant que durera le ministère Briand. Le bruit court de révélations inédites tirées notamment de sa correspondance avec Félix Faure et Aristide Briand. Les adversaires de Briand se frottent les mains. Ils seront déçus. Dans le livre qui paraît en mai 1912[282], elle ne mentionne pas une seule fois le nom de son puissant protecteur.

Un des exemplaires originaux, je l'ai dit, trône sur ma table de travail, recouvert d'un tissu bleu lavande et gravé de lettres dorées sous lesquelles un cabochon représente le fameux talisman à l'ancre offert par Félix Faure. En exergue, une bannière avec quelques mots gravés en russe indéchiffrables. Le nom d'auteur, tout en bas, est choisi : « Madame Steinheil ». Ni son prénom ni son véritable nom n'apparaissent dans la version originale anglaise. Encore moins celui sous lequel elle vit désormais à Londres, Mme de Sérignac. L'édition américaine[283] ne reproduit pas le talisman, l'édition française non plus. Tous ceux qui s'y réfèrent insistent, sans exception, sur la nécessité d'utiliser ce témoignage avec la plus grande circonspection. Si les autobiographies sont toujours subjectives, celle-ci garde à jamais une réputation de menteuse. Voici comment Meg conclut la sienne, avec sincérité :

Que ce livre puisse être d'une quelconque utilité pour mes semblables, c'est mon vœu le plus cher. J'ai pardonné à mes ennemis, et espère que ceux que j'ai pu blesser me pardonneront à leur tour. En écrivant ces lignes, ma fille se repose près de moi. Elle dort, et son jeune époux est occupé à peindre près de la fenêtre. Il règne dans cette pièce une paix idéale et beaucoup de sérénité. Cela semble presque incroyable après les années de grands tourments que je viens de vivre. Ma petite Marthe sera maman dans quelques mois. Son enfant lira un jour ces Mémoires. *Puisse-t-il, ce temps venu, apprendre, comme tous les autres lecteurs de ce livre je l'espère, à comprendre ma vie, à excuser mes faiblesses, et à aimer la mère de sa mère, une femme qui a commis des fautes, mais qui, Dieu le sait, les a payées bien cher*[284]*...*

Sur les étals des libraires de Londres et d'Angleterre, un autre livre que le sien raconte à sa manière la vie de Mme Steinheil. C'est *La femme et le Crime*, publié fin 1911. L'auteur, Lee Hargrave Adam, lui consacre tout un chapitre. Pour lui, l'acquittée reste une criminelle :

« Il se peut réellement qu'elle n'ait pas tué [son mari] de ses propres mains, mais elle était réellement une femme sinistre, une femme avec un passé et de la vengeance en elle. Depuis des années, elle était en "affaires" avec différents hommes.

Femme au regard fatal, elle avait une attraction irrésistible pour une certaine classe d'hommes et tirait tous les avantages possibles liés à son sexe[285]. »

Meg intente un procès à l'auteur en mars 1912. Pour sa défense, il argue d'éléments tangibles en sa possession, de clichés pris par Bertillon qu'Octave Hamard, chef de la Sûreté française, lui aurait communiqués. Dans les courriers échangés entre la police française et Scotland Yard, Hamard dément formellement avoir transmis quoi que ce soit à Lee H. Adam qui, avec son éditeur, Werner Laurie, doit répondre de diffamation devant le tribunal. Car l'auteur concluait ainsi :

« Comme c'est souvent le cas en France, la police n'a pas réussi à prouver la culpabilité de Mme Steinheil qui fut donc relâchée. Le procès fut marqué par des scènes d'une habituelle intensité dramatique dans les prétoires français. Personne d'autre ne fut accusé des crimes, qui demeurent jusqu'à présent impunis. Le lecteur se fera sa propre opinion sur l'identité du coupable et des raisons qui ont conduit M. Steinheil à la mort. C'est assez clair pour moi. Il y a de nombreux cas similaires dans ce pays, qui ne sont absolument pas mystérieux pour la police. Des femmes telles que Mme Steinheil ne peuvent se retrouver dans les statistiques criminelles[286]... »

Le 28 novembre 1912, Meg se retrouve donc de nouveau dans un prétoire, à la Haute Cour de justice de Londres, cette fois du côté des plaignants. Le *New York Times* relate l'audience et s'attarde également sur sa personne :

« L'auteur et l'éditeur ont retiré toutes les accusations et une certaine somme a été négociée entre les parties pour dédommager Mme Steinheil. Toute référence à l'affaire Steinheil doit être expurgée de l'ouvrage. La plaignante demandait 30 000 livres et en aurait obtenu, selon des sources non autorisées, 3 000. Sa présence n'était pas requise à la barre, mais elle se trouvait dans la salle en compagnie d'amis français. Nul doute sur son identité : elle promenait ses larges yeux de braise sur l'assistance, jaugeant avocats, juges et public d'un air navré. Elle était magnifiquement vêtue d'un ensemble en velours bleu canard et portait un large chapeau piqué de roses et de queues d'écureuil. Son visage était dissimulé sous un immense voile à pois bleu[287]. »

Meg et Nash, son éditeur, n'en ont pas fini avec les ennuis. En janvier 1914, ils ont conjointement porté plainte à Paris contre *Le Journal* qui a acquis les droits pour publier, en feuilleton puis dans son intégralité, les *Mémoires* de Marguerite Steinheil. Le litige porte à la fois sur les commentaires jugés diffamatoires qui accompagnent les extraits publiés dans le quotidien, ainsi que sur l'amputation d'un tiers du manuscrit dans l'édition française de l'ouvrage. Meg réclame 4000 livres à titre de dommages et son éditeur 2000 livres. La Cour ne leur accorde pas une livre, mais ils reprennent leurs droits et le contrat avec le quotidien devient nul[288].

Une rupture supplémentaire de Meg avec la France. D'ailleurs, elle s'apprête à devenir anglaise.

*

Quand la Première Guerre mondiale éclate, Marguerite, Marthe et son fils, Serge, vivent ensemble à Londres[289] dans une superbe demeure du sud-ouest de la capitale. Le 132 Upper Tulse Hill appartient à Robert Brooke Campbell Scarlett. Descendant de l'éminent baron de l'Échiquier, *attorney* général sous le duc de Wellington et admis à la pairie en 183 5, Robert Brooke Campbell Scarlett est le second fils du lieutenant-colonel Leopold James Yorke Scarlett. Il est né le 8 janvier 1876. Il a donc trente-cinq ans, sept de moins que Marguerite. Avocat à Inner Temple[290], il était à Paris au moment du procès, déjà séduit par cette femme maltraitée par la justice française et lui a fait chaque jour livrer une orchidée.

Au tout début de la guerre, Marthe apprend que le père de son fils est au front. Elle est séparée de lui et demande le divorce depuis deux ans[291], mais ce n'est pas si simple. En épousant del Perugia, elle a perdu la nationalité française et le divorce est interdit pour les couples italiens.

Dans les mois qui suivent, Raphaël del Perugia est blessé. Soigné à l'hôpital temporaire de Cannes, l'hôtel Bellevue, il est déclaré « mort pour la France », le 14 mai 1915. Il avait vingt-sept ans. Il fait partie des millions de morts. Comme Rémy Couillard, le petit valet de Meg, qui tombera au champ d'honneur, à vingt-huit ans, en juin 1916.

Devant cette hécatombe, ces vies brisées, ces hommes martyrisés par la guerre, comment rester les bras croisés ? Meg et Marthe vont mettre leur énergie et leurs ressources au service des soldats.

Elles transforment le garage de la maison en fabrique de confitures. Le gouvernement met bientôt à leur disposition un bâtiment à West Norwood où les confitures sont préparées et emballées. Le sucre manque ? Meg s'associe avec Arthur Moore, inventeur d'un procédé de dessiccation des végétaux. À la manœuvre, il n'y a que les femmes et les compagnes de soldats. Ensemble, elles remontent leurs manches et envoient chaque semaine au front 40 tonnes de légumes frais transformés en 4 tonnes de légumes déshydratés. Opiniâtreté, économie domestique, bonne chère et tradition familiale, la maisonnée résonne de vie à l'abri des canonnades. Le petit Serge regarde le ventre de sa maman s'arrondir. Marthe est enceinte de son nouvel amoureux, Cesare Camalich, encore un Italien. Elle porte toujours le nom de del Perugia quand naît son second fils, Giovanni. Il ne vit que quelques heures.

La guerre est à un tournant.

La vie de Marguerite aussi. Le chevalier servant qui les loge, sa fille et elle, ne pouvait l'épouser. Refus de la famille. Son frère meurt, la donne change[292]. Le verrou qui bloquait son mariage saute le 23 mai 1917. Le 26 juin, Robert Brooke Campbell, 6e baron Abinger revient précipitamment du théâtre des opérations pour épouser Jeanne Marguerite Steinheil dite de Sérignac, c'est ce qu'indique l'acte de mariage, dressé en français au consulat[293].

Toute la presse anglaise annonce et commente les noces : « British Peerage sensation », « Madame Steinheil as a British Peeress », titre en Une le *Daily Express*[294]. Non sans avoir rappelé les « tragiques événements », le reporter détaille la toilette de mariée, du tulle mauve brodé main. La frivolité reprend le dessus : « Elle n'a rien perdu du charme qui l'a rendue célèbre en France. » Elle rayonne avec ses épais cheveux auburn, ses grands yeux gris expressifs, bordés de longs cils noirs, et sa taille vive.

Leur mariage est filmé. Aujourd'hui encore, pendant quelques secondes on peut voir Meg en mouvement[295]. Elle descend les marches au bras de son époux. Elle tourne son visage souriant vers un photographe, le temps d'un cliché. Serge, l'enfant de Marthe, doit être là, derrière le couple. Marthe aussi, bien sûr, sur les marches, au bras de Cesare Camalich. La foule se presse autour de la voiture. Fin du film.

L'union est bénie religieusement à l'église méthodiste de Rouppel Park. La réception, dans la propriété de Tulse Hill, est volontairement simple.

Aucun membre de la famille du marié n'est présent ce 26 juin 1917[296].

Deux jours plus tard, Lord Abinger retourne au front.

XIX

Y'a d'la merde

À Londres, Marguerite Japy, veuve Steinheil, dite Mme de Sérignac, est devenue officiellement la nouvelle Lady Abinger. Dans son édition de 1918, le *Who's Who* modifie en conséquence la notice de Lord Robert Campbell Abinger, enfin marié à quarante et un ans.

La nouvelle pairesse d'Angleterre est reçue sans problème à Buckingham Palace, ce qui aurait été impossible s'il y avait eu le moindre doute sur sa culpabilité. Elle a effacé le chapitre. Elle n'en dira plus jamais rien. D'autres continuent de chercher. Certains évoquent un marchandage entre la France et l'Angleterre, le meurtrier d'Adolphe serait un membre de l'ambassade et l'accueil de Meg à Londres la contrepartie à son silence.

« Nouvelles révélations sur l'affaire Steinheil », titre un journal anarchiste français à l'été 1917. Il s'agit de *La Tranchée républicaine,* dirigé par un certain Goldsky, et destiné, comme son titre l'indique, aux poilus des tranchées.

« Qui assassina ? Toute la vérité sur l'affaire Steinheil. La fin d'une énigme. Comment la Révolution russe nous permet aujourd'hui de dévoiler le mystère qui pesait sur le crime le plus retentissant de l'avant-guerre. Les bijoux du tsar et le coffret de Meg. [...] Les événements qui bouleversent le monde permettent les révélations curieuses que nous sommes à même de faire. Au surplus, ce récit n'est pas un roman captivant. Il s'en dégage une moralité utile sur la Justice humaine et sur le rôle de la presse. On verra, au cours de notre récit, comment, déjà, les "bourreurs de crâne" obstruaient le cerveau du lecteur. C'est à la Vérité que nous dédions ce récit. C'est en hommage à la Vérité que nous réveillons les morts qui dorment de leur dernier sommeil et les vivants qui s'imaginent qu'il peut y avoir des crimes impunis[297]. »

Le journaliste, qui signe du pseudonyme Judex[298], prétend avoir des informateurs parmi les insurgés russes. Depuis le début de la révolution de Février et l'abdication du tsar le 2 mars, les archives de la police secrète sont tombées aux mains des révolutionnaires qui en feraient bénéficier leurs amis de France.

Le numéro suivant du journal rend justice à Meg :

« Quels étaient les assassins ? Quel était le mobile du crime ? Crime crapuleux, avait dit dès le premier jour M. Hamard, chef de la Sûreté. À dix ans de distance, nous sommes à même de lui répondre : crime policier ! C'est également dès le premier jour de la découverte du crime que Mme Steinheil a fait un récit dramatique de la soirée du 30 au 31 mai 1908.

À travers les interrogatoires les plus serrés, elle n'a jamais varié dans ses déclarations qui n'ont jamais pu être démenties. Les assassins cherchent des bijoux, ceux que le tsar a offerts à Félix Faure.

Ce sont ces bijoux qu'ils étaient venus chercher coûte que coûte. Ce sont ces bijoux qu'ils ont emportés et dont nul n'a jamais plus entendu parler. Mme Steinheil avait en sa possession un certain nombre de lettres autographes du plus haut intérêt. En 1908, Clemenceau était ministre de l'Intérieur. C'est donc sous son contrôle qu'opérait M. Hamard alors chef de la Sûreté[299]... »

Début août, l'attaque contre Clemenceau et Briand se précise. La censure ne s'y trompe pas, qui caviarde quelques lignes précieuses.

« On trouve chez un antiquaire de la rue de Tournon un pendentif précieux qui avait été donné au président Félix Faure lors de sa visite en Russie. On sait que d'autres bijoux ayant la même origine ont été offerts à d'autres antiquaires. On sait que celle qui possède ces bijoux a aussi en sa possession des autographes d'un certain intérêt. On enquête, on s'émeut. Le scandale peut rejaillir non seulement sur la famille du défunt président mais aussi sur ses amis politiques.

La police secrète russe qui, elle aussi, a connaissance de la négociation de ces bijoux et de ces lettres fait plusieurs rapports au fameux bureau central de la police secrète, l'Okhrana, que la Révolution russe a pu faire disparaître mais où l'on a retrouvé dernièrement la preuve indiscutable des rapports des agents secrets à Paris sur l'affaire Steinheil.

On va trouver Mme Steinheil. On lui offre l'achat de ses "souvenirs". Elle en demande un prix considérable. Un million, deux millions ! Est-ce que le gouvernement peut disposer d'une pareille somme – en temps de paix – pour des besoins aussi délicats ?

Mais M. Clemenceau est ministre de l'Intérieur ! Quand on est comme M. Clemenceau partisan de la manière forte, on n'admet pas que les agents qui assument la Sûreté du pays et de ses... maîtres puissent voir leur mission mise en échec pour une misérable question d'argent.

Arrangez-vous, avait-on dit. Et il s'arrangea. Il s'agissait de cambrioler Mme Steinheil. Et on la cambriola habilement grimés, quatre hommes, dont l'un s'était même déguisé en femme... L'opération était sans danger. Les cambrioleurs y allaient comme à une "rigolade". En attendant l'heure du crime, ils avaient bu et joué. Mme Steinheil terrorisée indique la cachette aux souvenirs. Les cambrioleurs emportent leur butin : [passage censuré] n'emportent que les bijoux historiques et laissent sur la table de nuit trois bagues de prix. Et alors la comédie devient tout à coup dramatique. Il faut à tout prix, [passage blanchi par la censure] Tel est le drame qui a tant passionné l'opinion et qui aurait suscité les polémiques les plus violentes si la vérité avait été connue. La vérité, c'était les révélations sur les procédés de la police, sur ceux de la police secrète russe ; la vérité, c'était l'effondrement définitif de Clemenceau. Il fallait à toute force étouffer la vérité, l'empêcher de remonter de son puits, de se montrer toute nue pour la confusion du vieux débauché [Aristide Briand] dans son cabinet ministériel de la place Beauvau. Et, je vous assure que ce ne fut pas une chose facile que de voiler cette Vérité-là.

Mme Steinheil, tantôt languissante, tantôt révoltée, ne parlait que pour ne rien dire, lorsqu'on vit surgir subitement des hommes qui s'accusaient eux-mêmes d'être les acteurs du drame de l'impasse Ronsin[300].

C'est Allaire qui dénonce Tardivel. On arrête Tardivel, on perquisitionne et on trouve la clé de chez Meg. Et puis, il y a ce billet, reçu à la rédaction, envoyé par un soldat du 60e régiment d'infanterie, qui signe R. Collard, "ex-femme rousse" : "Je suis à l'hôpital mixte, salle Sainte-Marie à Castres (Tarn). Voulez-vous quelques renseignements sensationnels et inédits de cette affaire ? Si oui, j'ai la prétention d'en savoir plus que tout autre puisque Rémy Couillard a été tué en 1915. Si oui, répondez-moi et fixons un petit arrangement."

Ses révélations sont inutiles, nous sommes tout à fait renseignés[301]. »

Dommage pour nous.

Dans le dernier numéro de ce feuilleton de *La Tranchée républicaine,* Judex innocente complètement Meg et réaffirme le crime policier. Selon lui, Labruyère, le journaliste véreux de l'affaire de la perle, a brouillé les pistes pour la Sûreté et « bourré les crânes » des lecteurs pour égarer l'opinion. Quant à Tardivel et ses gravures en couleurs, il a été interné et déclaré fou. Mais quand, l'année suivante, dénoncé par son complice Allaire pour un énième cambriolage, dans l'église de Chateaufort cette fois, il sort du cabinet du juge d'instruction

André, il déclare : « Maintenant qu'on m'a rendu blanc comme neige dans l'affaire de l'impasse, j'espère qu'on va me relaxer au sujet du cambriolage, sinon je me mettrai à table, et on verra. » Et Judex de conclure :

« Tardivel ne s'est pas mis à table à l'époque. Suivant une expression qui devait devenir populaire, il a été jugulé par l'atmosphère. Les "bourreurs de crâne" ont fait leur œuvre. L'affaire Steinheil reste une énigme. L'énigme est érigée à la hauteur d'un dogme et les schismatiques ne sauraient être pour les juges et les policiers que des fous ou des maîtres chanteurs. Et Tardivel est condamné, sans bruit, à dix ans de travaux forcés par la cour d'assises de Seine-et-Oise pour la complicité dans le cambriolage dont il était accusé. Il n'était donc fou que lorsqu'il s'agissait de l'affaire Steinheil, mais pas si fou qu'on se plaisait à nous le raconter lorsqu'il s'agissait de l'expédier au bagne, loin des reporters indiscrets… Qu'est-il devenu ? Ce n'est pas la seule curiosité qui nous pousse à poser cette question. S'il était prouvé que quelques mois après sa condamnation Tardivel s'était échappé, nous serions en droit de conclure que ceux qui ont assuré le mystère du meurtre du peintre Steinheil ont aussi assuré sa liberté à Tardivel en échange de son silence[302]. »

La seule copie disponible de ces numéros de *La Tranchée républicaine* est un microfilm conservé en Hollande. Pour résumer cette longue enquête, quelle est la conclusion de Judex ? La police secrète russe a donné le signal, en allant récupérer les cadeaux du tsar, et le crime a été maquillé sur ordre de Clemenceau, avec l'assentiment de Briand.

Je n'ai rien trouvé dans les archives de l'Okhrana, police secrète du tsar, chargée aussi de surveiller les révolutionnaires et anarchistes réfugiés en France. Bien plus tard, en 1984, Léo Malet, le créateur de Nestor Burma, établit un curieux parallèle dans un article qu'il consacre à Meg et qu'il a joliment titré : « La marquise effeuillée de l'impasse Ronsin[303] » :

« En 1917, Miguel Almereyda et Jacques Landau dans *Le Bonnet rouge* et *La Tranchée républicaine*, accusèrent Clemenceau d'avoir envoyé des sbires s'emparer, chez Mme Steinheil, des documents confiés par Félix Faure à sa maîtresse. L'expédition s'était mal terminée. Cela se termina également mal pour Almereyda qui, un peu plus tard, arrêté pour défaitisme, trouva la mort par strangulation (lui aussi) dans sa cellule de Fresnes. »

Les déclarations du fondateur du *Bonnet rouge*, en 1917, sont-elles liées à la mort, la même année, de cet Almereyda ? Ce fin limier de Malet ne risquerait pas ce rapprochement sans raison.

Nom bizarre que celui d'Almereyda et qui ne s'oublie pas. Mais où l'ai-je déjà vu ? Certaine que cela n'a rien à voir avec mes recherches sur Meg, j'y pense et puis j'oublie. Et une nuit d'insomnie, à 4 heures du matin, le toit de l'ânerie scintille sous la lune rousse. Bon sang, mais c'est bien sûr. La boîte en fer de Séverine ! C'est là que j'ai lu ce nom. Elle est à sa place, toujours aussi rouillée, derrière une pile de dossiers.

Je retrouve le billet, dans son enveloppe. Quelques lignes d'une écriture volontaire :

« Samedi
Je vous adresse le texte d'une protestation
que vous approuverez et à laquelle ma chère
et grande amie, je vous prie de vous associer.
Croyez-moi votre affectueux,
Miguel Almereyda
Dét. Pol. Santé »

C'est à peine croyable. Celui qui a accusé la police et les ministres d'être impliqués dans l'affaire Ronsin était aussi un ami de Séverine. Je me mets à chercher fébrilement des informations sur Almereyda. Je découvre que son nom est Eugène Bonaventure Vigo, il est le père du cinéaste Jean Vigo, le réalisateur de *Zéro de conduite*[304] et de *L'Atalante*.

Lorsqu'il arrive à Paris, en 1898, Eugène Vigo est orphelin de père. Apprenti photographe, il se lie aux milieux révolutionnaires anarchistes. Selon les fiches de la Sûreté il est au pire poseur de bombes, au mieux traître et escroc.

En 1904, Vigo représente la France au congrès antimilitariste d'Amsterdam. Il se fait appeler Almereyda, anagramme de « Y'a d'la merde ». Les ennuis ne tardent pas. Dès 1905, la répression antipacifiste se durcit. La guerre approche, il faut resserrer les rangs. Vingt-six anarchistes sont traduits en justice pour avoir publié une affiche appelant les contingents à se mutiner. Dont Miguel Almereyda condamné à trois ans de prison[305].

Est-ce à ce moment-là qu'il écrit cette carte à Séverine ? « Dét. Pol. Santé » pour « Détenu politique, prison de la Santé » ? Amnistié six mois plus tard, Almereyda crée avec Gustave Hervé et Eugène Merle *La Guerre sociale,* mythique journal satirique, ancêtre du *Canard enchaîné.* Une nouvelle fois condamné en 1908, Vigo est amnistié en 1909 et se mobilise pour sauver le Catalan libertaire Francisco Ferrer, qui sera fusillé après une parodie de procès pour être l'instigateur de la « semaine tragique » à Barcelone (une série de manifestations contre le rappel des réservistes pour l'expédition marocaine). Emprisonné une nouvelle fois en 1910 pour incitation au sabotage lors de la grande grève des cheminots, Vigo crée en 1911 les Jeunes Gardes révolutionnaires, chargés de démasquer les indicateurs infiltrés dans les mouvements ouvriers. En 1913, il lance surtout *Le Bonnet rouge,* hebdomadaire puis quotidien qui vendra jusqu'à 200 000 exemplaires par jour.

Pour Almereyda, la suite est terrible[306] : arrêté, emprisonné à Fresnes le 7 août 1917, il est retrouvé étranglé dans sa cellule quatre jours plus tard. Les contre-enquêtes démontreront que la thèse officielle du suicide ne tient pas. Pourquoi est-il mort ? Qui l'a tué ? Un mystère de plus.

Steinheil, Séverine, Vigo. Une boucle est bouclée, mais à quoi la rattacher ?

XX

La fin

MEG A COMPRIS. Elle va se taire, pour toujours, dans toutes les langues.
Sur sa vie en Angleterre, on ne sait presque rien.

Le couple Abinger vit entre autres à Inverlochy Castle, un immense château de famille en Écosse, aujourd'hui transformé en hôtel de grand luxe, et prend ses quartiers d'été à Brighton, dans la Westcliff House qu'on appelle la Abinger House.

John Montgomery, un écrivain local, qui raconte avoir parcouru la propriété dans le carrosse des Abinger (j'ai vu le carrosse conservé dans un musée de Brighton, on dirait celui de Félix Faure), décrit ainsi Westcliff House :

« La plus fascinante, la plus généreuse résidence de cette station balnéaire. Elle était réputée pour l'esprit qui y régnait *[spicy conversations]* et l'importance des dons qu'on y faisait à des associations de charité. Le style de vie y était un peu bohème, tourné vers les arts. Westcliff House a surtout attiré l'attention, sous le règne d'Édouard VII, par le double meurtre en France, qui a fait de Lady Abinger une veuve tragique[307]. »

La veuve tragique le devient une seconde fois, le 13 juin 1927. Dix ans exactement après leur mariage, Lord Abinger s'effondre brusquement dans leur maison de Brookehurst, à Ewhurst dans le Surrey. Meg est à Brighton.

Ce soir-là, comme tous les soirs, Lord Abinger faisait sa promenade de santé dans son jardin. Il discutait de ses affaires avec sa secrétaire Miss Hanscomb. Se trouvant mal, il s'affale sur une chaise. Son beau-fils, Cesare Camalich, le second époux de Marthe Steinheil, appelle un médecin qui constate la mort du 6e baron Abinger, à cinquante et un ans.

Il est enterré deux jours plus tard. Meg n'est pas là. Elle est restée à Brighton. La veuve n'aime pas les enterrements. Elle n'a pas assisté à celui de Félix Faure ni à celui d'Adolphe Steinheil.

Tout s'écroule. Tout est à refaire. La pairesse n'est plus qu'une pièce rapportée, elle doit partir une nouvelle fois, renoncer à ses maisons, recommencer à vivre, ailleurs. Elle reste à Brighton et s'installe dans un pavillon de la résidence Adelaide-Crescent. À la fin de l'été 1931, sa fille Marthe meurt. Meg est à nouveau seule. Et cette fois jusqu'à la fin. Le 17 juillet 1954, elle meurt à son tour. Elle a quatre-vingt-cinq ans. Marguerite Japy-Steinheil-Scarlett a organisé sa crémation, sans fleurs ni couronne.

Dans le train qui roule sous la mer, je pense à elle, vieille dame, ses dernières années, ses derniers mois, ses derniers jours, ses dernières pensées, ses dernières paroles. Mais surtout, je pense à son dernier regard. Ce regard qui m'a arrimée à son histoire, sous sa voilette, alors qu'elle gravissait l'escalier du Palais de Justice. Ce regard qui demandait une justice que je n'ai pas su lui rendre.

Je n'ai pas résolu le « Mystère de l'impasse Ronsin ». J'ai, au mieux, essayé de prouver son innocence et tenté d'éclairer l'image d'elle qu'on avait sciemment noircie. Son unique faute, sa grande force aussi, aura été de toujours choisir le plaisir et le pouvoir, de s'en approcher jusqu'à tutoyer mortellement le danger, mais de toujours en réchapper. Meg avait le goût des hommes. Elle aimait plaire et séduire. Est-ce un crime ? Si elle avait écrit un chef-d'œuvre, si elle avait inventé quelque chose ou gravi des échelons académiques, on parlerait d'elle comme d'une égérie de la cause, d'une résistante solitaire et courageuse, d'une combattante. Au lieu de quoi son honneur n'intéresse personne. Pour ceux qui ont entendu son nom, elle reste toujours un peu une pute. Ses buts sont trop simples sans doute pour mériter la clémence : renaître à d'autres amours, s'amuser de vivre de ses rentes… on voudrait la voir déchoir, morfler, mourir. Mais Meg a gagné la dernière manche de la dernière partie.

À Brighton, où tout converge vers le Pier, cette avancée artificielle sur la mer, je m'abstrais de la tonitruante fête foraine qui bat son plein. J'ai les yeux grands ouverts sur le large et j'inspire si fort que j'en pleure. Il y a deux jours que je parcours cette ville aux allures de Riviera surannée. Je sais que je ne trouverai rien d'autre ici. Une visite à la bibliothèque municipale le confirme. Mais le détour par Brighton valait la peine, je ne l'ai compris qu'après coup. De l'autre côté de la Manche, tout juste en face, par-dessus les flots, il y a Le Havre. Félix Faure.

*

Dans le Brighton-Londres, je relis les derniers articles parus de son vivant. Le seul journaliste à avoir tenté de la faire parler, Armand Lanoux, s'y est cassé les dents. C'était en 1947, et elle lui a claqué la porte au nez.

Quatre ans plus tard, en 1951, *L'Aurore*[308], annonce : « Le dernier témoin de l'affaire Steinheil se décide à parler ». Le journaliste André Sévry interroge Me Benjamin Landowski, un des assistants d'Antony Aubin, l'avocat de Meg. Landowski donne quelques détails intéressants sur la fuite après l'acquittement[309], et livre sa certitude : Meg connaissait un des agresseurs, qui lui aurait fait signer un pacte à l'encre bleu, ce qui expliquerait les taches sur le sol et sur la robe de chambre.

Suite de la revue de presse. *France Dimanche,* 15 août 1954. Plusieurs pages, le témoignage de Noskowski, un ami intime du préfet de police Lépine. Noskowski affirme que la police connaissait l'auteur du crime, mais qu'elle a étouffé l'affaire pour raison d'État. L'instigateur serait Maurice Déalis de Saujean, « un sénateur fort connu, amant de longue date de Mme Steinheil ». Une fois à la retraite, il a raconté toute l'histoire à Noskowski : Steinheil a été tué par erreur, tragique quiproquo. La nuit du crime, le meurtrier, arrivé en trombe à la préfecture de Police, a pressé Déalis de Saujean de réveiller Lépine, ce qui fut fait. Le préfet, après avoir discuté pendant une demi-heure avec le visiteur affolé, aurait demandé à son secrétaire d'appeler le ministère de l'Intérieur. Raison pour laquelle Clemenceau aurait envoyé ses hommes faire le ménage et organiser la mise en scène. Raison pour laquelle Lépine était au courant de l'affaire, avant l'appel du commissaire de quartier[310].

Je profite de la petite heure du Brighton-Londres pour feuilleter une nouvelle fois le livre d'Armand Lanoux sur l'affaire Steinheil, *Madame Steinheil ou la connaissance du Président*. Le journaliste, éconduit par Meg en 1947, l'a écrit un peu avant sa mort en 1983. D'après lui, la durée excessive des délibérations lors du procès constitue un indice. Il ne fallait pas deux heures et quinze minutes pour répondre aux quatre questions de l'acte d'accusation. « Comment ne pas soupçonner une autre cause, qu'il faut tout de même bien formuler, à savoir des allées et venues entre le Palais et le ministère de la Justice, voire la présidence du Conseil[311] ? » Le romancier le tient de source sûre, d'un ami, le père de la police scientifique, Edmond Locard. Que raconte Locard à Lanoux ? Il ressert la même soupe sur les ennuis financiers de Meg et sur l'ami fortuné appelé durant la nuit, qui serait le grand-duc Vladimir Alexandrovitch. Ou alors son frère. C'est aujourd'hui la version sur laquelle le bon ton s'accorde. Celle qui fait autorité.

Juste avant d'arriver à Londres, j'ai encore le temps de lire les considérations de l'historien anglais Benjamin F. Martin, qui ne sont pas plus tendres. Cette sorte d'arrangement entre « amis » est à l'époque érigée en système :

« Après les compromissions, mensonges et falsifications de l'affaire Dreyfus, le procès Steinheil démontre que le cas n'est pas rare. La justice à la Belle Époque était "hypocrite à l'extrême" et les procès entachés facilement par le pouvoir et l'influence politique, par l'argent et les relations sexuelles illicites. [...] Quelle est la vérité dans l'affaire Steinheil ? Innocente ou pas, Meg a menti durant l'instruction et le procès. Le conte des trois hommes en longues robes noires n'est qu'un conte. Si cela avait été plus que cela, quelque nouvelle preuve serait venue à la lumière... Les bijoux volés auraient réapparu, même après plusieurs années. Le crime aurait été source de chantage ou quelque chose du genre[312]. »

C'est la confirmation et la piètre consolation que j'attendais. Si la version de Meg n'est pas une affabulation, alors tôt ou tard, il y aurait bien « chantage ou quelque chose du genre ». Quelque chose, quelque part devrait obligatoirement resurgir. Entre soulagement et amertume, je me dis que l'affaire ne sera jamais close.

*

Arrivée à Londres, par acquit de conscience, je me donne encore le temps de passer aux archives de la British Library. Une dernière fois, remplir des formulaires et chercher l'entrée « Marguerite Steinheil ».

C'est souvent quand on est près de renoncer qu'on trouve. Dans cette bibliothèque où est méticuleusement rangée la mémoire du monde, tous les noms cités dans tous les articles du *Times* ont été répertoriés depuis la création du quotidien ! Stupéfiante nomenclature d'avant l'ère numérique. À la lettre « S », les index des années 1910 à 1954 consignent les dates d'arrivée et de décès de Meg en Angleterre. Rien que je ne sache déjà.

Qu'espérer d'autre ? Une petite information sur son exil de presque un demi-siècle outre-Manche ? Je compulse toutes les occurrences. Maigres récoltes, échos mondains. À l'entrée « Marguerite Steinheil », les années se succèdent, recension inutile. Et brusquement : 25 octobre 1927. Le titre de l'article me fait l'effet d'un coup de poing : « Mrs Steinheil (France) kidnapped in Morocco ».

J'hésite entre une incrédulité raisonnable et l'ivresse. Durant ces longues années de silence, quelque chose, un enlèvement, un chantage ? Ce serait extraordinaire, une martingale, la récompense inespérée, cette étincelle légendaire de l'archive, la raison de vivre de tous les historiens depuis Michelet. J'ai tout lu, recoupé et, au dernier moment, une autre vérité surgirait, dans un des articles du *Times* conservés hors de Londres, à Colindale, dans une campagne froide à l'horizon dégagé ?

Le lendemain à l'ouverture, je suis à Colindale. Le grand bâtiment des archives est sans âme, mais le personnel poli et efficace. Les employés en tablier gris enregistrent les demandes et grommellent en s'enfonçant dans les rayonnages numérotés des boîtes de microfilms.

Après m'être battue un bon quart d'heure pour glisser le film dans les guides métalliques de la machine, j'arrive enfin à faire défiler les articles du *Times*[313] sur l'écran. Ils racontent l'enlèvement de quatre ressortissants français au Maroc : la baronne Steinheil et sa fille, ainsi que deux amis, dont l'un est le neveu du commissaire résident général du Maroc, chargé de mettre fin à la guerre du Rif.

Le 20 octobre 1927, Yves Steeg est enlevé au Maroc avec trois ressortissants français. Son père, Louis Steeg, est le frère du résident général et l'ancien directeur de la Banque ottomane. En 1925, Yves Steeg a rejoint au Maroc son beau-frère, Jean Maillet, qui vit depuis cinq ans en bordure du Moyen Atlas, non loin de Béni Mellal. Ensemble, ils élèvent des moutons dans une propriété, énorme selon les uns, modeste selon le résident général qui parle de 5 hectares[314].

Ce jeudi-là, en fin d'après-midi, les deux hommes décident d'aller se promener en bordure de la forêt de la Deroua, en compagnie de deux Européennes, Mmes Steinheil et Prokoroff. Les victimes sont présentées dans la presse britannique comme « high officials relatives », et Mme Steinheil est annoncée comme anglaise « selon certains » et comme native de Vienne par la presse française.

J'ai bien sûr la conviction que c'est d'elle qu'il s'agit, mais le doute subsiste : française, anglaise, autrichienne ? Le dossier de police est français. Il est conservé aux Archives diplomatiques, à Nantes. Ni une ni deux, je file en Bretagne. TGV, hôtel. J'ai réservé par internet l'accès au dossier de l'enlèvement, entièrement conservé.

La liasse est épaisse. Et décevante. Ni fiche ni document officiel sur l'identité des deux femmes enlevées. Hormis quelques mots griffonnés sur un morceau de papier informe : « Marie de Steinheil, fille de Kreide et Schmidt née à Vienne le 8 septembre 1878, âgée de vingt-neuf ans, épouse Prokoroff ».

Si la kidnappée était viennoise, son enlèvement aurait fait la Une des gazettes autrichiennes. Ce n'est pas le cas. Le correspondant à Paris de la *Neue Freie Presse* précise même : « Il semble, d'après certaines indications, que les deux dames capturées ne seraient pas les épouses des neveux de M. Steeg, mais une Russe nommée Prokoroff, et une Anglaise, Mrs Steinheil. Se pourrait-il qu'il s'agisse de la célèbre Mme Steinheil dont le second époux, Lord Abinger, est décédé récemment[315] ? »

Le correspondant du quotidien viennois ajoute :

« À propos de l'enlèvement de deux neveux du résident général du Maroc, Théodore Steeg, *Le Matin* signale de Rabat que les deux dames enlevées en même temps seraient l'une l'épouse d'Alexandre Prokoroff, contrôleur de la Compagnie des transports marocains, en provenance de Budapest, et l'autre, sa mère, la baronne Steinheil âgée de quarante-neuf ans, née Ksird à Vienne. On relate que le nom de Ksird, ou comme signalé par ailleurs, Kredl, ne figure pas à l'annuaire des habitants de Vienne[316]. »

La légation d'Autriche à Paris réagit elle aussi : « Si comme l'indique *Le Matin,* la baronne enlevée est née Kreide à Vienne, le ministère des Affaires étrangères est prié de bien vouloir vérifier l'information et d'en communiquer le résultat le plus rapidement possible[317]. »

Le 28 octobre, la direction des affaires politiques et commerciales du ministère des Affaires étrangères français confirme à la légation d'Autriche qu'il s'agit bien de la baronne Marie de Steinheil, née à Vienne le 8 septembre 1878 et russe par mariage, et de sa fille Marie, âgée de vingt-neuf ans, épouse Prokoroff.

Pas de copie de documents d'identité ni d'attestation d'aucune sorte.

La légation d'Autriche ne donne aucune suite.

Avant de quitter les archives de Nantes, je photographie toutes les pages du dossier diplomatique. Il y a une grosse liasse manuscrite de papier souple, la déposition du beau-frère Prokoroff[318], parti à la recherche des disparus, qui détaille la découverte de l'auto abandonnée sur le lieu de l'enlèvement. Il a retrouvé deux objets : une épingle à cheveux et une perle. Il a « perdu cette dernière[319] », mais la pince à cheveux est là, fichée dans la dernière page, après la signature. C'est elle qui fait ployer les feuilles de papier sous son petit poids. Objet intime, perdu dans une boîte d'archives. Une fraction de seconde, je pense m'en saisir, mais je me contente de caresser la pince à cheveux et de goûter le plaisir du glissement qui s'opère. Je touche du doigt pour la première fois un objet qui lui aurait appartenu. Une simple petite fourche en loupe d'un bois souple et orangé, dont on pique sa chevelure pour dompter les mèches rebelles et les retenir dans un chignon, la coiffure de Meg sur toutes les photos.

C'est elle. Pas seulement parce que le *Times* l'écrit ni que la coïncidence est trop forte. La preuve est dans le reste. Dans ce flou, cette brume persistante, ces nébuleuses qui se recouvrent, comme chaque fois. Depuis que je la suis, c'est le même tableau. Le chemin sur ses traces est bordé d'indices inutiles, de fausses révélations, de renseignements erronés qui troublent et confondent le moindre fait matériellement vérifiable. Autour de cet enlèvement au Maroc, il y a beaucoup de mots, de documents, d'articles, un peu trop sans doute. De sorte que la seule question s'en trouve troublée et qu'on finirait par l'oublier : que s'est-il réellement passé ?

*

Dans la petite valise que j'emporte au Maroc, des livres que j'ai déjà lus, je suis en terrain de connaissance. Je recroise le « parti colonial » d'Eugène Étienne, à l'origine du protectorat marocain, Félix Faure, puis Aristide Briand, le pacifiste, qui s'oppose à la politique coloniale de Clemenceau… Le Maroc est passé sous domination française le 30 mai 1912. Lyautey est le premier résident général du protectorat. L'année suivante, Briand obtient la présidence du Conseil.

Les efforts menés depuis Félix Faure pour instaurer un empire outre-mer (conquête de la Mauritanie, pacification du Tchad, Tonkin) font alors l'unanimité en France, à l'exception des socialistes. À partir de 1916, Briand est aux Affaires étrangères, il le restera de façon quasi permanente jusqu'en 1931. Il a les cartes en mains, n'a pas l'intention de les jouer sur la scène marocaine et laisse le général Lyautey se débrouiller avec ces « hommes bleus » du Sud qui se soulèvent et marchent vers Marrakech. Le résident général joue sur les dissensions entre les indigènes, fragilise les résistances et convainc les chefs des tribus de l'Atlas de rester neutres. C'est compter sans les tribus du Rif, au nord, sous administration espagnole, qui entrent en rébellion ouverte. Leur chef est un ancien journaliste et fonctionnaire de l'administration espagnole, Abd el-Krim, un lettré charismatique d'à peine trente ans, qui inflige plusieurs échecs aux troupes espagnoles, étend ensuite son autorité à l'ensemble de la région et institue, le 1er février 1922, la République confédérée des tribus du Rif dont il s'instaure président.

À Paris, les gauches au pouvoir dénoncent les échecs de Lyautey et nomment le maréchal Pétain pour mettre un terme aux soulèvements. Côté espagnol, la répression est menée par Franco. Franco-Pétain, ironie précoce de l'Histoire[320]. Pétain mène la contre-offensive sur le terrain, massive et aérienne. Dans les premiers mois de 1926, dix escadrilles bombardent toute la zone du Rif. Décision est prise d'utiliser l'arme chimique, les stocks d'ypérite, le gaz moutarde, utilisé sur les champs de bataille à la fin de la Grande Guerre. Pour la première fois, l'aviation déverse des gaz toxiques sur des régions entières et habitées[321] ! Au printemps 1926, Abd el-Krim se soumet. La France a gagné. Le nouveau commissaire résident général, Théodore Steeg, nommé par Briand, amorce un sérieux changement de style.

L'objectif est d'éviter le conflit armé direct et d'opter pour une pénétration en douceur, en privilégiant des solutions plus pacifiques. La méthode apparemment fonctionne, jusqu'au tragique assassinat d'une famille française installée au Maroc, le 9 octobre 1927. À quelques kilomètres de Khénifra, sur la route de Meknès, des chasseurs découvrent les corps de M. Arnaud, fonctionnaire des travaux publics, et de sa femme, ainsi qu'une amie grièvement blessée. Les rebelles ont enlevé les deux fillettes du couple, Fernande, cinq ans, et Odette, quatre ans. Otages de la tribu des Aït Shokmane, elles le restent faute d'accord sur la rançon. C'est dans ce contexte que, le 24 octobre, on apprend l'enlèvement Steeg-Prokoroff-Steinheil.

Le rapt s'est produit près de Béni Mellal, dans la région de Kasba Tadla, aux confins du Moyen Atlas. Le bureau de renseignements le plus proche est celui de Dar Ould Zidouh dont le chef, le capitaine Lucas, rédige un premier rapport deux jours après les événements :

« Le 20 octobre vers 16 h 30, une heure avant le coucher du soleil, Jean Maillet et ses amis décident d'aller faire une promenade autour de la forêt de la Deroua, qui regorge de sangliers. Yves Steeg emporte avec lui un fusil de chasse, et pas plus de quatre ou cinq cartouches. Les promeneurs prennent avec eux leurs deux chiens et partent en auto jusqu'à la lisière ouest de la forêt, aux confins du domaine exploité par une kyrielle d'ouvriers du cru. Au coucher du soleil, Brahim, employé à la ferme, ne les voit pas revenir et prévient le beau-frère de Mme Prokoroff resté à la ferme. Ce dernier part à leur recherche avec quelques locaux. Arrivés à l'endroit dit « petite Deroua », ils croisent quatre indigènes qu'ils prennent pour des voleurs et sur lesquels ils tirent. Sans riposter, ceux-ci s'enfuient dans la forêt ; il fait déjà nuit noire. Après plusieurs battues, sans résultat, les hommes reviennent au douar prévenir le cheikh, qui alerte immédiatement ses gens, les met en route, et d'initiative se rend au bureau de Dar Ould Zidouh[322]. »

Au petit jour, on repère des traces de pneus dans la montagne, l'automobile des disparus est localisée à sept kilomètres de la propriété agricole. Le capitaine Lucas note dans son rapport des traces de chaussures européennes, le papier froissé d'une tablette de chocolat et le cadavre d'un chien éventré, mais « rien qui indique une défense, pas de traces de lutte, pas d'étuis de cartouches, pas d'effets, pas de sang[323] ».

En fin d'après-midi, le délégué à la Résidence générale envoie un télégramme à Théodore Steeg, en vacances en France, pour le prévenir de l'enlèvement de son neveu. Les renseignements qu'il donne ne concordent pas : il affirme que des cartouches de guerre ont été trouvées près de l'auto[324] et que le chien a été tué d'un coup de feu. Cela n'a pas grande importance, si ce n'est de confirmer le flou général qui entoure déjà l'affaire.

Briand, en revanche, confirme la véritable nationalité des captives dans un télégramme chiffré, à l'attention de Steeg, envoyé le 2 novembre 1927 : « Le Département suit avec une sympathie soucieuse et désire seconder vos efforts pour obtenir la libération des prisonniers parmi lesquels se trouvent quatre Français dont deux de vos proches[325]. »

Selon la population locale, le scénario le plus plausible est celui de brigands embusqués qui auraient attaqué les quatre promeneurs avant de se réfugier, hors d'atteinte, dans la montagne. Le capitaine Lucas s'irrite de l'incident dans un nouveau rapport :

« C'est la conclusion lamentable d'une série d'imprudences contre lesquelles M. Maillet a été mis en garde par tout le monde et par tous les moyens. Le cheikh des Oulad Bourahmoun l'avait prévenu, et continuait à le prévenir qu'il y avait du danger à faire tout ce qu'il faisait. Quoi qu'il en soit, en accomplissant cette fatale randonnée, M. Maillet n'a pris aucune des précautions élémentaires à prendre en pareil cas. Les indigènes eux-mêmes ont peur dans cette forêt, car ils savent qu'elle sert de repaire à des bandes qui descendent de la montagne dans la plaine pour faire un mauvais coup. Ils ne s'y aventurent jamais lorsque la nuit tombe… D'après les indigènes, M. Maillet, M. Steeg et les deux femmes ont été emmenés vivants : ils constituent une belle prise dont le rachat pourra être négocié dès qu'on saura où les dissidents les ont séquestrés[326]. »

À en croire la presse marocaine, la région était pacifiée depuis 1913 et les risques y sont extrêmement réduits pour les civils[327]. Impossible à ce stade d'avoir une idée claire de ce qui s'est passé. On ne sait rien non plus de l'identité des ravisseurs ni de leur mobile. Ils auraient remis les otages à la tribu des Aït Mohand dont le caïd est chargé de négocier la rançon[328]. *L'Écho du Maroc* suppute que les otages ont été livrés aux Aït Shokmane qui détiennent déjà les fillettes Arnaud[329], mais le consul britannique à

Rabat n'en croit pas un mot[330]. Selon lui, l'assassinat d'Arnaud est une vengeance préméditée contre un fonctionnaire des travaux publics aux transactions douteuses. Rien à voir avec les relations cordiales et même amicales que les kidnappés de Béni Mellal entretenaient avec leurs voisins. Le consul est formel, l'enlèvement des quatre Européens n'est pas du même ordre que celui des fillettes Arnaud : « Si les incidents du 20 octobre [l'enlèvement qui nous intéresse] ont causé une émotion très considérable, au Maroc comme en Europe, leur importance ne doit pas être exagérée[331]. » Le propre père d'Yves Steeg, Louis, n'a pas l'air plus inquiet. Dans *Le Petit Journal* du 24 octobre, quatre jours après le drame, il minimise la portée de l'incident : « Il s'agit d'un fait épisodique comme il doit s'en produire fatalement dans ces contrées retirées. » Il prend clairement le rapt de son fils à la légère. Attitude incompréhensible, sauf s'il a reçu des assurances. Il est vrai qu'un contact a eu lieu avec les ravisseurs dès le 23 octobre, qu'on sait les otages vivants et que des émissaires sont en route pour négocier la rançon.

Mais pourquoi, à la fin de son entretien avec *Le Petit Journal*, Louis Steeg tient-il à raconter cette anecdote, qui remonte au temps où il était consul en Turquie ? « Un ingénieur français, sa femme et leur fils avaient été enlevés par des bandits en montagne. J'ai donc dû et en hâte négocier la rançon, 12000 livres pour les trois. L'affaire traitée, le chef des bandits remit lui-même 300 livres à l'ingénieur qu'il avait kidnappé, en manière de présent[332]. »

Parallèle incongru ou message codé ? Que nous dit Steeg, au fond ? Que quand il y a rançon, elle ne tombe pas forcément tout entière dans la même poche ? Et qu'une partie peut aussi revenir au kidnappé ?

Son frère le résident général, Théodore Steeg, insiste à son tour « sur le caractère de fait divers que présente le rapt de Béni Mellal. Il s'agit d'un enlèvement, par des bandits professionnels, de Français ayant commis une grosse imprudence à la lisière du pays soumis[333] ».

On comprend l'idée. Il faut limiter la casse, s'en tenir aux seules tractations sur la rançon et éviter à tout prix une revendication politique de l'enlèvement. Mais avec qui négocie-t-on, au fait ? Sur ce point-là, au moins, les dossiers officiels devraient apporter des précisions fiables. Ce sont des militaires qui, au Maroc, rédigent les courriers et alimentent les dossiers. L'un d'entre eux a transcrit sur une carte le trajet des captifs et les limites d'influence des tribus. Les Français ont été enlevés en région soumise, là où le préposé au bureau des cartes a dessiné une croix. Tracé par des traits rouges, leur périple passe en zone insoumise au lieu-dit l'Aguennous, puis rapidement par un petit bout de territoire des Aït Shokmane jusqu'au territoire des Aït Mohand. Ceux-ci sont en cheville avec Ben Naceur, chef des Aït Ouirrah. C'est lui qui obtient leur transfert définitif à Ben Cherro, et c'est avec lui que le rachat des captifs est prévu.

Le résident général le confirme dans une autre note : « Le caïd Ben Naceur dont un frère, le caïd Ali, est à notre service, semble disposé à mener une double négociation, d'abord avec les ravisseurs pour que les prisonniers lui soient remis, et (ensuite) avec nous pour traiter de leur libération[334]. »

Pourtant, les négociations engagées rapidement s'enlisent. De ce qui se trame, on ne saura rien ou pas grand-chose. Les journalistes locaux confrontés à l'opacité des informations qu'ils reçoivent se plaignent de n'avoir accès qu'à « quelques modestes éléments d'information arrachés à une discrétion presque violente[335] ». *La Presse marocaine* évoque une censure imposée par le colonel Ducasse, commandant de la région, un des plus haut gradés désormais chargé de l'affaire. « C'est parce que nous voulons remplir un devoir d'informateurs impartiaux, écrit-il, que se ferment devant nous certaines portes[336]. » Et le journaliste, qui ne croit pas à la version officielle de brigands ou de rebelles, conclut dans le même article : « J'opterais pour une autre thèse, sur la base de renseignements personnels. Ce seraient, paraît-il, des indigènes soumis qui auraient fait le coup. Tout permet de le supposer : la connaissance des lieux et des habitudes des colons. À quels mobiles auraient-ils alors obéi ? Il y a, je crois là, un grand point d'interrogation à placer[337]. »

Selon certaines sources, il serait même possible que les services de renseignement aient monté l'enlèvement, avec le nommé El-Maati, ancien *mokhzani* (agent) du renseignement français.

Voilà sans doute la raison, il n'y avait pas à s'inquiéter, comme le répétaient les autorités françaises. L'unique sujet de préoccupation était finalement les modalités et le montant de la rançon.

Les négociations se passent à un autre niveau que le bureau local, Lucas est rapidement écarté. Le rachat des captifs par Ben Naceur est prévu le 27 octobre[338].

À partir du 26 octobre, toute conversation téléphonique – notamment sur le montant maximum de la rançon – doit être confirmée par télégramme. Le 27, les instructions sont formelles : la première offre de rançon doit être de 50000 francs avec possibilité de monter à 100000. Au-delà, un contact avec la Résidence générale est obligatoire.

En quelques jours, le montant de la rançon quadruple pour atteindre 400000 francs. Le prix monte encore et s'ajoute à la rançon négociée pour les fillettes Arnaud. Les négociations s'enlisent encore. La Résidence générale ordonne de chiffrer tout télégramme concernant les affaires Arnaud et Steeg.

Le 12 novembre, le général Freydenberg, grand vainqueur de la tribu berbère des Zayans en 1921, prend la direction des opérations. Le moment de conclure approche. La confidentialité devient totale, au grand dam des officiers : « Depuis que le général Freydenberg est là, le bureau ne sait plus rien[339]. »

Tout se passe entre Freydenberg et le colonel Ducasse, le plus haut gradé sur place.

Le 16 novembre, les otages sont rassemblés chez le caïd Ben Naceur, en présence du caïd Ali, du commandant Foiret et du lieutenant Blois, officier d'ordonnance du général Freydenberg. Le convoi transportant la rançon traverse la montagne à dos d'âne jusqu'au poste de l'Aguennous. Il y a même des photos, que publie *L'Illustration* dans son numéro du 29 octobre 1927 ! La transaction doit avoir lieu le lendemain. Tout se passe dans la plus sereine courtoisie, autour d'un thé et d'un paquet de pognon.

Le 17 novembre, la Direction générale des affaires[340] indigènes annonce avec soulagement la libération de tous les captifs : « Les négociations entreprises, en vue du rachat des victimes des rapts de Khenifra et de la forêt de la Deroua, ont abouti à la restitution, le 17 novembre, des deux fillettes Arnaud au poste de l'Aguennous N'Ou Souian, de MM. Maillet et Yves Steeg et de Mmes Steinheil et Prokoroff à Ksiba. »

Enlevés le 21 octobre, nos quatre promeneurs sont libérés le 17 novembre, soit près d'un mois plus tard. La durée justifie la surenchère. Début novembre, on parlait de 400 000 francs. Le 11 novembre, Duclos, selon *Le Midi socialiste*[341], assure que « les sommes demandées sont réunies à Béni Mellal, ainsi que les vêtements et les burnous, pour 700 000 francs environ ». Addition finale : 1 100 000 francs pour les enfants, et le double pour Steeg et consorts. Soit plus de 3 millions de francs !

Odette et Fernande Arnaud sont libres[342] ainsi que les quatre adultes. Escortées par un sous-officier, Mmes Steinheil et Prokoroff quittent Tadla le 18 « selon les instructions reçues », et partent le 19 novembre pour Mogador (Essaouira) où le mari de Mme Prokoroff est employé à la CTM, Compagnie des transports marocains[343].

Mme Steinheil, elle, prend le large. Sans qu'on sache vers où ni comment. Elle disparaît de la scène. À jamais. Avec sans doute une partie de la rançon en dédommagement de quelque transaction d'État. Se taire jusqu'à son dernier souffle.

Meg Steinheil était une captive tellement visible et nommément identifiée, qu'elle en est passée inaperçue. Audacieuse mais efficace manière de la faire disparaître avec, dans ses bagages, la compensation négociée. Que donne-t-elle en échange ? Quel est finalement ce si cher secret ?

Meg l'a dit, l'a écrit, l'enjeu ce sont les papiers de Félix Faure. Et les perles.

Qu'avait-elle encore en main en 1927 ? Peut-être plus les perles, mais bien une copie des papiers conservée après son départ de France.

Avec la rançon du Maroc, la France paye le prix, une fois pour toutes.

Quand on écarte tout ce qui est impossible, ne reste que la vérité, aussi improbable soit-elle.

Pour justifier mon hypothèse, il faudrait une image de la captive et la comparer aux portraits de Meg. Je me rends donc aux archives de la presse locale à Rabat. Dans la grande salle de lecture, unique Européenne, je n'ai eu qu'à puiser dans le chariot qu'on m'a préparé, avec la délicieuse sensation d'être la première depuis longtemps à tourner ces pages qui racontent l'enlèvement. Photos du lieu du drame, de la ferme[344]… Et l'édition de *L'Écho du Maroc* qui suit la libération des otages : au milieu de la page, une photo de Mme Steinheil. Un portrait, face à l'objectif, sur papier journal. Je l'ai !

On voit d'abord ces prunelles noires. Des sourcils fournis, très foncés et droits, l'expression pénétrante et douce, un peu désabusée. Les commissures des lèvres sont à peine relevées, comme un sourire dubitatif. Un visage seul, au milieu de nulle part, Meg sort de l'ombre. Elle a maigri, mais c'est la même femme qui, vingt ans plus tôt, posait bien droite devant le photographe, dans la cour de Saint-Lazare.

La date de l'enlèvement confirme elle aussi l'hypothèse. Lord Abinger est mort le 10 juin 1927. Avec lui disparaît l'assurance-vie de Meg. Si ce mariage était bien une contrepartie à son exil muet, comment obtenir, une fois veuve, la rançon définitive du silence ? Trouver une dernière compensation en renégociant. Avec qui, sinon avec la France ? Un arrangement final hors de France, au Maroc, sur des terres françaises. Le 11 octobre, la vengeance de locaux contre le cantonnier Arnaud et l'enlèvement des fillettes crée un précédent : un kidnapping est plausible. Mais il faut agir vite. Le voyage en bateau ne prend pas plus de quatre ou cinq jours[345].

On ne sait pas quand les deux femmes qui vont être enlevées sont arrivées au Maroc. Le mari de Mme Prokoroff travaillait pour la Compagnie des transports marocains, ce qui pouvait faciliter les choses sur le terrain. Encore fallait-il de solides appuis à Paris, et qu'une fois au Maroc Mme Steinheil soit logée dans un environnement propice à la réalisation du plan. La ferme de Maillet et Steeg est l'endroit idéal. Elle est située à moins de cent kilomètres de Khénifra, l'endroit où a eu lieu l'attaque contre la famille Arnaud. Et Steeg étant le neveu du résident général, la couverture est garantie, sa protection aussi.

Dès le départ, Ben Naceur est chargé de racheter les Français aux bandits ou aux agents français qui les ont enlevés le 20 octobre au soir. Les otages sont en sécurité chez les Aït Mohand où pendant cinq jours les visites de chefs de tribu se succèdent. Chacun réclame sa part, les discussions s'enveniment. Les *djemaas* – assemblées de notables – s'unissent pour exiger davantage. Ben Naceur piétine, mais s'arrange pour que les otages soient bien traités, assez libres le jour et très surveillés la nuit. Il les récupère la nuit du 26 au 27 octobre et les emmène rapidement à dos de mulets jusqu'à Ben Cherro. Ils sont installés chez Aziz, un commerçant aisé, ami du caïd Ali. Suivent trois semaines de patiente villégiature, jusqu'à ce que les négociations aboutissent. La marge de manœuvre de Ben Naceur face aux Aït Shokmane est maigre et périlleuse. Officiellement leur allié, il est aussi le pivot des opérations françaises. Les rapports officiels saluent son dévouement et son intervention exemplaire[346]. Les risques ne sont pas nuls, ni pour Ben Naceur ni pour les tribus concernées. Car la rançon payée est « relativement élevée[347] ». On grince des dents en relevant que les ravisseurs ont fait une « opération très fructueuse ». Il faut éviter l'engrenage, trouver un coupable, et le châtier. La tête de l'assassin d'Arnaud, le caïd Ben Daoud, est mise à prix. Les tribus, même vaguement complices, sont sommées de livrer l'assassin sous peine de représailles militaires, terrestres et aériennes. Ce ne sont pas que des menaces. Une opération est sérieusement envisagée avant d'être finalement abandonnée.

Au total, Ben Naceur s'en sort plus que bien. Les Aït Shokmane ont reçu un bon prix, et lui a réussi son examen de passage auprès des Français, avec félicitations du jury : « Il a pris sous sa protection les quatre captifs et il a été d'un grand secours pour les négociations. Il a été l'intermédiaire discret entre les détenteurs des prisonniers et nos propres agents. » Éloges assortis d'une promotion : « Nous comptons consacrer et affermir son prestige en le choisissant pour chef le jour où les Aït Ouirrah insoumis demanderont l'aman*. Les avances qui lui ont été faites ne l'ont point laissé insensible[348]. »

Tout est bien qui finit bien. À une question qui lui est posée par un député à la Chambre, Aristide Briand déclare le 1er décembre 1927, quinze jours après le *happy end :*

« Moi, je m'explique sur les deux cas, parce que tous deux procèdent de la même situation. *(Très bien ! Très bien !)* Les services de la Résidence générale se sont préoccupés avant tout d'assurer la libération rapide des prisonniers, pour éviter qu'ils risquent d'être martyrisés, torturés ou mis à mort. Nos compatriotes ont été libérés, ils sont aujourd'hui en sûreté. *(Très bien ! Très bien !)* De plus, toutes les précautions ont été prises pour que semblables faits ne se reproduisent pas. Je n'ai pas lieu de cacher le chiffre de la rançon. Pour les fillettes Arnaud, elle s'est élevée à 1 100 000 francs, et pour les parents de M. Steeg, à 2 200 000 francs. Nous ne pouvons

* *En droit religieux musulman, un aman est un sauf-conduit accordé à un étranger ou à un ennemi qui a fait sa soumission.*

regretter les efforts que nous avons faits puisqu'ils ont eu pour effet de libérer nos compatriotes[349]. »

Si Mme Steinheil est une compatriote, pourquoi est-elle mentionnée comme autrichienne dans tous les documents[350] et dans la presse ? La somme payée pour sa libération, et celle des trois autres, est considérable. Un petit article impertinent dans un follicule signé par un dénommé « Le Père Jean » dénonce seul le coût exorbitant de « cette chasse amoureuse » pour les deniers de la République. Pointant ironiquement les noms des otages « bien français » et concluant que « les pillards marocains, nantis aux dépens des contribuables, ont bien dû rire en recevant tant d'argent pour si peu de gibier[351] ».

La vérité sur l'origine des fonds de la rançon est encore plus rocambolesque. On la trouve dans une note du ministère des Affaires étrangères. Le montant total a été payé en douros hassani, monnaie retirée de la circulation, provenant d'un dépôt effectué par le protectorat à la banque d'État[351]. Les douros en question ont en réalité été déposés par le gouvernement chérifien « qui a demandé à la banque d'État de lui avancer cette somme nécessaire au paiement de la rançon[353] ». Et le rédacteur de la note de conclure : « Il résulte de ce qui précède que le Protectorat supportera définitivement la rançon sauf recours contre les libérés, mais, que tout en aliénant une partie de son avoir, il n'aura pas besoin d'imposer des charges nouvelles au contribuable marocain[354]. »

Une autre note d'experts précise que c'est au protectorat de réclamer aux quatre libérés le remboursement des sommes par lui versées à titre de rançon[355]. Mais dans une lettre à Steeg, Briand refuse : « L'expert n'avait pas à tenir compte et n'a pas tenu compte des autres éléments d'appréciation qu'une administration peut mettre en balance avant d'exercer son droit[356]. »

Voilà, c'est dit. Intérêt supérieur de l'État. Meg gardera son pactole. Un gros million est parti chez les Aït Shokmane pour prix des fillettes, il reste plus de 2 millions de francs, raisonnablement amputés pour services rendus et pour tenir les langues. Près de 2 millions, donc. Environ 1,2 million de nos euros. Un magot, hors contrôle, glissé dans une escarcelle voyageuse, une somme largement suffisante pour permettre une sortie de scène.

*

Mme Steinheil a disparu. L'argent de la rançon aussi. J'imagine sa mine amusée, sereine, enfin libre, se préparant à vivre encore longtemps, en fantasque vieille dame qui goûte la légèreté du jour et les facéties sans lendemain.

Cette fin sans morale m'enchante. Et tant pis pour les tristes sires qui lui promettaient l'échafaud, et continuent, aujourd'hui encore, de la tirer vers le bas.

Elle a réclamé son dû, l'a obtenu et s'est éclipsée en silence, dans l'ombre.

Marguerite Japy-Steinheil a choisi le mouvement, la liberté des sentiments et le goût des plaisirs.

La fin

Héroïne malmenée, silencieuse sur son île, elle ne pouvait écrire le dernier chapitre de son histoire.

Je voudrais l'avoir fait pour elle.

Notes

[1] Marguerite Steinheil, *My Memoirs,* London, Nash, 1911, p. 20. Les notes sous la référence MM renvoient à la version française : Marguerite Steinheil, *Mes Mémoires,* Paris, Edmond Ramlot, 1912, en ligne : https://archive.org/details/mesmemoires00stei/.

[2] *Journal de Belfort et du Haut-Rhin* et autres journaux locaux.

[3] Voir https://www.siv.archives-nationales.culture.gouv.fr/siv/rechercheconsultation/consultation/ir/pdfIR.action?irId=FRAN_IR_002282.

[4] L'identification de Manuel Baudouin est confirmée par Ernest Dudley *(The Scarlett Widow: The True Story of the Marguerite Steinheil Affair,* Londres, Frederick Muller Limited, 1960), assortie des dates de sa liaison avec Meg, de 1891 à 1895, années suivant la naissance de Marthe. Benjamin F. Martin *(The Hypocrisy of Justice in the Belle Epoque,* Bâton Rouge, Louisiana State University Press, 1984), affirme également qu'en 1893 Meg prend Manuel Baudouin comme premier amant.

[5] Ministère de la Justice, inventaire des dossiers de carrière de magistrats ayant cessé leurs fonctions entre 1900 et 1940 environ ; inventaire par Ségolène Barbiche et Annie Poinsot, dossier personnel de Manuel Baudouin, Archives nationales de France (désormais ANF) BB/6(II)/650.

[6] *Le Cri du peuple* du 23 novembre 1883. Elle signe l'article Séverin.

[7] Thierry Billard, *Félix Faure,* Paris, Julliard, 1995, p. 1-22 et 900-937.

[8] Émile Zurlinden (général), *Mes souvenirs depuis la guerre – 1871-1901,* Paris, Librairie académique Perrin et Cie, 1912, p. 141.

[9] *Ibid.*, p. 133 et *La Cocarde* du 6 janvier 1895.

[10] Publiée dans *Le Figaro* du 25 mars 1899, p. 2.

[11] Pierre Janet, « Note sur quelques phénomènes de somnambulisme (séance du 30 novembre 1885) », *Bulletins de la Société de psychologie physiologique,* T. 1, Paris, Félix Alcan, 1885, p. 24-32.

[12] Mathieu Dreyfus, *L'Affaire telle que je l'ai vécue,* Paris, Grasset, 1978, p. 48 et suiv.

[13] *Ibid.*, p. 53.

[14] Philippe Oriol, *L'Histoire de l'affaire Dreyfus de 1894 à nos jours,* Paris, Les Belles Lettres, 2014, p. 61.

[15] *Ibid.*, p. 203.

[16] Préface du recueil d'articles de Frank Puaux, *Vers la justice,* Paris, Fischbacher, 1906, p. III, cité par Annie Gutmann et Pierre Sullivan dans *Résister et vivre : au croisement des disciplines et des cultures,* actes du colloque de Cérisy qui s'est tenu du 2 au 9 juillet 2008 (sous la direction des auteurs), Paris, Ophrys, 2010.

[17] Cité par *L'Église libre* du 14 octobre 1898, p. 327, col. 1 et dans A. Gutmann et P. Sullivan, *Résister et vivre…, op. cit.*

[18] André Combes, « Les loges de France et d'Algérie, l'antisémitisme et l'affaire Dreyfus », *Archives juives,* vol. 43, n° 2, Paris, Les Belles Lettres, 2010.

[19] Léon Daudet, dans *L'Action française,* cité par Pierre Darmon, *Marguerite Steinheil : ingénue criminelle ?,* Paris, Perrin, 1996, p. 159-160.

[20] Charles Andler, *Vie de Lucien Herr : 1864-1926,* Paris, Les Éditions Rieder, 1932, p. 15.

[21] É. Zurlinden, *Mes souvenirs…, op. cit.,* p. 131.

[22] Adrien Dansette, *Histoire des présidents de la République de Louis-Napoléon Bonaparte à Vincent Auriol,* Paris, Amiot-Dumont, 1953, p. 143, cité par René Tavernier,

Madame Steinheil. Ange ou démon, Paris, Presses de la Cité, 1976, p. 77.

23 « Drumont et affaire Belluot », *La Libre Parole* du 11 décembre 1895.

24 Saint-Simonin (pseudonyme de Gabriel Terrail dit aussi Mermeix), *Mémoires anecdotiques : Propos de Félix Faure*, Paris, Société d'éditions littéraires et artistiques, 1902, p. 50.

25 *L'Écho de Paris* du 14 mai 1897, p. 1.

26 Notamment le général Legrand-Girarde au service du Président durant cette époque (janvier 1897-juillet 1900), dans *Un quart de siècle au service de la France*, Paris, Presses littéraires de France, 1954, p. 103.

27 *Ibid.*, p. 118.

28 Léon Bailby, *Pour quoi je me suis battu*, Paris, Plon, 1951, cité par Th. Billard, *Félix Faure, op. cit.*, p. 715.

29 « L'Alliance. Les toasts. Le toast de M. Félix Faure », *Le Petit Parisien* du 24 août 1897, p. 1, col. 3-4.

30 « L'Alliance. Les toasts. La réponse du tsar », *ibid.*, p. 1, col. 4.

31 Propos de Faure à Saint-Simonin repris dans Th. Billard, *Félix Faure, op. cit.*, p. 720-721.

32 MM, p. 57.

33 Archives de la préfecture de Police de Paris (désormais APPP), affaire Steinheil, JA 11-14, classement alphabétique, carton A-E, rapport de l'inspecteur Laurent au chef du service de la Sûreté Hamard, le 18 décembre 1908. Ernest Brun était payé 20 francs par jour et a continué à collaborer, mais irrégulièrement, aux travaux de peinture d'Adolphe Steinheil.

34 ANF, fonds Félix Faure, 460 AP10, bordereau de commande ; repris par Th. Billard, *Félix Faure, op. cit.*, p. 910.

35 Lettre de Scheurer-Kestner à Ranc du 14 novembre 1897 : « Dernières nouvelles. Une lettre de M. Scheurer-Kestner », *Le Temps* du 16 novembre 1897, dans Auguste Scheurer-Kestner, *Mémoires d'un sénateur dreyfusard*, Strasbourg, Bueb & Reumaux, 1988, p. 180-182.

[36] Lettre de Mathieu Dreyfus à Billot du 15 novembre 1897 (ANF BB/19 88), citée dans Ph. Oriol, *L'Histoire de l'affaire Dreyfus…*, *op. cit.*, p. 427.

[37] Sylvie Aprile, « L'engagement dreyfusard d'Auguste Scheurer-Kestner : un combat pour l'honneur de la République et de l'Alsace », *Bulletin de la Société d'histoire du protestantisme français*, T. 142, janvier-mars 1996, p. 70 : « L'origine protestante de nombreux dreyfusards et notamment de ses défenseurs alsaciens sert également de prétexte pour en faire de mauvais Français. Accusé dans un premier temps d'être juif, Scheurer-Kestner est de toute façon d'une autre race que celle des vrais Français. Si l'idée de sa judéité est vite abandonnée par la presse, elle reste cependant présente chez les caricaturistes qui le présentent souvent avec les traits physiques caractéris tiques selon les antisémites de la race juive. »

[38] MM, p. 59.

[39] En effet, contrairement à la légende, l'œuvre n'est pas reprise dans les acquisitions de l'État. Cf. l'album de photographies des œuvres achetées par l'État intitulé *Direction des Beaux-Arts. Ouvrages commandés ou acquis par le service des Beaux-Arts. Salon de 1898. Photographies de Mercier* (œuvres exposées au salon annuel organisé par la Société des artistes français, en 1898, à Paris, dans la galerie des Machines). Voir http://www2.culture.gouv.fr/documentation/archim/albumsdessalons.htm.

[40] Voir https://archive.org/details/catalogueillustrl898soci.

[41] ANF, base de données Léonore, Légion d'honneur, 2549/12, chevalier de la LH par décret du 24.7.1898, décoration remise le 29.11.1898.

[42] Françoise Blum, « Séverine ou la recherche d'une justice perdue », *Mil neuf cent*, n° 11, 1993, p. 94.

[43] Grégoire Kauffmann, *Édouard Drumont*, Paris, Perrin, 2018.

[44] MM, p. 67.

[45] Willa Z. Silverman, *Gyp. La dernière des Mirabeau*, Paris, Perrin, 1998, p. 160.

[46] *Ibid.*, p. 175, cite « L'Affaire : Madame Gyp », *Le Journal* (?) du 6 juillet 1899. Voir aussi Maurice Barrés, *Mes cahiers,* Paris, Plon, 1935, vol. 9, p. 275-276.
[47] Félix Faure. *Journal à l'Élysée (1895-1899),* édité et présenté par Bertrand Joly, Paris, Éditions des Équateurs, coll. « Histoire », 2009, p. 349 et suiv.
[48] Yves Hivert-Messeca, « Tableau de la franc-maçonnerie française au tournant du siècle (1880-1920) », dans *Kadosh dans la Cité,* actes du colloque de Caen du 12 avril 2014, Paris, AMHG, 2015.
[49] MM, p. 66-67.
[50] « Discours de Cavaignac », *L'Aurore* du 31 août 1898.
[51] « Toutes ces pensées assiégeaient l'esprit du président Félix Faure, effrayé de la tournure qu'avait prise le débat suivi du vote ordonnant l'affichage du discours de M. Cavaignac » (Charles Braibant, *Félix Faure à l'Élysée. Souvenirs de Louis Le Gall,* Paris, Hachette, 1963, p. 142).
[52] MM, p. 73.
[53] Th. Billard, *Félix Faure, op. cit.*, p. 910.
[54] MM, p. 87.
[55] Lettre au général Poizat citée par Émile Reibell, *Le Commandant Larny, d'après sa correspondance et ses souvenirs de campagne (1858-1900),* Paris, Hachette, 1903, p. 484-485.
[56] MM, p. 88.
[57] MM, p. 89-92.
[58] *Ibid.*
[59] Après le scandale de Panama.
[60] MM, p. 73.
[61] Ch. Braibant, *Félix Faure à l'Élysée…, op. cit.*, p. 155.
[62] *Ibid.*
[63] MM, p. 74.
[64] *Le Figaro* du 4 septembre 1898, p. 1, col. 5.
[65] Ce document, dont Louis Le Gall dit qu'il l'a joint à son manuscrit, a mystérieusement disparu, voir Ch. Braibant, *Félix Faure à l'Élysée…, op. cit.*, p. 168 et n. 125.
[66] *Le Matin* du 11 septembre 1898.
[67] Ch. Braibant, *Félix Faure à l'Élysée…, op. cit.*, p. 180.

[68] Fonds de la correspondance de la Division criminelle du ministère de la Justice, BB/18 2369, dossier 92 A 08, Cour de Paris, années 1890-1932, rapports confidentiels, n° 896 et 901 des 12 et 19 août 1898.

[69] S. Aprile, « L'engagement dreyfusard… », art. cit., p. 170 et suiv.

[70] Sur le rôle exemplaire de la police, voir Pierre Birnbaum, « La police entre ordre républicain et préjugés au tournant du siècle », dans Marc Olivier Baruch et Vincent Duclert (dir.), *Serviteurs de l'État – Une histoire politique de l'administration française, 1875-1945*, Paris, La Découverte, 2000 ; voir aussi *id.*, *Le Moment antisémite. Un tour de la France en 1898*, Paris, Fayard, 1998.

[71] Ch. Braibant, *Félix Faure à l'Élysée…, op. cit.*, p. 226.

[72] André Maurois, *Édouard VII et son temps*, Éditions de France, Paris, 1933, p. 18. Il précise que la reine Victoria avait demandé à Lord Salisbury de ne pas humilier la France : « Je me sens très anxieuse au sujet de cet état de choses et je pense qu'une guerre, sous un prétexte si petit et si misérable, est une chose à laquelle je ne pourrais consentir… Il sera important, je crois, d'aider les Français autant que cela sera compatible avec notre dignité à sortir de cette horrible impasse. »

[73] Conservé au musée des Beaux-Arts Bonnat-Helleu de Bayonne, catalogué n° 586. Voir https://webmuseo.com/ws/musee-bonnat-helleu/app/collection?vc=ePkH4LF7w6iejEDVE1IAQtNxcElqZl5GamYOtC7EjHJ9PGEEACKWI-g$.

[74] Ch. Braibant, *Félix Faure à l'Élysée…, op. cit.*, p. 227.

[75] *Ibid.*

[76] Ce que confirme une carte de Mme Steinheil (s. d.) conservée dans les archives de Félix Faure : « Madame Steinheil recevra mais ne pourra pas faire de visites avant la fin de février » (ANF 460 AP 10). Dans le même carton, une note de Félix Faure à Blondel pour inviter Mme Steinheil à dîner (s. d.). Pour la date de la première carte, Meg étant opérée en janvier, il s'agit bien de l'année 1899, puisque sa convalescence se termine fin février.

[77] Dans *La Libre Parole* du 12 décembre 1908, H. de Rauville publiera la teneur d'un billet écrit la veille de sa mort par le Président à Meg lui demandant de venir le lendemain : « Venez demain à l'heure habituelle, ma petite Meg, je vous raconterai tout ce qui se passe ! Ah ! j'ai besoin de vous pour oublier quelques instants auprès de votre petit cœur aimant cette pieuvre de la trahison dont les tentacules m'enserrent de tous les côtés et changent mes nuits en cauchemars. L'autre, c'était S ; M. s'est annoncé pour demain. Et surtout continuez à vous défier de votre mère qui a des fréquentations très dangereuses pour vous et pour moi. Un baiser. » Ce document a été publié sous toute réserve par *L'Espérance du peuple* de Nantes (s. d.), qui l'a reçu d'un correspondant non indentifié en Suisse.

[78] Saint-Simonin, *Mémoires anecdotiques..., op. cit.*, p. 31 et suiv.

[79] MM, p. 93.

[80] MM, p. 94. L'inspecteur Pouce ne réapparaîtra qu'une seule fois, en juin 1908.

[81] Georges Clemenceau, « Contre la justice », *L'Aurore* du 17 février 1899, publié dans un recueil de ses articles : *id., Georges Clemenceau. Contre la justice,* Paris, Pierre-Victor Stock, 1900.

[82] *My Memoirs,* p. 74.

[83] MM, p. 96-97.

[84] *L'Illustration* du 12 décembre 1908, n° 3433, p. 403.

[85] APPP, sous-série BA 1584, cabinet du préfet de police (1869-1970), rapports de recherches et de renseignements adressés au préfet de police, extrait d'un rapport du 24 juin 1899, contrôle général, classé au dossier n° 236946 (Félix Faure).

[86] APPP, cabinet du préfet de police, BA 1584, rapport du 24 novembre 1908. L'actrice Cécile Sorel entrera en 1903 à la Comédie-Française. C'est elle qui a prononcé cette phrase restée célèbre : « L'ai-je bien descendu ? », au pied de l'escalier Dorian du Casino de Paris.

[87] Il existe un journal manuscrit de Félix Faure à l'Élysée, sorte de mémorandum de sa présidence dont

le caractère personnel propre aux « Mémoires » est absent (ANF 460 AP 14). Un témoin pourtant en parle le 4 décembre 1908, au moment de « l'affaire Steinheil » : face à un journaliste du quotidien allemand *Die Zeit*, un peintre austro-hongrois (non identifié) rapporte une conversation avec Adolphe Steinheil où il fut question des fameux papiers.

88 MM, p. 99.

89 APPP, cabinet du préfet de police, BA 1584, rapport du 4 décembre 1908. Meg le souligne dans ses *Mémoires*. Voir MM, p. 111.

90 APPP, cabinet du préfet de police, BA 1584, rapport du 15 février 1912 sur la publication des *Mémoires* de Mme Steinheil « qui contiendraient notamment une partie de la correspondance qu'elle a entretenue avec certains personnages politiques, entre autres MM. Félix Faure et Briand ».

91 Bernard Oudin, Aristide Briand. *La Paix : une idée neuve en Europe*, Paris, Laffont, 1987, p. 206-207.

92 Voir son portrait dressé par l'*Excelsior* du 30 octobre 1915, p. 8.

93 Archives diplomatiques à Nantes (désormais AD), papiers d'agents, archives privées, Aristide Briand PA-AP 335, n° 5 ; papiers d'avocat, feuillets 001 à 005.

94 *Alfred Dreyfus. Carnets (1899-1907)*, édition établie par Philippe Oriol, Paris, Calmann-Lévy, 1998, p. 125.

95 Ph. Oriol, *L'Histoire de l'affaire Dreyfus…*, *op. cit.*, t. 2, p. 1029.

96 Aristide Briand succédera à Clemenceau comme président du Conseil le 24 juillet 1909.

97 MM, p. 100-102.

98 Ses cousins aussi rompent directement, comme Georges Steinheil qui, dès l'annonce de la mort de Faure, coupe tous les ponts (voir *L'Action française* du 29 novembre 1908).

99 « Toutefois, le tort, de sa part, est-il suffisant pour arrêter à jamais sa carrière ? Je ne le pense pas et j'estime qu'il vaudrait mieux l'amnistier et ne pas se priver du concours d'un magistrat qui a un mérite de jurisconsulte

incontestable » (ANF, ministère de la Justice, dossiers de magistrat, BB/6 (II)/1008, dossier Leloir, cour d'appel de Paris, Parquet du procureur général).

100 « Une conversation avec le peintre Steinheil », *Le Petit Journal,* 5 décembre 1908, p. 3, col. 4 (témoignage d'un peintre austro-hongrois « très connu » à l'époque, mais identifié, dans *Die Zeit).*

101 Dans une note du 9 novembre 1901, sur la mort de Félix Faure, en réponse à la rumeur selon laquelle le Président serait mort empoisonné par l'Allemagne, le rapporteur note avec malice : « Tout le monde sait à Paris que Félix Faure est mort victime non pas de la haine, mais de l'amour. C'est Judith qui a tué cet Holopherne, mais elle n'avait pas l'intention de le tuer » (ANF, Intérieur, Direction de la Sûreté générale, fichier central : dossiers du coffre dits « Fonds Panthéon » (1880-1945), Félix Faure, F7 15953).

102 APPP, affaire Steinheil, JA11-14, classement alphabétique, carton A-E, rapport de l'inspecteur Laurent au chef du service de la Sûreté Hamard du 18 décembre 1908.

103 « Mais tout le monde connaît le professeur Cottard. C'est une sommité ! C'est comme si vous me demandiez si je connais Bouffe de Saint-Blaise ou Courtois-Suffit » (Marcel Proust, *À la recherche du temps perdu,* Paris, Gallimard, 1919, t. X, p. 123).

104 MM, p. 81.

105 Irène Frain, *Marie Curie prend un amant,* Paris, Seuil, 2015, p. 271.

106 François-Ignace Mouthon, *Du bluff au chantage. Les grandes campagnes du* Matin, Paris, Pauwels, 1908, p. 40.

107 *L'Intransigeant* du 18 octobre 1898.

108 P. Darmon, *Marguerite Steinheil…, op. cit.,* p. 59. La société a été dissoute en avril 1910, voir Le *Figaro* du 16 avril : https://gallica.bnf.fr/ark:/12148/bpt6k288805w/texteBrut.

109 Lois des 13 juillet 1907 et 6 juin 1908.

[110] APPP, cabinet du préfet de police, BA 1584, rapport de recherches et de renseignements du 2 décembre 1908 adressé au préfet de police. Chouanard y est soupçonné d'avoir fait pression sur Hamard, qui aurait cédé « en se mettant en quelque sorte au service de l'héroïne du drame beaucoup plus qu'à ses trousses ».

[111] Wische, *Le Vert-Logis et Mme Steinheil,* Lille, éditions Le Bigot frères, 1909.

[112] APPP, Direction de la police judiciaire, JA 11-14, affaire Steinheil, rapport du 23 février 1909 suite à la commission rogatoire du juge d'instruction André sur Mathilde Laurillard veuve Aubert.

[113] Jules Janssen, astronome membre de l'Institut, a fondé l'observatoire de Meudon en 1876, où il mit en œuvre pour la première fois la spectroscopie et la technique de photographie céleste, un immense domaine de recherches, appelé aujourd'hui « astrophysique ».

[114] Épitaphe figurant sur la pierre tombale d'Emmanuel Kant encastrée dans le mur de la cathédrale de Kaliningrad, citée dans *My Memoirs,* p. 83 (passage supprimé dans l'édition française, p. 108).

[115] *L'Aurore* du 3 décembre 1908, p. 1.

[116] Ni plus ni moins que sur sa seconde affirmation. Et justement, contrairement à ses dires et selon un rapport de police, Chouanard a fait l'acquisition pour la somme de 300 francs d'un tableau de M. Steinheil un mois environ avant l'exposition… Comment est-ce possible si, comme il le prétend, il a cessé toute relation avec les Steinheil cinq mois plus tôt ? (APPP, Direction de la police judiciaire, JA 11-14, affaire Steinheil, « Tableaux », rapport du 29 janvier 1909 sur les ventes de tableaux à l'exposition Steinheil, Parquet, affaire Steinheil).

[117] *L'Intransigeant* du 26 février 1909.

[118] Voir aussi le docteur Edmond Locard, *Le Crime et les Criminels,* Paris, Renaissance du livre, 1927, p. 240.

[119] MM, p. 110.

[120] *L'Écho de l'arrondissement de Bar-sur-Aube* du 5 janvier 1902, p. 2-3.

[121] APPP, Direction de la police judiciaire, JA 11-14, affaire Steinheil, rapport de police de l'inspecteur Dechet du 9 décembre 1908.

[122] APPP, Direction de la police judiciaire, JA 11-14, affaire Steinheil, rapport de police E. Galan, commissaire de police de Nemours à M. Hamard, chef de la Sûreté, 4 décembre 1908.

[123] *Ibid.*

[124] René Floriot, *Deux femmes en cour* d'assises : *Mme Steinheil et Mme Cailloux*, Paris, Librairie Hachette, 1966, p. 26 et P. Darmon, *Marguerite Steinheil…*, *op. cit.*, p. 57-59.

[125] APPP, Direction de la police judiciaire, JA 11-14, affaire Steinheil, rapport du 10 juin 1908, inspecteurs Pouce et Sablon. Il y a des cafouillages dans l'exécution de la commission rogatoire ; les enquêteurs rapportent un nom inconnu à cette adresse – Dehmger ; vérification faite au bureau de poste le nom transmis est Rechmeyer, en réalité il s'agit de Mlle Rettmeyer !

[126] APPP, Direction de la police judiciaire, JA 11-14, affaire Steinheil, « Tableaux », rapport du 29 janvier 1909 sur les ventes de tableaux à l'exposition Steinheil, Parquet, affaire Steinheil.

[127] L'État acquiert lors de cette dernière exposition, en 1908, *L'Atelier d'Albert Dürer*, transféré du Dépôt de l'État au Louvre en 1970 et depuis conservé au musée d'Orsay sous le numéro d'inventaire 20427. Je n'en ai pourtant pas trouvé trace dans les documents de police qui recensent toutes les ventes de cette dernière exposition du peintre, peu avant son assassinat.

[128] MM, p. 113.

[129] APPP, Direction de la police judiciaire, JA 11-14, affaire Steinheil – juin-juillet 1908. Ce rapport signé Dol, daté du 7 mai, a été sorti de son classement et transféré au juge Leydet en juin au début de l'enquête sur les crimes du 30 mai.

[130] Un escroc du nom de Guggenheim selon *Le Journal* du 13 novembre 1908.

[131] Anna Norris, *L'Écriture du défi. Textes carcéraux féminins du XIXe et du XXe siècles : entre l'aiguille et la plume*, Birmingham (Alabama), Summa Publications Inc., 2003.

[132] *La Tranchée républicaine* du 2-8 août 1917 et Armand Lanoux, *Madame Steinheil ou la connaissance du Président*, Paris, Grasset, 1983, p. 148.

[133] Procès-verbal n° 83 du 15 janvier 1909 (APPP, cabinet du préfet de police, BA 1584) : « Mlle Marthe Steinheil nous a remis une enveloppe ouverte, scellé n° 32, portant l'inscription « À ouvrir en cas de décès » et renfermant une lettre datée de Paris, 10 mai 1908, signée A. Steinheil. »

[134] Marié à Marie Poisat le 24 janvier 1895 dans le XVIIe arrondissement de Paris, il divorce le 27 décembre 1907 par jugement du tribunal à ses dépens. Il épousera ensuite Alice Hugues, et enfin, le 11 avril 1911, Julie Delmare dont il aura un fils en 1912, Édouard.

[135] Voir le plan dans « Les grandes affaires judiciaires », *L'Illustration*, p. 115.

[136] ANF, sous-série F7 12551, correspondance services de recherche de la PJ/commissaire principal chargé du contrôle général (Direction de la Sûreté générale)/commissaire divisionnaire (anc. F7 14665), rapport du 4 juillet 1908, interrogatoire du domestique Conan.

[137] APPP, cabinet du préfet de police, BA 1584, document 11 du 3 mai 1908.

[138] Témoignage dans *L'Aurore* du 30 novembre 1908.

139 Appp ; Direction de la police judiciaire, JA 11-14, affaire Steinheil, déclarations de Mme Steinheil, alitée, impasse Ronsin, 31 mai 1908.

[140] *L'Aurore* du 30 octobre 1908.

[141] *Journal officiel*, débats parlementaires, Chambre des députés, 1re séance du 30 mars 1910, p. 1783.

[142] APPP, cabinet du préfet de police, BA 1584, document 16 du 1er juin 1908.

[143] APPP, cabinet du préfet de police, BA 1584, document 18 du 1er juin 1908.

[144] APPP, Direction de la police judiciaire, JA 11-14, affaire Steinheil, déposition de Rémy Couillard, 1er juin 1908.

[145] APPP, Direction de la police judiciaire, JA 11-14, affaire Steinheil, rapport daté du 2 mai 1908 – ce doit être le 2 juin, car le veilleur de nuit dit n'avoir rien remarqué « dans la nuit de samedi à dimanche » (30 au 31 mai).

[146] APPP, cabinet du préfet de police, BA 1584, document 17, rapport de l'officier de paix du XXe arrondissement du 1er juin 1908.

[147] Voir n. 133.

[148] Le jeune Buisson s'engagera au 4e dragons (voir *Le Petit Journal* du 4 décembre 1908).

[149] Alfred Dreyfus, *Lettres à la Marquise. Correspondance inédite avec Marie Arconati Visconti*, Paris, Grasset, 2017, p. 271.

[150] « Ce que pense M. Hamard », *Le Matin* du 1er juin 1908.

[151] *Le Matin* du 3 juin 1908.

[152] APPP, cabinet du préfet de police, BA 1584, document 22, rapport du 3 juin 1908.

[153] APPP, Direction de la police judiciaire, JA 11-14, affaire Steinheil, note téléphonique du 31 mai à 7h35.

[154] APPP, cabinet du préfet de police, BA 1584, document 22, rapport du 19 juillet 1908.

[155] Poursuivi en cour d'assises les 10 et 11 septembre 1908, Grégori sera acquitté par le jury de la Seine. Voir Georges Bonnefous, *Histoire politique de la IIIe République*, t. 1 : *L'Avant-Guerre – 1906-1914*, Paris, PUF, 1956, p. 113.

[156] Joseph Caillaux, *Mes mémoires*, t. I : *Ma jeunesse orgueilleuse – 1865-1909*, Paris, Plon, 1942, p. 302.

[157] *Le Soleil* du 28 novembre 1908.

[158] André Galabru, *L'Assassinat de Félix Faure*, Paris, Éditions du Trident, 1988.

[159] ANF, Intérieur, Direction de la Sûreté générale, fichier central : dossiers du coffre dits « Fonds Panthéon » (1880-1945), F7 16023-1, dossier Gustave Téry.

[160] En 1905, il publie déjà *La Terreur juive. Après l'armée de Condé, la tribu de Lévi. Le socialisme juif*, Paris, éd. de l'auteur, puis *Protocoles des Sages d'Israël*, Paris, éditions

de la revue *La Vieille France* en 1924. Il collaborera au régime de Vichy.

161 Robert de Jouvenel (1881-1924) fit la majeure partie de sa carrière à *L'Œuvre* dont il deviendra jusqu'à sa mort le rédacteur en chef. Son frère, Henri de Jouvenel (1876-1935), débuta comme rédacteur en chef du *Matin* et entreprit une carrière politique en 1925 qu'il terminera comme ambassadeur à Rome (sous Mussolini).

162 Eugène Étienne au directeur de cabinet de Pichon, le 28 juillet 1908 ; cité par Georges Louis (directeur des affaires politiques au ministère des Affaires étrangères, ambassadeur de France en Russie) *Les Carnets de Georges Louis,* t. 1 : *1908-1912,* éditeur non identifié, Paris, 1925.

163 Direction de la police judiciaire, JA 11-14, affaire Steinheil, rapport du 16 juin 1908.

164 APPP, cabinet du préfet de police, BA 1584, document 30, analyse de l'article du journal écrit en anglais du 10 août 1908.

165 Direction de la Police judiciaire, JA 11-14, affaire Steinheil, rapport de l'inspecteur Pouce sur Burlingham du 18 août 1908.

166 Léon Daudet, *Magistrats et Policiers,* Paris, Grasset, 1935.

167 Direction de la police judiciaire, JA 11-14, affaire Steinheil, rapport de l'inspecteur Pouce, filature de Burlingham du 16 septembre 1908.

168 *Ibid.*

169 ANF, Intérieur, F7 14665, police générale, correspondance services de recherche de la PJ/commissaire principal chargé du contrôle général (Direction de la Sûreté générale)/commissaire divisionnaire, correspondance d'Arras, rapport daté du 14 novembre 1908.

170 *L'Écho de Paris* du 31 octobre 1908.

171 *Le Matin* du 3 novembre 1908.

172 *La Libre Parole* du 4 novembre 1908.

173 *Ibid.,* 7 novembre 1908.

174 Édouard Bernaert, « Silence par ordre », *L'Action française* du 6 novembre 1908.

175 Interview dans *La Liberté* du 7 novembre 1908.
176 MM, p. 202-204, cité par Pierre de Gorsse, *La Justice égarée par les femmes,* chap. VI : « Marguerite Steinheil ou La “victime” de son amour maternel », Paris, Société privée d'imprimerie d'édition, 1946, p. 268.
177 *Le Journal* du 27 novembre 1908.
178 *L'Aurore* du 22 novembre 1908.
179 Édition du 23 novembre 1908.
180 ANF, sous-série BB/18, ministère de la Justice – correspondance générale de la division criminelle, Cour de Paris, correspondance des procureurs généraux, affaire Steinheil, BB/18 2369, dossier 92 A 08, déposition manuscrite du 21 novembre 1908 signée Leydet et Labruyère.
181 MM, p. 210.
182 APPP, cabinet du préfet de police, BA 1584, rapport n° 49 du 22 novembre 1908 (transmis apparemment à Clemenceau).
183 APPP, cabinet du préfet de police, BA 1584, rapport n° 50 du 23 novembre 1908.
184 MM, p. 212.
185 *Ibid.*
186 MM, p. 223.
187 MM., p. 224. D'après les dépêches télégraphiques des archives de police, deux cents curieux sont massés aux abords de l'impasse Ronsin, bien qu'on s'emploie à les faire circuler (26 novembre), et trois cents à quatre cents le lendemain attendent la sortie de Meg devant les grilles du Palais de Justice.
188 *Ibid.*
189 Marcel Hutin, « Madame Steinheil avoue », *L'Écho de Paris* du 26 novembre 1908, p. 1. et MM, p. 228 et suiv.
190 MM, p. 235.
191 Ministre de l'Instruction publique et des Cultes dans le cabinet Clemenceau, il reçoit le portefeuille de la Justice le 4 janvier 1908 et le gardera jusqu'au 24 juillet 1909 quand il devient président du Conseil, chargé de l'Intérieur et des Cultes jusqu'à la chute de son premier

gouvernement, le 2 novembre 1910. Il en dirigera dix autres jusqu'en novembre 1929.

192 ANF, sous-série BB/18, ministère de la Justice – correspondance générale de la division criminelle, Cour de Paris, correspondance des procureurs généraux, affaire Steinheil, BB/18 2369, dossier 92 A 08, procureurs généraux de la cour d'appel de Paris au garde des Sceaux A. Briand, 28 novembre 1908.

193 Georges Berry (1855-1915), député monarchiste rallié à la République.

194 ANF, sous-série BB/18, ministère de la Justice – correspondance générale de la division criminelle, Cour de Paris, correspondance des procureurs généraux, affaire Steinheil, BB/18 2369, dossier 92 A 08.

195 APPP, Direction de la police judiciaire, JA 11-14, affaire Steinheil, rapports d'audiences du procès Steinheil, déposition de Labruyère, 7e audience, 10 novembre 1909, au cours de laquelle il précise : « J'ai vu Mariette après l'arrestation de la veuve Steinheil, mais elle n'a plus voulu dire un mot sans être payée. »

196 APPP, cabinet du préfet de police, BA 1584, télégramme n° 125 du 14 décembre 1909, commissariat de Saint-Georges à préfet de police : « J'informe à toutes fins utiles que Mariette Wolff est engagée au Little Palace pour figurer dans une pièce ayant pour titre « L'Homme à la lévite » dont la première aura lieu demain soir. »

197 *Le Petit Journal* du 28 novembre 1908.

198 APPP, cabinet du préfet de police, BA 1584, rapport n° 96 du 23 octobre 1909. Chabrier raconte que Meg file le parfait amour avec M. Pons, le directeur de la prison.

199 Jusqu'au 24 juillet 1909 quand il prendra la présidence du Conseil.

200 *L'Intransigeant* (s. d.).

201 *Le Journal* du 27 novembre 1908.

202 *Le Petit Journal* du 28 novembre 1908.

203 *L'Intransigeant* du 28 novembre 1908. Dans son édition spéciale du 2 décembre sur l'affaire Steinheil, la direction se félicite des nombreuses nouvelles plumes qui ont rejoint le journal, entre autres celle d'Urbain

Gohier, écrivain d'élite, et Gustave Téry, « dont la réputation s'affirma au cours de campagnes retentissantes qui sont d'hier. »

204 APPP, cabinet du préfet de police, BA 1584, rapport n° 68 du 28 novembre 1908.

205 L. Daudet, *Magistrats et Policiers, op. cit.*

206 *Ibid.*, p. 238.

207 *Ibid.*, p. 8.

208 MM, p. 260.

209 Le pasteur est une des figures emblématiques de la réforme pénitentiaire et sociale. Cf. Martine Kaluszynski, *La République et la réforme pénitentiaire. Grandeurs et décadences d'un projet politique mobilisateur (1880-1914)*, CERDHAP (Centre d'études et de recherches sur le droit, l'histoire et l'administration publique – université Grenoble-Alpes), Grenoble, Presses universitaires de Grenoble, 2011, p. 41-58.

210 *Le Petit Parisien*, supplément illustré, 13 décembre 1908.

211 Interviewé dans *L'Aurore* du 28 novembre 1908.

212 Valentin Magnan (1835-1916), nommé à Sainte-Anne en 1867, il y restera toute sa carrière.

213 *L'Aurore* du 29 novembre 1908.

214 *Ibid.*, 4 décembre 1908.

215 *L'Action française* du 29 novembre 1908.

216 APPP, cabinet du préfet de police, BA 1584, rapport n° 75-77 du 30 novembre 1908.

217 *Journal officiel*, séance du 7 décembre 1908, p. 2773, col. 2-3.

218 Député de l'Aisne et président de la Chambre, il perd l'élection présidentielle de 1906, avant d'être finalement élu en 1931, au détriment d'Aristide Briand.

219 *Journal officiel*, séance du 7 décembre 1908, p. 2785, col. 2.

220 *Ibid.* : intervention en commission de la Chambre de M. Allemane lors de la séance de clôture de la discussion générale sur le projet du gouvernement d'abolir la peine de mort, le 8 décembre 1908.

221 *Ibid.* : séance du 7 décembre 1908, p. 2774, col. 1.

[222] ANF, sous-série BB/18, ministère de la Justice – correspondance générale de la division criminelle, Cour de Paris, correspondance des procureurs généraux, affaire Steinheil, BB/18 2369, dossier 92 A 08, 28 novembre 1908 – demande de rapport au procureur général de Paris, signée Théodore Tissier, collaborateur de Briand au ministère de la Justice.

[223] ANF, sous-série BB/18, ministère de la Justice – correspondance générale de la division criminelle, Cour de Paris, correspondance des procureurs généraux, affaire Steinheil, BB/18 2369, dossier 92 A 08 – le procureur général de Paris au garde des Sceaux, 28 novembre 1908.

[224] ANF, sous-série BB/18, ministère de la Justice – correspondance générale de la division criminelle, rapport de Théodore Tissier à Aristide Briand daté du 30 novembre 1908.

[225] *My Memoirs*, p. 216 et MM, p. 276 (« Épatant !... Enfoncée, la Justice ! »), suivi d'un paragraphe sur l'attitude de Me Aubin, narquois à l'égard du juge, qui ne se trouve pas dans la version originale.

[226] MM, p. 278 et suiv.

[227] APPP, Direction de la police judiciaire, JA 11-14, affaire Steinheil, commission rogatoire du 26 décembre 1908 (interrogatoire de Balincourt en vue d'une dictée des noms visibles sur la carte d'invitation trouvée dans le métro pour comparer les écritures) ; APPP, Direction de la police judiciaire, JA 11-14, affaire Steinheil, commission rogatoire du 6 février 1909 du juge André pour l'emploi du temps de Balincourt et de ses congénères en mai 1908, et plus spécialement de la journée du 30 mai et de la nuit qui a suivi, confrontations de témoignages le cas échéant.

[228] APPP, Direction de la police judiciaire, JA 11-14, affaire Steinheil, commission rogatoire du 5 décembre 1908.

[229] APPP, cabinet du préfet de police, BA 1584, rapport de Chatenet du 1er décembre 1908.

[230] APPP, cabinet du préfet de police, BA 1584, télégramme du 3 décembre 1908.

231 APPP, Direction de la police judiciaire, JA 11-14, affaire Steinheil, 1er décembre 1908.

232 ANF, sous-série BB/18, ministère de la Justice – correspondance générale de la division criminelle, Cour de Paris, correspondance des procureurs généraux, affaire Steinheil, BB/18 2369, dossier 92 A 08, extraits des minutes du greffe de la cour d'appel pour rechercher et interroger Tardivel, 18 mai 1909.

233 Quelques années plus tard, un journaliste qui se fait appeler Almereyda croira pouvoir approcher par là le fin mot de l'énigme. Cela ne lui portera pas chance.

234 Sur Fernand Desmoulin, voir les archives Émile Zola : correspondance de Zola, index général, notices biographiques. Voir aussi la lettre de Marie-Georges Picquart à Fernand Desmoulin, Paris, 21 juillet 1902 dans *Dreyfus Alfred, 1859-1935. Correspondence and Documents Concerning the Dreyfus Affair: Guide,* Cambridge (Mass.), Houghton Library/Harvard Collège Library. À l'âge de 50 ans, Fernand Desmoulin, artiste peintre prisé par les célébrités politiques, scientifiques et littéraires de la IIIe République, découvre le spiritisme – œuvres médiumniques en 1900-1902.

235 Robert de Jouvenel, dans *L'Œuvre* du 11 novembre 1909, p. 20.

236 MM, p. 257.

237 Cesare Lombroso, « Le procès Steinheil et la femme criminelle », *La Revue des revues,* 1er mars 1909, p. 31-38.

238 Sigmund Freud et Stefan Zweig, *Correspondance,* Marseille, Bibliothèque Rivages, 1991, p. 29.

239 C. Lombroso, « Le procès Steinheil et la femme criminelle », art. cit., p. 38.

240 MM, p. 258.

241 Publiée *in extenso* dans *Le Journal* du 10 mars 1909.

242 *L'Intransigeant* du 26 février 1909.

243 Urbain Gohier, « Mon carnet », *L'Œuvre,* fin juin 1909. Dans le même numéro, il fait la publicité de son livre *La Terreur juive.* En août, il y attaque sous un autre angle le garde des Sceaux dans un articulet intitulé « Aristide Briand et les Juifs ».

[244] Arrêt du 18 juin 1909 de la cour d'appel de Paris n° 4898 qui renvoie l'accusée aux assises de la Seine, conservé aux Archives de Paris.

[245] *Le Matin* du 16 octobre 1909, voir http://gallica.bnf.fr/ark:/12148/bpt6k569217j.image.langFR.

[246] Le chef du jury est un propriétaire nommé Poupard. À ses côtés, pour débattre, il y aura MM. Cancalon (maçon), Polloc (ajusteur), Mariot (cuisinier), Legendre (employé de commerce), Sporck (compositeur de musique), ainsi que deux autres propriétaires, Goyard et Gillet, un négociant nommé Butin, Clain (mécanicien), Grosbois (boulanger) et enfin le sieur Naveau (rentier). Les jurés suppléants, Goumain (ou Jonnain) et Danger, sont, respectivement, employé de commerce et propriétaire.

[247] Article de Séverine dans *L'Œuvre* du 3 septembre 1909.

[248] Relancé en décembre 1908 grâce à l'argent des royalistes et imprimé gratis par *L'Intransigeant*, le journal de Téry et Gohier accueille d'abord Labruyère et ensuite Séverine qui est chargée de couvrir le procès de Marguerite Steinheil. Voir ANF, Intérieur, Direction de la Sûreté générale, fichier central : dossiers du coffre dits « Fonds Panthéon », F7 16023, sur Gustave Téry et la campagne de *L'Œuvre* contre le président de la République, copie d'un rapport au préfet de police daté du 23 décembre 1908.

[249] Compte rendu du procès dans « L'affaire de l'impasse Ronsin. Mme Steinheil en cour d'assises de la Seine. Présidence de M. le conseiller de Vallès », *Revue des grands procès contemporains*, t. 28, 1910, p. 36-195.

[250] Article de Maxime Vuillaume, dans *L'Aurore* du 6 novembre 1909.

[251] « Le procès Steinheil. Impressions d'audience par Séverine », *L'Œuvre* du 11 novembre 1909, p. 4.

[252] « À la petite semaine. Meg. De l'orage dans l'air », *ibid.*, p. 1-5.

[253] « Le procès Steinheil. Impressions d'audience par Séverine », *ibid.*

[254] « Plaidoirie de Me Aubin », *Revue des grands procès contemporains*, t. 28, 1910, p. 132- 133.

[255] *Ibid.*, p. 134.

[256] *Ibid.*, p. 195.

[257] « L'acquittement de Mme Steinheil. Les questions du jury », *L'Aurore* du 14 novembre 1909. Tous les détails liés au procès y sont longuement consignés du 4 au 14 novembre 1909.

[258] APPP, cabinet du préfet de police, BA 1584, pièces et rapports 1-147, rapport du 5 octobre 1910.

[259] Billet à Séverine, signé Annie de Pène, *L'Œuvre* du 11 novembre 1909, p. 17.

[260] *Ibid.*, p. 18.

[261] APPP, cabinet du préfet de police, BA 1584, rapport du 18 novembre 1909. Sur Régine Martial, comédienne, femmes de lettres, voir « Mes débuts à la barre », *La Revue illustrée*, n° 7, 20 mars 1908, p. 221-223.

[262] A. Norris, *L'Écriture du défi…, op. cit.*

[263] *Ibid.*, p. 38.

[264] Voir n. 230.

[265] Archives du Foreign Office : General Correspondence Consular, FO 216, France, 1909, dossier 42144, feuillets 366-367, rapport du 15 novembre 1909 : « Steinheil case. Reporting on as reflecting on whole System of French justice ».

[266] Sir Francis Bertie au ministre E. Gray, dans les archives du Foreign Office : General Correspondence Consular, FO 216, France, 1909, dossier 42841, feuillets 369-370, rapport du 21 novembre 1909 : « The Steinheil trial and French judicial reform ».

[267] Louis Barthou, « La réforme de la procédure criminelle », *Revue politique et parlementaire*, t. LXVI, n° 196, 1910.

[268] *L'Illustration* du 20 novembre 1909.

[269] Branger, dans *L'Illustration* du 20 novembre 1909.

[270] *The Times* du 30 novembre 1909, p. 12.

[271] *Ibid.*, 3 décembre 1909, p. 8.

[272] *The Daily Mail* du 6 décembre 1909.

[273] APPP, cabinet du préfet de police, BA 1584 du 8 mars 1910.

[274] Dans un immeuble qui, quelques années plus tard, abritera l'atelier du sculpteur Brancusi. En effet, à partir de 1916 et jusqu'à sa mort en 1957, Constantin Brancusi a occupé des ateliers successivement au 8 puis au 11 de l'impasse Ronsin dans le XVe arrondissement de Paris. Situé près de Montparnasse, l'atelier était attenant à d'autres ateliers entourés de petites ruelles qui lui donnaient un caractère privé et intime.

[275] APPP, cabinet du préfet de police, BA 1584, rapport n° 134 du 11 octobre 1910.

[276] APPP, cabinet du préfet de police, BA 1584, rapport n° 135 du 24 octobre 1910.

[277] APPP, cabinet du préfet de police, BA 1584, rapport n° 136 du 19 janvier 1911.

[278] APPP, cabinet du préfet de police, BA 1584, rapport n° 139 du 5 mai 1911.

[279] Meg donne son accord devant le consul de France à Londres le 18 juillet. Les témoins sont, pour l'époux, Emmanuel Smith de Sternburg, homme de lettres, et Alexandre Mesnard, docteur en médecine. Pour Marthe, son oncle Philippe Herr ainsi qu'une amie de son âge, Marie Petitgrand. La bénédiction nuptiale fut ensuite donnée dans la plus stricte intimité dans l'église Saint-Jean-Baptiste-de-La-Salle, rue Dutot. Voir article dans *L'Abeille de la Nouvelle-Orléans* du 9 août 1911.

[280] Acte de mariage, mairie du XVe arrondissement de Paris.

[281] *Le Figaro* du 27 juillet 1911.

[282] *My Memoirs, op. cit.*

[283] Publiée chez Sturgis & Walton Company à New York en 1912 et disponible en ligne depuis septembre 2011 à l'adresse http://www.gutenberg.org/files/37390/37390-h/37390-h.htm.

[284] MM, p. 412.

[285] Lee Hargrave Adam, *Women and Crime,* Londres, T. Werner Laurie, 1911, p. 316.

[286] Cité dans *The Times* du 29 novembre 1912, p. 3 et L. H. Adam, *Women and Crime, op. cit.*, p. 318.

[287] *The New York Times* du 29 novembre 1912.

[288] *The Times* du 8 janvier 1914.

[289] Serge Robert Roger del Perugia, né à Londres le 24 décembre 1911.

[290] Barrister, avocat qui conseille, conduit le procès et défend la cause par plaidoirie et par écrit.

[291] *Duluth News Tribune* (Minn.) du 24 novembre 1912, p. 12.

[292] Shelley Leopold Laurence Scarlett, 5e Lord Abinger (1er avril 1872-23 mai 1917).

[293] England & Wales, Civil registration marriage index, 1916-2005, vol. 1d, p. 697.

[294] *Daily Express* du 25 juin 1917.

[295] Voir http://www.britishpathe.com/video/madame-steinheil-wedding.

[296] *Daily Express* du 27 juin 1917.

[297] *La Tranchée républicaine,* hebdomadaire paraissant le mercredi, 18-25 juillet 1917.

[298] Référence au personnage créé par Arthur Bernède et rendu célèbre par le film muet *Judex* de Louis Feuillade en 1916.

[299] *La Tranchée républicaine* du 18 au 25 juillet 1917.

[300] *Ibid.*, 1er au 8 août 1917, p. 1.

[301] *Ibid.*, p. 2, col. 2.

[302] *Ibid.*, 8 au 15 août 1917.

[303] « La marquise effeuillée de l'impasse Ronsin » par Léo Malet, *L'Aurore* (?) du 26 juillet 1984 (série sur « Les grands faits divers »), p. 22.

[304] Réalisé en 1933, le film, jugé antifrançais, ne sera projeté qu'après 1945 alors que Vigo est mort depuis plus de dix ans.

[305] Jean Maitron, *Le Mouvement anarchiste en France, des origines à 1914,* t. I, Paris, Maspero, 1975, p. 369 et suiv.

[306] Information publiée sur le site du Sénat : http://www.senat.fr/evenement/archives/D40/bon. html.

[307] John Montgomery, « The Abinger coach », *Brighton & Hove Gazette* du 18 août 1984. Merci à Jacqueline Pollard, chercheuse en histoire à Brighton.
[308] Une grande enquête d'André Sévry, « Le dernier témoin. Mme Steinheil était innocente », *L'Aurore*, 5 janvier 1951, p. 2.
[309] Il raconte que la voiture de Branger a été immédiatement prise en chasse par la « de Dion » d'Arnold Fordyce, qui travaille pour *Le Journal*. Arrivée à l'hôtel Terminus après avoir semé Fordyce, la petite équipe aperçoit un rédacteur de *L'Écho de Paris* qui se hisse à la fenêtre, cramponné à la portière. Il avait fait toute la course allongé sur le marchepied de la voiture ! Au courant du lieu de retraite de Meg, il fut prié de se taire pendant au moins 24 heures !
[310] Voir n. 271.
[311] A. Lanoux, *Madame Steinheil…, op. cit.*, p. 275.
[312] Benjamin F. Martin, *The Hypocrisy of Justice…, op. cit.*
[313] *The Times* publie des articles à ce sujet les 24, 25 et 26 octobre ainsi que les 1er, 2, 5, 8, 11, 14, 18 et 19 novembre 1927.
[314] AD, Maroc, 1917-1940, 541, M-30-3, télégramme de Th. Steeg à Affaires étrangères daté du 4 novembre 1927 à 19h40.
[315] *Neue Freie Presse* du 23 octobre 1927, p. 8.
[316] AD, Maroc, 1917-1940, 541, M-30-3, télégramme du 26 octobre 1927, pièce 63 ; voir aussi pièces 64, 67 et 68.
[317] AD, Maroc, 1917-1940, 541, M-30-3, pièce 64 du 25 octobre 1927.
[318] AD, Maroc, 1917-1940, 541, M-30-3, déclaration manuscrite du 21 octobre à 15 heures auprès du capitaine Lucas, chef du bureau des renseignements. Pièce jointe au compte rendu du 22 octobre 1927 du capitaine Lucas au commandant du cercle de Béni Mellal, mais dont « l'original est envoyé directement au colonel commandant le Territoire ».
[319] Un seul organe de presse, *Le Journal du Maroc* du 22 octobre 1927, mentionne un collier de perles arraché, puis plus rien.

[320] Sur le sujet, voir le remarquable *La Guerre du Rif* de Vincent Courcelle-Labrousse et Nicolas Marmier, Paris, Tallandier, 2008.

[321] Maria Rosa de Madariaga et Carlos Lazaro Avila, « La guerre chimique dans le Rif (1921-1927) : état de la question », dans *Le Cas de la guerre du Rif et ses conséquences,* actes du colloque international sur l'utilisation des armes chimiques de Rabat en 2005, Éditions Amazigh, coll. « Histoire & Anthropologie », 2005.

[322] AD, Maroc, 1917-1940, 541, M-30-3, affaire Maillet, Steeg, rapport du 21 octobre du capitaine Lucas, chef du bureau des renseignements, au commandant général du territoire de Kasba Tadla.

[323] Voir n. 318.

[324] AD, Maroc, 1917-1940, 541, M-30-3, pièce 33.

[325] AD, Maroc, 1917-1940, 541, M-30-3, pièce 73.

[326] AD, Maroc, 1917-1940, 541, M-30-3, affaire Maillet, Steeg et fillettes Arnaud, rapport du 21 octobre du capitaine Lucas au commandant général du territoire de Kasba Tadla.

[327] *Le Cri marocain* – journal socialiste et syndicaliste – du 27 octobre 1927.

[328] Rapport hebdomadaire sur la situation politique et militaire du 18 au 24 octobre 1927, Résidence générale de la République française au Maroc, Direction générale des affaires indigènes, conservé à Rabat, Bibliothèque nationale, et aux Archives diplomatiques à Nantes.

[329] *L'Écho du Maroc* du 23 octobre 1927, p. 1.

[330] Archives du Foreign Office : General Correspondence Consular, FO 1980, Maroc, 1927, dossier W10400, feuillets 107-112, rapport du 3 novembre 1927.

[331] *Ibid.*

[332] *L'Écho du Maroc* du 23 octobre 1927.

[333] AD. Maroc, 1917-1940, 541, M-30-3, pièce 65, commissaire résident général à Affaires étrangères, 28 octobre 1927, 12h5.

[334] AD, Maroc, 1917-1940, 541, M-30-3, pièce 69, télégramme du 30 octobre à 17h25.

[335] *La Vigie marocaine* du 26 octobre 1927.

[336] « Les négociations pour la mise en liberté des captifs. Le silence », *La Presse marocaine* du 24 octobre 1927.

[337] *Ibid.*

[338] Voir pour ceci et les citations suivantes les Archives diplomatiques à Nantes.

[339] AD, Maroc 1917-1940, 541, M-30-3, affaire Maillet, Steeg et fillettes Arnaud, note manuscrite du 16 novembre 1927.

[340] AD, Maroc, 1917-1940, 541, M-30-3, rapport du 15 au 21 novembre 1927.

[341] *Le Midi socialiste* du 11 novembre 1927.

[342] Accueillies d'abord dans la famille d'un militaire impliqué dans leur libération, les orphelines seront ensuite prises en charge par l'État.

[343] Ce dernier reçoit une avance de 2000 francs du bureau des Affaires indigènes de Tadla qu'il s'engage à rembourser dans les vingt jours, contre une garantie de 5500 francs déposée par sa belle-mère, Mme Steinheil, au bureau de Dar Ould Zidouh.

[344] *L'Écho du Maroc* du 26 octobre, p. 1, col. 6, 1927.

[345] Peut-être un peu plus venant d'Angleterre, mais de Marseille à Casablanca le trajet dure quatre jours.

[346] AD, Maroc, 1917-1940, 541, M-30-3. Voir le rapport complet du colonel Ducasse du 24 novembre 1927 (pièces 144-184) relatif aux deux enlèvements de Khénifra et de Béni Mellal, pièce 151.

[347] AD, Maroc, 1917-1940, 541, M-30-3, pièce 111, note du 26 novembre 1927 au ministre pour la discussion du budget des Affaires étrangères.

[348] AD, Maroc, 1917-1940, 541, M-30-3, pièces 151-152.

[349] AD, Maroc, 1917-1940, 541, M-30-3 : deux questions écrites posées à la Chambre par Charles Desjardins au président du Conseil – n° 14.001, *Journal officiel* du 22 novembre 1927 et n° 14.139 du 29 novembre –, réponses dactylographiées conservées dans les archives diplomatiques, mais passages introuvables dans l'édition du *JO*. Le 16 décembre, aucune réponse n'ayant été transmise, le président de la Chambre le signale au

ministre des Affaires étrangères, Aristide Briand. Pour les échanges entre Briand et Steeg, voir les dernières pages du dossier, n° 205-216.

350 Documents qui ne recoupent pas l'information sur sa nationalité par une attestation officielle.

351 AD, Maroc, 1917-1940, 541, M-30-3, seule mention : une signature de l'article au-dessus, Le Père Jean.

352 AD, Maroc, 1917-1940, 541, M-30-3, rapport du colonel Ducasse du 24 novembre 1927, pièce 159.

353 En douros, 87 000 pour les fillettes, soit 1 194 000 francs ; 185 000 douros pour Steeg et les autres kidnappés, soit 2 220 000 francs. Voir les AD, Maroc, 1917-1940, 541, M-30-3, pièce 94, télégramme de Steeg à Briand du 22 novembre 1927.

354 AD, Maroc, 1917-1940, 541, M-30-3, pièce 105 du 24 novembre 1927.

355 AD, Maroc, 1917-1940, 541, M-30-3, note du 21 décembre 1927, pièces 208 et suiv.

356 AD, Maroc, 1917-1940, 541, M-30-3, Briand à Steeg, du 12 janvier 1928, pièce 215.

Remerciements

JE VOUDRAIS REMERCIER en premier lieu ma grand-mère, Catherine Hubenne, qui a mis Marguerite Steinheil sur ma route, ainsi que les personnes qui m'ont apporté leur aide.

Au Maroc : Eveline Van Ruyskensvelde, Sidi Mokhtar Akaoui, chef du service du département légal à la Bibliothèque nationale à Rabat, Mesdames Charifa Dahrouch et Saadia Boulhane, Bibliothèque générale et Archives de Rabat, ainsi que Kamal Mahfoud, président de l'association des éleveurs de Béni Mellal.

En Grande-Bretagne : Jacqueline Pollard à Brighton, Lady Isla Abinger, Etienne Deshormes et Victoria Camalich à Londres.

En France : le personnel des Archives de la préfecture de police du Ve arrondissement (avant leur déménagement), les archivistes et le personnel de la BNF et des ANF ainsi que, à Beaucourt, Céline Sardet, du musée Frédéric-Japy, et Alain Japy.

Je termine ce livre avec beaucoup de gratitude pour toutes celles et tous ceux qui m'ont accordé leur confiance, en particulier mon éditeur, Brigitte

Forissier, Sarah Altenloh, Danièle Vincken, Jean-Pierre Latour, Jean-Jacques Deleeuw, Yves Kengen, Olga Elkaïm, Michel Hoebanx (†), Philippe Oriol pour leur lecture attentive et leurs encouragements, ainsi que Stéphane Dykman pour son soutien indéfectible. Je remercie enfin la Scam et la SACD qui m'ont soutenu pendant toute la durée de mes recherches.

Table des matières

Dans la même collection

30 histoires insolites qui ont fait la médecine, Jean-Noël Fabiani
À la folie, Clémentine Célarié
Affaires de famille, Agnès Naudin
Aliénor, l'insoumise, Isaure de Saint Pierre
Augustin, Alexandre Duyck
Avec vue sur la mer, Didier Decoin
Aya, Marie-Virginie Dru
Blanquette, Laure Buisson
Bon à rien, Natalie David-Weill
Cabale pyramidion, Samuel Delage
Ces nazis qui ont échappé à la corde, Jean-Paul Picaper
Code Salamandre, Samuel Delage
Dans la tête de Donald Trump, Anne Toulouse
Dans son cœur sommeille la vengeance, Sonia Mabrouk
Déjeuner en paix, Charlotte Gabris
Deux femmes dans la tourmente, Teresa Messineo
Donne-moi des fils ou je meurs, Maud Jan-Ailleret
Envole-moi, Sarah Barukh
Et puis au pire on s'aimera, Thierry Cohen
Et vous, vous y croyez ?, Hubert Prolongeau
Gump & Cie, Winston Groom
Harry et Franz, Alexandre Najjar
Histoires extraordinaires de la Résistance française 1940-1945, Dominique Lormier
Histoires extraordinaires de la Seconde Guerre mondiale, Dominique Lormier
Impasse Verlaine, Dalie Farah
J'ai décidé de vivre, David Milliat, Christophe Henning
Je suis né à 17 ans…, Thierry Beccaro
Je suis née à Bergen-Belsen, Yvonne Salamon avec Frédérique Agnès

Dans la même collection

Johnny, le guerrier, Gilles Lhote
Juliette de Saint-Tropez, Valentin Spitz
L'écriture du monde, François Taillandier
L'homme qui fuyait le Nobel, Patrick Tudoret
L'odeur de l'herbe après la pluie, Patrick Jacquemin
La croix et le croissant, François Taillandier
La Fille du delta, Frédérick d'Onaglia
La mangeuse de guêpes, Anita Nair
La petite bibliothèque du bonheur, Felicity Hayes-McCoy
La petite fille du phare, Christophe Ferré
La sœur du Roi, Alexandra de Broca
La Vengeance du loup, Patrick Poivre d'Arvor
La vie sauvage des femmes, Bénédicte Brézillon
Lâcher prise, Benoît Aymonier
Le Faux Pas, Frédérick d'Onaglia
Le Pacte interdit, Henri Bellotto
Le Parrain et le Rabbin, Sam Bernett
Le Pays d'où l'on ne revient jamais, Julien Thèves
Le petit café du bonheur, Felicity Hayes-McCoy
Le petit jardin du bonheur, Felicity Hayes-McCoy
Le peuple des abattoirs, Olivia Mokiejewski
Le premier qui tombera, Salomé Berlemont-Gilles
Le Soleil rouge du tsar, Violette Cabesos
Le Squale, Francine Kreiss
Le Tableau, Laurence Venturi
Les 100000 collabos, Dominique Lormier
Les chats, comment ils prennent soin de notre santé !, Anne-Claire Gagnon
Les Déviantes, Capucine Delattre
Les Grandes Affaires de la Libération, Dominique Lormier
*Les infirmières de Notre-Dame, * Flavie*, Marylène Pion

Dans la même collection

*Les infirmières de Notre-Dame, ** Simone,* Marylène Pion
*Les infirmières de Notre-Dame, *** Évelina,* Marylène Pion
*Les infirmières de Notre-Dame, **** Les* Nursing Sisters, Marylène Pion
Les jeunes femmes de 50 ans, Mylène Desclaux
Les femmes du Général, Gérard Bardy
Les sandales blanches, Malika Bellaribi
Les Semeurs de bonheur, Cécile Pardi
Mademoiselle dite Coco, Madeleine Mansiet-Berthaud
Mai-juin 1940 : les causes de la défaite, Dominique Lormier
Merci maîtresse !, Anouk F.
Mes Jardins de Paris, Alain Baraton
Molière, chef de troupe, Francis Perrin
Mon cœur restera de glace, Éric Cherrière
Mon étrange sœur, Marie Le Gall
Mortelle tentation, Christophe Ferré
N'abandonnez jamais, ne renoncez à rien, Francis Huster
Nos baisers sous la neige, Karen Swan
Nos vies insoupçonnées, Anaïs Jeanneret
Nouvelles histoires extraordinaires de la Résistance, Dominique Lormier
On n'efface pas les souvenirs, Sophie Renouard
On s'aimera, Clémentine Célarié
Pourquoi je t'aime, Francis Huster
Poutine, Frédéric Pons
Quand Maman plantait des brosses à dents, Christelle Bardet
Quelle histoire !, Michèle Cotta
Requiem pour un chat, Olivier Bellamy
Rien n'est écrit, Sandrine Catalan-Massé
*Rumeurs d'un village, * La sentence de l'Allemand,* Marylène Pion

Dans la même collection

Rumeurs d'un village, ** *L'heure des choix,* Marylène Pion
Sortie(s) de secours, Caroline Langlade
Sous le manteau du silence, Claire Bergeron
Tyrannie, Richard Malka
Un écrivain, Laure Arcelin
Une aventure monumentale, Olivier Dutaillis
Vengeance à temps partiel (série *Sisterhood*), Fern Michaels
Zoo Station, David Downing

Imprimé en France par CPI
en février 2022
N° d'impression : 2063405
Dépôt légal : mai 2022
ISBN : 978-2-3791-3111-0

www.monpoche.fr